엘리아냥 장편소설

악당의 누나는 오늘도 고통받고

악당의 누나는 오늘도 고통받고 2

엘리아냥 장편소설

초판 1쇄 찍은 날 | 2020년 2월 21일
초판 2쇄 펴낸 날 | 2020년 10월 8일

지은이 | 엘리아냥
펴낸이 | 권태완 우천제

편집책임 | 유안진
편집 | 박가연 박은정 손혜진 심성경 장현아

펴낸곳 | (주)케이더블유북스
등록번호 | 제25100-2015-43호
등록일자 | 2015. 5. 4
WFN | 제3-058호

주소 | 서울특별시 구로구 디지털로31길 38-9 에이스테크노타워 1차 401호
전화 | 02-867-4626 팩스 | 02-866-4627
E-mail | cl_production@kwbooks.co.kr

ISBN 979-11-293-4688-9 04810
      979-11-293-4686-5 (set)

엘리아냥 장편소설

악당의 누나는 오늘도 고통받고

II

위츠북

Contents

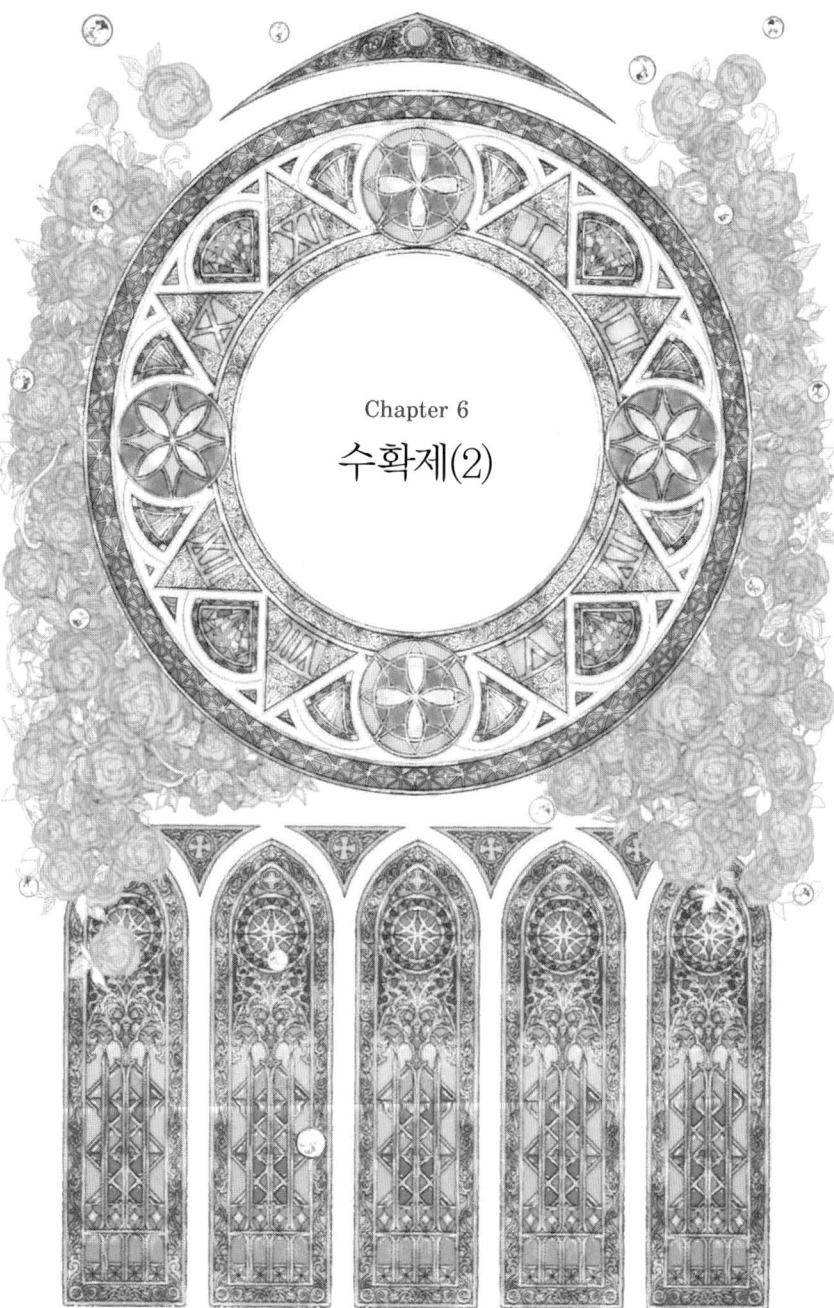

Chapter 6

수확제(2)

에이린의 위험천만 사냥터 잠입을 알아차린 시점에서 내게는 세 개의 선택지가 생겼다.

하나. 그냥 모른 척한다.

'이건 생각해 볼 것도 없이 탈락.'

그랬다가 에이린이 정말 불귀의 객이라도 되는 날엔 양심의 가책으로 밤잠을 설치지 않을 자신이 없다.

둘. 황실 관계자에게 알린다.

'그렇게 하면 그들이 알아서 에이린을 구출해 주겠지만……'

대신 일이 커진다. 에이린이 작정하고 사냥터에 몰래 숨어들었다는 사실을 동네방네 알리게 되는 격이었으니까. 자칫하면 에이린을 데리고 나오는 것 때문에 사냥 대회 자체가 궁시될지노 몰랐다. 황실의 중요한 행사를 망친 죄는 아마 내가 대략 상상하는 것보다는 클 것이다.

그래서 마지막으로 셋.

'내가 직접 숲에 들어가 아직 멀리 가지 않았을 에이린을 찾아서 남

모르게 끌고 나온다.'

　내 입장에선 가장 번거롭고 성가시기 짝이 없는 방법이었지만, 동시에 잘되기만 하면 이 사태를 아무런 소동 없이 조용하고 평화롭게 해결할 수 있는 유일한 수단이기도 했다. 물론 나인들 숲에서 짐승들과 맞장 떠 이길 자신이 있는 건 아니었지만.

　'그건 다베리 경이 맡아줄 거니까.'

　솔직하게 말하면 이 사람만 믿고 들어왔습니다. 그런 생각을 하며 나와 나란히 걷는 다베리 경을 흘긋 내려다보았다. 나는 현재 말에 탄 채로 숲의 초입을 이동하고 있었다. 그의 짧고 단정한 금발을 보다가 입을 열었다.

　"고마워요, 경. 덕분에 이렇게 사냥터에 입장했네요."

　"아닙니다."

　다베리 경이 얼핏 과장되게 고개를 저었다.

　"저보다는 아가씨의 연기력 덕분이었죠."

　"……."

　"완벽했습니다."

　"……그것도 참 고맙고요."

　나와 다베리 경이 무슨 방도로 지금 이곳 숲으로 들어올 수 있었느냐 하면, 그 일련의 과정은 다음과 같다.

　내가 다베리 경에게 간략하게 사정을 설명하고 혹시 사냥터로 들어갈 방법이 없겠냐고 묻자, 다베리 경은 곧바로 자기만 믿으라고 하더니 나를 데리고 조용히 사냥터 입구로 이동했다. 그러더니 입구를 지키던 사람에게 다짜고짜─

　"한시를 다투는 급한 일입니다. 안에 계신 분께 소식만 전하고 나오겠습니다. 잠깐이면 됩니다."

"그런 건 사람을 시켜서……."

"차마 남의 입으로는 전할 수 없는 심각하고 중대한 사안이란 말입니다! 여기 이토록 구슬피 눈물을 훔치고 계시는 레이디가 보이지 않습니까?"

"……으흐흑."

"만약 제때 소식을 전하지 못해 일이 틀어지기라도 하면 당신이 책임질 겁니까? 이 연약한 레이디께서 자칫 슬픔과 걱정을 이기지 못하고 쓰러지기라도 하면 그것 또한 그쪽이 책임질 수 있겠습니까!"

"……정말 소식만 전하고 바로 나오셔야 합니다."

"고맙습니다. 앞날에 승진이 함께하길."

이렇게 된 것이다. 심지어 다베리 경은 빨리 이동해야 한다며 저 상황에서 말 한 필까지 얻어냈다.

'정말이지 막무가내였지.'

그게 먹혔다는 것이 신기할 지경이었다. 나는 갑자기 장단을 맞추느라 급하게 동원해야 했던 조금 전의 눈물 연기를 떠올리다 않는 소리를 냈다.

"미리 말이라도 해주지."

"한시가 급한 상황이지 않았습니까."

"그건 그렇긴 하지만."

아니, 그래도 예고 몇 마디 정도는 해줄 수도 있었던 거잖아. 이제 생각하니 아무래도 나를 놀리려던 의도가 전혀 없었다고는 보기 힘든데 말이다.

'하기만 어쨌든 그 덕에 무시히 들어온 깃도 시 일이니.'

뭐, 좋아. 나는 사소한 지난 일 정도는 눈감아주기로 했다.

"그나저나 숲이 생각보다 울창하지는 않네요."

"사냥을 위한 장소니까요."

다베리 경의 걸음에 맞춰 말을 몰면서 주변을 둘러보았다. 숲은 넓었지만, 상상했던 것처럼 울창하지는 않았다.

"아무래도 시야를 너무 가렸다간 곤란하겠죠."

"하긴."

숲을 조성하는 나무는 하늘을 가릴 정도로 크고 높게 솟아 있었지만, 빽빽하지 않아 시야를 방해하는 느낌이 별로 없었다.

'잘됐어.'

이 정도라면 에이린을 찾는 일도 생각보다 어렵지 않을 것 같았다. 그 붉은색 머리는 아무래도 눈에 띄니까.

'기왕이면 대회 참가자들과 마주치기 전에 에이린을 발견해서 데리고 나올 수 있었으면 좋겠는데 말이지.'

활로 사냥감을 겨누고, 화살을 쏴 맞추는 모습 같은 건 현시점에 그다지 보고 싶지 않은 광경이었으니까 말이다.

'짐승들은 거의 안쪽에 몰아두었을 테니 여기서부터 얼마간은 아마 괜찮을 테지만.'

에이린 얘는 어디까지 들어간 거지? 그래도 꽤 이르게 쫓아 들어왔으니 말도 없는 채로 멀리 가지는 못했을 텐데. 그때 이런 내 마음을 읽기라도 했는지 다베리 경이 운을 뗐다.

"이동하는 속도를 좀 높일까요?"

"그래주면 좋죠."

그렇게 숲을 헤집는 일에 속도를 더하고 얼마 지나지 않은 시점이었다. 나는 참가자들이 너무 보살핏없어서 그냥 지나쳤는지 밀쩡하게 살아서 폴짝거리는 토끼 몇 마리와 아무래도 운이 좋아서 산 것 같은 노루 한 마리에 이어, 마침내 익숙한 머리 색을 발견했다. 즉시 외쳤다.

"에이…… 비, 씨, 디, 아무튼 저기!"

나도 모르게 이름을 부르려다 누가 들을까 싶어 도중에 급히 선회

했다. 저만치 앞에서 문제의 붉은색 머리를 나무 사이로 빼꼼 드러내고 있던 에이린이 나를 돌아보고는 눈을 화들짝 떴다.

'에이린 맞네.'

얼굴을 확인하고 나니 더는 부정할 길도 없었다. 에이린은 나와 눈이 마주치고는 마치 귀신이라도 본 양 파드득 놀라더니 그대로 몸을 돌려 뛰었다.

"어딜 도망가!"

소용없는 짓을. 네가 아무리 재빨라도 지금은 뛰어봤자 벼룩이다. 왜냐? 이쪽은 말을 타고 있으니까. 승마는 모든 귀족이 어려서 배우는 필수 교양 중 하나였다. 그리고 일단 요령을 익혀두면 잘 잊어버리지 않는다는 점에서 내겐 자전거와 비슷하지.

나는 옛 기억을 최대한 살려 능숙하게 말을 몰아 금세 에이린을 앞질렀다. 그런 후 고삐를 당겨 말을 급히 멈춰 세운 다음, 에이린의 앞으로 툭 뛰어내렸다.

'내가 생각해도 방금 말 잘 몰았다.'

지금 생각하는 거지만 승마에 재능이 좀 있는 것 같은데 말이다. 혹시 어렸을 때 나, 나만 몰랐지 승마 유망주였던 거 아닐까. 그런 생각을 하며 에이린을 가만 쳐다보았다.

갑자기 진로가 막혀 버린 에이린이 뭘 어쩌지 못하고 제자리에서 주춤거리는 것이 보였다. 앞에는 나, 뒤에는 다베리 경. 넌 이미 포위됐다. 나는 차분하게 입을 열었다.

"여기서 대체 뭘 하는 거예요, 에이린?"

아이작 영애라고 하려다가 생각을 조금 바꿔서 킨근히게 이금을 불렀다. 작은 몸이 꼼짝없이 굳어선 내 눈치를 보는 에이린은 힘없는 소동물 같았다. 화를 내거나 비난하는 느낌을 줘서 굳이 더 움츠러들게 하고 싶지는 않았다.

'훈계야 나중에 에이린의 부모님께서 실컷 해주실 테고.'

나는 일단 에이린을 이곳에서 무사히 데리고 나가기만 하면 족했으니까. 큼큼, 목소리를 한결 부드럽게 다듬었다.

"이곳에서 그러고 계속 돌아다니면 위험할 거라는 건 알죠? 내가 아니라 멧돼지를 먼저 만났으면 어쩌려고 그랬어요?"

'멧돼지는커녕 노루랑 싸워도 질 것 같은데.'

"여기서 길게 뭐라고 할 생각은 없어요. 우선 나랑 같이 나가요."

"……."

"에이린."

이거 마치 가출한 학생을 달래는 고등학교, 아니, 중학교 선생님쯤 된 기분인걸. 그때였다.

"……공녀님? 거기서 뭐 하십니까?"

나는 멀지 않은 곳에서 들려오는 사람의 목소리에 일단 준비해 온 모자를 에이린의 머리에 푹 씌워주고는 뒤를 돌아보았다. 사냥 대회 참가자로 추정되는 말을 탄 청년이 이리로 가까워지고 있었다. 나는 의아한 기색을 한 채 다가오는 낯선 얼굴을 보며 입을 열었다.

"실례지만, 누구시더라?"

"라옴 남작가의 지그만이라고 합니다."

"아, 라옴 영식."

"리디아 위드그린 공녀님 맞으시지요? 왜 사냥터에 계십니까?"

지그만의 시선이 나를 지나쳐 에이린을 향했다가, 대수롭지 않게 금방 다시 내게로 돌아왔다. 모자로 얼굴을 가린 에이린은 옷차림 탓인지 영락없이 소년처럼 보였다. 대충 내 시종이거나 대회 하인이라고 여기는 모양이었다.

"음, 그게……."

문제는 나다. 동요를 드러내지 않으려 노력하며 핑곗거리를 찾을 때 다베리 경이 나섰다.

"위드그린 가문의 다베리 삭입니다."

"다베리 삭 경, 그러고 보니 이름을 들어본 적 있는 것 같은데요."

"대단치 않은 이름인데 알아봐 주시니 영광입니다. 그보다 혹 각하께서 이 숲 어디쯤 계시는지 아십니까?"

"위드그린 공작 각하 말입니까? 그건 왜?"

"저희 아가씨께서 사냥터를 찾으신 이유가 긴히 각하를 뵙고 전할 말이 있기 때문이라…….'

잘한다, 다베리 경. 아까도 느꼈지만 눈 하나 깜짝 않는 거짓말이 아주 수준급이야. 나는 얼른 맞장구쳤다.

"맞아요."

"아니, 무슨 말이기에 위험하게 이런 곳까지 직접…….'

"그건 말씀드리기 곤란합니다."

그러더니 다베리 경이 정말로 곤란한 표정을 지었다.

"몹시 개인적이고 사적인, 그러나 중요한 이야기라서요."

"……."

"저희 아가씨께서 소식을 알자마자 이건 지금 당장 전하지 않으면 안 된다고 눈물을 훔치셨을 정도로요."

'뭐? 또?'

"다른 입을 통하지 않고 직접 전하기 전까지는 결코 마음을 놓을 수 없다며 구슬픈 눈물을 좀처럼 그치지 않으셨죠."

"……으, 흐흑."

니 이리디 우는 연기 깅인 되겠디. 고게를 사신으로 미묘하게 띨구고 손으로 입을 가린 채 어깨를 살짝 떨었다. 하…….

"아, 저런. 그렇다면 제가 대신 전해 드릴 수도 없겠군요."

"죄송합니다."

"아, 아닙니다. 제가 사과를 들을 일은 아니지요."

지그만은 뒷머리를 긁적이면서 말을 이었다.

"공작 각하라면 아마 숲의 가장 안쪽에 계실 겁니다. 황태자 전하와 마찬가지로 사냥터에서 제일 흉포한 맹수를 노리실 테니까요."

"그렇군요."

"하지만 그곳까지 들어가는 건 역시 위험하실 텐데……."

그런 것이야 다베리 경이 있으니 괜찮다고, 신경 써줄 필요 없다고 답하려고 했다. 어차피 진짜 거기까지 들어갈 것도 아니니까. 그런데 그 순간 지그만이 좋은 생각이 났다는 듯 갑자기 표정을 바꿨다.

"아, 그렇지. 공녀님, 그럼 여기서 잠시만 기다려 주십시오."

"……?"

"제가 얼른 안쪽으로 들어가서 공작 각하를 불러다 드리겠습니다."

"네?"

뭐라고? 잠깐만.

"아뇨, 그럴 필요는……."

"염려 마시고 저만 믿으십시오. 이랴!"

"라옴 영식!"

지금만 나오고 말 것 같은 흐릿한 인상의 지그만 라옴은 보기보다 성질 급한 행동파였다. 그는 내 대답 같은 것은 듣지도 않고—어째서—혼자 말을 달려 순식간에 저만치 사라져 버렸다. 뒤늦게 그를 부르는 목소리는 달리는 말의 속도를 따라잡을 수 없었다.

"……."

나는 예상치 못한 상황에 잠시간 아무런 말도 잇지 못하다가 다베리 경을 돌아보았다.

"어떡할 거예요."

"제 탓입니까?"

"음……."

"말을 제게 주시면 일단 쫓아가는 노력은 해보겠습니다."

"됐어요. 어느 방향으로 갔을 줄 알고. 그리고 경이 없으면 우린 누가 지켜주나요?"

아까도 대충 언급했지만, 멧돼지라도 한 마리 나타나는 날엔 나나 에이린이나 이 자리에서 1타 2피로 당하고 말 텐데. 다베리 경도 알고 있을 테니 그냥 해본 말이겠지만 말이다. 나는 체념이 반쯤 섞인 깃털 같은 한숨과 함께 어깨를 으쓱했다.

"어쩔 수 없죠. 이렇게 된 거 저 친절하고 행동력 넘치는 영식이 정말로 에시를 불러오기 전에 여기서 나가요."

나중에 에시한테는 뭐라고 둘러대면 좋을까. 어물쩍 넘어갈 수 있으려나. 나는 당장 어찌할 수 없는 일은 그때 가서 고민하기로 하고 다시 에이린을 쳐다보았다.

"말에 탈래요? 지금 바로 숲에서 나갈 거예요."

"……."

"걸어가고 싶다면 그래도 상관은 없고. 아, 당연하지만 여기 남겠다는 건 절대 안 돼요. 말해두는데 그건 선택지에 없어요."

에이린이 고개를 한참 들었다. 모자에 가려져 있던 갈색 눈이 드러날 때까지. 쌍꺼풀이 옅게 진 둥근 눈이 나를 물끄러미 응시했다.

"날……."

"……?"

"나를 숨겨주려고 한 거예요?"

에이린이 손을 들어 내가 씌워준 모자를 만지작거렸다. 아무 사용인이나 붙들고 급하게 얻어 온 모자는 검정에 가까운 어두운 갈색이었다. 덕분에 얼핏 파리한 느낌이 들 정도로 하얀 에이린의 손과 묘한 대비를 만들어냈다. 나는 그 자그마한 손과 모자의 앙상블에 잠시 시선을 주었다가 고개를 끄덕였다.

"에이린이 사냥터에 들어온 사실을 여기저기 알릴 생각 같았으면 이렇게 직접 잡으러 오지도 않았겠죠."

"……."

"말에 타요. 역시 그게 낫겠어."

지그만이 생각보다 유능해서 에시를 예상보다 빠르게 데리고 나타나기라도 하면 골치 아프다. 그런 일이 있기 전에 후다닥 나가야지.

"그리고 혹시나 해서 이야기하는데 모자는 여기서 완전히 나갈 때까지 벗지 말아요."

"……안 물어봐요?"

에이린과 눈을 맞췄다. 에이린은 잠시 내 시선을 피하지 않고 묵묵히 받아내는 것 같더니, 이내 고개를 푹 숙였다.

"뭐를요?"

"……내가 여기 들어오는 걸 보고, 나인 걸 바로 알아채고 쫓아 들어온 거죠? 그때 시장에서 가발을 들켰으니까."

"그래요."

"왜 이랬는지 안 물어봐요? 왜, 가발에 이런 옷까지 입고 이렇게 무모하게 사냥터로 숨어들었는지."

'자기 행동에 대한 자각은 있구나.'

하긴, 그러니까 나를 보곤 그렇게 죄지은 사람처럼 놀라서 도망쳤던 거겠지.

"물어보면 말해주려고요?"

"……."

"좋아요. 그럼 물을게요. 왜 그런 거예요? 지금 보니 위험한 행동이라는 자각이 없었던 것도 아닌 것 같은데."

에이린은 머뭇거렸다. 하지만 먼저 이 화두를 꺼냈다는 것 자체가 이유를 털어놓을 의사가 있었던 거라고 봐도 좋을 거다. 그녀의 망설임은 그다지 길지 않았다.

"관심을…… 끌려고요."

"관심?"

"공작 각하의 관심을 끌고 싶었어요."

"뭐라고요?"

여기서 언급된 공작 각하가 누굴 말하는지는 추가로 듣지 않아도 뻔했다. 당황한 나머지 나도 모르게 목소리가 높아졌다.

"고, 공녀님은 모르시겠죠. 제 마음."

에이린이 양손으로 자기 바짓자락을 꾹 움켜쥐었다. 새 옷인 듯 반듯하던 옷감에 형편없이 주름이 졌다.

"저, 맞아요. 사냥터에 직정하고 일부러 숨어들었어요. 가발도 처음부터 이럴 목적으로 그날 시장에 몰래 나와 구한 거였고, 남성복은 하인에게 돈을 주고 비밀리에 얻었어요."

"……그렇게 남장하고 사냥터로 숨어드는 게 왜 에시의 관심을 끄는 방법이라고 생각했는데요?"

이건 따지는 게 아니라 순수한 궁금증이었다. 에이린의 손에 힘이 들어갔다. 고개가 한층 아래로 떨어졌다.

"……처음에는 모임에서 우스갯소리로 나온 말이었어요."

'모임?'

"왜, 보통 로맨스 소설에서 보면 여자 주인공이 남장하고 사냥터 같은 곳에 숨어들어서 조난되고, 남자 주인공이 그걸 구해주는 이야기가 꼭 있지 않느냐고요."

"잠깐만요."

방금 들은 말을 해석할 시간이 필요했다. 나는 잠깐의 사고를 거쳐 도출한 결론을 입에 올렸다.

"지금 그래서 로맨스 소설을 따라 했다는 거예요?"

모자 아래로 남김없이 감춰진 에이린의 얼굴이 온통 붉게 달아오르는 소리가 들린 것만 같았다. 겉으로 드러난 그녀의 양쪽 귀가 새빨갛게 익어버렸으니까. 내가 뭐라고 하지도 않았는데 에이린이 알아서 더듬거리며 말을 이었다.

"저, 저도 알아요. 바보 같다는 거. 그건 소설일 뿐이라는 것도, 현실에서 기대해선 안 된다는 것도. 제 행동이 허무맹랑하고 어리석었다는 것도 알고 있어요."

'그런데 왜.'

"그렇지만 어쩔 수 없었어요."

용케 끊이지 않고 이어지는 가느다란 목소리가 바람을 맞은 여린 잎처럼 떨렸다. 나는 위태로워진 목소리에 말없이 에이린을 가만 바라보았다.

"아닌 걸 알아도, 이렇게밖에 할 수가 없었어요."

"……."

"조, 좋아해서."

"……."

"좋아하는데, 진짜 좋아하는데 나한테는 이런 방법밖에 없다고 생각하니까……."

나는 금방이라도 눈물을 떨어뜨릴 것처럼 바들바들 떠는 에이린에게서 눈을 떼지 않았다. 정확히는 뗄 수가 없었다. 갑갑한 심경에 하소연이라도 하듯 내 앞에서 털어놓고 말았을 저 말은, 나든 걸 너나 에이린의 진심이 뚝뚝 묻어났다.

에이린은 내가 자기 마음을 모를 거라고 했지만, 그렇지 않다.

그랬다면 지금 내 가슴 한구석이 마치 누가 발로 밟기라도 한 듯 이렇게 둔탁하고 갑갑하게 아플 리 없으니까. 이건 에이린을 이해하니까 느끼는 감각일 것이다. 이해하고, 동감하고, 그리고 부러워서. 믿을 수 없게도 나는 이 순간 에이린이 부러웠다.

보답받지 못하는 일방적이고 가망 없는 마음이라도, 그것을 드러낼 수 있는 것이 부럽다. 솔직할 수 있다는 사실에 못 견딜 만큼 질투가 난다. 그 거짓말 같은 감정에 실소가 흘러나올 것 같았다.

나는 시선을 돌려 버렸다. 그러곤 말고삐를 끌어당겨 말을 가까이 끌고 왔다.

"······타요."

에이린은 여전히 고개를 숙이고 있었지만, 시키는 대로 순순히 말에 올랐다. 안장은 넉넉했다. 나는 에이린을 앞쪽에 앉히고 뒤에 올라타 말 옆구리를 가볍게 찼다. 걷기 시작한 말의 흔들림에 몸을 맡기면서 입을 열었다.

"누가 그런 말을 했어요."

"······."

"얼핏 남이 이해할 수 없는 말도 안 되는 일을 벌이는 사람은 미쳤거나, 혹은 그만큼 절박하거나 둘 중 하나라고."

"······."

"나는 에이린이 미쳤다고는 생각하지 않아요."

말이 밟는 곳마다 숲의 풀들이 짓눌려 꺾이며 말발굽 소리를 흡수했다. 에이린이 잘했다는 것은 절대 아니다. 하지만 그렇다고 잘못했다고 날카롭게 몰아세우며 비난하고 싶지도 않았다. 그러는 것이 지금 이 상황에 꼭 필요하다고 보지도 않거니와.

'그럴 자격이 있나, 내가.'

어쩌면 에이린처럼 하지 않는 것이 아니라 하지 못하는 것뿐일지도 모르는 내가 말이다.

"그래도 앞으로는 이러지 말아요. 만에 하나 돌이킬 수 없는 일이 생기면 안 되잖아요. 다른 사람이 아니라 에이린을 위해서."

에이린은 말이 없었다. 하지만 나는 그녀가 아래로 한참 떨어뜨리고 있던 고개를 들어 올린 것을 확인했다. 그거면 됐다 싶어서 나도 그때부터는 입을 다물었다. 짧게 이어지던 침묵을 부순 것은 의외로 다베리 경이었다.

"궁금한 것이 한 가지 있습니다만, 지금 질문하면 분위기 깨는 겁니까?"

"누구한테 할 질문인데요?"

"레이디 아이작께요."

에이린을 쳐다보았다. 그녀의 동그란 머리통이 미세하지만 확실하게 위아래로 움직였다.

"그래, 좋아요. 경 혼자서만 두 다리로 걷고 있으니까 보상 차원에서 특별히 질문권을 줄게요."

"이 영광을 튼튼한 제 다리에 바칩니다."

"궁금한 게 뭐예요?"

"흠…… 레이디 아이작께서 쓰고 계신 그 가발 말입니다."

'가발이 왜?'

"하필 붉은색인 이유가 제가 생각하는 그 이유가 맞습니까?"

"경이 생각하는 이유가 뭔데요?"

가발 색 선정에 뭔가 거창한 이유가 있단 말이야? 그렇게 생각하는데 다베리 경이 내게 물끄러미 시선을 주었다. 뭘 그리 쳐다보냐는 의문이 든 것과 그의 눈이 다름 아닌 내 머리카락을 향하고 있다는 사실을 깨달은 것은 거의 동시였다. 나는 눈을 깜박거렸다.

"응? 설마 내 머리 색을 따라 한 거라고요?"

"정답인가요?"

다베리 경이 에이린에게 눈길을 돌렸다. 이내 그녀의 목소리가 모기도 패배감에 다음을 기약하고 물러날 만큼 아주 조그맣게 흘러나왔다.

"……네."

"아니, 왜 내 머리 색을?"

"각하의 시선을 끈다는 목적에는 합당한 발상이었다고 볼 수 있겠죠. 사실 처음에는 색이 워낙 미묘해서 긴가민가했지만."

"그, 그건."

에이린이 뭔가를 반박하려는 듯 바로 입을 열었다가 이내 나를 흘긋 돌아보았다. 나는 내 눈치를 살피는 듯한 에이린의 이 모습을 전에도 봤었다는 걸 떠올렸다.

'시장에서.'

아, 그럼 그때 흘린 가발을 줍고 내 눈치를 보는 것 같았던 게 사실 이런 이유에서였단 말이야? 에이린이 우물쭈물 다음 말을 이었다.

"……저는 분명 활짝 핀 장미처럼 화려한 붉은색으로 주문했는데, 그 가발 가게에서 멋대로 이런 색을 내놨어요. 바, 바꾸기에는 시간이 없었고."

'뭘 변명하는 거야.'

내 머리 색을 흉내 낸 것보다는, 흉내 낸 결과물이 형편없다는 쪽이 마음에 걸리는 거야? 나는 뭐라고 설명하기 힘든 묘한 기분을 느끼다가 입을 열었다.

"내 머리 색이 활짝 핀 장미처럼 화려해요?"

"……."

"음…… 고마워요. 에이린이 검은 머리도 흑단처럼 윤기 나고 정말 예뻐요."

'갑자기 분위기 머리 색 칭찬.'

어쩌다 보니 분위기가 그런 식으로 흘러갔을 때였다. 갑자기 다베리 경이 자리에서 다급하게 움직였다.

"경?!"

히히힝! 말이 울었다. 나는 몹시 급하게 멈춰 세운 말에서 뛰듯이 내려 다베리 경을 살폈다.

"괜찮아요?"

"괜찮습니다."

아니, 다베리 경은 별로 괜찮지 않았다. 갑작스럽게 날아든 화살을 순간적으로 잡아채는 과정에서 찢어졌는지 오른쪽 손바닥에서 피가 흐르고 있었다. 순간 현기증이 일었다.

"무슨 일이에요? 꺄악! 다, 다쳤어요?"

"말을 겨눴습니다."

다베리 경이 화살이 날아왔던 방향을 응시했다. 활을 쏜 범인은 이미 달아난 듯 그곳에서는 별달리 사람의 흔적을 찾아볼 수 없었다.

"맙소사, 이건 화살이잖아요. 시, 실수였겠죠? 멀리서 보고 짐승으로 착각해서?"

"글쎄요. 지금으로선 확신하기 힘든…… 아가씨?"

"공녀님?"

나는 비틀거리다가 가까운 나무에 등을 기댔다. 그렇게 강하다고도 할 수 없는 피 냄새에 속이 완전히 뒤집히는 것 같았다. 머리가 아팠다.

'아, 망할.'

이게 그건가? 트라우마?

"공녀님, 괜찮으세요?"

괜찮다고 대답해야 하는데 입이 잘 떨어지지 않았다. 나는 흐릿해진 시야에 눈을 여러 번 깜박였다. 아주 심한 멀미를 겪는 것처럼 속이 메스꺼웠다. 머릿속이 윙윙 울리면서 어지러웠다. 화살, 상처, 피.

'에시.'

에시가 보고 싶었다. 지금 이 상황과 에시가 아무런 상관도 없다는 걸 알지만, 그럼에도 에시가 무사하다는 것을 보아야만 이 괴로운 기분이 가실 것 같았다. 나무에 기댄 등이 조금씩 미끄러졌다. 나는 약간 가쁜 숨을 내쉬다가 결국 아예 바닥에 주저앉았다.

바로 그때였다.

"각하."

'……에시?'

바닥으로 내린 고개를 들기 전에 손길이 먼저 느껴졌다. 단단하고 따뜻한 손길이 그대로 나를 안아 올렸다. 몸이 떠오르는 느낌이 났다. 순간 주변의 소리가 전부 벽을 사이에 둔 소음처럼 흐릿하고 멀게 들렸다. 익숙한 체향이 피 냄새를 밀어내고 코끝을 간질였다.

안정감이 전신에 퍼졌다. 나는 넓은 품에 고개를 묻고 잠시 다른 생각은 잊은 채 천천히 숨을 들이마셨다. 폐부를 채운 공기가 신기할 만큼 편안하고 달았다. 나는 한숨처럼 숨을 길게 내뱉으면서 눈을 감았다.

마그 자앙은 정신없이 말을 달렸다. 숲을 이룬 나무와 풀들이 바람 소리를 내며 빠르게 그의 양옆을 스쳤다.

'쳇, 맞출 수 있었는데.'

마그 자앙은 오늘 그의 사촌 형의 명의를 빌려 몰래 사냥 대회에 참가했다. 본래라면 나이 때문에 사냥 대회 참가 자격을 충족시키지 못하는 그가 이런 수까지 써가며 사냥터로 끼어든 이유는 간단했다.

에이린 아이작. 주제도 모르고 감히 저를 걷어찬 그 건방진 계집애의 콧대를 납작하게 해주고 싶었으니까.

'제까짓 게 뭐라고. 분수도 모르고 나를 차?'

마그 자앙은 얼마 전 제게 이별을 통보하던 상대의 얼굴만 떠올리면 뱃속이 꼬이는 기분이었다. 뭐, 미안하지만 그만 만나자고? 이건 아닌 것 같다고?

'얼굴 좀 귀엽다고 오냐오냐 잘 대해줬더니.'

짜증이 났다. 무시를 당했다고 생각했다. 자신이 아직 나이가 어리고 작위도 물려받기 전이라 애송이 취급을 한 것이 분명했다.

'그 생각을 고쳐먹게 해주겠어.'

그것 때문에 사냥 대회에 참가했다. 남들보다 월등히 뛰어난 성적을 내서 자신이 얼마나 대단한지 보여주고 싶었다. 그렇게 해서 에이린의 코를 납작하게 눌러주고, 보는 눈도 없이 그를 걷어찬 걸 땅을 치면서 후회하게 해주려고 했는데.

하지만 현실은 생각했던 것만큼 녹록하지 않았다. 마그 자앙은 대회가 시작된 지 얼마 지나지 않아 우승은 자기 것이 아니라는 사실을 빠르게 인정했다. 나란히 우승 후보로 거론되던 황태자와 위드그린 공작은 그의 어림짐작을 훌쩍 뛰어넘는 상식 밖의 인간들이었다. 위드그린 공작이 말을 달리면서 마치 몬스터 같은 집채만 한 멧돼지를 고작 화살 한 대로 넘어뜨렸을 때, 그는 그것을 멀리서 보고도 오금이 저렸다.

'인간 맞아?'

황태자도 별반 다를 것 없었다. 마그 자앙은 두 사람이 각각 사냥감을 잡는 것을 한 번씩 본 뒤 망설이지도 않고 그 장소를 벗어났다.

'서 인간들이링은 경쟁하면 안 돼. 이건 전략이야.'

절대 도망치는 게 아니다. 이길 수 없는 상대와의 싸움은 일찌감치 포기하고 안정적으로 삼등을 노리려는 것뿐. 마그 자앙은 그렇게 두 사람이 보이지 않을 때까지 한참 말을 몰아 멀어졌다. 한데 그러고 났더니 또 너무 멀리 나온 것 같았다. 눈에 차는 마땅한 사냥감이 보이지 않았으니까.

'토끼.'

이딴 건 아무리 많이 잡아봐야 비웃음만 살 것이다. 그래서 다시 말머리를 돌려 조금 더 안쪽으로 이동하려고 했다. 어디서 많이 본 듯한 머리 색이 시야에 들어온 것은 그때였다.

'리디아 위드그린 공녀.'

마그 자앙은 먼발치서도 한눈에 분간이 되는 화려하고 선명한 적발을 발견하고 순간 놀랐다.

'왜 여기에 있지?'

그러나 놀람은 잠시였다. 곧 기막힌 생각이 떠올랐다.

'이건 기회야.'

이 상황을 그저 단순한 우연으로 넘기고 얌전히 자리를 뜨기엔 그가 최근에 상대에게 품은 유감이 좀 있었다.

'그때 시장에서는 잘도 내게 망신을 줬겠다.'

사람을 낮잡아보는 저런 빌어먹을 년에게는 따끔한 맛을 보여줘야 한다. 마그 자앙은 일부러 공녀가 타고 있는 말을 노리고 화살을 쐈다. 사람을 겨냥하지 않은 건 아무래도 그 정도까지는 감당할 자신이 없었기 때문이다.

하지만 실수로 쏜 화살을 맞고 말이 날뛰는 정도라면. 그 바람에 말에 타고 있던 사람이 떨어져 다소 다치는 것쯤이야 상관없겠지. 물론 화살을 쏜 건 절대 실수가 아니지만, 실수라고 잡아떼면 그만이었다.

'하, 그런데 설마하니 그걸 잡을 줄이야.'

바람과 달리 마그 자앙은 목적을 이루지 못했다. 공녀의 옆에 있던 기사가 날아드는 화살을 무려 맨손으로 잡아채 버린 것이다. 마그 자앙은 그걸 보자마자 놀라 말을 돌려 달아났다.

'그 공작에 그 기사라도 된다는 건지.'

황당했다. 그리고 못내 아쉬운 일이었다. 마치 하늘이 내려준 것 같은 설욕의 기회였는데.

'낙마해서 한쪽 다리라도 부러지길 바랐는데. 칫, 어쩔 수 없지. 아깝지만 이대로 도망쳐서 그냥 아무 일도 없었던 것처럼…….'

그때였다.

픽! 히히힝!

"으악!"

달리던 말의 다리에 화살이 박혔다. 말이 고꾸라졌다. 말에서 떨어진 마그 자앙이 관성을 이기지 못하고 데굴데굴 굴러 나무에 머리를 쾅 박았다. 이내 축 늘어진 마그 자앙 앞에 한 사람이 나타났다.

"아자."

성별을 짐작하기 힘든 새카만 차림의 그는 뿌듯한 표정이었다. 그는 만족스럽게 허공에 대고 불끈 주먹을 쥐는가 싶더니, 이내 품속에서 작은 구체를 꺼냈다.

"마스터, 자살 희망자 잡았습니다."

구체에서 불이 반짝이며 건조한 대꾸가 돌아왔다.

ㅡ그래.

잘했다는 칭찬 한마디 없었다. 뭐, 별로 상관은 없지만. 어차피 칭찬받자고 하는 일이 아니었다. 그저 조직원으로서 주인의 명에 따라 제 역할에 충실하며 밥값을 하는 것뿐.

"기절했는데 이대로 둘까요? 아니면 따로 빼돌릴까요?"

ㅡ뭐.

"옛썰, 알겠습니다."

그는 통신용 마법 도구인 구체를 도로 갈무리하곤 의식을 잃은 마그 자앙을 내려다보다 어깨를 으쓱했다.

"쯧쯧. 요즘 것들은 자살 시도도 참 창의적으로 한다니까. 죽고 싶으면 그냥 나무에 목을 매달지. 쉽고 빠르고 전통적이고 얼마나 좋아. 하여간 나로선 도통 이해할 수가 없는 일이야."

기절한 마그 자상의 뒤통수를 추가로 갈겨 혹시나 깨어날 염려를 방지한 그가 나타났을 때처럼 다시 허공으로 녹아들었다.

에시는 나를 안아 들고 그대로 사냥터를 빠져나왔다. 일순 그 자리에 남겨진 에이린과 다베리 경이 걱정되었지만, 그들을 돌아보기에는 에시의 움직임이 너무 거침없었다. 나는 마음속으로나마 다베리 경에게 에이린을 부탁했다.

에시는 곧장 저택으로 향했다. 나는 마차에서 내리면서 잠깐 비틀거렸다. 그 바람에 저택 안까지 에시에게 안겨 들어가야 했다. 괜찮다고, 걸을 수 있으니 내려달라는 말은 씨알도 먹히지 않았다.

'부끄러워.'

환자처럼 안겨서 들어온 날 보고 집사와 베시는 무슨 일이냐고 난리를 쳤다. 나는 감기 기운 때문에 열이 오른 것 같다고 둘러댔다.

완전히 거짓말은 아니었다. 아까부터 머리가 핑핑 돌고 어지러운 기분이 가시질 않는 것이, 정말로 열감이 있는 게 아닌가 의심스러웠으니까.

'무슨 열까지 나냐.'

기가 막힌 노릇이었다.

'진짜 유난이다.'

저번에도 그랬지만 다친 건 남인데 왜 내가 이 난리인지. 에시는 나를 내 방 침대에 내려주었다. 나는 몸이 물먹은 솜처럼 무겁게 늘어지는 것을 느끼면서 누워서 에시를 올려다보았다.

이 상황에 아래에서 올려다봐도 그린 듯 유려한 에시의 턱선이나 콧대에 나도 모르게 시선이 머물렀다. 황당하다고 생각하며 입을 열었다.

"사냥 대회……."

"……."

"이렇게 도중에 나오면 실격하는 거 아니야?"

"그렇겠지."

지금 바로 다시 돌아가도 늦었을까. 하긴, 당연히 늦었겠지. 가깝다면 모를까 오가는 데 걸리는 시간을 생각한다면 말이다.

"……우승한다며."

사냥터를 나오면서부터 내심 신경 쓰였던 걸 입에 올렸다. 답은 고민하는 기색조차 없이 떨어졌다.

"그런 거 상관없어."

대회 시작 직전 에시가 우승을 두고 황태자와 은근한 신경전을 벌였던 일이 떠올랐다. 나는 그것을 언급하려다가 이내 입을 꾹 다물었다. 어차피 이미 물 건너간 사냥 대회다. 이제 와 이 이야기를 계속 꺼내는 건 에시가 나 때문에 다른 중요한 것을 팽개쳤다는 사실을 군이 확인하는 것밖에 되지 않았다.

괜히 겸연쩍어져서 어색한 손길로 이불을 만지작거리다 끌어 올리는 그때, 에시가 손을 뻗어 내 이마를 짚었다. 손은 열을 재듯 잠시 머무르다가 금세 다시 떨어졌다. 나는 순간 아쉬움에 탄식할 뻔했다가 이성을 붙들곤 탄식 대신 비명을 삼켰다.

'정신 안 차려?'

와, 방심했다간 무슨 일이 있을지 나도 나를 못 믿겠다. 그렇게 스스로를 향한 불신과 충격에 사로잡혀 있는 와중 에시의 목소리가 들렸다.

"아픈 곳은?"

나는 눈을 깜박이다가 고개를 저었다.

"열이 나는데. 머리는 어때?"

"괜찮아. 약간 어지럽기는 한데, 음, 그게 다야."

그처럼 대답한 후 조금 머뭇거리다가 말을 이었다.

"사냥터에 있었던 건…… 내 고집이었어. 별거 아닌. 잠깐만 숲을 구경하고 바로 나오려고 했는데."

"……"

"이렇게 민폐에 걱정을 끼치게 될 줄은 몰랐어. 미안해."

'솔직히 정말 몰랐지.'

별다른 문제없이 에이린을 발견하고 순조롭게 데리고 나오면서 다 끝났다고 생각했더니.

에시는 서두르지 않고 천천히 대답했다.

"안 다쳤으면 됐어."

"……"

"전에도 말했지. 무사하기만 하면 누님이 뭘 하든 좋다고."

"……"

"지금도 변함없어."

소음 하나 없이 조용한 주변이 문득 원망스러웠다. 신장이 조금만 크게 뛰어도 그 소리가 들릴 것만 같았으니까.

"누님."

"응?"

두근거리는 속을 들킬까 비스듬히 내리깔았던 시선을 조심스럽게 도로 쓸었다.

"누님이 다치면 나머지에게 책임을 묻겠다던 거 기억해?"

"나, 나 안 다쳤는데."

황급히 변명하듯 말을 내놓았더니 에시가 옅게 웃었다. 그 웃음에 떨리는 가슴을 진정시킬 새도 없이 차분한 손길이 내 이마를 쓸어 머리카락을 넘겨주었다. 나는 숨을 죽였다.

"오늘 생각해 보니 그 나머지에 나도 있는 것 같아서."

"……."

"누님에게 무슨 일이 생기면 나를 용서할 수가 없을 것 같거든."

그러니 부디 다치지 마. 에시가 머리카락을 넘겨주는 손길처럼 다정하고 상냥하게 덧붙였다.

나는 몹시 느리게 눈꺼풀을 닫았다가 열었다. 열 때문일까. 딱히 어디가 이상하다고는 할 수 없는 이 순간이 마치 환상처럼 느껴졌다.

'아, 아니지.'

그게 아니라.

'환상이기를 바라는 거구나.'

나는 지금 이게 현실이 아니었으면 하고 바라는 거다. 그래야 아까부터 목구멍을 콱 틀어막고 있는 듯한 이 말을 뱉어낼 수 있을 테니까. 실은 에시가 처음 숲에 나타나 나를 안아 올렸을 때부터, 자칫하면 당장에라도 입술을 비집고 나올 것만 같았던 말을.

나는 에이린을 떠올렸다. 고개를 푹 숙여 표정은 볼 수 없었지만, 바들바들 떨리는 목소리에 진심을 가득 담아 뱉던 에이린의 모습이 머릿속을 채웠다. 그러고 보면 에이린은 항상 솔직했다. 파티장에서 내게 와인을 흘린 이유를 추궁당했던 그때에도, 사냥터에서도. 에시를 좋아하는 마음을 전혀 숨기지 않았다. 이불 위에 얹어두었던 손을 슬며시 시야 바깥으로 보내 그러쥐었다.

'부러워.'

부럽다. 속이 울렁거렸다. 나는 지금 에이린이 부러워서 정말이지 견딜 수가 없었다. 에이린이 자기 마음을 숨김없이 드러내는 것을 보고서야 확실하게 깨달았다.

그러지 못한다는 게 얼마나 괴로운 일인지. 아무리 누르고 삼켜도 계속해서 솟아나는 마음을 겉으로 내보일 수 없다는 게 얼마만큼 사람을 시험하고 힘들게 만들 수 있는지.

'내가 더 좋아해.'

사람 마음처럼 보이지 않고 형체도 없는 것을 저울에 올리는 게 부질없는 짓이라는 걸 모르는 바는 아니다. 그렇지만.

'내가 훨씬 더 좋아하는데.'

그런데 에이린은 말할 수 있고, 나는 말할 수 없다니. 이런 게 어디 있어.

'불공평해.'

억지라는 걸 알고 있었다. 어린애 같은 말도 안 되는 투정이라는 것도. 하지만 어쩔 수 없었다. 이런 원망이라도 하지 않으면 도무지 지금 이 괴로운 기분을 참고 넘길 수 없을 것 같았으니까.

나는 어지러워서 그런다는 듯 팔을 들어 눈을 가렸다. 얼굴에 달라붙은 머리카락을 천천히 넘겨주던 손길이 다시 열을 재듯 이마에 머물렀다. 나는 시야를 가려서 더 선명하게 다가오는 감각에 입술 안쪽을 꾹 눌러 깨물면서 신에 대해 생각했다.

이 세계에는 여러 신이 있다. 비록 현재 신전을 세워 모시는 신은 크게 셋뿐이지만, 기록에 있는 신 자체는 몹시 많다. 어디서 듣도 보도 못한 잡신부터 시작해서 도대체 저건 왜 있나 싶은 터무니없는 신까지. 그리고 만약 그중에서 나를 친히 굽어살피는 신이 있다면, 그는 틀림없이 고통과 슬픔을 먹고 사는 저주스러운 가혹의 신일 것이다.

나는 가벼운 몸살을 앓듯 약 하루를 맥없이 보낸 뒤, 다음 날 무슨

일이라도 있었냐는 듯 머쓱할 만큼 멀쩡하게 자리를 털고 일어났다. 그 탓에 에이린이 보낸 장문의 편지를 하루 늦게 수신했다. 다행히 에이린은 정체를 들키지 않고 무사히 사냥터를 벗어나 가문으로 돌아간 것 같았다.

'다행이다.'

정말 다행이었다. 아니었으면 세상에 헛고생도 그런 헛고생이 없을 뻔했는데. 에이린이 잘못되기라도 했으면 솔직히 방구석에서 주먹으로 입 막고 울었을 거다. 베갯잇이 남아나지 않았을 거라고.

'친애하는 리디아 위드그린 공녀님께'로 시작해 '에이린 아이작 보냄'으로 끝맺는 편지는 장장 세 장에 걸쳐 이루어져 있었다.

'길어.'

내용을 살피자면 자긴 덕분에 잘 귀가했다는 말과 고맙다는 인사, 그리고 몸은 괜찮으냐고 내 안부를 묻는 것이 주였다.

답장은 간략하게 써서 보냈다. 축약하면 '나는 괜찮음. 그리고 편지 말미에서 물었던 다베리 경의 손바닥도 괜찮음'.

피를 본 것 때문에 걱정했는데, 다베리 경의 상처는 생각보다 깊지 않았다. 치료를 맡은 닥터의 소견으로는 금방 나을 것이고, 낫는 과정에서 본인이 상처를 불에 지지는 미친 짓만 저지르지 않으면 흉터도 남지 않을 거라고 했다.

'휴.'

마음이 놓이는 일이었다. 에시가 대회 도중 말없이 장소를 이탈했던 일은 내가 갑자기 아파서 그랬던 것으로 대충 말이 맞춰진 것 같았다.

인적이 드문 응원석 후미진 곳에 있던 내가 갑작스러운 몸살 기운을 호소하며 쓰러졌고, 하인이 그걸 사냥터로 급히 뛰어 들어가 에시에게 전했으며, 소식을 들은 에시는 그 즉시 누이를 챙기기 위해 대회고 뭐고 전부 뒤로하고 사냥터를 벗어났다. 뭐 그런 식으로.

'덕분에 나와 에시 사이가 돈독하다는 말이 다시금 퍼졌지.'

이제 와선 새삼스럽다고 하기도 뭐했지만.

사냥터에서 나와 우연히 마주쳤던 지그만 라옴은 보기보다 입이 무거웠던 것 같다. 내가 사냥터에 있었다는 사실이 바깥으로 전혀 새어나가지 않은 것을 보면 말이다. 행동은 급해도 주둥이는 신중한 이중적인 매력의 남자였던 걸까.

그 덕분이라고 해야 할지, 이번 사냥 대회와 관련해 불미스럽게 이름이 오르내리게 된 건 나나 에이린이 아니라 다른 놈이었다.

'마그 자앙.'

전해 들은 말에 따르면 마그 자앙은 다른 사람의 이름을 빌려 나이 제한이 있는 사냥 대회에 몰래 참가했었다고 한다. 여기까지는 그렇다고 치는데.

'토끼를 잡으려다 실패해서 걸렸다고?'

토끼를 잡으려고 활을 쐈는데 토끼가 피했고, 당황한 마그 자앙이 허둥거리다 말을 잘못 걷어찼고, 놀란 말이 날뛰면서 마그 자앙을 떨어뜨린 후 달아나고, 마그 자앙은 그 충격으로 기절해 있다가 사냥 대회가 다 끝날 즈음 발견되어서 정체를 들키고 말았다는……. 뭐 그런 총체적 난국 같은 이야기를 들었다.

'가지가지.'

마그 자앙은 아니라고 길길이 날뛰면서 부인한 모양이지만, 익명의 목격자에게서 제보가 나오는 바람에 정작 본인의 주장은 무시당하고 있는 분위기였다. 일단 마그 자앙이 토끼가 출몰하는 부근에 말도 없이 혼자 기절해 있었던 것은 사실이었으니 말이다.

'혹시 그 자식이 화살을 쏜 범인 아냐?'

사냥터에 있었다는 말을 들으니 괜히 의심스러웠다. 다베리 경의 손바닥을 찢어놓은 그 화살이 만에 하나 실수가 아니었으면, 고의로 그런 짓을 할 만큼 내게 원한을 품은 사람이 최근에 그 자식밖에 더 있겠냐고.

'토끼가 나오는 지점에 있었다니 위치도 얼추 맞아떨어지고.'

안타깝게도 그 밖에 다른 증거는 없지만. 뭐, 그래도 어차피 이걸 떠나 마그 자앙을 한동안 수도에서 볼 수 없게 되기는 했다. 여러모로 물의를 일으켜 가문의 얼굴에 먹칠한 마그 자앙을 처벌 겸 자숙하라는 의미에서 지방 영지로 내려보내기로 자앙 자작이 결정했기 때문이다.

솔직히 나 같아도 당장 어디로든 보내 버리고 싶었을 거다. 일각에서는 벌써 마그 자앙을 이름 대신 '토끼 자앙'으로 바꿔 부르는 판이라고 하니.

'이목을 피해 새벽에 급하게 영지로 내려보내는 길에 실종되었다는 소문도 돌지만.'

이건 진위를 확인할 길이 없었다. 아무튼, 마그 자앙의 인성을 아는 나로서는 그저 잘됐다고밖에 해줄 수 없는 일이었다.

'참, 그리고.'

사냥 대회의 우승은 에시가 실격함으로써 자연스럽게 황태자의 몫으로 돌아갔다.

'공동 우승이라는 책의 내용과는 달라졌네.'

저택 기사들은 우려한 것과 달리 사냥 대회 결과를 두고 크게 아쉬워하거나 절망하지는 않았다. 보아하니 다들 에시가 대회 도중 이탈하지만 않았어도 당연히 우승을 차지했을 거라고 정신 승리 중인 것 같았다.

'안심이야.'

좋은 게 좋은 거라고, 어쨌든 그들이 실망하고 우울해하지 않아서 다행이었다. 실격 이유를 찾자면 어쨌거나 나 때문이었으니까.

나는 아프다고 알려진 김에 그 오해를 견고히 하기 위해 사냥 대회 다음 날부터 열리는 황성 무도회도 전부 불참하기로 했다. 무도회 참석은 굳이 의무가 아니라서 그런 결정을 할 수 있었다.

'어차피 꼭 가고 싶었던 것도 아니니까.'

무도회가 열리는 엿새 동안 내가 선택한 일은 독한 환절기 감기에 걸린 환자인 척 저택 바깥으로 한 발자국도 나가지 않는 것이었다. 그리고 그건 무도회 마지막 날인 오늘도 마찬가지였다.

"베시, 뭐 해?"

기상해서 맞은 공기가 좀 쌀쌀했던 탓인가. 갑자기 베시의 특제 꿀물이 생각나 그녀를 찾아 거실로 내려왔다. 그런데 베시가 거실 한쪽에 있는 난로에다 뭔가를 태우고 있었다.

"뭐 하긴요, 공작님께서 태우라고 하신 걸 태우는…… 어머나!"

"왜 놀라?"

베시가 나를 발견하곤 화들짝 놀라는 바람에 내가 더 놀랐다. 나는 당황해서 주춤했다가 이내 베시가 태우고 있던 것들에 시선을 주었다.

"뭘 태우는 거야?"

평범하게 종이나 장작이겠지 했더니 그런 게 아니었다. 웬 꽃다발, 무슨 찻잎, 그리고 이건…… 과일 바구니?

'무슨 병문안 선물 삼 종 세트 같은 걸 태우고 있어?'

"아, 그게…… 크흠, 아무것도 아니에요."

"아무것도 아니라기엔 구성이 좀 독특―"

"그보다 아기씨, 마침 내려오셨네요. 그러잖아도 세가 막 아가씨께 가려던 참이었는데."

베시가 손뼉을 마주치며 몸을 일으켰다. 그러면서 발로 미처 태우지 못한 나머지를 난로 안으로 한꺼번에 밀어 넣는 모습을 보았지만,

나는 그냥 모른 체해주었다.

'다 이유가 있겠지.'

"나한테 왜?"

"슬슬 치장을 시작하셔야 할 것 같아서요."

"치장?"

나갈 일도 없는데 무슨 치장? 그렇게 생각하기 무섭게 베시의 말이 이어졌다.

"오늘 저녁에 후원에서 파티가 있을 예정이거든요."

"응?"

이게 뭔 말이야.

"처음 듣는 이야기인데?"

"그러실 거예요. 몰래 준비하다 이제 말씀드리는 거니까요. 물론 아가씨를 위한 파티고요."

"나를 위한 파티라니…… 나 생일 지났잖아."

"아휴, 아가씨도 참. 오늘이 수확제 마지막 날이잖아요."

고개를 저은 베시가 목소리를 높여 덧붙였다.

"우리 아가씨, 황성 무도회에도 참석하지 않으셨는데 오늘 같은 날마저 저택 안에서 아무것도 안 하고 보내신다는 게 어디 말이나 되나요?"

'된다고 생각하지만…….'

말해봐야 소용없겠지. 뉘앙스를 보아하니 벌써 준비도 막바지인 모양이고.

"음, 그런데 베시. 파티를 연다고 해도 말이야…… 다들 황성 무도회의 마지막 밤을 장식하느라 바쁘지 않을까?"

파티에 손님이 있겠냐는 이야기였다. 베시는 이 말에 호호 웃으면서 손을 내저었다.

"그건 걱정하실 필요 없어요. 객을 불러 모으지 않고 우리끼리 여는 파티인걸요."

"그래?"

"소소하지만 즐겁고, 간단하지만 호화롭고, 간소하지만 성대한 야
외 파티예요."

'그게 뭐야.'

두 번째부터 뭔가 말이 좀 안 맞지 않나?

'심플하지만 화려한 디자인 시안 같은 건가.'

어쨌든 다 떠나서 베시는 즐거워 보였다. 뭐, 그래. 우리끼리 하는
파티라는데 그 '우리'에 속하는 베시가 즐거우면 된 거지.

"초대장도 특별히 한 분께만 보냈어요."

"응, 그래…… 응? 초대장을 보냈다고? 누구?"

베시는 답을 알려주는 대신 나를 향해 한쪽 눈을 찡긋해 보였다.

"아가씨를 위한 특별하고 사랑스러운 손님이랍니다."

"언니!"

나는 저녁이 되어서야 베시가 말한 '손님'의 정체를 알 수 있었다.

'예상은 했지만.'

해맑은 얼굴로 딜런과 함께 저택을 찾은 아리를 얼떨떨하게 보다가
몰래 속삭였다.

"와도 괜찮은 거야? 저녁 시간, 거기에 야외 파티인데."

"괜찮아요."

두말하면 입 아프게도 아침, 점심, 저녁은 아리에게 위험한 시간이
었다. 괜히 저녁 무렵에 비 끝에 나와 있다가 아리가 죽는 게 아닐까
걱정인 나와는 달리 정작 본인은 꽤 의연한 얼굴이었다. 이내 아리가
목소리를 바짝 낮춰 말했다.

"저, 구슬 훔쳤어요."

"어?"

나도 모르게 언성이 높아졌다가 곧 빠른 헛기침으로 수습했다.

"언제 성공했어?"

"얼마 안 됐어요. 실은 그래서 이걸 한시라도 빨리 언니한테 말해주고 싶어서 온 거기도 해요."

"그래도 그건 편지로 전해도 됐을 텐데……."

누가 편지를 볼까 걱정되었다면 한글로 써서 보내는 방법도 있다. 긴 설명 없이 'ㅅㄱ' 이렇게만 적어 보냈더라도 눈치로 알아들었을 거다.

"에이, 아니에요. 이런 소식은 직접 보고해야죠."

"그렇지만."

"그리고 한 번 정도는 죽어도 상관없어요. 구슬도 챙겨 왔거든요. 만일의 경우에는 언니가 이걸로 하루를 되돌려 주세요."

'뭐가 이렇게 대담해.'

그렇게 말한 아리가 잠시 멈칫했다. 목소리가 떨려 나왔다.

"혹시 저 벌써 죽었다 살아난 건 아니죠?"

"……."

"사실은 이 말을 두 번째 하고 있다거나……?"

"안심해. 그런 건 아니니까."

"다행이다. 아무튼 전 각오하고 왔어요."

아리는 굳은 눈빛이었다. 으음, 그래. 어쨌거나 이미 와버렸으니까. 또 야외라고는 해도 고작해야 저택 후원이니. 거기다 딜런도 있고, 여차하면 다베리 경도 있으니 나는 굳이 미리 최악의 사태를 염려하는 건 그만두기로 했다.

이윽고 시간이 되어 아리와 함께 파티 장소로 이동했다. 나는 파티 장소인 후원에 도착한 이후, 베시가 말했던 '간단하지만 호화로운 야외 파티'가 대체 뭐였는지 알 수 있었다.

'악단까지 불렀어?'

무슨 출장 뷔페 같은 음식은 둘째 치고, 후원 한쪽에서 부드러운 선율을 연주 중인 악단을 보니 말문이 절로 막혔다. 테이블 중간중간에는 마법으로 밝혀지는 것으로 추정되는 등도 놓여 있었다.

'저거 비싼 거 아닌가.'

효용에 비해 너무 비싸서 저런 걸 누가 사냐고 생각했었던 것 같은데……. 여기서 보다니.

'심지어 여러 개.'

저게 얼마야? 아무래도 야외 파티에 사용된 예산은 꽤 본격적인 것 같았다. 사실 마법 등 외에 테이블을 온통 장식한 꽃만 보더라도 그랬다. 이 계절에 피지 않는 화려한 꽃들이 싱그럽고 생생하게 자리를 빛내주고 있었다. 무슨 뜻이냐. 다 돈의 힘이란 뜻이다.

'이 세계의 온실은 마법으로 유지되니까.'

그리고 이곳에서 마법사의 몸값이란 어마어마해서 마법 관련된 건 대개 부르는 게 값이었다. 이 파티에 들어간 돈이 얼마인지 궁금하면서도 알고 싶지 않았다.

"와, 정말 운치 있어요!"

아리는 야외에 돈으로 차려놓은 파티 분위기가 마음에 드는지 순수한 기색으로 감탄했다. 베시가 의기양양하게 우리를 맞이했다.

"오늘은 누구도 빠짐없이 파티를 즐겨야 하는 날이랍니다."

'확실히 이렇게까지 해놨는데 안 즐기면 대역 죄인이겠어.'

그래서인지 저택 기사들도 오늘만은 갑옷 대신 저마다 연미복을 차려입고 있었다. 나메리 성노 바산가시었다. 딜런이 기회(?)를 놓치지 않고 탄성을 터뜨렸다.

"오, 이런. 다베리 삭 경. 보기 좋네요."

"……딜런."

"잘 어울려요. 팔자 늘어진 할 일 없는 제비 같은걸요."

"보자마자 시비부터 걸깁니까?"

"시비라뇨, 휜칠하고 멀끔하다는 칭찬인데."

"그러는 딜런도 장소에 어울리지 않게 지나치게 홀가분하고 별거 없
는 차림이 참 멋집니다. 딜런답고 어울려요."

"이 제비가."

"뭐라고요?"

며칠 만에 만난 두 사람이 정답게 회포를 푸는 동안 나는 아리가
그새 가까운 테이블에서 가지고 온 음료를 받아 들었다. 한 모금 맛
보고는 멈칫했다.

"아리, 너 이게 뭔지는 알고 가져온 거야?"

"음료수잖아요."

"술이야. 마시지 마. 너 미성년자잖아."

"언니, 아그리타 그레이스는 성인이에요."

"얼씨구?"

아리가 태연자약한 얼굴로 말을 이었다.

"언니도 참, 생각해 봐요. 알코올을 분해하는 건 신체라고요. 지금
여기서 제 원래 나이 같은 건 중요한 게 아니에요."

"호오?"

"그리고 만약 신체보다 정신력이 좌우한다고 해도 상관없어요. 저
술 세거든요."

"네가 술이 센 걸 어떻게 알아, 고1이? 마셔봤어?"

"집안 내력이라는 게 있죠."

"그래서 지금 술을 음료수처럼 마시겠다?"

"제 말은, 굳이 가져온 걸 번거롭게 다시 돌려놓을 필요는 없다는
거죠."

나는 뻔뻔하게 주장하는 아리를 보며 픽 웃고 말았다. 하여간 맛도 없는 술을 꼭 마셔보고 싶어 하는 건 저 나이 때의 특징인 걸까.

'뭐, 나도 저 무렵엔 저랬지.'

나는 조금 말리는 척하다가 그냥 아리가 하고 싶은 대로 하도록 내버려 두었다. 곧 호기롭게 술을 삼킨 아리가 오만상을 쓰는 것을 그럴 줄 알았다는 눈으로 구경하다, 문득 가까운 곳에서 난 소란에 그쪽을 쳐다보았다.

기사들에게 왁자지껄 둘러싸인 에시가 시야에 들어왔다. 크림색 연미복을 빈틈없이 차려입은 에시는 근사했다. 나는 무심코 넋을 놓고 응시하다 눈이 마주치기 무섭게 황급히 시선을 돌렸다. 집사에게 다가간 베시가 그를 툭툭 건드리고는 뭐라고 속삭이는 모습이 보인 것은 그때였다.

집사는 베시의 말에 어쩔 수 없다는 표정을 짓더니 뒤이어 목청을 높였다.

"친애하는 여러분. 즐거운 파티 도중 이 집사가 감히 질문 하나 올리겠습니다."

그렇게 좌중을 향해 운을 뗀 집사가 이어 말했다.

"여러분께서는 파티의 꽃이 무엇이라 생각하십니까?"

"저요."

"네, 거기 기사님."

"그건 바로 춤입니다."

손을 든 기사가 머뭇거림도 없이 당당하게 대답했다.

"정답입니다."

미리 짜기라도 한 듯 자연스럽게 진행되는 문답을 눈을 깜박이며 구경하고 있는 그때, 나와 집사의 눈이 마주쳤다.

'응?'

"그렇다면 이 집사, 실례가 되지 않는다면 아가씨와 공작님께 이 파티의 꽃을 피워주시길 부디 청합니다."

"아아."

베시가 기다렸다는 듯 곁에서 과장된 어조로 거들었다.

"이 순간 아가씨와 공작님의 춤을 볼 수만 있다면 저는 죽어도 여한이 없을 거예요!"

'뭐?'

그리고 그걸 시작으로 너도나도 두 사람의 의견에 동조하기 시작했다. 후원의 분위기가 한순간에 한마음이 되어 흘렀다. 특히 에시를 둘러싸고 있던 기사들은 이때다 싶어 당사자를 바깥으로 밀어내…… 지는 못하고, 대신 자기들이 후다닥 흩어져 길을 만들었다.

"와, 춤! 언니, 춤 보여주세요."

아리는 그사이에 고작 그 몇 모금을 마시고는 취했는지 헤실헤실 아무 생각 없이 웃으며 내 등을 밀고 있었다.

'술 세다며.'

나는 얼결에 몇 걸음 앞으로 걸어 나섰다. 그 순간 베시가 눈을 빛내며 악단을 향해 쪼르르 접근하는 것이 보였다. 곧이어 장소를 감싸고 있던 선율이 변했다.

'아니, 하필.'

어디서 많이 들어본 곡조에 당황할 때였다. 에시가 느긋한 걸음으로 내게 가까워졌다. 미리 짐작하던 상황은 아닌 것 같지만 장단을 맞춰주려는 것처럼 보였다.

"아름다운 레이디."

에시가 장난처럼 손을 내밀었을 때 나는 찰나 딸꾹질이 올라오려는 것을 참았다.

"부디 제게 그대와 한 곡 출 수 있는 영광을 주시겠습니까?"

머뭇거렸지만 답은 이미 정해져 있었다.

"……기꺼이."

에시가 자연스럽게 나를 탁 트인 중앙으로 이끌었다. 나는 긴장으로 다소 굳어서 뻣뻣하게 이동했다. 에시와 이런 식으로 춤을 춰본 적이 없는 것은 아니다. 아니, 외려 익숙하다면 익숙했다. 생일 같은 날 파티의 주인공이 아버지나 남자 형제와 춤을 추는 건 흔한 일이었으니까.

'그렇지만.'

나는 속눈썹이 떨리지 않기를 바라며 고개를 들고 자세를 갖췄다.

'그때와 지금은 내 상황이 좀 다르다고.'

여기에 나를 곤란하게 만드는 것은 또 있었다.

'더구나 이 곡은…….'

악단이 만들어내는 감미롭고 잔잔한 선율에 맞춰 에시가 능숙하게 춤을 리드했다. 거리가 바짝 줄어들었다.

'춤을 추는 동안 남녀가 너무 가깝단 말이야.'

나는 에시와 마치 닿을 듯 가까워진 간격을 의식하며 숨소리를 죽였다. 동작도 처음부터 끝까지 온통 단순하고 소소했다. 격렬한 움직임이라곤 거의 찾아볼 수 없었다. 가슴이 너무 뛰면 감추거나 변명할 길이 요원하다는 뜻이다.

'심장 소리가 크게 들리면 이상할 텐데.'

그 생각에 온 신경이 쏠려 있을 때였다. 에시가 갑자기 내 허리를 휘어 감고는 그대로 몸을 기울였다. 상체가 뒤로 넘어갔다.

"꺅!"

짧게 비명을 내뱉고 나니 자세가 바로 섰다. 나는 이게 대체 무슨 짓이냐는 얼굴로 에시를 쳐다보았다. 내가 알기로 이 곡에 이런 역동적인 동작은 없었다. 에시가 천연덕스럽게 웃었다.

"춤에 집중하지 못하는 것 같아서."

"……."

말문이 막혔다. 나는 방금 전의 동작 때문에 더 춤에 집중하지 못하게 생겼다고 쏘아붙일까 하다가 이내 멈칫했다.

'아, 아닌가.'

생각해 보니 도움이 좀 된 것도 같았다. 심장이 두근거리는 걸 이제 놀란 탓으로 돌릴 수 있게 되었으니 말이다.

"누님, 무슨 생각을 그렇게 하던 중이었어?"

"그냥 이것저것…… 그나저나 놀랐잖아."

"짜릿하지 않았어?"

"그대로 넘어졌다면 바닥과 부딪혀서 짜릿했을지도 몰라."

"저런. 내가 그러게 둘 리 없잖아."

나는 에시의 손을 잡고 몸을 한 바퀴 돌렸다. 이 춤의 클라이맥스이자, 곡 전체를 통틀어 그나마 동작이 가장 큰 부분이라고 할 수 있었다. 매끄럽게 돈 후 다시 에시를 가깝게 마주 보았다. 왼손을 에시의 어깨에 얹고 시선을 맞췄다.

문득 달빛이 쏟아졌다. 달빛을 받은 에시의 얼굴은 순간 반칙이라는 생각이 들었을 정도로 잘생겼다. 나는 겨우 넋을 놓지 않고 다음 동작을 이어간 스스로를 속으로 실컷 칭찬했다. 곧 길지 않은 곡이 끝났다.

"……에시."

"……."

"춤, 끝났는데."

"그래."

에시가 꽤 느리게 내 손을 놓아주었다. 덕분에 나는 곡이 끝나고도 잠시 에시의 품에 안겨 있다가 뒤늦게 풀려났다. 사실 주변에서 박수 소리로 나를 깨워주지 않았다면 훨씬 오래 그러고 있었을지도 모르겠다.

나는 자리에서 뒤돌자마자 손등으로 뺨을 눌러 체온을 확인했다.

'좀 뜨겁나?'

약간 붉어졌을지도. 그래도 이건 다행히 핑곗거리가 있었다. 술을 마셨으니까. 한 모금이지만.

이내 악단이 조금 전보다 확연히 빠르고 흥겨워진 선율을 연주했다. 여럿이 다 같이 가볍게 즐길 수 있는 대중적인 춤곡이었다. 베시와 알렉스가 각자 그간 몰래 갈고닦았다고 밝힌 춤 솜씨를 뽐내다 어느 순간 의기투합해서 함께 춤을 췄다.

그리고 우려했던 아리의 위기는 생각보다는 별것 아니었다. 멀쩡하던 나무가 갑자기 쓰러져 아리를 덮친 것 정도. 나무는 다베리 경과 딜런이 힘을 합쳐 간단하게 처리했다.

파티가 무르익었다. 어쩌면 내게는 이제 다시 없을지 모르는 수확제의 마지막 밤이 지나가고 있었다.

Chapter 7

최악과 차선

수확제가 끝나고 내가 느낀 주변의 변화가 두 가지 있다.

하나, 날씨.

'추워.'

달력이 넘어가면서 날이 부쩍 추워졌다. 나는 해가 비친다고 방심하고 얇은 실내복 차림으로 테라스에 나갔다가 본격적인 가을바람의 매서운 맛을 봤다.

'냉장고 문 연 줄 알았네.'

내 요청으로 베시는 전보다 두꺼운 잠옷을 꺼내주었다.

둘, 아리. 아리는 시간의 신전에서 구슬을 훔친 이후 행동이 두드러지게 대범해졌다. 그러니까, 음, 목숨이 여러 개인 사람다운 모습을 보여주고 있다고 해야 하니?

'태도가 적극적으로 변했다고도 할 수 있고.'

결론부터 말하자면 그러한 변화는 다행히 안 좋은 결과를 낳지는 않았다. 오히려 한 번쯤 죽어도 그게 뭐 대수냐는 거칠 것 없는 자세가 도움이 되었을까? '차원의 신'에 대해 조사하는 일이 그런대로 진전을 보였다.

"출발해요, 언니!"

"그래."

나는 간단하게 매무새를 점검하곤 아리를 따라 황궁으로 향하는 마차에 올랐다.

과거 차원의 신을 모시는 신전이 성행했었다는 사실은 여러 문헌을 통해 명확해졌다.

'약 삼백 년쯤 전에.'

그때는 차원의 신을 자기 국가 수호신으로 받들던 나라도 있었다고 한다. 현재는 어떤 이유에선지 전부 쇠퇴하고 그 자리를 시간의 신전이 대신하고 있는 모양이지만. 그 당시 신과 신전에 대해 상세히 기록한 자료가 황실 도서관에 있다는 소식에 나와 아리는 지금 그곳으로 이동하는 중이었다.

"언니, 고마워요."

"응?"

"나 때문에 언니가 이렇게 시간 뺏기지 않아도 되는데."

"괜찮아."

나는 솔직하게 대답했다.

"한가하니까."

'안타깝게도.'

바깥을 내나보았다. 사람들의 옷차림이 확실히 전보다 두꺼워진 것이 보였다. 날이 매서워진다는 것은 가을이 깊어진다는 말이고, 그 이야기는 즉 겨울이 오고 있다는 뜻이다.

'겨울은 내 제삿날이고.'

나는 겨울에 죽는다. 좀 더 구체적으로는 겨울이 시작되는 초입의 어느 날이 내 초상이 치러지는 디데이였다. 그러나 가까워지는 제삿날을 느끼면서도 나는 이 순간 특별히 할 수 있는 것이 없었다.

'하다못해 달력에 제삿날을 표기하고 남은 날짜를 하루하루 세는 것도 못 하지.'

언제쯤 죽는다는 것만 알지, 그날이 정확히 며칠인지는 몰랐으니까. 나는 이맛살을 찌푸렸다.

'다시 생각해도 어처구니가 없네.'

책 말이다, 책. 이 망할 〈신녀 아그리타의 봄〉. 이놈의 거지 같은 책은 정말이지 생각하면 생각할수록 내 죽음을 다루는 데 있어 불친절하기 짝이 없었다.

나는 어떤 예고나 전조도 없이 어느 날 하루아침에 돌연 죽은 사람이 된다. 그리고 그 이유는 에시가 내 출생의 비밀을 알았기 때문이다. 이런 수준으로 대략 후술하고 끝. 설명은 그게 다였다.

'장난치나.'

아니, 아무리 내가 책을 통틀어 얼마 등장하지 않는 조연이라고 해도 그렇지. 사람이 죽는데 그렇게 대충이어도 되는 거야? 그 정도로 성의 없게 서술하고 나 몰라라 손 털어도 되는 거냐고!

'하긴, 에시 손에 죽는 다른 사람들은 뭐 어디 성의 있게 서술해 줬나.'

달랑 한 줄로 '악당 에시가 얘도 죽였다', 이렇게만 쓰고 끝내 버린 인물도 있었다. 그에 비하면 나는 그나마 성실하고 상세하게 다뤄준 거라고도 볼 수 있겠지만.

'이런 걸 비교해야 하다니.'

아무튼, 책에는 내가 언제쯤 죽는다는 것 외에 별다른 이렇다 할 성보가 담겨 있지 않았다. 심지어 에시가 어떤 경로로 내 출생에 대해 알게 되는지에 관한 내용조차 없었다.

'그거라도 알았다면 그 경로를 미리 막아보겠다고 애를 썼을 텐데.'

그렇게 생각했다가 이내 턱을 괸 손으로 입을 가려 흘러나오는 한숨을 감췄다.

'그래 봤자였으려나.'

그런 생각을 했다. 세상에 영원한 비밀이란 없다. 특히 출생의 비밀이란 어느 이야기를 살펴봐도 언젠가는 반드시 밝혀지고 마는 주제였다. 그러니 이건 어차피 예정되어 있던 불행인 거라고. 내가 이 집에 입양되었을 때, 그리고 에시가 잔인할 만큼 냉혹하게 가족과 타인을 구분 짓는 악당으로 태어났을 때. 그때부터 내 힘으로는 바꿀 수도 막을 수도 없게 정해졌던 운명인 거라고.

'그래서 그나마 달아나는 방법을 생각해 봤던 거지만.'

그러나 그것마저 사실상 물거품이 되어버린 지금, 결국 내게 남은 것은 이런 시한부 처지와는 어울리지 않는 한가함뿐이었다. 이렇게 된 거 그냥 버킷리스트라도 써볼까. 그건 너무 본격적으로 나 시한부요 하는 것 같아서 어지간하면 안 하려고 했지만.

나는 그런 장난 같은 생각을 하다가 곧이어 가라앉는 기분만큼 무거운 눈꺼풀을 닫았다 열었다.

아. 차라리 미룰 수 있었더라면. 바꾸지도, 막지도, 피할 수도 없다면, 다 바라지 않을 테니 그저 미룰 수라도 있었다면.

대단한 것을 원하는 게 아니다. 단지 지금보다 나중에. 좋은 사람을 만나 결혼하고, 아이를 낳고, 혹은 둘 다 하지 않아도 좋지만 어쨌거나 시간이 많이 흐른 후에. 그래서 더는 에시를 좋아하지 않을 때. 적어도 그때 가서 에시가 나를 죽이는 깃이었다면.

"도착했습니다."

마차가 멈췄다. 나는 어두운 상념에서 깨어나 아리와 함께 황궁에 들어섰다. 다베리 경과 딜런이 늘 그랬듯 서로 아웅다웅 한마디씩 주고받으며 따라붙었다. 황실 도서관은 이용 절차가 까다롭지 않았다.

아니, 딱히 절차라고 할 것이 없었다. 황궁 입구를 통과하고 나면 입실도 자유, 열람도 자유, 퇴실도 자유였으니까.

'대출이 안 된다는 게 유일한 흠이지만.'

아마 장서 대부분이 희귀 서적이나 고서로 이루어져 있어서 그럴 거다. 안쪽으로 이동하면 대출이 가능한 도서관도 따로 있다. 하지만 거긴 일반 도서뿐이라 굳이 찾아가는 의미가 없었다.

'다행히 필사는 가능하니까.'

나는 도서관에서 아리를 도와 쓸 만한 자료를 필사하는 일을 거들었다. 그리고 거기에는 한 가지 문제가 있었다.

"언니······."

그 '쓸 만한 자료'가 예상보다 너무 많았다는 것이다.

몇 시간쯤 지나 아리가 꼭 쓰러질 것 같은 파리한 낯으로 책상에 머리를 박았다. 손에서 놓친 펜이 도르르 굴렀다.

"뭔가 이상하지 않아요?"

"음······."

"자료가 점점 늘어나는 것 같아요. 증식하는 거 아닐까요? 도서관도 점차 넓어지는 것 같고요. 팽창하는 거 아니에요? 언니, 여기 우주인가 봐요."

"아니야. 정신 차려."

하지만 아리가 저렇게 말하는 것도 이해는 됐다. 아직 살펴보기는 커녕 근처에도 못 간 책장도 있었다. 그런데 벌써 창밖으로 날이 저무는 것이 눈에 들어왔다.

'오전에 도착했는데.'

점심때 아리 위로 넘어진 석고상을 치우면서 겸사겸사 식사도 하고 잠시 쉬긴 했지만, 그 잠깐 외에는 내내 같은 일에만 매달렸다. 그런데도 끝이 보이지 않는다는 건 확실히 아찔한 일이었다. 작업에 함께 동원된 다베리 경과 딜런의 안색도 그다지 좋지 않았다.

'아무래도 필사는 좀 무식한 짓이었나.'

하긴, 솔직히 이걸 어느 세월이 일일이 옮겨 써. 이것 외에 다른 방법이 없다는 게 현시점의 가장 큰 문제지만.

'무슨 놈의 장서가 이렇게 많아…….'

도움이 될 자료가 많다는 것은 기꺼워야 할 일이겠지만, 상황이 이렇다 보니 순수하게 기뻐할 수만은 없었다.

'대출이 된다면 좋을 텐데.'

한두 권도 아닌 걸 몰래 들고 나를 수도 없고, 참.

'……해봐?'

나는 다베리 경과 딜런을 살피며 한 사람당 몇 권씩 숨길 수 있을까 가늠하다 곧 고개를 흔들었다. 에휴, 무슨.

"어쩔 수 없지. 오늘은 이만하고 내일 다시 와서……."

그때였다.

"고귀하신 제국의 작은 태양을 뵙습니다."

딜런과 다베리 경이 누가 먼저랄 것 없이 자리에서 벌떡 일어나 예를 갖췄다.

"전하."

그 모습에 뒤돌아본 나도 얼른 일어서서 상체를 숙였다. 옆구리를 푹 찔렀더니 아리도 부랴부랴 동작을 따라 했다.

"영광스러운 제국의 작은 태양을 뵙습니다."

"……공녀를 여기서 보게 될 줄은 몰랐습니다."

황태자를 올려다보니 꼭 우리만큼 놀란 얼굴이었다.

"음, 몸은 이제 괜찮습니까?"

"아, 네."

나는 저 말에 내가 환자 설정을 잡고 황궁 무도회에 불참했었다는 사실을 기억해 냈다. 지금이라도 좀 휘청거려야 하나 갈등이 들었지만, 그러지 않기로 했다. 며칠 지났으니 이제 완쾌했다는 설정으로 바꿔도 되겠지.

"염려해 주신 덕에 쾌차했습니다."

"그렇다니 다행입니다."

이어 황태자는 어딘지 말을 고르는 듯하더니 입을 열었다.

"……차는 입에 맞았습니까?"

'차?'

무슨 차? 의문스럽게 눈을 깜박였지만, 와중에도 내 입은 알아서 무난한 대답을 골라 뱉고 있었다.

"예, 전하의 안목은 역시 따라갈 사람이 없다고 느꼈습니다."

나는 일단 그렇게 대답해 놓고 생각했다.

'저택으로 차를 보냈었나 보다.'

사냥 대회 이후 한동안 내 앞으로 쾌유를 비는 선물이 줄줄이 도착했다. 워낙 보낸 가문도 다양하고 가짓수도 많아서 다 들여다보지는 못했지만.

'차 종류도 있었겠지.'

내가 방에서 아픈 척하는 동안 베시와 집사가 전부 관리해서 몰랐는데 보낸 사람 중에 황궁도 있었던 모양이다. 그런데 그 순간 문득 어떤 장면이 떠올랐다.

'가만, 그러고 보니 베시가 전에 난로에 태우던 것 중에 찻잎이 있었던 것 같은데……'

히지만 띠오른 징면을 금방 내숙틉시 않게 지워 버렸다. 그 찻잎이 이 찻잎이겠어? 황궁에서 보낸 걸 굳이 태우다니, 그럴 리가 없지.

"마음 써주셔서 감사합니다."

"인사를 듣자고 한 말은 아닙니다. 크흠, 취향에 맞았다니 그것 참

다행이군요."

헛기침 후 황태자가 말을 이었다.

"그나저나 이곳에는 어쩐 일로-"

황태자의 시선이 나를 지나쳐 난잡한 도서관 책상에 닿았다. 필사에 몰두하던 흔적으로 엉망인 책상은 남에게 당당히 전시하기엔 다소 민망한 몰골이었다.

"-살펴야 하는 자료가 많은 모양입니다."

"아, 네. 아무래도 일반 도서관에서는 볼 수 없는 서적이 상당수다 보니……."

"일일이 필사하기 번거롭지 않습니까?"

'물론 번거롭지.'

당연한 걸 묻는다고 생각했을 때였다. 황태자의 부드러운 목소리가 뒤따랐다.

"원한다면 책을 대출하는 걸 도와주겠습니다."

"네?"

눈을 동그랗게 떴다. 그때 옆에서 귀를 쫑긋 세우고 있던 아리가 기다렸다는 듯 대답했다.

"고맙습니다!"

"잠깐, 아리- 아니, 그레이스 영애. 잠시 기다려 주겠어요?"

딜런과 다베리 경에게 아리를 맡긴 후 다시 황태자를 보았다.

"실례지만 전하, 황실 도서관 장서는 대출이 불가하다고……."

"내게 그 정도의 권한은 있습니다."

안 되지만 되게 해주겠다는 소리였다. 나는 규정을 어기겠다는 말을 참 당당하게도 내놓는 황태자 덕분에 당황스러워졌다. 물론 황태자 신분에 책 몇 권 빌리게 해주는 게 그리 어려운 일은 아니겠지만.

'그래도 되는 거야?'

내 미묘한 시선을 읽었는지 황태자가 빙그레 웃으면서 말을 이어 붙였다.

"얼핏 봐도 필요한 자료의 양이 상당해 보입니다. 지금 꺼내놓은 장서만 놓고 보더라도 필사가 절반도 진행되지 못한 것 같은데, 아닙니까?"

정확했다.

"그렇긴 하지만……."

"내가 볼 때는 전부 필사하려면 날을 새우더라도 모자랄 것 같은데, 그렇게 무리하다가 기껏 쾌차한 공녀가 다시 몸져눕기라도 하면 누구 책임이겠습니까?"

'내 책임.'

자업자득 아닌가? 하지만 나는 굳이 그 말을 꺼내서 산통을 깨지는 않았다. 어쨌든 책을 빌려 갈 수 있게 해주겠다는 건 환영하면 환영했지 거절할 이유는 없는 제안이었다. 그리고 그때 아리가 기어이 딜런과 다베리 경에게서 벗어나 다시금 입을 열었다.

"감사합니다."

"……."

그러더니 내 소매를 잡아당기며 간절하게 속삭였다.

"언니, 저 사실 학교 다니면서도 깜지 쓰는 걸 제일 싫어했어요."

"……."

"진짜 싫어요. 끔찍해요. 극도로 혐오."

"……."

"살려주세요……."

나는 결국 황태자를 보며 순순히 대답했다.

"호의에 감사드립니다."

황태자는 책을 저택까지 운반할 사용인도 붙여주었다. 빈틈이라곤 없는 확실한 서비스였다. 아리는 이렇게 된 김에 욕심껏 책을 골랐다. 건장한 하인 여럿이 서적 수십 권을 나눠 들고 우리 뒤를 따랐다. 나는 두 걸음 정도 앞서 걷는 황태자의 뒷모습을 흘긋 보았다.

"데려다주겠습니다."

우리가 필요한 만큼 책을 바리바리 대출한 후 황태자는 나를 향해 그렇게 말했다. 사양하자니 그럴 명분이 없는 친절이었다.

'길 안 잃어버리네.'

사용인을 세우지 않고 직접 앞장섰을 때 사실 내심 걱정했는데. 우려와는 달리 황태자는 길을 헤매는 것 같지는 않았다. 행여 그런 낌새가 보이면 아닌 척 슬쩍 앞으로 나서서 알려주려고 했는데 말이다. 하긴, 여긴 황궁이니까. 제아무리 최고의 길치라도 자기 집에서 길을 못 찾지는 않겠지.

지난번에 별궁 정원에서 목격했던 건, 음, 그러니까 특수한 경우였나 보다. 나는 그러한 감상을 끝으로 황태자가 길을 잘 찾고 있나 확인하듯 살피던 것을 그만두었다. 대신 다른 고민을 시작했다.

'어쩌지?'

황태자는 지금 내게 도를 넘는 친절을 보여주고 있었다. 규정을 무시해 가며 책을 빌릴 수 있게 해준 것도, 도서관에서 황궁 입구까지 데려다주겠다고 구태여 자처한 것도. 누구에게나 베풀 법한 일반적인 선심이라고 보기엔 다소 무리가 따랐다.

'만일 예전이었다면 역시 남자 주인공의 인품은 남다르다고 어떻게든 납득할 수도 있었겠지만.'

지금은 아니다. 그러기에는 나는 이미 겪은 것이 있었다. 일전에 영지에서 황태자가 내게 했던 말을 기억하고 있다.

그 노골적인 발언을 들어놓고도 현재 이 상황을 단순하게 '황태자는 정말 친절해!' 같은 해석으로 넘긴다면 그건 눈치에 뭔가 병이 있다고 봐야 하지 않을까?

'안타깝게도 내 눈치는 투병 중은 아닌 모양이고.'

그래서 결론이 뭐냐.

'내가 어떻게 하는 게 옳은 거지?'

고민이었다. 그저 호감이든, 혹은 그 이상의 어떤 감정이든 황태자가 내게 특별한 관심이 있는 건 확실해 보인다. 다만 문제는 그의 마음이 어떻든 내 대답은 어차피 정해져 있다는 거였다. 바뀌지 않을 것이고, 바뀔 수도 없다.

그렇다면 이런 상황에서는 시간이 더 흐르기 전에 내가 먼저 나서서 거절 의사를 밝혀야 맞는 걸까?

'하지만 고백을 들은 것도 아닌데 다짜고짜 거절 같은 걸 하기에도 좀 그렇고…….'

그런데 그렇다고 또 다 알면서 모르는 척 가만히 있자니 그건 그것대로 마음에 걸리고.

'뭐가 최선인 거야?'

보는 눈이 없었다면 머리를 잔뜩 헝클었을 거다. 나는 상상 속에서 내 머리카락을 엉망으로 만들어놓다가 이내 한숨을 삼켰다. 고백하자면 나는 이전에는 별달리 이런 문제로 골머리를 앓아본 적이 없었다. 내게 이성적으로 호감을 보인 사람이 없었다는 말이 아니다. 단지 그때는―

'관심이 없었지. 내가.'

타인의 마음이란 어디까지나 타인의 것이라고 생각했다. 상대가 내게 호감이 있든, 혹은 그걸 넘어 열렬하게 좋아하고 사랑하든. 내가 그에 대해 신경 쓰거나 어떤 책임감을 느낄 필요는 전혀 없는 거라고.

'사실 지금도 그 생각 자체는 변함없지만…….'

사람이란 참 간사하고 우습다. 머리로는 이전과 같은 의견을 고수하고 있다 하지만, 그와 별개로 감정은 손바닥 뒤집듯 내 태도를 바꿔놓고 마니까.

짝사랑을 자각한 이후이기 때문일까. 타인의 마음에 전처럼 무심하고 매몰찰 수가 없었다. 마음에 보답해 줄 수는 없지만, 최소한 조금이라도 덜 상처받았으면 한다. 마치 내가 그러기를 바라듯.

'후우.'

나는 굳이 관찰하려 들지 않아도 알아서 눈에 들어오는 황태자의 단정한 뒤통수와 정돈된 걸음걸이를 시야에 담았다. 그가 나를 좋아하는 것이 아니었으면 좋겠다. 그의 감정이 거기까지는 아니었으면. 그래서 나 때문에 괴롭지도, 슬프지도, 비참하지도, 아프지도 않았으면.

'……뭐, 이렇게 마음이 쓰이는 건 내 처지를 투영해서 그런 것 외에 황태자가 워낙 멀끔한 인물이라 그런 것도 있지만.'

한 가지 더 고백한다. 사실 내가 지난날 연서를 태우거나 상대의 마음을 쌀쌀맞게 무시했던 건 절반은 그들에게 책임이 있다 하겠다.

'멀쩡한 인간이 드물었지.'

세상은 넓었고, 찌질한 인간은 많았다. 못 먹는 감 찔러나 보듯 구는 건 기본이고, 그놈의 신 포도 심리는 하도 봐서 사회 실험 관찰 연구 논문을 쓸 수도 있을 것 같다.

'제 마음을 거절하면 무조건 별것도 없으면서 비싸게 구는 사람 취급이지, 아주.'

거절당했다고 앙심 품고, 뒤에서 헐뜯고 깎아내리고. 아, 상상하니까 열 오르네. 추잡스러워서 진짜.

'결과적으로 그런 놈들은 어느 순간부터 하나같이 내 앞에 안 보이게 되긴 했지만.'

아무튼, 그런 인간들이랑 비교하면 황태자는 확실히 보기 드물게 멀쩡한 사람이었다. 비교하는 것 자체가 미안하지. 암, 어딜 그런 것들이랑.

'그래서 아무것도 안 했는데 벌써 죄책감이 드나.'

끄응. 또 한숨이 나왔다. 이러다 땅 꺼지겠어. 그렇게 묵묵히 생각에 잠겨 걷고 있을 때였다. 갑자기 어디선가 복면을 쓴 괴한들이 나타나 황태자를 습격했다.

"죽어라!"

"······?!"

황태자는 그 예고 없는 기습에도 침착하게 몸을 비틀어 공격을 피하고는 반격했다. 마치 몸에 밴 듯 자연스러운 움직임이었다. 그 일련의 동작에 감탄할 새도 없이 다른 놈이 뒤이어 황태자에게 달려들었다. 나는 화들짝 놀라 뒷걸음쳤다. 다베리 경과 딜런이 다급히 검을 뽑았다.

"물러나세요."

"웬 놈들이냐!"

나는 지체할 것 없이 얼른 아리를 이끌고 두 사람 뒤로 피신했다. 그러면서 얼핏 세어보니 난데없이 튀어나온 그들의 수는 눈대중으로도 거의 스물에 가까워 보였다. 경악스러웠다.

'뭐야?'

웬 수상한 복면 메꺼지? 갑자기 이게 무슨 일이야? 나는 예상치 못했던 돌발 사태에 순간 말문이 막힐 정도로 놀랐다가 문득 깨달았다.

'아, 지금 저녁이지.'

하늘을 메운 석양이 오늘따라 참 아름다웠다. 상황의 원인을 파악하자 어쨌든 전보다는 마음이 진정되었다. 아리도 나와 비슷한 깨달음의 과정을 거친 듯 비교적 평정을 찾은 얼굴이었다. 다만 영문을 모를 황태자는 꽤 당혹스러워 보였다.

"도대체 이 숫자는…… 대체 무슨 수로 이 인원이 전부 성내에 침입한 거지?"

'세상이 돕는다면 그 정도는.'

멀쩡한 마부를 정신병자로 만들고, 길가에 사십 명이 넘는 도적단을 불러내는 힘이었다. 모든 불가능은 아리를 어떻게든 좀 죽여보겠다는 세상의 의지 앞에선 가능이 된다.

'더러운 세상.'

언제까지 이럴 거야? 진짜 너무한 거 아니야? 그때 복면 괴한 무리의 대장으로 보이는 자가 입을 열었다.

"흥, 오랜 조사 끝에 비밀 통로를 발견했지."

"거짓말 마라. 황궁에 내가 모르는 그런 것이 있을 리가."

"그래, 사실 거짓말이다. 그냥 어쩐지 오늘따라 침입이 수월하더군."

솔직하네.

"달리 말하면 하늘이 도운 것이겠지. 황태자 네놈의 운도 이제 다한 모양이야. 이만 죽어라!"

그러나 우주의 도움으로 똘마니와 다 함께 황궁에 침입할 수 있었던 그는 당당하게 외친 것만큼 황태자를 어쩌지는 못했다.

'과연 남자 주인공.'

이걸 두고 역시라고 해야 할지, 황태자는 다수가 덤벼드는데도 전혀 밀리지 않았다. 밀리기는커녕 오히려 혼자서 역으로 그들을 몰아붙였다. 일견 별것 아닌 것 같은 황태자의 동작 한 번에 복면 괴한이 한 명씩 착실하게 쓰러졌다. 나는 그 광경을 마치 영화를 보는 듯한 기분으로 관전했다. 문득 황태자가 일찍이 소년 시절부터 무력으로 이름을 날렸었다는 게 떠올랐다.

'소문이 사실이구나.'

아무튼 에시와 나란히 작중 및 현실에서 '사람 아님'을 담당하고 있는 인물다웠다.

"크윽!"

복면 무리의 절반이 바닥에 눕기까지는 순식간이었다. 옆을 보니 딜런이 검을 내리고 아리 가까이로 이동해 있었다. 자신이 굳이 가세할 필요는 없다고 판단한 것 같았다. 그건 다베리 경도 마찬가지인지 경은 내 곁을 지키고 서 있었다.

그러는 사이 남은 무리 절반의 또 절반이 바닥을 장식했다. 이제 멀쩡하게 서 있는 상대 인원은 고작 네다섯에 지나지 않았다. 이쯤 되자 복면 대장은 주춤 뒷걸음질 쳤다.

'이, 이게 아닌데!'

……라고 생각하고 있겠지? 독심술을 안 써도 마음의 소리가 들리는 기분이었다. 이 상황에 엑스트라 심리가 다 그렇지 뭐. 황태자는 느긋한 자세로 남은 인원과 대치했다. 그의 여유에 복면 대장은 순간 열이 뻗친 것 같았지만 뭘 어쩌지 못해 더욱 분한 기색이었다.

'그냥 포기해.'

아무리 봐도 이미 망한 상황이다. 하지만 보통 엑스트라 악역이 그렇듯 복면 대장은 쉽게 포기하지 않고 최후의 돌파구를 찾으려는 듯 눈을 마구 굴렸다. 나는 그런 복면 대장의 헛된 수고를 구경하다가 문득 상대와 눈이 마주쳤다.

'응?'

기분 탓인가? 복면 대장은 꼭 놀라는 것처럼 보였다. 뭐라고 할까, 마치 귀신이라도 본 것처럼.

'뭐지?'

왜 저래? 이거 왠지 기분이 좋지만은 않은데. 그때 복면 대장이 다급하게 외쳤다.

"목표물을 바꾼다!"

"······?"

"황태자는 지금부터 무시한다. 대신 일제히 저 붉은 머리 여자를 노린다! 실시!"

"뭐?"

'나?'

복면 무리는 대장의 말을 잘 들었다. 무슨 약이라도 먹인 것이 아닐까 싶을 정도로. 그들은 명령이 떨어지자마자 머뭇거리는 기색도 없이 즉시 나를 향해 달려들었다.

다베리 경이 즉각 내 앞을 가로막으며 검을 들고, 황태자도 급하게 움직였다. 그렇게 두 사람이 나를 습격한 인원을 남김없이 처리하는 동안 복면 대장은 자리에서 달아나 모습을 감췄다. 나는 상황이 삽시간에 정리되고 나서도 어안이 벙벙했다.

'왜 나?'

아리가 아니라 나를 노리라고 명령하다니. 이건 또 새로운 충격이었다.

"왜 언니······?"

돌아보니 아리도 제법 놀란 것 같았다. 물론 정말로 나를 어쩌려는 목적이었다기보단 단순히 황태자의 신경을 돌려 자기가 도망칠 시간을 벌 의도였겠지만. 그렇다 해도 아리를 두고 내가 당첨되다니. 근래 들어서는 썩 신선한 경험이라고 할 만했다.

'놀란 건 뭐였을까?'

마음에 걸리는 건 또 있었다. 내 착각이 아니라면, 복면 대장은 분명 나를 보곤 안색이 바뀔 정도로 놀랐다.

'복면만 아니었다면 더 정확하게 알 수 있었을 텐데.'

무슨 의미였을까? 어차피 달아난 인간, 당장 잡아다 추궁할 수 있는 것도 아닌데 그냥 잘못 본 것이었겠거니 하고 넘길까.

"괜찮습니까?"

그때 황태자의 목소리가 고민을 깼다. 나는 목소리를 따라 그를 돌아보았다.

"괜찮······."

무난하게 대답하려다 말끝을 흐렸다. 나를 보는 황태자의 얼굴에서 걱정이 읽혔다. 녹음을 담은 녹색 눈동자에 떠오른 걱정의 빛은 너무 뚜렷하고 선명해서 도무지 못 본 척할 수 없을 정도였다.

아무리 복면 무리가 마지막에는 내게 덤벼들었다지만, 본래 그를 노린 습격이었다. 그런 상황에서 황태자는 오로지 나를 염려하고 살피는 데 조금의 주저함도 없었다. 꼭 손에 잡힐 것 같은 저 감정이 어디에서 오는 것인지 알았다. 어떤 마음에서 오는 것인지. 입이 저절로 움직였다.

"······저는 괜찮습니다. 전하께서 나서주신 덕분에 전혀 다치지 않았습니다."

"놀란 건······."

"전하."

황태자를 물끄러미 보았다. 싱그러운 녹안은 깊고 맑아서 마치 초록색 바다가 담긴 것 같았다. 예쁜 눈동자였다. 그래서 나는 더 망설일 수가 없었다.

"오늘 보여주신 호의는 별궁에서 있었던 지난 일의 보답이라 생각하고 감사히 받겠습니다."

"······."

"하지만 다음부터는 이러지 않으셔도 됩니다. 아니, 이러지 말아주세요. 이만한 친절을 받기에는 많이 부족한 사람입니다."

"공녀."

"데려다주셔서 감사했습니다."

마차 승차장은 여기서 가까웠다. 안내가 없어도 무리 없이 찾아갈 수 있을 만큼. 나는 상체를 꾸벅 숙였다가 일부러 황태자의 얼굴을 보지 않고 몸을 돌렸다. 노을이 짙었다.

복면으로 얼굴을 가린 한 남자가 미친 듯이 길을 달렸다. 복면 탓에 표정은 드러나지 않았으나 사력을 다해 달음박질하는 기세는 꽤 다급해 보였다.

'살아 있었어.'

가슴이 두근거렸다. 손바닥에는 땀이 찼다. 눈동자는 흡사 지진이라도 난 듯 흔들리고 있었다. 남자가 마른침을 넘겼다.

'저주받은 씨앗이 살아 있었어. 당장 알려야 해. 나라를 망칠 피가 죽지 않았다고.'

추격을 염려해 일부러 숲길을 택한 남자의 신형이 나무들 사이로 어지럽게 사라졌다.

아리를 먼저 데려다주고 빙 돌아 귀가하는 길이 어쩐지 오늘따라 멀게 느껴졌다. 마차에서 내리는데 다베리 경이 문득 입을 열었다.

"진심인 것 같았습니다."

"응?"

"전에 말씀드린 적 있는데, 기억하십니까? 남의 마음을 읽는 재주가 나름 탁월하다고."

경의 에스코트를 받아 땅에 내려섰다. 단단한 바닥을 딛고 서자 그의 목소리가 이어졌다.

"제 눈엔 진심으로 보였습니다. 비록 아가씨께선 여지도 주지 않고 밀어내셨지만."

"……어디까지 알아챈 거예요? 그 잠깐 사이에."

"눈에 보이는 것만 봤을 뿐입니다."

나는 어깨를 간단히 들었다 내렸다. 주어는 없었지만 못 알아들을 수 없는 말이었다. 가벼운 한숨이 자기 차례라는 양 당연하게 따라붙었다.

"진심이든 아니든 내겐 크게 중요하지 않아요. 오히려 진심이면 더 미안하죠. 봤으니 알겠지만 이미 거절했는걸요."

"왜 거절하셨습니까?"

"왜기는?"

나는 자연스럽게 말을 이어가려다 중간에 잠시 멈춰서 뱉을 답을 점검했다. 긴장 놓지 말아야지. 다른 사람도 아니고 다베리 경 앞에서 쓸데없는 소리를 했다간 돌이킬 수 없는 결과로 이어질 수 있었다. 그것만은 안 돼.

"이유가 필요한가요, 뭐."

"아가씨."

"왜요?"

"제가 생각하는 이상적인 남자의 조건은 세 가집니다. 얼굴, 돈, 성격. 그리고 그중에서 제일 중요한 건……."

"성격?"

"얼굴입니다."

왜?

"설명이 듣고 싶은데요."

"성격은 환경에 따라 변하고, 돈은 있었다가 없었다 하지만 얼굴은 변하지 않으니까요."

"얼굴도 변해요. 늙잖아요."

"잘생긴 얼굴은 잘생기게 늙습니다."

일리 있는데?

나는 고개를 끄덕일 뻔했다가 괜히 반박했다.

"살이 엄청 찌거나 볼품없이 마르게 되면요?"

"빼거나 찌우면 되죠. 어쨌든 기본 생김새란 건 절대 어디 가지 않습니다."

"사고라도 당해서 콧대가 폭삭 주저앉으면?"

"그런 예외적인 불운한 케이스까지 끌어와야 할 정도로 사람 이목구비란 어지간해선 변하지 않는 것이라고 해석할 수 있겠군요."

그렇단 말이지. 나는 방향을 바꿔 말을 이었다.

"좋아요. 그럼 성격은요? 경은 환경에 따라 변한다고 했지만, 내가 보기엔 성격도 그렇게 쉽게 어디 가는 종류는 아닌 것 같은데."

"성격은……."

다베리 경은 잠시 생각에 잠긴 것 같았다. 하지만 이어진 답은 퍽 단호했다.

"어디 갑니다. 잘 가요. 환경이 바뀌면 가장 먼저 따라서 바뀌는 게 바로 그놈입니다. 신뢰하시면 곤란합니다."

"너무 장담하는 거 아니에요?"

"경험담이 섞인 것이라고 봐주시면 감사하겠습니다."

그렇게 이야기하면 또 할 말이 없다. 경험담이라, 으음. 하긴 다베리 경은 지내던 환경이 도중에 크게 바뀐 편이니 나와는 보고 겪은 게 다를 수 있겠다. 내심 다베리 경이 언급한 경험담이라는 게 뭔지 궁금했지만 묻지는 않았다. 유쾌한 기억이 아닐 수도 있으니까. 나는 대신 다른 트집이나 잡았다.

"그래요. 변한다고 쳐요. 하지만 사람 이목구비처럼 성격에도 기본적인 성품이라는 게 있을 것 아니에요. 환경에 따라 제아무리 성격이 변한다 해도 그 '근본'은 남아 있을 것 같은데요?"

"그건 그렇겠지요."

"그럼……."

"그렇지만 그 '근본'은 평소에는 알 수 없죠. 근본이라고 할 정도의 본성이란 주변 환경이 그만큼 극적으로 치달았을 때나 드러나는 법 아니겠습니까? 그러니 그처럼 특수한 조건이 아니면 확인할 수 없는 근본 성품을 따지는 것보다는 어느 때나 한눈에 판단할 수 있는 얼굴에 우선순위를 두는 게 타당하다고 봅니다."

"……."

나는 침묵을 조금 흘려보낸 뒤 짤막하게 대꾸했다.

"졌어요."

"토론을 하려던 건 아니었습니다만."

"그러게요, 나도 왜 이렇게 됐는지 궁금하네요."

어쩌다 보니 여기에 대체 무슨 의미가 있는 건가 의문인 설전을 길게도 벌였다. 실컷 말을 주고받고 돌아선 후에야 황당함 섞인 웃음이 흘러나왔다.

"제가 드리려던 말은, 그러니까 제 기준에선 꽤 이상적인 인물이었다는 뜻입니다."

"어련하겠어요."

'꽤' 수준일까? 얼굴이 기준이라면 황태자만큼 기준치를 넘치게 충족하는 사람이 또 어디 있다고.

'……에서 말고는.'

하지만 내 무덤을 팔 게 아니라면 이 말을 할 수는 없었다. 나는 생각을 꿀꺽 삼켰다.

"완벽한 사람이긴 하죠. 하지만 사람 마음이 꼭 그런 걸로 결정되는 건 아니잖아요."

그래, 그렇지. 조건을 세워두고 그 조건에 부합하는 사람만 좋아할 수 있었다면, 애초 내가 지금 이렇게 좋아해선 안 되는 사람을 좋아해서 스스로 불구덩이에 뛰어드는 일도 일어나지 않았을 것이다.

'미쳤지, 진짜. 뭘 어쩌자고 피도 눈물도 없는 사이코패스를. 나는 얼굴보다는 성격을 보는 사람인데…… 아마도.'

그렇게 생각하는데 다베리 경의 목소리가 들렸다.

"하기야. 옳은 말씀입니다."

"그렇죠?"

"아가씨."

고개를 돌렸다. 시선을 주자 뒷말이 떨어졌다.

"잔뜩 떠들어놓긴 했지만, 사실 기준이 어쨌든 아가씨께서 행복하시다면 그보다 중요한 건 없다고 생각합니다."

"……."

"행복하셨으면 합니다. 어떤 사람을 선택하시든."

"왜 갑자기 덕담이에요?"

"충성스러운 기사는 가끔 모시는 아가씨께 진심을 전하고 싶어질 때가 있는 법이죠."

능청스러운 대꾸에 실소가 났다. 나 참.

"경도 좋은 사람 만나서 행복했으면 좋겠어요. 진심이에요."

다베리 경에게선 대답이 없었다. 저택을 향해 먼저 걷다가 흘긋 돌아보았더니 그는 나를 따라오지 않고 있었다.

"경?"

거리가 제법 떨어진 데다 날이 저문 뒤라 여기서는 그의 얼굴이 잘 보이지 않았다. 잠시 후 자리에 멈춰 있던 그가 움직였다. 훤칠한 만큼 다리가 길다 보니 몇 걸음 걷지 않아도 나를 금방 따라잡았다.

"뭐 했어요?"

"실례했습니다. 생각에 잠깐 잠기느라."

"충성스러운 기사는 가끔 모시는 아가씨를 두고 정신을 팔고 싶을 때가 있는가 보죠?"

"날카로우시군요. 과연 제가 모시는 아가씨답습니다."

나는 고개를 내저으며 저택 안으로 들어섰다. 다베리 경은 이번에는 뒤처지지 않았다.

이튿날. 내 앞으로 카드가 한 장 도착했다. 보낸 사람의 취향을 짐작할 수 있게끔 화려한 장식을 더한 분홍색 카드는 겉보기와는 달리 간략한 내용을 담고 있었다.

친애하는 공녀님을 제 저택의 티타임에 초대합니다. 꼭 와주시기만을 고대하고 있겠습니다.

에이린 아이작 보냄.

그리고 나는 에이린의 타이밍 선정에 감탄하지 않을 수 없었다.

'얘는 어떻게 알고.'

마침 황태자를 거절하고 싱숭생숭하던 참이었다. 그런 와중에 신경을 분산할 건수를 만들어주다니.

'안 그래도 근황이 좀 궁금하기도 했으니까.'

나는 오래 고민하지 않고 초대장 하단에 적힌 시간에 맞춰 저택을 벗어났다.

"공녀님, 와주셨군요! 오셔서 기뻐요."

잘되었다고 할지, 사냥 대회 때 그렇게 헤어진 이후로 처음 보는 에이린은 얼굴이 꽤 좋아 보였다.

"며칠만이네요, 아이작 영애. 그간 잘 지냈나요?"

"공녀님 덕분에요. 그리고 에이린이라고 불러주셔도 좋아요."

에이린이 수줍게 덧붙였다. 태도에서 느껴지는 친밀감에 내심 놀라는 사이 에이린이 나를 안쪽으로 안내했다.

"이쪽으로 오세요. 차는 후원에 준비해 두었어요. 뭘 좋아하실지 몰라 이것저것 마련해 봤는데 어떨지는…… 아, 물론 제가 아니라 주방장이 힘써준 것이긴 하지만."

그리고 이어서 아무리 봐도 주방장이 무사하지 않을 것 같은 풍경이 나를 반겼다.

'이게 다 뭐야?'

이름도 전부 나열하기 힘들 것 같은 각종 다과류가 이쪽에서부터 저쪽까지 테이블을 현란하게 한가득 채우고 있었다.

"취향을 몰라서 그냥 다 차려봤답니다."

"음……."

'주방에 다잉 메시지 남아 있는 거 아닐까.'

이름도 모르는 주방장의 생사를 의심하며 일단 자리에 앉았다. 에이린이 환한 얼굴로 즉시 수다의 물꼬를 텄다.

"공녀님은 그동안 어떻게 지냈어요? 아프셨다고 들었는데 이제 괜찮으신 거예요? 황궁 무도회에도 참석하지 않으셨다면서요. 실은 저도 무도회에 못 나갔어요. 부모님께 사냥 대회 일을 솔직하게 털어놓는 바람에 잔뜩 혼이 나고 근신 처분을 받았었거든요. 다행히 어제 풀렸고요. 내내 방에서만 지내야 해서 지루했는데 그래도 지나고 나니까······."

'말 많네.'

여기 와서 알았다. 에이린은 말이 많았다.

'편지가 구구절절 길던 것부터 어쩐지 느낌은 왔지만.'

장장 세 장이라는 분량에 달했던 지난 안부 편지가 떠올랐다.

나는 에이린이 꼭 누굴 닮은 모습으로 지치지도 않고 조잘조잘 잘 떠드는 것을 묵묵히 듣고 있다가 문득 픽 웃었다. 지금 안 건데 가만 보니 티타임이라면서 테이블에 정작 차가 없었다. 어떻게 보면 별것 아닌 사실인데 시답지 않게 웃음이 났다. 그때 부지런하게 떠들던 에이린이 입을 딱 다물었다. 그러더니 테이블 위로 손가락을 꼼지락거렸다.

"저, 혹시 제가 친한 척해서 곤란하세요?"

"응? 아니에요, 전혀."

'친한 척한 거였군.'

어쩐지 보통 환대는 아니라고 생각하긴 했다. 티타임을 항상 이런 식으로 하는 건 아니었구나. 하긴, 그랬으면 진작 아이작 백작가를 배경으로 주방 관련 괴담이 떠돌았을지도. 들어가서 살아 나온 사람이 아무도 없다나 어쩐다나.

"······염치없다는 건 알아요. 전 처음부터 공녀님께 무례하게 굴었었으니까."

"지난 이야기를 하는 거예요?"

나는 생크림이 올라간 브라우니 접시를 에이린 가까이 밀었다. 하얗고 검은 게 흰 피부에 흑발인 에이린과 묘하게 잘 어울렸다.

"그 일은 이미 사과했잖아요. 난 그 사과 받기로 했어요. 그럼 그건 이제 그냥 지난 일인 거죠."

"······관대하시네요. 공녀님은."

"대단한 일이 아니었으니까요."

더구나 따지고 보면 그날 나보다 더 심하게 옷을 버린 건 에이린이었다. 이 말을 할까 말까 고민하는 그때, 테이블 위로 그렇게 크지 않은 목소리가 떨어졌다.

"저는 공녀님이 부러워요."

"내가요?"

"당당하고, 아름답고."

"……."

"어디서든 눈에 띄시고……."

나는 입을 다물고 가만 대답을 골랐다. 아부에는 그런대로 면역이 있는 편이었지만 아무래도 지금 이건 그런 쪽의 빈말과는 조금 거리가 있어 보였다. 뭐라고 답하는 것이 좋을까 내심 고뇌하는 사이 에이린의 말이 이어졌다.

"……멋진 호위 기사님도 있고."

"응?"

"그, 그냥 그렇다고요. 제 눈에 공녀님은 다 가지신 분이에요. 그래서 부러워요."

나는 눈을 깜박였다.

'방금…….'

왜 갑자기 거기서 호위 기사가 튀어나와? 차라리 멋진 남동생이라는 발언이었다면 흐름상 자연스러웠을 것이다. 에이린은 에시를 좋아하니까.

'……으응‹?›'

말없이 에이린을 물끄러미 응시하자 그녀가 허둥거렸다.

"이거 드셔보셨어요? 바나나 우유 푸딩인데, 맛이 정말 좋아요. 저희 주방장의 회심의 유작, 아니, 역작이거든요."

'방금 주방장을 잠깐 죽여 버렸던 것 같은데.'

저러니까 의심은 더 증폭되었다. 왜 허둥거려? 나는 가만 생각하다가 은근슬쩍 입을 열었다.

"그래요. 내 호위 기사가 괜찮은 사람이기는 하죠. 인물도 좋고, 실력도 빼어나고."

"……."

"애 셋 딸린 유부남이고."

"말도 안 돼! ……헙."

자기도 모르게 벌떡 일어나며 외친 에이린이 곧바로 입을 틀어막았다. 물론 이미 늦었다. 나는 표정 관리에 실패했을 것이 틀림없는 얼굴로 에이린을 올려다보았다. 설마 했는데.

"에이린……?"

"아, 아니, 이건 그게."

"대체 언제 그렇게 된 거예요?"

'에이린이 다베리 경을?'

에시의 눈에 띄어보겠다고 남장하고 위험천만한 사냥터에 뛰어든 에이린을 따라가 건져 나온 게 불과 며칠 전이었다.

'이 주쯤 됐나.'

그런데 이건 뭐지? 이 갑작스러운 상황은? 에이린은 하얀 얼굴을 새빨갛게 물들이더니 이내 뭔가를 체념한 낯으로 자리에 앉았다. 에이린이 죄인처럼 고개를 푹 떨어뜨렸다.

"비난하실 거죠? 알아요."

"네?"

"비웃으셔도 괜찮아요. 욕하고 손가락질하려거든 마음껏 하세요."

"아니, 안 그럴 건데요."

지금 누굴 인성 터진 사람으로 만드는 거야? 우선 당황한 목소리로 부인했더니 에이린이 슬그머니 숙였던 고개를 들었다.

"안 비웃으세요?"

"왜 비웃는데요? 그보다 지금 내가 생각하는 그런 게 맞아요? 그러니까 에이린이……."

"……맞아요. 지난 사냥 대회 때 부상을 입은 채로도 저를 무사히 가문까지 데려다주셨어요. 그 모습이 멋있었고…… 그, 그게 다예요."

에이린의 얼굴이 한층 진한 빨간빛으로 익었다. 나는 말을 잊었다.

'이건…….'

금사빠. 단언컨대 지금 이것을 설명하기에 그보다 적절하고 완전한 단어는 없을 거다. 에이린은 금사빠였다. 금방 사랑에 빠지는 사람.

"저, 정말 비웃지 않으시는 거예요?"

"안 비웃어요. 왜 그렇게 비웃을 거라고 생각하는데요?"

"우습잖아요. 이렇게 쉽게…… 금방 다른 사람을……."

"에이린의 마음은 어디까지나 에이린의 것이에요. 그러니 마음이 변했다는 이유로 비웃는다면 그건 남의 자유를 비웃는 거겠죠. 그럴 자격이 누구에게 있을까요? 적어도 난 그렇게 생각해요."

……물론 놀라기는 했지. 지금도 티를 못 내고 있을 뿐 속으로 제법 당황하는 중이긴 하지만.

"그리고 에이린, 내가 부럽다고 했죠."

나는 충격받은 티를 감추기 위해 계속 말을 이었다.

"나는 오히려 에이린이 부럽다고 생각했던 적이 있어요. 진심으로요."

"저, 저를 왜……."

"그건 비밀이에요. 어쨌든 그랬는데 오늘은 에이린이 나를 부럽다고 하니, 역시 부러움은 어쩔 수 없는 감정인가 봐요. 누구나 한 번씩은 마음에 품는."

에이린과 눈이 마주쳤다. 잠시 후 자그마한 목소리가 공중으로 흩어졌다.

"고마워요."

뭐가 고맙다는 건지 궁금했지만 묻지 않았다. 왠지 그래야 할 것 같은 분위기였다.

"오늘 티타임에 와주신 것도 정말 고맙고요."

"뭘요. 나야말로 초대해 줘서 에이린에게 고맙죠."

"……앞으로도 종종 이렇게 초대해도 될까요?"

나는 에이린을 가만히 응시했다. 그러다 이내 고개를 끄덕였다.

"……그럼요."

앞으로 몇 번이나 더 초대에 응할 수 있을지는 모르겠지만.

에이린은 내 긍정에 수줍게 웃었다. 그러곤 잠시 망설이는 기색을 보이다가 마침내 결심한 듯 내게 작게 속삭였다.

"……그런데 애 셋 딸린 유부남이라는 거 진짜예요?"

나는 다베리 경에게 씌운 유부남의 오명을 벗겨주고 에이린과 작별했다.

티타임을 마치고 저택으로 돌아오자 어째 정신이 없었다.

'에이린이…… 그랬구나.'

나를 배웅하면서 줄곧 다베리 경을 힐끔거리던 에이린을 생각하니 기분이 묘했다.

'금사빠라니.'

물론 놀라기 했지만 기뻤이었다. 에시에서 히필 디베리 경으로 옮겨 간 것이 신기하기는 하지만, 그 외에 특별히 다른 감상은 없었다. 비웃고, 욕하고, 손가락질한다니. 내가 뭐 하러 그런단 말인가.

'오히려 우스운 건 나지.'

에이린의 마음이 변했다는 것을 확인했을 때, 나는 순간 놀람과 동시에 어떤 승리감을 느꼈다. 봐, 역시 내가 더 좋아하잖아⋯⋯ 라는.

'유치하게 뭐 하는 짓이야?'

대체 뭘 그것 보라는 듯 기뻐한 건데? 왜 그런 데서 혼자 우쭐하는 거냐고, 어?

'답도 없다.'

남이 알아서는 절대 안 되는 이유로 자괴감에 빠진 채 귀환했다. 그런데 돌아온 저택이 어딘지 허전한 느낌이 들었다. 나는 곧 그 이유를 알아챘다.

"베시는 어디 갔어?"

내가 외출하기 전엔 있었는데. 집사가 질문에 대답해 줬다.

"시장에 다녀온다고 하고 나갔습니다."

"그래? 혼자?"

"알렉스를 데리고요."

나는 답을 듣고 잠시 멈칫했다. 자연스럽게 한 가지 생각이 들었다.

'또?'

"집사, 이건 그냥 묻는 건데."

"네, 아가씨."

"요새 둘이서만 나가는 일이 좀 잦지 않아⋯⋯?"

베시와 알렉스 말이다. 처음에는 그러려니 했는데 단둘이서 외출하는 일이 며칠 사이 벌써 몇 번째였다. 집사는 내 말에 '그러고 보니' 하는 표징을 지었다.

"확실히 그렇군요."

"언제부터 그랬지?"

"음⋯⋯ 제가 기억하기로는 아마 그날 이후부터입니다. 수확제 마지막 날 밤."

후원에서 야외 파티가 있었던 날이다. 그리고 그날 베시와 알렉스는 분위기를 타서 함께 춤을 췄다.

'설마?'

"집사……."

"나쁜 소식은 아니겠습니다. 둘 다 좋은 사람이니 말입니다. 그렇지 않습니까?"

"알렉스가 몇 살이지?"

집사는 내 갑작스러운 질문에도 침착하게 답변했다.

"생일이 지났으니 이제 스물아홉이겠군요."

"베시는?"

"베시는, 어디 보자…… 열넷에 이 저택에 들어왔으니까. 서른일곱 됐군요. 뭐, 이 정도야 충분히 극복 가능한 나이 차 아니겠습니까?"

집사의 뒷말은 제대로 들리지 않았다. 왜일까. 이 순간 갑자기 내 머릿속을 차지한 것은 바로 지난 축젯날 천막에서 들었던 노파의 목소리였다.

"자네, 조만간 좋은 인연이 있을 거야."

"에이……."

"연하남, 연하남."

단순히 우연일 수 있다. 아니, 평범하게 생각하면 당연히 우연의 일치라고 보는 게 타당했다. 더구나 알렉스는 베시와 오래 알던 사이다. 대뜸 어디서 튀어나온 연하남이 아니라는 소리였다. 그런데 이상했다. 가슴이 두근거렸다.

"바라는 것이 있을 테지? 그렇다면 기다려."

"……."

"그럼 기회가 올 테니까."

머릿속에서 노파의 목소리가 떠나지 않았다. 그리고 그로부터 며칠 뒤, 남부에서 몬스터 대습격이 일어나 토벌대를 구성한다는 소식이 들렸다.

제국 남부에는 몬스터의 터전으로 불리는 광활한 숲이 있다.

아직 그 끝을 본 사람이 없다고 할 정도로 깊고 넓은 숲은 평소에 는 아무런 문제가 되지 않다가, 이삼 년에 한 번씩 갑자기 개체가 폭 발적으로 늘어난 몬스터가 숲을 벗어나 민가를 덮칠 때면 골칫거리로 부상했다.

그렇게 숲에서 흘러나온 몬스터가 사람의 영역을 침범하는 것을 두 고 황실은 '몬스터 대습격'이라고 명명했고, 사태가 일어날 때마다 수 도를 중심으로 토벌대를 꾸려 남부로 보내고 있었다.

"이건 기회예요!"

날이 밝기 무섭게 만나자는 서찰을 보냈던 아리가 상기된 얼굴로 말을 이었다.

"저번에 하려다 그만둔 말이 바로 이거였어요."

"……."

"언니, 잘하면 언니가 도망칠 수 있다고요."

나는 눈을 감았다가 떴다. 운명이 장난을 치는 것 같다는 생각이 들 때가 있다. 지금이 꼭 그랬다.

"책에서는 원래 몬스터 대습격이 일어나자마자 주인공인 아그리타가 그걸 해결하잖아요? 토벌대가 구성되기도 전에."

그렇다. 책, 〈신녀 아그리타의 봄〉에서도 이 시기에 몬스터 대습격이 발발하는 전개가 있었다. 그러나 황실은 남부로 토벌대를 보내지 않는다. 아리의 말처럼 그러기 전에 상황이 끝나 버리기 때문에.

작중에서 아그리타는 남부로 먼 친척을 만나러 갔다가 그만 예기치 못하게 문제의 숲에 들어가게 된다.

그리고 어쩌면 당연하게 그 안에서 길을 잃고 마는데, 그러다 숲 깊은 곳에 잠들어 있던 어떤 미지의 존재를 우연히 깨우게 되고, 여차여차해서 그 존재의 도움을 받아 몬스터 대습격을 해결하게 된다는 식이었다. 이 일은 훗날 아그리타가 황후가 된 이후 그녀가 '신녀'로 불리게끔 하는 여러 업적 중 하나가 된다.

"하지만 이건 아그리타가 진짜 아그리타일 때나 가능한 이야기고, 지금 아그리타는 저잖아요."

"……그렇지."

"저는 책과는 달리 남부에는 얼씬도 안 했고, 앞으로도 안 할 예정이고요. 그럼 책에서처럼 몬스터 대습격이 알아서 해결되는 일은 없을 거고, 황실은 늘 하던 대로 토벌대를 꾸려 남부로 보낼 거고……."

아리는 거기까지 말한 후 숨을 한 번 골랐다. 이어 다음 말이 흘러나왔다.

"그렇다면 만약 악당이 토벌대를 이끄는 책임자가 된다면요?"

아리가 빠르게 뒷말을 이어 붙였다.

"남부가 여기서 꽤 멀다잖아요. 아무리 서둘러도 왕복하는 데 보름은 걸린다면서요? 그럼 토벌에 소요되는 시간까지 계산했을 때 못해도 한 달은 저택을 떠나 있어야 할 거고, 한 달이면 그 틈을 타 언니가 도망치기 충분한 시간이 아닐까요?"

아리의 갈색 눈동자는 반짝거리고 있었다. 나는 그 순수하고 말간 눈을 가만 보다가 입을 열었다.

"그런데 어떻게?"

"네?"

"어떻게 에시가 토벌대의 책임자를 맡게 할 수 있을까?"

"어……."

아리가 미처 거기까지는 생각하지 않았다는 듯 눈을 깜박거렸다. 이윽고 나름 고민한 것 같은 목소리가 따라붙었다.

"……최선을 다해서?"

"……."

"잘하면 되지 않을까요? 그러니까, 음, 아마 지금쯤 토벌대 책임자로 거론되는 사람이 있겠죠? 그럼 그 사람을 찾아가서 협박하든 회유를 하든, 어떻게든 그 자리를 내놓으라고……."

"그럴 필요 없어."

아리가 무슨 말이냐는 듯 나를 보았다. 나는 차분히 말을 이었다.

"여태 몬스터 대습격 때마다 선봉에 서서 토벌대를 이끌어온 사람은 일나다 백작이야. 백전노장이라는 평을 받는 제국의 유명 무장이지."

"그렇다면 어서 당장 그 사람을! 아니, 그런데 그럴 필요 없다는 게 무슨 뜻이에요?"

"일나다 백작은……."

운명의 장난이라는 생각이 들었던 건 이것 때문이다.

"병상에 누워 있어. 얼마 안 된 일이야."

"네에?"

"듣기로는 작년에 발견한 지병이 갑자기 심해졌다고 해. 심장이 안 좋다고 하던가."

"그 말은……."

아리의 표정이 미묘해졌다. 이걸 마침 잘됐다고 해야 할지 아니면 안타깝다고 해야 할지 헷갈려하는 얼굴이었다.

"그리고 일나다 백작은 무장으로는 제국에서 세 번째로 거론되는 사람이고."

그 위로는 황태자와 에시가 나란히 첫 번째, 두 번째를 두고 다투고 있었다. 아리가 내 설명에 가만히 있다가 곧 자기 입을 가렸다.

"가만있어 봐. 그럼, 황태자가 직접 움직이지 않는 이상에는…… 언니 동생이 토벌대 책임자를 맡을 확률이 높다는 거죠?"

"아마 그렇겠지."

"대박!"

아리가 벌떡 일어섰다. 의자가 요란하게 밀렸다.

"이거 정말로 기회잖아요! 상황이 어쩜 이렇게 딱 맞아떨어지지?"

아리는 제자리에서 호들갑을 떨다가 이내 가까이 와서 내 손을 덥석 잡았다.

"도망칠 수 있어요!"

"……"

"달아날 수 있다고요, 언니. 기회예요. 언니가 기다리던."

그래, 그렇다. 아리의 말마따나 이 상황은 내가 기다리고 바라던 기회였다. 그것도 꽤 오랫동안. 그러니 기뻐해도 지금 눈앞에서 방방 뛰는 아리보단 내가 더 기뻐하는 게 맞겠지.

"언니."

그런데 참 이상한 일이었다.

"……언니?"

아리의 표정과 몸짓, 목소리에서 차츰 흥분이 잦아들었다.

"기쁘지 않아요……?"

아리가 나를 의아한 눈으로 쳐다보고 있다는 걸 알면서도 나는 뭘 어쩌지 못했다. 웃음이 나오지 않았다. 즐겁지도, 마음이 들뜨지도 않았다.

"그럼 기회가 올 테니까."

바라던 것이 현실이 됐다. 노파의 말처럼 아무것도 하지 않고 있었더니 기회가 왔다. 그러나 기쁘지 않았다. 나는 그저 우두커니 앉아 있었다. 나를 가만 응시하는 아리의 얼굴에 걱정이 서릴 때까지.

"국왕 전하."
회랑에 걸린 그림을 보고 있던 여자가 고개를 돌렸다.
탐스럽고 풍성한 붉은색 머리카락. 색은 조금 어둡지만 마치 보석 같은 호박색 눈동자.
눈가의 미세한 주름만 아니었다면 지난 세월을 짐작하기 힘들 정도의 미인이었으나, 끝이 다소 올라간 눈매와 차가운 표정은 여자의 인상을 얼음장처럼 만들었다.
"무슨 일이지?"
그녀의 앞에 한쪽 무릎을 꿇고 앉은 남자가 공손하게 서신을 올렸다.
"바로 확인해 주셔야 할 긴한 사안입니다."
여인은 서신을 집어 펼쳤다. 잠시 후 손에 들린 종이가 구겨지는 소리가 났다.
"제국에 있는 눈서르미 남작이 직접 목격하여 급히 보고한 내용입니다. 사실일 공산이 높다고 판단됩니다."
"……단순히 닮은 사람일 가능성은?"
"외모적 특징뿐 아니라 나이 또한 정확히 일치합니다."

여자에게선 말이 없었다. 남자는 묵묵히 기다리다가 조심스럽게 먼저 물었다.

"세작을 수배할까요? 공작가에 사람을 심어 알아본다면 이보다 확실하게……."

"아니."

남자의 말을 자른 여자가 손을 펼쳤다. 엉망으로 구겨진 서신이 아래로 낙하했다.

"어쩐지 수상했다. 그래, 그래서 그랬구나. 갑자기 나라에 망조가 드는 것이 수상하다 하였더니 전부 이것 때문이었어."

"……."

"죽어야 할 것이 멀쩡히 살아서 나돌고 있었으니 당연히 나라가 저주받아 기울 수밖에."

여자가 입꼬리를 당겨 올렸다. 무표정하던 얼굴에 미소가 더해졌음에도 싸늘한 인상은 그대로였다.

"시녀장 그것이 나를 속였군. 도망치듯 궁을 그만두었던 이유가 이제 보니 이래서였구나."

"……."

"시녀장은 살아 있나?"

"현재로써는 행방이 확인되지 않습니다만, 죽은 것으로 사료됩니다."

"우습구나. 죽여야 할 것은 살리고 도리어 제가 죽다니. 참으로 아둔하고 멍청하기 짝이 없는 꼴이다."

망자를 비웃듯 차게 조소한 여자가 이어 명령했다.

"시간 낭비할 것 없다. 당장 가능한 모든 수를 동원해서 죽여. 그래서 이번에는 내 앞으로 '진짜' 머리를 가져와라."

"알겠습니다."

"어머니!"

그때 회랑 안쪽 문이 열리며 샛노란 드레스를 차려입은 인영이 뛰어 들어왔다. 이십 대 초반 쯤으로 보이는 여성은 자유분방한 걸음으로 다가와 여자에게 안겼다.

"그림 구경이 그렇게 재미있으세요? 차가 식겠어요."

"이런, 기다렸니? 미안하다."

얼음 조각 같던 여자의 얼굴이 처음으로 부드럽게 녹았다. 여자를 꼭 빼닮은 생김새의 젊은 여성은 여자의 품에 안겨 투정을 부리다 곧 남자를 발견했다.

"어머, 아저씨도 있었네요."

"아저씨가 아니라 공이라고 해야지."

여자는 질책하듯 말했으나 목소리는 한없이 부드러웠다. 여자에게 물려받은 흐드러진 붉은색 머리칼을 나풀나풀 늘어뜨린 젊은 여성이 해맑게 웃었다.

"앞으로는 유의할게요. 실례했어요, 공."

"아닙니다. 전 괜찮으니 유념치 마시고 공주님께서 편하신 대로 불러주십시오."

"쯧, 후작이 그러니 이 아이가 갈수록 버릇없이 구는 게지."

"어머니, 그래서 제가 미우세요?"

젊은 여성이 여자를 빤히 올려다보며 그녀를 닮은 호박색 눈동자를 깜박거렸다. 그 모습에 여자가 못 이기겠다는 양 웃음을 터뜨렸다.

"답을 훤히 알면서 묻는구나. 참, 누굴 닮아 이런지."

"제가 어머니를 닮지 않으면 누굴 닮겠어요? 헤헤. 어머니, 그럼 우리 이만 들어가요. 차가 정말 향긋하게 우려졌다고요."

"그래, 그렇게 하자꾸나. 후작, 내 먼저 자리를 뜨지."

"염려 마시고 들어가십시오."

사이 좋은 모녀를 보내고 잠시 후 남자가 고개를 들었다. 그는 텅

빈 회랑을 보며 잠시 생각했다.

'같은 날, 같은 시에 한배를 빌어 태어났음에도 처우가 저리 다르구나.'

그러나 남자의 감상은 오래가지 않았다. 그는 곧 기계적으로 제게 주어진 임무를 다하기 위해 움직였다.

"아가씨!"

저택으로 귀환하자 베시가 맞이해 주었다. 날이 부쩍 추워지는데 어딜 자꾸 그렇게 외출하시는 거냐는 걱정 섞인 잔소리를 듣다가 불쑥 물었다.

"베시."

"네?"

"알렉스 어디가 좋아?"

몇 초 뒤에야 베시는 꽥 소리 지르듯 대답했다.

"아, 아직 좋아하는 거 아니에요! 그런 애송이를! 참 나!"

'아직'이라…….

"알아가는 단계라는 거구나."

"크, 크흠. 아니, 그보다 어떻게 아셨어요?"

"정말 궁금해서 묻는 거야?"

솔직히 말해서 조금 전 잔소리는 나보다는 베시가 들어야 할 이야기였다. 요새 내 외출이 예전보다 잦은 편인 건 맞지만, 그렇다 해도 걸핏하면 알렉스와 바깥나들이를 다녀오느라 바쁜 베시에 비할 바는 못 되었으니까. 본인의 지난 행적을 돌아본 듯 베시는 잠시 침묵하다 곧이어 얼굴을 붉혔다.

"어흠."

나는 멋쩍은 헛기침 소리를 들으며 생각했다.

'썸 맞구나.'

베시에게 정말로 연하의 남자가 생겼다. 상대가 뉴페이스냐 아니냐를 떠나서 말이다.

'노파는 뭐 하는 사람이었을까?'

아리와 헤어지고 돌아오는 길에 문득 생각이 나서 그 거리에 다시 가봤다. 하지만 역시 축제 기간에만 임시로 세워두었던 것인지 천막은 사라지고 없었다.

"참, 그리고 보니 아가씨. 전에 시장 거리에서 점을 보았던 것 말이에요."

"응? 아, 응."

"기억나세요? 그때 점술가가 저한테 좋은 인연이 있을 거라고 했잖아요. 그, 흠흠, 연하남…… 이라고."

"그랬지."

마침 생각하던 주제가 나오는 바람에 놀란 티를 감추느라 대답이 조금 늦었다. 하지만 베시는 개의치 않는 것 같았다.

"아가씨께서 다 아셨다니 그냥 말씀드리는 건데, 생각해 보니까 그때 들었던 말이 맞아떨어졌구나 싶어서요."

말해놓고 부끄러운지 베시가 좀 허둥거리며 덧붙였다.

"아니, 뭐, 그렇다고 제가 당장 알렉스랑 뭘 어쩌고 있다는 건 아니고요! 어쨌든 분위기가 나쁘지는 않거든요. 음, 아가씨 말씀대로 알아가는 단계라고 할까."

"잘된 일이네. 축하해."

"감사해요. 아, 아무튼 거기서 점술가가 아가씨께는 무슨 기회가 있을 거라고 했잖아요?"

"……"

"바라는 것이 있지 않으냐고 하면서요. 아가씨는 어떠세요? 그 말대로 정말 바라는 걸 이룰 기회가 온 것 같으세요?"

기억력이 뛰어난 베시의 질문에 나는 바로 대답하지 못하고 조금 시간을 끌었다. 잠시 후 한마디가 겨우 흘러나왔다.

"……모르겠어."

"네?"

"아니야, 들어가자."

"아가씨, 방금―"

"아, 추운 바깥에 있다 와서 그런지 갑자기 따뜻한 꿀물이 생각나는 것 같아."

"어머, 그렇담 진작 말씀하시지! 조금만 기다리세요."

베시는 원래 주제를 금방 잊어버리곤 곧장 주방으로 사라졌다. 멀어지는 걸음이 숨길 의지도 없이 희희낙락했다.

'하여간 꿀물 참 좋아한다니까.'

언제 봐도 베시의 꿀물 신봉은 잘 이해되지 않았다.

'후우.'

나는 미묘한 한숨을 삼키고 방으로 올라왔다.

'……짐을 다시 싸야겠네.'

멍한 기분으로 할 일 없이 시간을 보내다 저녁쯤 되었을 때 문득 그런 생각을 했다. 그래, 멀리 달아나려면 짐이 있어야 하지. 예전에 미리 싸두었던 짐 가방은 지난번 베시에게 들키고서 진작 해체했다.

생각해 보면 그때 베시가 짐 가방을 발견만 하고 내용을 자세히 살피지 않았던 게 천운이었다. 변장하고 국경을 넘을 심산으로 꾸렸던 것이니, 내용물을 직접 보았다면 아무래도 의심이 들지 않기란 어려웠을 테니까.

'차라리 그때 그냥 다 들키고 말 걸 그랬나.'

그랬으면 적어도 내 마음을 모르는 채로 죽을 수 있었을 텐데.

나는 그런 미친 생각을 하다가 곧이어 벌떡 일어서서 무작정 방을 나왔다. 속이 갑갑해서 그런지 머리도 덩달아 이성적으로 사고하지 못하는 기분이었다. 물론 이 갑갑함이 꼭 실내에 있기 때문은 아니겠지만, 어쨌든 저택을 나와 탁 트인 정원으로 장소를 옮겼다.

바깥은 선선하고 어두웠다. 날이 추워진 만큼 해도 빠르게 낮을 포기했다. 어둠이 깔린 정원은 산책로 중간중간 걸린 등불에만 의존해 경관을 드러내고 있었다. 기분 탓인지 오늘따라 달빛도 유독 희미한 것 같았다.

나는 벤치를 찾아 앉았다. 옷 밖으로 드러난 살을 스치는 바람이 조금 차가웠지만 개의치 않았다.

'……왜 이러는 거야.'

어둑한 정원 풍경을 보며 소리 없이 자문했다.

'도망치고 싶어 했잖아.'

달아나고 싶었다. 몇 년을 기다린 일이었다. 다가올 참혹한 미래를 피해 어디로든, 에시가 굳이 쫓아오지 않을 먼 곳으로 도망가려고 했다. 초반에 아리를 살려보겠다고 갖은 애를 썼던 것도 다 그것 때문이었다.

사실 수확제 이후로 잠깐 포기하기도 했었다. 방법이 없어졌다고 생각했으니까.

그런데 기회가 왔다. 운명인지 우연인지, 장난 같은 기적이었다. 가능성은 다시 생겼고, 나는 놓았던 희망을 도로 잡을 수 있게 됐다.

'근데 왜…….'

기뻐야 하는데. 몇 년이나 고대하던 것을 이룰 수 있게 되었으니, 당장 팔짝팔짝 뛰면서 좋아해도 모자랄 텐데.

"……정신이 나갔지, 진짜."

헛웃음 섞인 목소리가 공기 중으로 흩어졌다.

알고 있다. 이유를 안다. 왜 이러는지. 왜 기쁘지 않은지, 어째서 마냥 좋아할 수 없는 건지.

'더 바라는 게 생겼으니까.'

내가 도망쳐서 무사히 목숨을 부지할 수 있게 된다 하더라도 '진짜' 원하는 걸 이룰 수는 없다. 그래서 웃음이 나지 않았다. 달아날 수 있게 되었음에도, 조금도 기쁘지 않다.

숨을 뱉었다. 옅은 입김이 허공을 찰나 어지럽혔다가 금방 흔적도 남기지 않고 사라졌다. 나는 눈을 깜박이며 그 부질없는 광경을 응시했다.

'내 감정도 저렇게 없어질 수 있는 거였으면.'

모를 걸 그랬다. 그랬으면 좋았을걸. 깨닫지 못했다면. 그래서 내가 뭘 바라는지, 정말로 간절한 게 뭔지 따위 몰랐더라면.

"누님."

나는 순간 깜짝 놀라 굳었다.

"에시."

뒤를 돌아보았다. 어두운 와중에도 상대의 모습은 거짓말처럼 또렷하게 시야를 채웠다.

"……왜 나왔어?"

"그건 내가 하려던 말인데."

가까이 다가온 에시가 내 어깨에 숄을 둘러주었다. 그러느라 순간 서로의 거리가 맞닿을 것처럼 줄어들었다. 나는 숨을 참았다.

"춥지 않아?"

"……그다지. 그냥 좀 시원한 정도인걸."

"그래도 겉옷은 걸치고 있어."

숄을 둘러준 후 에시는 내 옆으로 앉았다. 나는 군말 없이 상체를 감싼 숄을 만지작거렸다. 심장이 쿵쿵거리는 게 느껴졌다.

'이렇다니까.'

숄을 괜히 힘주어 여몄다. 별것 아닌 일에도 이렇게 심장이 제멋대로 날뛰는 게 이젠 슬슬 익숙해질 지경이었다.

"왜 나와 있어?"

"그건…… 잠깐만, 그 질문은 내가 먼저 했잖아."

"나는 누님을 따라 나온 거라."

마음을 자각한 이후 에시의 미소가 종종 야속하게 느껴지곤 했는데 지금도 그랬다. 어두워서 다행이었다. 나는 시선을 내리깔면서 대꾸했다.

"나도 별건 아니야. 그냥 생각할 게 조금 있어서……."

"무슨 생각?"

"……뭐 이것저것."

답을 회피하는 것처럼 들렸을까? 하지만 그렇다고 절대 곧이곧대로 말할 수는 없었다. 도망칠 예정이라는 것이든…… 또는 다른 것이든.

"누님."

"어?"

"전에 내가 이런 말을 한 적이 있었지."

"……."

"이젠 우리 둘만 남았다고."

시선을 들었다. 에시는 아무것도 없이 어둠만 내리깔린 정원을 보고 있었다. 덕분에 나는 에시의 옆얼굴을 마치 감상하듯 눈에 담을 수 있었다.

반듯한 이마. 높은 코. 섬세하게 깎아놓은 것 같은 얼굴의 선. 홀린 것처럼 보고 있다가 뒤늦게 정신을 차렸다. 아, 이러니까 내가 방심을 할 수 없다는 거다.

"기억나?"

"……언제 적 얘기를 하는 거야?"

"오래 안 된 것 같은데."

"오래됐어. 보통 그 정도면 다들 예전 일이라고 해."

그 말은 부모님이 돌아가시던 날 들었다. 장례식 날, 신관이 성호를 긋고 부모님의 관이 차가운 땅 아래로 묻히던 때.

훌쩍 커버린 남동생은 어느샌가 저보다 눈높이가 낮아진 누나의 손을 잡으며 그렇게 말했었다.

'그때 역시 도망쳐야겠다고 생각했었지.'

사형선고처럼 들렸다. 그때는. ……아마도.

'대체 언제부터 에시를 좋아했던 걸까?'

자각이 늦은 거지, 하루 이틀만에 쌓인 감정이라는 생각은 들지 않았다. 그렇게 새삼스러운 의문을 떠올리고 있을 때 에시의 목소리가 이어졌다.

"그럼 오래된 거라고 하고."

"……."

"중요한 건 지금도 마찬가지라는 거지."

"뭐가?"

"둘만 있다는 거."

에시가 정원에서 시선을 거두고 나를 보았다. 눈이 마주쳤다. 나는 움직임을 멈췄다.

"나한테는 누님밖에 없어."

"……."

"누님은?"

"나는……."

말을 더듬을 것 같았다. '그런' 의미가 아니라는 것을 알면서도, 목소리가 멋대로 떨리려고 해서 볼 안쪽을 깨물었다.

“당연히…… 나도 그렇지.”

에시가 나와 눈을 마주한 채로 웃었다.

아. 순간 깨달았다. 내게 최선은 없다. 나에게 존재하는 것은 최악이 아니면 차선뿐이다. 저런 눈으로, 내게 저런 말을 하는 에시가 다른 사람처럼 무감하고 차가워진 얼굴로 나를 죽이는 최악. 그리고 그걸 피해서 달아나는 유일한 차선.

최악을 고를 것이 아니라면 처음부터 내게 선택지 같은 건 존재하지 않았다. 알고 있었지만, 이 순간 절감했다.

“바람이 차가워지는 것 같은데.”

“…….”

“여기 더 있을 거야?”

“……응.”

“그래, 그럼 나도.”

나는 에시의 얼굴에서 눈을 떼지 않았다. 이상하다고 느껴도 어쩔 수 없을 만큼 이목구비 하나하나를 집요하게 눈에 담았다. 새기듯이.

‘에시.’

눈물이 나올 것 같아서 다시금 입안의 살을 힘껏 깨물었다.

‘나는 도망칠 거야.’

무서우니까. 네가 더는 나를 이런 눈빛으로 바라보지 않는 게. 내가 너에게 아무것도 아닌 존재가 되었다는 걸 내 눈으로 직접 확인하는 게. 상상할 수 있는 그 어떤 것보다 두렵고 비참하니까.

나는 어깨에 두른 숄을 꼭 쥐었다. 손아귀로 전해지는 감촉은 부드러웠다. 안간힘을 다해 울음을 참았다. 짐이 늘어날 것 같다는 생각이 들었다.

병상에 누운 일나다 백작 대신 에시가 토벌대를 이끌고 남부로 내려가는 것이 사실로 확정되었다.

"보는 눈이 있군."

"남부의 몬스터 따위, 각하께 걸리면 한주먹 감도 못 되지."

"다 끝났어."

"이제 놈들 씨가 마르겠군."

저택의 기사들은 어쩐지 자랑스러워하는 것 같았다. 반면 다베리 경의 감상은 약간 종류가 달랐다.

"귀찮게 되셨군요."

에시의 감상도 말하자면 후자에 가까워 보였다. 황명이니 거역하지는 않겠지만 성가시다는 티가 노골적으로 났다.

"다녀올게."

출정은 금방이었다. 시간을 끌수록 남부의 피해가 커질 테니 황실은 일정을 서둘렀다. 나는 저택의 사람들과 함께 배웅 나온 자리에서 에시를 가만 올려다보았다.

에시에게 고삐를 잡힌 흑마가 푸르릉 울었다. 인사가 끝나면 에시는 말에 오를 것이고, 일부 수행원과 기사들을 데리고 저택을 떠날 것이다.

'마지막.'

지금이 마지막이었다. 내가 에시를 볼 수 있는 건. 그에 생각이 미치자 갑자기 욕심이 솟았다. 나는 에시에게 가까이 다가가 까치발을 들었다. 그러곤 뺨에 입을 맞췄다.

"……조심히 다녀와."

다분히 충동에 몸을 맡긴 행동이라 뒤늦게 가슴이 미친 듯이 뛰었지만, 머릿속으로는 벌써 합리화를 진행 중이었다.

괜찮다. 괜찮아, 이 정도는. 남동생을 걱정하는 우애 좋은 누나로서 여기까지는 괜찮다.

"……그래."

에시는 나를 뚫어질 듯 보다가 이윽고 말에 올랐다. 입 맞췄던 뺨을 만지작거리는 것 같았지만 자세히 보지는 못했다.

"아가씨, 너무 걱정하지 마세요. 당연히 무사히 돌아오실 거예요."

베시의 말에 나는 점차 작아지는 에시의 모습을 눈에 담으며 고개만 끄덕였다. 시간이 지나자 금세 실루엣조차 보이지 않게 되었다. 나는 여러 사람 틈에서 조금 느린 움직임으로 몸을 돌렸다. 가슴 한구석에 공백이 생긴 것 같았다. 아마 앞으로 다른 무엇으로도 채워지지 않을.

"괜찮으십니까?"

"뭐가요?"

요주의 인물 다베리 경 앞에서 나는 최선을 다해 태연함을 가장했다. 나름대로 미리 연습했던 것이기도 하다.

"아뇨, 그냥 왠지 기분이 가라앉아 보이셔서."

"기분 탓이에요."

"그렇습니까?"

다행히 그 이상 추궁해 오는 일은 없었다. 나는 더 이상 돌아보지 않고 저택으로 들어섰다.

이후 사흘 정도 평범하게 시간을 흘려보냈다. 그리고 나흘째 되던 날, 문득 다베리 경을 보며 입을 열었다.

"경."

"네, 아가씨."

"일전에 경이 나한테 했던 말 기억해요?"

다베리 경의 주의가 내게 향하는 걸 확인하곤 말을 이었다.

"내가 행복했으면 한다고 했었잖아요."

"……."

"그거 진심이에요?"

다베리 경은 갑자기 왜 그런 걸 묻는지 모르겠다는 얼굴을 하면서도 착실하게 대답했다.

"그렇습니다."

"정말로?"

"원하신다면 이 자리에서 맹세로 증명할 수도 있습니다."

"그래요? 사실이죠? 정말 그만큼 내가 행복하길 바란단 말이죠?"

"……."

"그렇다면……."

정적이 깔렸다. 다베리 경은 내 말이 이어지기만 기다리듯 묵묵히 나를 응시했다. 긴장이라도 한 것인지 묘하게 힘이 들어간 그의 표정을 보며 나는 말을 이어 붙였다.

"코코넛 머랭 쿠키를 사 와주세요."

"예?"

"제도 동쪽 저잣거리 과자점 '스위트 젠틀 쿠킹 보이'에서 파는 것이어야만 해요. 나는 무슨 일이 있어도 오늘 그걸 먹어야만 행복하겠어요."

"……."

"어서요. 안 먹으면 불행해요. 아, 벌써 조금씩 불행해지고 있어."

"아, 알겠습니다."

다베리 경은 어쩐지 억울해 보이는 기색으로 순순히 저택을 나섰다. 나는 엉겁결에 내 심부름을 맡아 외출하게 된 다베리 경의 뒷모습을 보면서 생각했다

'미안해요, 경.'

스위트 젠틀 어쩌고라는 과자점은 여기서 마차로 한 시간은 가야나오는 곳이다. 그리고 가봐야 내가 말한 쿠키는 곧장 구할 수 없을

것이다. 사람을 써서 직전에 품절시켜 두었으니까. 재료도, 일손도 부족한 작은 가게였다. 다시 만들기를 기다린다고 해도 시간이 꽤 걸릴 것이다.

그거면 충분했다. 나는 내 방으로 돌아와 서랍에서 펜과 종이를 꺼냈다. 그리고 그동안 고마웠다는 내용의 짤막한 쪽지를 써서 책장 사이에 끼워두었다.

그런 후 줄을 당겨 사용인을 불렀다. 마침 한가했던 모양인지 알렉스가 모습을 드러냈다.

"아가씨, 뭐 필요하신 것 있으십니까?"

"내가 갑자기 몸이 좀 안 좋아졌어."

"예에? 그렇담 당장 닥터를……."

"그 정도는 아니야. 그냥 기분이 조금 가라앉고 신경이 예민한 게, 혼자 하루쯤 방에서 푹 쉬면 괜찮아질 것 같아. 그래서 말인데, 내일 아침까지는 내 방에 아무도 들어오지 말라고 해줄래?"

"어…… 베시도요?"

"응."

알렉스는 이내 그러겠다고 고개를 끄덕였다. 알렉스는 알까 모르겠다. 베시의 이름을 언급할 때, 고작 그것만으로 얼굴에 순간 붉은 기가 돌았다는 걸.

"행복해, 알렉스."

"예?"

"아냐. 나가봐."

"아, 네. 아가씨, 그럼 푹 쉬세요!"

알렉스를 내보내고 나서 옷을 갈아입었다. 어젯밤 미리 빼돌려 둔 하녀복을 입고, 망토를 뒤집어서 머리카락을 가렸다. 그런 뒤 복도가 조용한 것을 확인하곤 방을 나섰다.

나는 저택을 빠져나와 사용인들이 주로 드나드는 뒷문으로 향했다. 문을 지키는 경비병은 하녀복 차림에 빈손인 나를 구태여 붙들지 않았다.

그렇게 바깥으로 나와 마차를 잡아탔다. 어느 정도 달리다가 인적이 드문 골목에서 내리자 익숙한 목소리가 나를 반겼다.

"언니!"

"아리."

아리는 딜런과 함께 약속한 장소에서 기다리고 있었다. 미리 맡겨 두었던 짐을 내게 전해주기 위해서였다. 누가 보아도 이건 수상하다 싶은 짐 가방을 건네면서 아리가 코를 훌쩍였다.

"언니……."

"왜 울어?"

"우는 거 아니에요. 그냥 눈물이 날 뿐이에요."

……뭐가 다른 거지? 옆을 보니 딜런도 나와 비슷한 표정을 하고 있었다. 아리가 황급히 소매로 코끝을 문질렀다.

"아니, 말을 잘못했어요. 콧물이 났을 뿐이에요."

"그래, 그래."

"언니."

"응?"

아리는 나를 물끄러미 응시했다. 콧물이 난 거라더니 갈색 눈망울에 물기가 그렁그렁했다.

"이게 최선인 거겠죠?"

"……."

"다른 선택지는 없는 거죠? 그러니까 가령 우리가 힘을 합쳐 악당을 무찌른다거나, 그러기는 역시 어렵겠죠?"

"어려운 정도가 아닐걸."

나는 아리와 그런 식으로 동반 자살을 하고 싶지는 않았다. 더구나 만에 하나 천운이 닿아 성공한다고 하더라도 그건 내게 최선이 될 순 없다.

나는 손을 뻗어 아리의 머리를 쓰다듬었다. 진짜 아리의 머리카락은 어떨지 모르겠지만, 어쨌든 아그리타의 머릿결은 부드러웠다.

"잘 지내."

"……."

"여기서든, 혹은 다른 곳에서든."

딜런이 있어서 말을 아꼈다. 아리는 결국 그렁그렁하게 고인 눈물을 눈 밖으로 밀어냈다.

"언니도요……."

아리가 훌쩍거리면서 말했다.

"잘 지내야 해요."

후두둑 떨어지는 눈물을 닦지도 않고 내버려 둬서 딜런이 능숙하게 손수건을 꺼냈다. 나는 쓴웃음을 지으며 그 광경을 눈에 담았다.

"눈물이 왜 이렇게 많아."

"슬프니까 그렇죠. 언니는 안 슬퍼요?"

"네가 너무 슬퍼하니까 난 조금 덜 슬픈 것 같아."

"……편지해요. 어디든 무사히 도착하고 나면요. 알죠? 우리끼리만 아는 암호 있잖아요. 남들은 절대로 못 알아볼."

한글을 말하는 걸까. 고개를 끄덕거렸다.

"신짜예요. 보낸나고 했어요. 이래놓고 편지 인 오기민 해."

"알겠어."

기어코 대답을 들은 아리가 이어서 품을 뒤적거렸다. 나는 다음 순간 눈을 크게 떴다.

"이거 가져가요."

"이건……."

"언니가 태우라고 했지만, 안 태우고 그냥 가지고 있었어요. 혹시 모른다고 생각했거든요."

매혹의 천. 아리는 내게 낯익은 연푸른색 천을 떠안겼다. 나는 엉겁결에 받아 들었다.

"그거 어쨌든 보물이잖아요. 가져가면 위기의 순간에 요긴하게 쓰일지도 몰라요. 그리고 또……."

뒤이어 아리가 내게 작은 주머니까지 넘겼다. 나는 그것을 받자마자 열어보지 않고도 안에 뭐가 들었는지 알 수 있었다.

"아리!"

"다 준 거 아니에요. 솔직히 저도 앞으로 어떻게 될지 모르는데 당연하죠. 다만 그건 그냥…… 언니가 예전에 나 때문에 가지고 있던 거 몇 개 날렸으니까. 그만큼만 옮겨 담았어요."

손바닥을 통해 단단한 구슬의 형태가 선연하게 느껴졌다. 당황스러웠다.

"안 그래도 돼. 그럴 필요 없어."

"내가 주고 싶어서 주는 거예요."

"그래도 이건……."

"몰라요. 난 이미 줬어요. 언니가 안 받으면 여기서 주머니째로 깨뜨릴 테니까 알아서 해요."

무려 협박이나 다름없는 발언을 입에 올린 아리는 그러면서도 여전히 줄줄 흐르는 눈물을 그치지 못하고 있었다.

"……고마워."

"뭘요."

나는 끝으로 아리와 포옹했다. 작별하면서 껴안는 건 마지막 인사 같아서 안 하겠다고 했지만, 지금은 정말 마지막이니까.

딜런과는 간단하게 악수하는 것으로 작별 인사를 나눴다. 사정을 전부 아는 건 아닌 듯했지만, 딜런은 내게 아무것도 묻지 않았다. 곧이어 나는 두 사람을 뒤로하고 자리를 떠났다.

마차에 다시 몸을 싣자 갑자기 머리가 멍해졌다.

'이제 어디로 가지?'

우선은 가까운 여관으로 가서 복장을 바꿔야 한다. 하녀복은 저택에서 벗어날 때는 도움이 되었지만, 거리를 돌아다니기엔 눈에 띄는 차림이었다. 짐 가방에 있는 평범한 옷으로 갈아입고, 가발도 쓰고.

'그런 다음에는?'

둔해진 머리를 애써 굴렸다. 예전에 처음 도망 계획을 세웠을 때는 남쪽으로 가려고 했다. 가서 배를 탈 생각이었다. 그러려고 배편도 알아봤다.

'하지만 에시가 남부로 떠났으니까.'

마주치지 않기를 바라면서 원래 계획대로 남부로 내려가는 건 너무 위험한 짓이다.

'서쪽, 아니면 북쪽.'

동쪽은 국경까지 거리가 멀었다. 지도를 펴놓고 봤을 때 제도는 중앙보다는 서쪽으로 치우쳐 있었다.

'……서쪽으로 가자.'

단순하게 생각하면 에시가 향하는 곳과 반대 방향인 북쪽이 더 좋아 보이지만, 북쪽으로 가면 중간에 숲을 지나야 한다. 남부에 있는 것만큼은 아니어도 꽤 광활한 숲이었다. 숲을 가로지르는 과정에서 안전을 장담하기가 좀 조심스러웠다.

나는 비교적 국경까지 민가가 끊이지 않고 이어지는 서쪽으로 향하기로 했다.

'하아.'

이게 뭐라고 결정하는 과정에서 심력을 다 쓴 것 같았다.

나는 잠시 후 도착한 여관에서 기계적으로 가발을 뒤집어쓰고 옷을 갈아입었다. 입고 있던 하녀복은 여관 종업원을 불러 돈을 쥐여 주고 몰래 처리하도록 했다. 그러고 나서 여관을 나오기 전 문득 거울을 봤다.

목덜미를 약간 덮는 덥수룩한 갈색 머리, 눈에 띄지 않는 무난한 남성용 평상복. 얼굴은 가리지 않았지만 이렇게만 해도 얼핏 보기엔 충분히 다른 사람 같았다.

나는 낯선 나와 거울 속에서 눈을 마주쳤다.

"······."

갑자기 실감이 됐다. 내가 도망치고 있다는 게. 조금 전까지만 해도 당연한 듯 내 주변을 이루고 있던 것을 전부 버리고, 아무것도 없이 달아나는 중이라는 것이.

"······아."

나는 잡고 있던 여관방의 문손잡이를 놓았다. 울면서 사람들 사이를 걷는 건 '나 사연 있는 인물이니 주목해 주세요' 하고 광고를 하는 것이나 마찬가지다. 그럴 순 없었다.

나는 한참이나 방에서 나가지 못하고 그곳에 머물렀다.

이 년 전 정식으로 기사단에 입단한 라다 엑스트에겐 한 가지 오랜 소원이 있었다.

'기다려라, 이 익의 축 놈들.'

바로 인간의 삶을 괴롭히는 사악한 몬스터에게 냉혹한 응징의 철퇴를 내려주는 것. 물론 혼자서는 무리다. 몬스터는 무섭다. 개인의 힘으로는 섣불리 도전하기 힘든 일이라는 걸 라다 본인 또한 이미 잘 알고 있었다.

'그래서 이번 토벌에 자원했지.'

사실 처음에는 꽤 갈등했다. 위험할 수 있는 일이었으니까. 라다는 몬스터를 향해 정의의 칼을 빼 들고 싶었지만, 동시에 자신이 안전하길 원했다. 솔직히 말하면 남이 거의 다 죽여놓은 놈을 두고 마지막 칼질만 하는 것이 진짜 바라는 바였다.

'그런 점에서 사실 일나다 백작은 조금 못 미더웠어. 실적은 있지만 실력은 없는 사람이니까. 말이 백전노장이지, 아무래도 나이도 많고. 과연 앞장서서 몬스터를 제대로 쓸어줄 수 있을지는······.'

그 때문에 기다리던 몬스터 토벌의 기회가 눈앞으로 왔음에도 좀처럼 마음을 정하지 못하고 계속 갈팡질팡했다. 그러던 와중 토벌대 책임자가 바뀐다는 소식을 들었다.

일나다 백작에게 정말로 일이 났다. 그가 지병으로 대뜸 병상에 드러누워 버린 것이다. 그렇게 해서 새로 바뀌게 된 책임자는······.

라다는 선두에서 무리를 이끌며 이동하는 흑마와 그에 탄 사람을 흘긋 쳐다보았다.

'위드그린 공작.'

라다의 입가에 미소가 감돌았다.

'이 정도라면 완전히 안심이지.'

라다는 책임자가 공작으로 바뀌었다는 말을 듣자마자 고민 없이 토벌대에 지원서를 냈다. 장담컨대 자신 같은 이들이 꽤 되리라.

그도 그럴 게 '그' 위드그린 공작이다. 기사 중에 위드그린 공작에 대해 모르는 사람은 없다. 간혹 있긴 했지만 그놈은 그냥 머저리 취급을 받았다.

위드그린 공작은 괴물이었다. 그가 검을 쓰는 것을 직접 본 사람들은 하나같이 그런 말을 했다. 저 재능은 신이 내린 것이거나, 혹은 틀림없이 악마에게서 강탈한 것이라고.

'어느 쪽이든 인간은 아니라는 게 핵심 아닐까.'

확실히 저 솜씨를 인간의 범주에 넣어버리면 불쌍해지는 인간이 너무 많았다. 라다 자신을 포함해서 말이다.

어쨌든 그런 공작이 이끄는 몬스터 토벌대였다. 과연 이보다 더 안전하면서 공로가 틀림없이 보장되는 기회가 있을까?

'나는 그저 뒤를 잘 따라다니면서 몬스터 시체에 확인 사살만 잊지 않으면 될 거야.'

간혹 숨이 덜 넘어간 놈이 있으면 확실하게 끊어주고. 완벽하다. 바로 이거다. 라다는 남부에 도착하기도 전부터 흥에 겨웠다. 쉽고 빠르고 안전한 소원 성취가 마침내 목전에 와 있었다.

'참, 그나저나 다베리 삭인가 하는 공작 가문 기사는 토벌에 함께하지 않았나 보군. 그의 솜씨도 궁금했는데, 아쉬워.'

라다 엑스트가 막 그렇게 생각했을 때였다.

"푸르릉!"

"……!"

흑마가 움직임을 멈췄다. 무언가가 앞을 가로막았다. 말의 진로를 막으며 등장한 상대는 온통 검은 옷으로 무장하고 있었다. 한눈에도 수상했지만 라다는 성급히 나서지 않았다. 그가 바로 위드그린 공작을 향해 머리를 조아렸기 때문이다.

라다는 위드그린 공작의 완벽한 미간에 언뜻 주름이 잡히는 걸 놓치지 않았다.

"죄송합니다, 마스터─ 아니, 가하. 허락 없이 이리 모습을 드러내는 걸 금하신 줄 알지만, 너무 급한 사안이라 어쩔 수 없이……."

"뭐지?"

고개를 든 상대가 공작에게 서신을 전달했다. 공작이 메마른 손길로 서신을 받아 펼쳤다.

'무슨 내용이지?'

라다는 호기심에 고개를 슬그머니 뺐다. 하지만 눈을 가늘게 떠봐도 종이에 적힌 글자는 잘 보이지 않았다. 라다가 호기심을 참지 못하고 은근슬쩍 공작 가까이 다가간 순간이었다.

"……?!"

"각하!"

위드그린 공작이 말머리를 돌렸다. 갑자기 자리를 이탈하는 그를 아무도 잡지 못했다. 어떤 예고나 설명이라고는 한마디도 없이 벌어진 일이었다.

'뭐, 뭐야?'

공작 가까이 있던 라다는 공작이 말머리를 돌릴 때 그의 얼굴을 얼핏 볼 수 있었다.

'표정이……'

그는 침을 꿀꺽 삼켰다.

'대체 어떤 일이길래?'

가슴이 두근거렸다. 남의 표정을 잠깐 본 것뿐인데 제가 다 속이 뒤집히면서 심장이 철렁 내려앉는 기분이었다.

'뭔지는 몰라도, 정말 무지하게 심각한 일인가 본데.'

거기에 다급하기까지 한. 그렇게 생각하며 심호흡하던 라다의 사고가 순간 다른 것에 미쳤다.

'가만, 공작이 이렇게 사라지면 우리는?'

그때 검은 옷으로 전신을 휘감은 남자가 앞으로 나섰다. 그는 일견 곤란하다는 표정을 지으면서도 이 상황을 예견한 듯 침착하게 말했다.

"안녕하십니까. 각하께서는 피치 못할 사정으로 잠시 자리를 비우게 되셨으니, 우선 각하의 사람인 제가 대리하여 여러분을 안내토록 하겠습니다. 양해 부탁드립니다."

"안내라니요?"

"남부로 내려가셔야죠."

"우, 우리끼리요?"

"물론입니다. 이 순간에도 몬스터의 습격으로 고통받는 사람들이
여러분을 애타게 기다리고 있지 않습니까?"

라다를 비롯한 몇 사람의 얼굴이 흙빛이 되었다. 그러나 가지 않겠
다고 버틸 명목은 없었다. 말 그대로 몬스터의 위협에 노출된 채 오매
불망 그들을 기다리는 남부의 백성들이 있었으니까.

라다는 억지로 말고삐를 쥐었다. 흥에 겨워 들썩이던 어깨가 이젠
다른 의미로 달달 떨렸다.

제도를 벗어나자마자 나타난 마을은 한가로웠다. 해가 서산으로 넘
어간 이후에 도착했기 때문에 그곳에서 하루를 묵었다.

하루가 어떻게 지나는지도 모르게 흘렀다.

'에시는 지금 어디쯤일까?'

여관 일 층 식당에서 잘 넘어가지도 않는 아침밥을 깨작거리다가
문득 에시를 떠올렸다.

시간상 아직 남부에 도착하지는 못했겠지. 말을 타고 이동 중일까?
너무 강행군하지는 말고 적당히 쉬면서 움직이면 좋을 텐데.

나는 그런 생각을 하다가 이내 피식 웃었다. 헛웃음이었다.

'누가 누굴 걱정하는 건지.'

내가 지금 누굴 피해서 달아나고 있는 처지인데. 참 우습지도 않았
다. 식사 자리를 대충 정리하고 일어섰다.

'여기서부턴 안내인이 필요해. 사람을 구하자.'

제도를 빠져나오는 것까지는 그리 어렵지 않았다. 굳이 말하자면 수월했다. 그저 마차를 타고 서쪽으로 쭉 달리기만 하면 됐으니까.

하지만 이제부터는 이야기가 조금 달랐다. 서쪽은 국경까지 민가가 쭉 이어진다고 했지만, 그것도 길을 잘못 들지 않았을 때의 이야기다. 잘못해서 방향을 헷갈리거나 했다간 산이나 숲에서 노숙하는 꼴을 면하지 못할 것이다.

'국경까지 안전하게, 최단 거리로 이농하려면 지리에 밝은 사람의 도움이 필수야.'

이렇게 혼자 먼 길을 떠나본 적이 없었기 때문에 지도를 읽는 것에도 한계가 있었다. 나는 스스로를 맹신하지 않기로 했다.

"어서 오십시오. 필요한 인력이라도?"

"길 안내자. 국경까지 안내해 줄 사람으로. 기본적인 신의를 알고 유능하다면 나이나 성별은 관계없어."

"알겠습니다. 이쪽으로."

일부러 굵은 목소리를 내느라 목이 약간 아팠다. 여관 주인에게 물어서 찾아온 용병 길드의 직원은 별 의심 없이 나를 안쪽으로 안내했다.

"아, 한 가지만 더."

"예?"

"기왕이면 말이 없는 사람이면 더 좋을 것 같군. 시끄러운 건 별로 선호하지 않아서."

혼자 떠든다면 모르겠지만 말을 걸거나 하면 곤란했다. 대답할 때마다 목이 아플 테니까.

"그러시다면 벙어리 안내인으로 붙여 드리겠습니다."

뭐? 극단적인데?

"대신 비용은 조금 더 쳐주셔야 합니다. 특수한 조건을 맞춰 드리는 것이니까요."

그러니까 극단적…… 뭐, 어차피 돈은 크게 중요하지 않았으니 그러겠다고 했다. 어쨌든 무사히 안내인을 구해 용병 길드를 나왔다.

나는 안내인에게 다시금 목적지를 간략히 설명한 후 함께 마차에 올랐다. 마차가 출발하자 기분이 싱숭생숭해졌다.

'이걸 앞으로 몇 번이나 반복하면 되는 걸까.'

마차를 타고 다음 마을까지 이동하고, 그곳에서 하루를 보내고. 다음 날 또다시 마차를 타고 그다음 마을까지 움직이고.

'생각보다 평화롭고…… 지루하겠네.'

마차 멀미가 없는 것이 다행인지 불행인지 모르겠다. 도망치는 중에 멀미로 몸까지 축나는 건 당연히 최악일 테지만, 대신 몸이 힘든 만큼 그동안 다른 잡생각에는 시달리지 않을 테니까.

'아, 내가 봐도 참 미련한 저울질이야.'

그렇게 생각할 때였다. 마차가 멈췄다.

"……?"

"어어, 손님. 조금 곤란하게 되었는데요."

마부석 쪽에서 난감한 목소리가 들렸다. 마차가 출발한 지 얼마 되지도 않았다. 나는 순간 말에 무슨 문제가 생겼거나 마차 바퀴가 빠지거나 한 것인가 했다.

그런데 그때 다른 목소리가 따라붙었다.

"잠깐이면 됩니다."

'남자 목소리?'

"저희가 사람을 찾는 중이라서요."

나는 창문을 열고 바깥 상황을 확인하려다 멈칫했다. 사람을 찾는다는 말에 저절로 손끝이 차갑게 식었다.

'아니, 아니야. 그럴 리 없지.'

두근거리던 가슴이 곧이어 안정을 되찾았다. 나를 찾기 위해 인력이 동원된 것이라기엔 너무 일렀다. 어제 알렉스를 통해 하루 동안 내방에 아무도 들어오지 말라고 해두었으니, 오늘 아침이 되어서야 내가 저택에 없다는 사실이 알려졌을 거다.

'바로 사람을 풀었다고 해도 당연히 제도부터 뒤질 텐데.'

그렇지 않다고 하더라도 제도에서 여기까지는 이동하는 데만 한나절이 걸렸다. 시간상 저들이 나를 잡으러 나온 이들이라는 건 역시 말이 되지 않았다.

'에시에겐 아직 소식도 전해지지 않았을 테고.'

에시는 멀리 있다. 당장 전서구를 띄웠다고 한들 소식을 전달받는데 시간이 꽤 걸릴 거다. 일단 전달받고 나면 전에 보았던 마법 도구를 이용해 멀리서도 암흑가 조직원을 움직일 수 있을지는 몰라도, 아직은 내가 사라졌다는 소식 자체가 전해지지 않았을 시점이었다.

나는 깊게 들이마신 숨을 내쉬고 마차 창문을 열었다. 활짝 열어젖힐 생각이었지만, 어쩐지 내 손은 소심하게 아주 약간의 틈만 만들었다. 딱 상대의 말이 잘 들릴 정도로만.

나는 낮은 음성을 내기 위해 목을 가다듬곤 입을 열었다.

"당신들이 찾는 사람이 누군지는 모르겠지만, 나와는 별로 연관이 없을 텐데요."

"실례합니다. 황당하실 심정은 알지만, 모쪼록 잠시만 협조 부탁드립니다. 마을을 빠져나가는 모든 마차를 확인하는 중이라서요."

'뭐?'

그렇게까지 수고롭게 사람을 찾고 있다고?

'빚쟁이 잡나?'

그것도 한두 푼 떼어먹은 게 아닌 모양인데. 그처럼 생각할 때 새로운 목소리가 끼어들었다.

"뭘 그렇게 구구절절 설명하고 있어? 그냥 문 잡아 뜯어."

"아무리 그래도……."

"이게 어디서 대가리에 화살을 처맞고 왔나. 지금 우리가 사소한 거 가릴 때야? 평소엔 취급도 않는 예의 차리다가 만약 그분을 놓치기라도 하면, 너나 나나 사이좋게 모가지 위가 썰렁해질 거란 건 아는 거지?"

'그분?'

나는 거친 어투 사이로 언급된 한 단어에 귀를 기울였다. 그분이라니, 웬 존칭? 암만 생각해도 빚쟁이에게 굳이 말을 높여줄 이유는 없을 테고.

'설마 이 마을 유지의 첩이 도망쳐서 잡으러 나왔다든가…… 뭐 그런 건가?'

저절로 미간에 주름이 잡혔다. 웩.

'아니지, 혹은 있는 집 도련님이나 아가씨가 가출해서 찾으러 나온 것일 수도. 아무튼, 어서 아니라는 걸 확인시켜 주고 벗어나야겠다.'

언제까지 여기서 이러고 있을 수는 없었다. 나는 얼굴이 완전히 드러날 정도로 창문을 열려고 하다가, 문득 움직임을 멈췄다.

"……."

감이었다. 감이 좋지 않았다. 순간 그랬다. 이성으로는 이해할 수 없지만, 본능에 가까운 어떤 직감이 내 행동을 막았다.

그때 바깥에서 일방적으로 마차의 문을 열려는 것 같은 소란이 들렸다. 나는 깊게 생각할 겨를 없이 옆에 앉아 있던 안내인을 돌아보았다.

"미안해요. 나중에 길드로 가서 이에 대한 값을 쳐줄게요."

"……?"

마차 문이 열렸다. 나는 곧장 안내인을 그쪽으로 힘껏 밀어버리곤 즉시 반대쪽 문을 열어 뛰어내렸다.

"아니, 어억! 이봐요!"

등 뒤로 안내인의 당황한 목소리가 들린 것 같았다. 응? 목소리……? 아니, 일단 지금은 중요한 게 아니지.

나는 사력을 다해 뛰었다. 뛰는 것에만 집중하느라 뒤도 돌아보지 않았다. 금방 숨이 턱까지 찼지만 속도를 늦추지 않았다. 어떤 직감이 내게 그렇게 하라고 시키고 있었다.

하지만 그러한 노력에도 불구하고 나는 그리 오래 도망치지 못했다.

"왜 쥐새끼처럼 도망치지?"

"……!"

"잡았다."

정신없이 달리던 와중 진로가 막혔다. 마차를 앞에서 막아서기만 한 것이 아니라 퇴로를 차단하는 인원도 있었던 모양이다. 방향을 바꿔 달아나려 했지만 그 전에 팔을 잡혔다. 뿌리치려는 노력은 소용없었다. 내 힘으로는 역부족인 일이었다.

"이 새끼야! 손속도 조심하고 말도 조심해! 혹시 모르니까 항상 공손하게, 부드럽게, 알았어?"

뒤쪽에서 누군가가 고래고래 소리를 지르며 가까워졌다. 나는 나를 붙잡은 사람을 올려다보았다. 온통 검게 차려입은 우람한 남자는 내가 전에 본 적이 없는 사람이었다.

하지만 상대는 나를 알고 있는 것 같았다. 그 증거로 남자는 내 얼굴을 확인하자마자 손아귀에서 곧바로 힘을 풀었다. 팔을 아예 놓아준 것은 아니지만 압박하던 악력이 한결 약하고 부드러워졌다.

남자가 꾸벅 고개를 숙였다.

"부디 무례를 용서해 주십시오."

속이 서늘해졌지만, 일단 시치미를 뗐다.

"누구시죠? 미안하지만 사람을 잘못 본……."

"공녀님."

‘망할.’

욕지거리가 튀어나갈 뻔했다. 아니, 이 시점에 이 정도는 욕이 아니라고 본다. 정말 망한 상황이었으니까.

‘대체 어떻게?’

나는 남자가 극히 정중한 손길로 가발을 벗기는 것에 굳이 무의미하게 저항하지 않았다. 갈색 가발이 바닥으로 떨어지자 붉은색 긴 머리가 나풀거리며 어깨를 타고 흘러내렸다.

“뭐야? 공녀님이야? 공녀님 잡았어?”

“저 붉은 머리! 공녀님 맞으시네!”

“찾았다!”

주변이 순식간에 소란스러워졌다. 나는 뒤에서 들려오는 환호성 비슷한 것을 한 귀로 흘리며 바닥의 가발을 내려다보았다. 혼란스러웠다.

‘어떻게 이렇게 빨리 움직인 거지?’

이들의 정체를 짐작하는 것은 그렇게 어렵지 않았다.

‘암흑가 조직원…….’

흘긋 뒤를 돌아보았다. 누굴 살펴도 하나같이 일면식이라곤 없는 낯선 면면에, 조직의 결속력을 높여보겠다는 의도인지 뭔지 죄 수상한 검은색 옷을 통일해서 차려입고 있었다. 어딜 보더라도 그들이었다.

‘도망치자마자 이렇게 바로 잡힌다고?’

암담한 동시에 황당하고 기가 막혔다. 이만큼이나 허무한 전개는 생각해 보지도 못했다.

여전히 내 팔을 붙잡고 선 자가 입을 열었다.

“돌아가시지요. 저희가 저택까지 안전히 모셔다드리겠습니다.”

“한 가지만 물을게요.”

“…….”

“내가 저택에서 몰래 빠져나왔다는 걸 언제 알았죠?”

남자는 대답하지 않았다. 좋아, 그렇단 말이지.

"대답이 없으니 하나 더 질문할게요. 아까 듣자니 마을을 나가는 모든 마차를 확인하고 있다고 했는데, 그런 비효율적인 짓을 이 마을 말고 다른 데서도 하고 있나요?"

남자는 이번에도 침묵을 지켰다. 내가 채근했다.

"이봐요. 날 봐요, 잡혔잖아요. 어차피 이제 꼼짝없이 다시 저택으로 돌아가게 되었다고요. 다 끝난 마당에 사소한 궁금증이나마 좀 해소해 보겠다는 건데, 고작 이런 것도 안 알려주나요?"

"죄송합니다."

끝내 흘러나온 한마디는 전혀 내가 원하는 답이 아니었다. 나는 어쩔 수 없다는 듯 과장되게 한숨을 내쉬었다.

"그래요……."

"……."

"그쪽이 좀 전에 나더러 쥐새끼라고 한 거…… 그리고 팔을 너무 세게 잡아서 좀 아팠던 거…… 에시한테 굳이 말 안 하려고 했는데 이렇게 되면 그냥 말해야겠네."

필살의 수단, 협박이다. 나는 그렇게 말해놓고 상대를 힐끔 살폈다. 방금 내 팔을 잡고 있던 손이 움찔하는 거 분명 다 확인했다. 그러나 놀랍게도 변함없이 바라는 답은 나오지 않았다.

"……정말 죄송합니다."

'강적이네.'

이게 안 먹힌단 말이야? 조금 당황해서 표정을 꾸미는 것도 잇고 상대를 쳐다보았다.

'정말 어쩔 수 없지.'

나는 단념하고 더는 입을 열지 않았다. 표정이나 몸짓으로 하던 연기도 그만두었다.

'얻어낸 것이 없는 건 아쉽지만⋯⋯.'

품에 손을 넣었다. 어찌 됐든 이대로 허무하게 도망을 끝낼 수는 없다. 이건 내 마지막 발악이었다. 가장 두렵고, 감당할 수 없이 무서운 것과 마주하지 않으려는, 딴에는 필사적인 최후의 발버둥. 그러니 설령 붙잡히는 결말을 맞더라도 지금은 아니다. 적어도 내가 할 수 있는 모든 걸 소진하기 전까지는.

"마차에 타시지요, 공녀님. 마차는 저희가 직접⋯⋯."

말하다 말고 남자가 멈칫했다. 그의 시선이 품에서 막 뭔가를 꺼내려는 내 손에 머물렀다.

"흉기를 꺼내시더라도 소용없습니다."

나는 어디에서 착안한 것인지 모를 상대의 오해를 친히 정정해 주는 대신, 말없이 구슬을 꺼내 깨뜨렸다.

하루를 되돌리자 내가 눈을 뜬 곳은 제도의 여관이었다. 나는 장소를 확인하자마자 침대에 털썩 주저앉았다. 서 있을 수 없을 만큼 다리에 힘이 빠졌다.

'구슬을 이렇게 쓰게 되다니.'

고개를 내려 빈손을 쳐다보았다. 동시에 내 차림도 눈에 들어왔다. 하녀복. 아직 가발을 쓰고 옷을 갈아입기도 전이었다. 당장 중요한 것은 아니다. 나는 빈손으로 머리를 감쌌다.

'생각, 생각을 해보자.'

구슬로 시간을 되돌리기 전, 제도 밖의 마을에서 마주쳤던 암흑가 조직원들은 내가 사라진 사실을 이미 알고 나를 잡기 위해 움직이고 있었다. 그들은 에시의 사람이다. 당연히 에시의 명령만 듣는다. 그 말인즉 암흑가 조직원들이 나를 찾아 나선 그 시점보다 먼저 에시가 내 실종을 알게 되었다는 뜻이었다.

'어떻게?'

어떻게 그렇게 빨리? 저택에서 소식이 전해진 것이라기엔 빨라도 너무 빨랐다. 만에 하나 내가 운이 참 더럽게도 따라주지 않아 오늘 저택을 빠져나오자마자 그 사실을 들켰다고 치더라도 마찬가지다. 고작 하루 남짓 걸려 알려질 조건이 아니었다. 전서구가 얼마나 빠르게 날 수 있느냐는 둘째 문제다.

'애초 에시가 어디 있을 줄 알고 전서구를 띄울 건데?'

전서구는 단지 훈련된 비둘기일 뿐이다. 에시가 움직이면서 실시간으로 자기 위치를 GPS로 전송하고 전서구가 그걸 감지할 수 있는 것도 아닌데, 남부로 이동하는 도중에 에시에게 소식을 전한다는 건 어불성설이었다.

에시는 남부에 도착한 이후에야 전서구를 통해 소식을 듣고 내 실종을 알았어야 했다. 상식적으로는.

'……근데 지금 그 상식이 깨져 버렸지.'

시선을 올렸다. 누가 들어오기라도 할까 굳게 닫아둔 여관방 문이 시야에 들어왔다.

'이제 어떡하지?'

나는 멍하니 문을 보다가 이내 문을 일으켰다. 입은 꾹 앙다물었다.

'어떡하긴 뭘 어떡해.'

빠르게 짐 가방을 뒤져 가발을 뒤집어쓰고, 하녀복을 벗고 남성복을 입었다. 그래도 한 번 해봤다고 전보다 속도가 붙었다.

'일단 움직이는 기지.'

에시가 정확히 언제 내 실종 사실을 접했을까? 아마 이르게는 오늘 밤에서…… 늦게는 내일 새벽이나 아침쯤이 아닐까 싶다.

나는 아무런 방해 없이 수월하게 제도를 벗어났다. 해가 진 이후 다음 마을에 도착했을 때도 마찬가지였다. 그때는 입구에서 마차를 막아서거나 하는 인원이 없었다. 암흑가 조직원들이 나에 대한 명령을 받은 건 적어도 그 이후라는 말이었다.

'그럼 지금부터 최소 몇 시간은 안전하다는 말이야.'

에시가 어떻게 그토록 빨리 내가 사라진 사실을 알았느냐는 지금 당장 중요한 게 아니다. 중요한 건, 상황이 어떻든 그저 최선을 다해 달아나는 것이다.

하녀복을 구기듯 대충 욱여넣은 가방을 들었다. 종업원을 불러 돈을 쥐여 주고 처리를 부탁하는 시간도 아까웠다.

'어디로든 가자. 정 안 되면 마부를 두 명 고용해서 밤새 마차를 달려도 되고. 어쨌든 움직여.'

스스로 재촉하면서 서둘러 발을 옮겼다. 방을 나가려고 문손잡이를 잡고 돌리려다 순간 멈칫했다.

'에시는……'

어떤 기분으로 전해 들었을까. 내가 사라졌다는, 혹은 달아났다는 소식을. 배신감을 느꼈을까? 화가 났을까? 불과 며칠 전 내게 우리 둘뿐이라는 말을 했는데, 내가 이렇게 기회를 틈탄 듯 떠나 버려서 기가 막혔을까? 나를……걱정하고 있을까?

"……."

쓸데없는 감상이었다. 정말이지 하등 쓸모라곤 없는.

나는 입술을 꾹 깨물고 문을 열었다.

이르무는 이름도 모를 골목에서 십수 년을 굴렀다. 그러다 독한 눈깔이 마음에 든다는 이유로-정작 본인은 아직도 그 평가가 의문이다-어떤 조직에 거둬졌고, 잔심부름을 오 년 했다.

그러던 중 조직이 갑자기 뒤집혔다. 조직의 우두머리가 하루아침에 냉큼 죽어버리고, 그 자리를 저보다 어린 웬 십 대 소년이 차지한 것이다.

'처음엔 개소린 줄 알았지.'

선배들이 합심해서 저를 놀리는 것인가 했다. 무슨 놈의 신고식을 오 년이 지나서 하냐고 내심 코웃음 치기도 했더랬다.

'그런데 진짜였고.'

실제로 조직의 주인이 바뀌었다. 본래 십 년이 넘게 조직을 이끌어 온 전 수장은 난데없이 나타난 인형처럼 곱상한 소년에게 저항 한 번 제대로 못 하고 칼침을 맞았다고 했다.

'이 초 만에 뒈졌다던가.'

소년은 우두머리를 죽인 후 그를 따르던 실세까지 본보기로 전부 고기 다루듯 다져 버렸다. 조직은 바로 소년의 발치에 넙죽 엎드렸다. 물론 그건 이르무도 마찬가지였다.

'그게 벌써 삼 년쯤 됐나.'

세월이란 참 무상한 것이다. 아무리 그래도 자기보다 어린 놈에게 고개를 숙이진 못하겠다고 반기를 들었던 선배가 눈앞에서 깍둑썰기 당하는 걸 구경했던 게 어느덧 삼 년이나 지난 일이라니.

'아……'

이르무는 아련해진 눈으로 생각했다.

'이제 내가 그렇게 손질될 차례인가.'

조직이 새로운 수장을 맞이한 후, 이르무는 조직 개편 과정에서 보여줬던 눈치 빠른 순발력 덕분에 꽤 막중한 중책을 맡게 되었다.

바로 수장의 누이, 리디아 위드그린 공녀를 먼발치서 몰래 지켜보는 거였다. 이렇게만 말하니 뭔가 범죄의 향기가 물씬 풍기는데, 부언하자면 그녀의 신변을 보호하기 위한 일이었다. 이르무가 몸을 숨기고 대상을 주시하는 건 그녀가 저택을 벗어나 외출했을 때로 한정되었다.

혹시 주변에 위험이 도사리지는 않는지, 주제넘은 개새끼가 접근하는 건 아닌지, 어떤 곤란이 닥치지는 않는지. 이런 것들을 유심히 주시하다가 간혹 나서야 할 일이 생기면 은밀히 모습을 드러내어 활동하곤 했다.

'음······.'

이르무는 뒤늦게 본인의 일을 뒤돌아보았다.

'범죄 맞나?'

이러니저러니 해도 정작 당사자 모르게 진행되는 일이었으니 말이다. 어떻게 보면 목적만 좋게 포장된 범죄인 건가.

'아무튼.'

어쨌든 범죄라도 주어진 일이었으니 열심히 했다. 비교적 최근에는 사냥터에서 공녀에게 화살을 쏘고 달아났던 자살 희망자를 잡기도 했다. 최선을 다했다. 자신할 수 있었다. 이르무는 교대하던 동료가 뭘 그렇게까지 열심이냐고 혀를 내두르던 것도 기억하고 있었다.

그랬다. 그랬는데, 일이 터졌다. 공녀가 사라졌다. 분명히 저택 입구에서 한시도 눈을 떼지 않았다. 공녀가 외출하는 건 보지 못했다. 그런데 아침이 되자마자 갑자기 공녀님께서 보이지 않는다고 저택 전체가 발칵 뒤집혔다. 이르무는 돌아버리는 줄 알았다.

'대체 언제?'

기억을 더듬었다. 그러나 아무리 뒤집고 헤집고 탈탈 털어봐도 짚이는 것이 없었다. 그때 사용인들이 드나드는 저택 뒷문 쪽을 지켜보았던 동료가 조심스럽게 알렸다. 전날 오전에 뒷문으로 빠져나간 사람 중에 유일하게 망토로 얼굴을 가린 하녀가 있었다고.

'설마?'

이르무는 그 즉시 동료들과 함께 가까운 거리를 수소문했다. 그러자 망토를 쓰고 커다란 짐 가방을 든 하녀에 대한 목격담을 어렵지 않게 얻을 수 있었다.

'짐 가방…… 이런 맙소사.'

이르무는 곧바로 자신의 주인이자 조직의 수장인 마스터에게 이 사실을 알렸다. 항시 마스터의 주변을 맴돌면서 보필하는 인원에게 마법 도구를 통해 전했으니 마스터에게도 즉시 알려졌으리라. 그리고 이르무는 이어서 죽음을 준비했다.

'나쁘지는 않은 인생이었다.'

아직 공녀를 찾았다는 소식은 들리지 않았다. 무사하다는 내용도 확인된 바 없었다. 만에 하나 이대로 놓친다면? 혹은 찾게 되더라도 그 사이에 무슨 일이 생긴다면?

'어머니, 이 불초자 먼저 갑니다.'

이르무는 어렸을 때 헤어져 지금은 어디 있는지도 모르는 어머니를 떠올리며 눈물지었다.

'제발 무사하길. 공녀님…… 도대체 왜 떠나신 겁니까? 마스터가 얼마나 공녀님밖에 모르는데요. 아주 소름 끼칠 정도로 죽고 못 산다고요. 아, 그래서 도망쳤나? 다 큰 남동생이 너무 그러면 징그러울 만도…… 그래도 잘생겼으니까 좀 봐주시지……'

이르무는 의식의 흐름을 따라 거기까지 한탄하다가 문득 느꼈다. 기묘한 위화감을.

'가만.'

뭔가 묘했다.

'내가 이 생각을 지금 처음 하는 게 맞나?'

설명하기 힘든 기시감 따위가 느껴졌다. 뭐랄까, 그러니까 기억에는 없지만 같은 상황이나 생각을 여러 번 반복한 기분?

뭐지. 이르무는 고개를 갸웃했다. 그리고 이와 같은 시각, 제도 귀

퉁이에서 몸에 좋은 각종 채소를 파는 상인 모메조아도 문득 고개를 갸웃거렸다.

"이보시오, 손님."

"네?"

"내가 혹시 지난번에도 손님에게 이 브로콜리와 당근, 시금치를 팔지 않았소?"

"오늘이 처음인데요. 애초에 전 이 가게에 방문하는 게 처음이에요."

"그래요? 이상하네. 그런데 왜 이렇게 익숙할까? 왠지 내가 손님한테 브로콜리와 당근과 시금치를 팔고, 또 팔고, 또 팔고, 또 팔고, 또 파는 것 같다오."

"정말 이상한 일이네요."

손님은 따라서 고개를 한 번 갸웃하더니 이내 대수롭지 않게 가게를 나가 버렸다.

상인 모메조아는 의아하게 뒷머리를 긁적였다. 같은 순간 맞은편 옷 가게, 그 옆 찻집, 그리고 어느 가정집 등에서 여럿이 비슷한 증상을 겪었다는 걸 그가 알 길은 없었다.

바스락. 발에 밟힌 잡초가 꺾였다. 우거진 잎사귀 사이로 햇빛이 들었다. 풀벌레 소리, 귓불과 머리카락을 건드리는 바람. 깊은 숲의 청량한 내음이 머리를 맑게 해주는 것 같았다.

반면 종일 이동하느라 혹사당한 몸은 무겁고 늘어졌다. 나는 나 못지않게 비실거리는 말을 쉬게 할 겸 잠시 말에서 내려 고삐를 쥐고 걸었다.

여기까지 오는 데 하루를 몇 번이나 되돌렸는지 모른다. 낭비한 구슬의 개수가 셀 수도 없을 지경이었다. 아니, 셀 수는 있겠지. 하지만 세고 싶지 않다. 정확한 개수를 알면 암담해질 것 같으니까. 지친 걸음을 천천히 옮겼다. 숲의 길은 얼핏보기엔 일자로 나 있었지만, 여기서는 끝이 보이지 않았다.

숲. 그래, 나는 지금 숲을 건너고 있었다. 그것도 북쪽 숲을.

밤이 되면 추위를 견디기 어려울 것 같아 마을에서 따로 구매한 외투를 단단히 여몄다. 내가 지금 이렇게 말고삐를 쥐고 울창한 숲을 지나고 있는 이유는 간단했다.

'서쪽에는 길이 없었어.'

장담하건대, 나는 제도에서 서쪽으로 만 하루 안에 갈 수 있는 마을이란 마을은 다 가봤다. 그리고 가는 족족 암흑가 조직원으로 추정되는 이들에게 어김없이 붙잡혔다.

그건 정말이지 어느 마을을 가더라도 마찬가지였다. 제도를 벗어나면 바로 나타나는 첫 번째 마을을 그냥 지나치고 다음 마을, 또 그다음 마을엘 가도. 그들은 항상 약속이나 한 것처럼 입구를 지키고 있었다.

나는 마을에 들어가려다가 잡히거나, 혹은 마을을 빠져나오려다 걸렸다. 나중에는 아예 마을 자체를 거치지 않으려고도 해봤지만, 마을에서 마을로 이동하는 길목에서 마차를 붙들렸다.

그렇게 잡혀서 구슬을 깨고, 또 깨고, 또 깨고……. 비슷한 상황이 장소만 바뀌며 반복된 끝에 나는 생각을 바꿨다.

서쪽은 안 되겠다. 포기하고 차라리 동쪽으로 가자.

'하지만 동쪽도 별로 다를 건 없었지.'

애석하게도 그곳이나 저곳이나 사정은 같았다. 나는 동쪽 마을에서 똑같은 상황을 또 되풀이했다. 참 기가 막힌 일이었다. 무슨 바……(심의 삭제)…… 벌레도 아니고, 이놈의 조직원들은 어떻게 된 게 가는 곳마다 있었다.

아무리 제도 전역, 사람이 사는 곳이라면 없을 수가 없는 것이 암흑가라지만 솔직히 이 정도일 줄은 몰랐다.

'제도 주변 마을이란 마을은 싹 둘러싸고 있는 것 같았어.'

어쩌면 나를 찾으라는 명령을 듣자마자 인원을 최대한 긁어모아 제도 주변의 마을 위주로 먼저 사람을 보충했는지도 모른다.

어쨌든 나는 그들을 따돌릴 수 없었다. 변장해서 얼굴을 가리고 몰래 빠져나가는 것도, 아예 강행 돌파를 하려는 시도도 번번이 실패했다.

가면 같은 것은 벗기면 그만이고, 화장술은 속아주질 않고, 용병을 고용해서 무력 충돌을 일으켜 그사이에 도망가 보려고도 했지만 간발의 차로 늘 잡혔다. 여러 시도가 거듭되어도 달라진 것이라곤 줄어든 구슬의 개수뿐이었다.

덕분에 영화 한 편 찍었다. 제목은 〈끝나지 않는 하루〉. 아무튼, 결국 나는 그렇게 서쪽에 이어 동쪽도 단념했다. 솔직히 그쯤 되었을 때는 그냥 다 놓아버리고 싶기도 했다. 남아 있는 선택지도 죄 형편없었다.

자살하는 기분으로 남쪽으로 가거나, 자포자기한 심경으로 북쪽으로 가거나, 혹은 그냥 그대로 움직이지 않거나. 뭘 고르든 희망과는 관련이 없어 보였다.

'그러다 북쪽으로 가는 걸 선택했지.'

의욕이 바닥까지 떨어져 그냥 제도 여관에서 나가지 않고 잠들었을 때 꿈을 꿨다. 꿈에는 에시가 나왔다. 세상에 다시없을 다정한 눈빛으로 나를 보며 웃고, 손을 잡고, 속삭이듯 이름을 불렀다. 꿈에서 깨자마자 나는 한참을 울었다.

그리고 다시 복장을 바꾸고, 가방을 들고 북쪽으로 향했다. 그나마 마지막 가망이라는 게 있는 방향이었다.

마차로 대략 이틀 거리에 숲이 있다. 건너는 데 며칠이나 걸릴지 모르는 광활한 숲이었다. 거기까지만 가면 어떻게 될 것 같았다. 그 숲을 건너기만 할 수 있다면.

  우선 그 숲에 들어가는 것 자체가 문제였지만, 그건 가서 생각해 보기로 했다. 그렇게 무작정 북쪽 마을로 이동했는데…….

  "저기, 잠깐만요."

  그곳에서 우연히 한 사람을 만났다.

  "공녀님 맞으시죠? 여기서 뭐 하세요? 그것도 그런 차림으로."

  여전히 발목까지 내려오는 주름 없는 단정한 갈색 로브. 마법사의 정석 같은 복장을 한 진짜 마법사는 나와 안면이 있었다. 우연히 마주친 마을에서 그녀는 내게 반갑게 알은체를 했다.

  "저 기억하세요? 전에 영지에서 잠시 뵌 적 있는데, 황태자 전하 곁에서."
  "……아."
  "그땐 인사도 따로 못 드렸는데, 이런 데서 이렇게 다시 뵙네요. 저는 친구를 만나러 이 마을에 왔는데— 뭐, 별로 궁금하진 않으실 것 같고. 그보다 간단한 것 한 가지만 질문해도 될까요?"

  그녀의 시선은 내가 들고 있던 짐 가방을 향했다.

  "혹시 도망치는 중이신가요? 음, 가방이 야반도주에 너무 어울려 보여서요."

  내가 보기에도 수상한 것 같아서 제도에서 다른 가방으로 바꿨는데도 이 모양인가. 진심으로 내 감각에 회의감을 느꼈을 때 그녀가 말을 이었다.

"도와드릴까요?"

"네?"

"아니, 도와드릴게요. 도망치는 중이신 게 맞다면."

"……왜요?"

마법사는 노을을 닮은 주황색 눈동자로 빙긋 웃었다.

"음, 심술?"

"……?"

"어차피 결과는 정해져 있었던 것 같긴 하지만 그래도 팔은 안으로 굽는다고, 이쪽 사람이 실연으로 영 힘들어하고 있으니 어디 너도 좀 애타고 마음고생해 봐라ー 는 심리? 아, 공녀님께 드리는 이야기는 아니에요."

무슨 말인지 그녀의 의도가 뭔지 정확히 알아들을 순 없었지만 아무튼 그녀는 정말로 나를 도와주었다.

"얼굴을 바꾸는 마법이에요. 역용 마법이라고도 하죠. 마법이 걸려 있는 동안은 공녀님을 완전히 다른 사람처럼 보이게 해줄 거예요."

"……."

"효과는 대략 하루 반 정도 갈 거고요."

"그것밖에 안 가나요?"

마법이란 좀 더 놀라운 것일 줄 알았다. 마법사가 피식 웃었다.

"제 입으로 말하긴 그렇지만 이 정도도 대단한 거예요. 제가 저한테 쓴다면 모를까, 남에게 걸어주는 마법은 원래 효용이 떨어지거든요."

"……아하."

"그나마 저니까 효력을 이만큼 유지하는 거지, 보통은…… 잘해야 반나절?"

"그렇군요."

"생각보다 비효율적이랍니다. 뭐, 마법이 지금보다 발전해서 원리가 간단해지고 효율이 증대된다면 모르겠지만……. 그래서 실은 마법사들로만 이루어진 탑을 만드는 게 제 꿈이에요. 여러 시대에 걸쳐 그곳에서 마법을 연구하고, 인재를 발굴하며 지속해서 발전해 나갈 수 있도록……. 아, 그만 재미없는 이야기를 늘어놨네. 어쨌든 제 도움이 유용했으면 좋겠네요. 기회가 닿으면 또 봬요. 남성복에 가발을 쓰시고도 아름다우신 공녀님."

마법사와는 그렇게 헤어졌다. 그리고 나는 그녀가 걸어준 마법 덕분에 그때부터 방해받지 않고 거의 쉴 틈 없이 이동해 이곳 숲까지 들어올 수 있었다. 이제 조금 뒤면 마법이 풀리겠지만, 상관없다. 이곳은 마을이 아니라 숲속이니까.

'여기만 무사히 지나면.'

숲을 통과하고 나면 일단 제도와는 한참이나 멀어지게 된다. 나는 말고삐를 꾹 쥐었다.

에시의 명령을 받은 암흑가 조직이 나를 잡기 위해 제도 주변에 인력을 집중했을 거라는 추측이 사실이라면, 숲을 벗어나고부터는 움직이기가 이전까지보다 훨씬 수월해질 것이다. 그래, 이 숲만 건너고 나면.

'숲을 통과할 때 쓸 마차와 마부를 구하지 못한 건 아쉽지만…….'

숲에 들어오기 전 잠시 거쳤던 마을에서 마차를 구하려고 나름 이리저리 돌아다녀 봤지만, 하나같이 바쁘다거나 혹은 예약이 차 있다는 말로 거절당했다.

나를 마지막 마을까지 태워다준 마부도 며칠이나 소요될 것이 예상되는 장거리라는 말에 난색을 보였다. 그래서 어쩔 수 없이 마차 대신 말을 샀다. 얼마나 걸릴지도 모르는 거리를 걸어서 이동할 수는 없었으니까.

'이것마저도 사실 겨우 산 거지만.'

작은 마을이라서 그랬나? 마차도 마차지만, 말 한 필 구하는 게 생각보다 어려웠다. 지금 이 말도 찾고 찾다가 웃돈을 주고 간신히 얻은 거였다.

'그런데 그렇게 해서 구한 말이 이 꼬락서니라니.'

나는 비실거리는 말을 흘긋 쳐다보았다. 한숨이 나왔다. 운이 없었던 걸까, 아니면 호구가 된 걸까? 내 생각에는 아무래도 짐 가방이 문제였던 것 같다. 어딜 가나 외부인이나 여행객처럼 보이면 등쳐 먹히기 딱 좋다더니.

'그래도 아예 못 써먹을 정도는 아니니까.'

병들어서 걷다 말고 픽픽 쓰러진다거나 몰 수도 없을 만큼 아주 큰 문제가 있는 건 아니었다. 단지 좀 빨리 지칠 뿐. 나는 나보다 체력이 떨어지는 것 같은 말을 이끌고 묵묵히 걸었다.

슬슬 발이 아플 시점이 돼서 이쯤이면 다시 말에 타도 되지 않을까 생각했을 때였다.

"멈춰!"

"……?"

"혼자서 이 길을 지나려 하다니, 배짱 한번 좋군."

'산적?'

나는 깜짝 놀라 순순히 걸음을 멈췄다. 천으로 얼굴을 가린 채 한 손에는 날붙이를 든, 어디서 많이 묘사되었을 것 같은 전형적인 행색의 이들이 나타나 길을 가로막고 있었다.

"표정을 보니 알아차린 모양이군. 그래, 우린 숲적이다."

'숲적…… 이구나.'

"길게 말하지 않겠다. 가진 거 다 내놔."

산적이든 숲적이든, 어쨌든 무장 강도라는 점에서는 다를 것이 없었다. 나는 역시나 기대를 저버리지 않는 상투적인 대사를 들으며 당황스럽게 인상을 찡그렸다.

'이런 이야기는 없었는데.'

혹시 몰라 말을 구하면서 이 숲에 대해서도 좀 알아봤다. 만약 위험하다는 평가가 들리거든 용병이라도 두셋 고용해서 동행할 생각이었다.

'사람이 자주 다니는 길이라 보기보다 안전하다더니? 상인들은 평소에도 혼자 잘만 건넌다면서?'

거짓말이었어? 물론 내게 정보를 준 사람이 하필 무지했거나, 혹은 이 산적…… 아니, 숲적 무리가 최근에야 활동을 시작한 신생 조직일 수도 있다. 하지만 나는 어쩐지 찜찜한 기분을 떨치기 어려웠다.

'그러고 보니 저 숲적들은 왜 한 명도 빠짐없이 얼굴을 꽁꽁 싸매고 있는 거야?'

이런 숲에서 누가 자기들 얼굴을 본다고.

'이거 아무래도…….'

"킬킬킬, 뭐 해? 당장 주머니랑 가방 싹 비우지 않고!"

"가만, 그런데 저 말은 웬 거야? 누가 말을 내준 거지?"

"어차피 작업 끝나면 공평하게 분배하기로 했는데, 어떤 이기적인 자식이 그새를 못 참고……."

"야 이놈들아, 다 들리니까 좀 조용히 해."

말문이 막혔다.

'정말이잖아?'

의심이 확신으로 굳었다. 그러니까, 아무리 봐도 나는 단순한 도적

무리가 아닌 마을 단위의 강도단에게 잘못 걸린 것 같았다.

'처음부터 한통속으로 나를 털어먹을 작정이었구나.'

마을에서 마차를 구할 수 없었던 것도 이것 때문이었나? 그런 듯했다. 저들의 대화를 들어보면 말이다.

하긴, 그들 입장에서는 어차피 이렇게 벗겨먹을 인간에게 굳이 마차를 내주는 건 불필요하고 번거로운 일이었겠지.

'아, 세상 참 아름답다.'

살 만한 세상이었다.

"시간 끌어봤자 소용없는 것도 똑같아."

"잠깐만요."

몇몇이 위협적으로 날붙이를 고쳐 쥐었다. 나는 재빨리 내게 여분의 구슬이 몇 개나 남았는지 떠올려 봤다. 구태여 계산해 보지 않아도 일단 아리가 준 것은 하나도 사용하지 않고 그대로 남아 있었다.

'아냐, 지금은 아끼자. 구슬을 깨서 하루를 되돌린다고 해도 어차피 다시 그 마을을 거쳐 숲으로 들어와야 하니까.'

마을은 무조건 들러야 한다. 다른 것은 그렇다고 쳐도 물과 식량은 반드시 사야 했으니까.

'이전 마을로 되돌아갔다 오거나 다른 마을을 찾기에는 시간이 너무 오래 걸려.'

그랬다간 숲에 도착하기도 전에 내 얼굴에 걸어둔 마법이 풀려 버릴 거다. 나는 내 옆에 얌전하게 서 있는 말을 힐끔 보았다. 물, 식료품은 전부 말에 묶어두었다. 구슬이 든 주머니는 품 안에 있고, 만일을 대비해서 보서도 조금 챙겨두었다.

"……가방 통째로 넘기면 되죠?"

"좋아, 말이 통하네."

"현명한 선택이야."

'하는 수 없지. 그냥 가방을 넘겨주고 벗어나는 수밖에.'

자잘하게 필요한 것들은 숲을 건넌 후에 다시 사거나 구하면 된다. 지금은 어쨌거나 상황을 모면하는 것이 우선이었다.

"그나저나 저 형씨, 생긴 거랑은 다르게 목소리가 영 고운데?"

"그러게 말이야. 면상만 보면 영락없이 투박하고 밋밋한 사내놈인데."

"징그럽기도 하구먼."

'마법이 아직 유지되고 있구나.'

뭐라고 떠들든 관심 없었다. 나는 묵묵히 안장에 얹어 둔 짐 가방으로 손을 뻗었다.

'가방에 뭐가 들었더라? 우선 하녀복이랑, 돈 얼마, 매혹의 천…… 아, 이건 좀 위험한데. 그리고 여벌 옷, 가짜 신분증…….'

짐 가방을 집어 들다가 멈칫했다.

'……숄.'

가방에는 숄이 있었다. 에시가 남부로 떠나기 전, 저택 정원에서 나와 이야기하며 내게 둘러줬던 바로 그 숄.

"뭐 해? 왜 갑자기 움직이다가 말아?"

"가방 들었으면 빨리 넘겨!"

숲적들이 재촉했다. 나는 고개를 돌렸다.

"저기요."

"뭐?"

"부탁이 하나 있는데요."

"뭔데? 살려달라고? 걱정하지 마. 우린 살인자가 아니거든. 가방만 넘긴다면 별 탈 없이……."

"가방에서 물건 한 가지만 빼게 해주세요."

"뭐라고?"

공기가 대번에 싸늘해졌다. 약속이나 한 듯 숲적들이 일제히 표정을 굳혔다.

"무슨 헛소리야? 친절하게 말로 해주니까 우리가 우숩나?"

"돈이나 귀중품을 빼돌리겠다는 건 아니에요. 그냥 옷가지 하나면 돼요."

"이보쇼, 그러면 우리가 '어이구, 네, 그러십시오' 하고 넙죽 알겠다고 할 줄 알았어?"

"잔말 말고 가방 안에 든 물건 손끝 하나 건드리지 말고 이리 내놔."

예상했던 반응이었다. 하기야, 강도라면 응당 저래야지. 그렇지만 나는 마지막으로 확인했다.

"정말로 안 될까요? 보석이 붙은 것도 아니고, 금실로 짠 것도 아니고 그저 평범한 옷인데."

"우스운 게 맞나 보네. 발목 한쪽 분지르고 다시 시작하자."

"그래, 안 된단 말이지."

나는 가방을 쥔 손에 힘을 주고 입술을 깨물었다. 이어 입을 열었다.

"이 날강도 새끼들아."

"……?"

"너희가 나한테 가방을 맡겨놓은 것도 아니고, 내가 내 짐에서 옷가지 하나만 빼 가겠다는데 그게 그렇게 들어주기 어려워? 심보가 그따위니까 너희가 그러고 사는 거야."

"뭐?"

"지금 뭐라고……."

"그리고 뭐, 숲적? 숲적 좋아하고 있네. 명칭도 어디서 들도 보도 못한 걸 기저디 붙여서는. 숲에서 활동해서 숲적이니? 그럼 사막 도적은 사막적이고, 마을 강도는 마을적이야? 그거 대체 누구 머리에서 나온 아이디어야? 제발 부탁인데 걔는 목 위에 붙은 거 그냥 떼고 다니라고 해라. 장식 주제에 무겁고 거추장스러워 보이니까."

"……!"

"저, 저!"

"가방 달라고? 못 줘. 절대 못 내놓으니까 그렇게 알고 집에 가서 말똥 치우면서 손가락이나 빨아!"

나는 즉시 말에 올라타 말 허리를 힘껏 걷어찼다. 말이 울음소리를 내곤 힘차게 달리기 시작했다.

"저거, 저거 잡아!"

"당장 쫓아가!"

길을 벗어나 나무와 수풀 사이로 무작정 달렸다. 잔가지가 따갑게 얼굴을 스쳤다. 아까 듣자 하니 내가 말을 구할 수 있었던 건 자기들끼리 합의된 사항이 아니었던 모양인데, 내게는 다행인 일이었다. 누군지는 몰라도 자기 주머니를 채울 개인적인 욕심에 나한테 말을 팔아줘서 정말로 고맙다. 부디 앞으로 하는 일마다 잘되고 만사 행운이 함께하길—

"히히힝!"

"……!"

'방금 한 말 취소!'

나는 말에서 내동댕이치듯 떨어져 화려하게 굴렀다. 잘 달리는가 싶던 말이 갑자기 발을 꺾으면서 주저앉아 버렸기 때문이다.

'이 미친, 설마 아직도 지친 상태였어?'

나를 떨어뜨리고 주저앉아 헥헥거리는 말의 작태가 기가 막혔다. 아니, 지질 체력도 정도가 있지! 이를 악물고 가까스로 바로 몸을 일으켰다. 하지만 나는 곧장 비명을 삼키며 휘청여야 했다. 오른쪽 발목에서 극심한 통증이 올라오는 것이 아마도 떨어지면서 잘못 접질린 것 같았다.

"저기 있다!"

맙소사, 이 망할 놈들이 빠르기도 하지. 통증을 참고 뛰어보려고 했지만 한계가 있었다. 나는 금방 모습을 드러낸 숲적들에게 따라잡혔다.

"헉, 헉. 감히 우리에게 그딴 소리를 지껄이고 도망치다니, 각오는 되어 있겠지?"

'망했네.'

어쩔 수 없지. 무사히 도망쳤다면 좋았겠지만, 이렇게 된 이상 믿을 거라고는 구슬뿐이다. 나는 지체하지 않고 품에 손을 넣었다.

'마을로 돌아가면, 이번에는 가방에서 미리 숄을…… 응?'

움직임을 멈췄다.

'어?'

황급히 주변을 둘러보았다. 하지만 내가 찾는 비단 주머니는 어디에도 보이지 않았다.

"뭐 찾아?"

내가 더 도망치기는 글렀다고 생각했는지 숲적들이 느긋한 걸음으로 간격을 좁혔다. 나는 품을 뒤지던 것을 그만두고 뒤로 주춤 물러났다.

'왜 없지?'

이상했다. 아무리 더듬어도 있어야 할 것이 느껴지지 않았다. 구슬이 든 주머니는 분명 항상 품에 지니고 다녔는데.

'그걸 떨어뜨렸을 리는…… 설마, 소매치기?'

그럴듯한 가정에 순간 당황이 밀려왔다. 아까 그 마을에서 그랬나? 그러고 보면 길을 걷다가 사람과 부딪힌 기억이 전혀 없지는 않았다.

'말도 안 돼.'

큰일 났다. 사실이라면 정말이지 이보다 더한 낭패가 없었다. 나는 뒤를 보지 않고 물러서다가 나무에 부딪히곤 멈췄다.

'어쩌지?'

구슬이 없다. 발목의 통증은 갈수록 심해져서 뛰기는커녕 솔직히 이제 걷는 것도 좀 무리다. 숲적들이 점점 가까워졌다. 슬쩍 머릿수를 세어보니 대략 열 명 정도 되는 것 같았다.

'많기도 하네.'

고작 사람 한 명 털겠다고 여럿이서도 몰려나왔다. 나는 한 손을 뒤로 돌려 등 쪽 허리춤을 더듬었다. 손끝을 타고 단단한 감촉이 전해졌다. 그나마 호신용 단검은 제자리에 있었다. 나는 곁눈질로 말의 상태를 살폈다.

다 죽어가는 자세로 힘없이 바닥에 주저앉았던 말은 그래도 그새 체력을 좀 회복했는지 다시 일어서 있었다.

'……할 수 있을까?'

싸워보겠다는 건 아니다. 단검 한 자루 들고 10 대 1로 맞붙는 건 나한테는 그냥 자살 쇼의 다른 말이었다. 다만 내가 노리는 건…….

'인질.'

어떻게 잘 해서 저 중 한 명을 인질로 잡을 수 있다면.

'누구든 한 명만 나한테 가까이 왔을 때, 타이밍을 재서 목덜미에 단검을 갖다 댄다면.'

그렇게 인질을 잡고 위협하면서 최대한 시간을 끌다가, 말의 체력이 어느 정도 안정적으로 회복되었다 싶으면 바로 타고 달아나는 거다.

'……될까?'

솔직히 말해서 되든 안 되든, 그걸 지금 판단하는 건 의미 없는 짓이다. 어차피 이것 말고는 방법이 없으니까. 나는 마른침을 넘겼다. 긴장 탓에 표정이 절로 굳었다. 다행히 저쪽은 나 같아도 그러겠지만 여유가 철철 넘치고 있었다.

다시 말해 방심하고 있다는 뜻이었다. 그 틈을 노려서 허를 찌른다면 가능할지도 몰랐다.

"자, 이걸 어떻게 해줄까?"

"우선 목숨은 붙여줘야지. 내 입으로 우린 살인마가 아니라고 했으니까 말이야."

"대신 팔다리 정도는 부러뜨려 줄까."

"혀를 뽑아줄 수도 있고."

"눈 한쪽은 어때?"

"그걸 다 해도 죽지는 않을 거야. 사람 명줄이라는 게 보기보다 질기거든. 낄낄!"

'아주 신났네.'

그래, 잘한다. 계속 그렇게 실실거리고 떠들면서 와라. 그럴수록 나한테는 이득이니까.

"어?"

"왜 그래?"

"잠깐, 저 자식 말이야. 얼굴이 좀 바뀌지 않았어?"

"그게 무슨 소리…… 정말이네?"

"어라?"

그때 숲적들이 갑자기 단체로 술렁였다. 나는 그들의 반응을 보며 단검을 쥐지 않은 손으로 얼굴을 더듬었다.

'마법이 풀렸구나.'

손가락 끝에 걸리는 굴곡이나 감촉이 익숙했다. 얼굴이 원래대로 돌아와 있었다.

"뭐지? 사람 얼굴이 저렇게 막 바뀔 수도 있나?"

"아까는 우리가 잘못 봤던 거 아니야?"

"아니, 그런데 그렇다기에는 너무……."

술렁임이 점차 잦아들었다. 뒤이어 숲적들의 눈빛이 저마다 조금씩 변했다. 나는 어딘지 탁하고 음침해진 그들의 눈동자를 보다가 이내 화들짝 놀랐다.

'저 미친놈들이?'

하지만 역겨운 소름이 올라왔던 것도 잠시였다.

'아니, 차라리 잘됐어.'

내가 생각하는 대로 저들이 나를 어떻게 해볼 불순한 마음을 먹었다면, 적어도 나를 다치게 하지는 않으려 들 거다. 그럼 무방비하게 맨손으로 접근하겠지. 그건 나를 도와주는 것이나 다름없었다.

"누가 먼저 할래?"

"나 먼저……."

"야, 일단 잡고 나서 정해."

"그런데 이 새끼들아, 여자인 건 확실한 거냐?"

"아니면 또 어때? 저 정도 얼굴이면……."

"이건 아주 정신이 나갔네. 가만있어 봐, 지금 보니 저 머리도 가발 같으니까."

대화 수준 한번 고상하다. 추잡한 내용에 구역질이 치밀었지만 꾹 참았다. 이내 무리 중 한 명이 성급한 걸음으로 다가와 다짜고짜 내 머리로 손을 뻗었다.

"이거 봐, 벗겼……."

머리가 허전해졌다. 나는 이때다 싶어 등 뒤로 쥐고 있던 단검을 휘둘렀다. 아니, 휘두르려고 했다. 그 전에 내 앞에 있던 인간이 쓰러지지만 않았어도.

"……!"

"뭐, 뭐야?"

숲적들이 우왕좌왕했다. 놀란 건 나도 마찬가지였다. 어떻게 된 것인지 모를 상황에 굳어 있으려니 누군가 외치는 소리가 들렸다.

"공녀님!"

뭐?

"너흰 누구…… 아악!"

"끄악!"

이어서 검은 옷으로 전신을 감싼 이들이 등장해 숲적들을 차례대로 정리했다. 눈 깜짝할 새 일어난 일은 그만큼 순식간에 마무리되었다. 나는 숲적 무리가 남김없이 전부 바닥에 누울 때까지 나무에 등을 대고 미동조차 못 했다.

"공녀님, 무사하십니까?"

"……어떻게……."

눈을 의심하면서 간신히 그 한마디를 꺼냈다. 검은 옷을 입은 이들, 즉 암흑가 조직원 중 한 사람이 내 앞으로 다가왔다.

"마을에서 공녀님을 보고 뒤쫓았습니다."

"뭐라고요?"

바로 이해하기엔 무리가 따르는 말이었다. 나는 마을에서 완전히 다른 사람의 얼굴을 하고 있었다. 실제로 그들, 암흑가 조직원들이 지키고 있었던 마을 입구도 마찰 없이 통과했고.

"솔직하게 말씀드리면 처음에는 공녀님이라는 사실을 몰랐습니다. 외모가 워낙 달랐으니까요."

"그런데 왜……."

"한데 걸음걸이가 눈에 띄더군요."

"걸음걸이?"

"생김새와 복장은 지나치다 해도 좋을 만큼 평범하고 수수한데, 걸음걸이는 지체 높은 가문에서 교육받은 듯한 태가 났습니다. 그래서 내심 수상하게 여겨 몰래 뒤따랐죠."

"……."

말을 잊었다. 저런 이유는 생각지도 못했다.

"그렇지만 혹시나 했던 것뿐이라, 확실해질 때까지는 가만 숨어서 지켜보려고 하다가 이렇게 됐습니다. 진작 나서서 보호해 드리지 못해 죄송합니다."

조직원이 내게 깊숙이 허리를 숙였다. 나는 뭐라고 대답하지도 못하고 가만히 있었다. 허탈함에 몸에서 힘이 빠졌다. 비틀거렸더니 조직원이 황급히 나를 부축하려고 들었다. 나는 손을 내저었다.

'끝났어.'

지금 내겐 구슬이 없다. 현재 이 상황을 없던 것으로 되돌릴 방안이 존재하지 않는다는 말이었다.

끝났다. 나는 붙잡혔다. 내 마지막 발버둥은 이렇게 허무하게 끝나 물거품이 됐다. 절망감에 울음이 나지는 않을까 했는데, 의외로 당장 눈물은 차오르지 않았다.

"발목은 괜찮으십니까? 우선 숲을 나가 의원에게 보이시죠. 그때까지 부득이하게 공녀님의 신체에 손을 대는 것을 부디 용서……."

그때였다. 조직원이 갑자기 말을 멈췄다. 의아하게 응시하는 순간 그의 입가로 한 줄기 피가 흘렀다.

"ㅡ쿨럭!"

"……?!"

"지미!"

조직원이 피를 한 움큼 토하며 무릎을 꿇었다. 나는 반사적으로 등 뒤의 나무를 피해 몇 걸음 뒤로 물러섰다.

"그렇지, 응. 비로 이거야. 역시 나는 운이 좋다니까."

"지미, 지미! 정신 차려!"

"너 이 자식, 도대체 왜 지미를……."

"왜기는."

지미라는 조직원을 뒤에서 찌른 남자가 피 묻은 단검을 핥았다.

"이 멍청이들아, 아직도 내가 너희 조직원으로 보이냐? 하여간 머릿수가 넘치면 이게 문제야. 자기들끼리 서로 상판도 몰라요."

"……!"

"얘들아, 너희도 가만있지 말고 이만 행동하렴."

곧이어 상황은 아수라장이 되었다. 불과 방금까지만 해도 같은 편인 줄 알았던 이들이 여기저기서 가까운 조직원을 찌르고, 베고 넘어뜨렸다. 삽시간에 다수의 조직원이 바닥에 쓰러지거나 한눈에도 보기에도 극심한 중상을 입었다. 그 아수라장 속에서도 나는 도망칠 생각을 하지 못했다. 움직이고 싶어도 그럴 수가 없었다.

발목이 아픈 것도 아픈 거였지만, 무엇보다 이 사태를 만들어낸 주범인 남자가 내게서 눈을 떼지 않고 있었다. 마치 달아나지 못하게 감시하듯.

"크윽!"

"대, 대체 이건……."

"네놈들은 누구냐!"

"우리?"

난리 중에 가까스로 몸을 빼낸 조직원 몇이 외쳤다. 그들도 완전히 멀쩡하지는 않았지만 말이다. 남자는 그제야 내게서 시선을 거뒀다. 하지만 나는 여전히 움직이지 않았다. 발목의 통증이 너무 심했다. 영문도 모를 상황에 절뚝이면서 거북이처럼 도망가는 게 무슨 의미가 있을지 의문이었다.

남자는 빙그레 웃으면서 말을 이었다.

"별거 아냐. 그냥 너희랑 비슷한 업종에 종사하는 일꾼이지. 다만 차이가 있다면 너희는 잡일꾼이고, 우리는 성실하게 한 우물만 파는 전문가라는 것 정도?"

"그게 무슨……."

"우린 사람 죽이는 일만 취급하거든."

살인 청부업자. 남자는 자기를 그렇게 소개하고 있었다.

"다른 일은 돈이 되어도 안 해. 어때, 엄청 성실하지?"

"그런 놈들이 왜 여기……."

"뭐, 좋아. 차근차근 설명해 줄게. 원래 사람은 기분 좋을 때 친절을 베푸는 법이잖아. 그렇지?"

남자는 단검을 휘둘러 날에 묻은 피를 마저 털어내곤 말을 이었다.

"우선 우리가 죽여야 하는 대상은 바로 저 여자야."

그는 손가락으로 정확하게 나를 찍어 지목했다.

"……!"

"그게 무슨 소리냐!"

"왜 공녀님을!"

주변의 격렬한 반응과 달리 나는 생각보다 침착했다. 놀라거나 당황스럽기보다는 어쩐지 그럴 것 같았다는 생각이 먼저 들었다. 아마 조금 전 남자와 눈이 마주쳤을 때 직감했던 것인지 모른다. 이유는 알 수 없지만, 저들이 노리는 것은 나라고.

"왜냐고? 몰라, 나도. 그냥 죽이라고 하니까 '네, 알겠습니다' 하고 죽이러 온 거지. 너흰 뭐 이유 다 따져가면서 일하냐?"

남자는 이 상황이 즐겁다는 듯 낄낄거렸다. 이 자리에서 오직 그 혼자 웃고 있었지만, 그는 아랑곳하지 않고 웃는 낯으로 말을 계속했다.

"아무튼, 기껏 설명해 주는 거니까 마저 들어봐. 우리는 목표를 제거하기 위해 공작가로 향하고 있었어. 무려 북쪽 국경에서부터 말이야."

'국경?'

"멀리서도 왔다 싶지? 맞아, 나도 그렇게 생각해. 그만큼 큰 건수였다는 거야. 실패해서는 안 될."

"……."

"그런데 그렇게 이동하다가 도중에 어디 마을에 도착했더니, 글쎄 거기서 저것들이 공녀님을 반드시 찾아야 하니 어쩌니 그러고 있는 게 아니겠어?"

남자는 단검 끝으로 바닥에 쓰러진 조직원들과 서 있는 몇을 번갈아 가리켰다.

"가만 들어보니 하필 그 공녀님이 우리 목표물인 것 같더라고. 와, 망했다고 생각했지. 안 그래?"

남자가 호응을 바라듯 굴었지만 주변은 조용했다. 그는 어깨를 으쓱하더니 말을 이었다.

"그렇잖아. 죽이려고 해도 상대가 어디 있는지는 알아야 가서 죽이든 말든 할 텐데, 갑자기 실종돼서 공작가 내부에서도 위치 파악이 안 되는 사람을 내가 무슨 수로 잡아다 죽여? 이건 뭐 막막해진 거지."

"……"

"이걸 어떻게 하나. 하필 재수 없게 됐다…… 이러다가, 마침 괜찮은 생각이 떠오른 거야."

"그 괜찮은 생각이라는 게 바로 지금 이 상황이라는 거냐?"

옆구리를 베이고도 용케 멀쩡히 서 있는 어느 조직원이 이를 갈았다. 남자가 손가락을 튕겼다.

"빙고. 내가 찌른 놈 이름이 지미라며? 걔 머리 좋아 보이더라. 원래 이런 건 똑똑한 놈 근처에 붙어 있으면 뭐가 돼도 되는 법이거든. 그래서 몇 놈 데려다 족쳐서 옷 좀 빌려 입고 잠시 너희 일원인 척했지."

"이……!"

"기껏 건넌 숲에 다시 기어 들어앉아야 하는 건 좀 별로였지만, 뭐, 결과적으로 이렇게 목표물을 찾았으니까."

남자는 그렇게 말하며 다시 나를 돌아보았다. 뭘 어쩔 수 있는 건 아니었지만 저절로 몸에 힘이 들어갔다.

"솔직히 반신반의했는데 진짜 찾을 줄이야. 절반 정도는 하늘에 맡긴 거였거든. 이런 걸 보면 하늘은 내 편인 게 맞는 것 같다니까."

"이 녀석! 대체 사주한 자가 누구냐?!"

"야, 대답 못 하는 것 좀 묻지 마라. 알잖아. 누가 의뢰인 정보를 묻는다고 막 발설해? 너는 공녀님 좀 본받아라."

남자가 나를 향해 턱짓하며 씩 웃었다.

"물어봐야 말해주지 않을 거 아니까 아무것도 안 묻고, 도망쳐 봐야 소용없는 거 아니까 도망치지도 않잖아. 얼마나 현명해."

"……."

솔직히 발목만 멀쩡했어도 진작 도망쳤다. 놀리는 것 같아서 기분이 유쾌하지는 않았지만 받아쳐 봐야 무슨 소용이겠나 싶어서 그냥 가만히 있었다.

"욱하지도 않고. 저것 봐, 역시. 마음에 든다니까."

소리라도 지를 걸 그랬나.

"반가워, 현명한 공녀님. 사적인 감정은 없는 거 알지? 최대한 안 아프게 죽여줄게. 나도 예쁜 여자가 아픈 건 별로 안 좋아해."

"어딜 감히! 공녀님 털끝 하나 건드릴 생각 마라!"

"뭐, 막아보려고? 아서라. 멀쩡한 전력이어도 우리한테 될까 말까인데, 다 죽어가면서 뭘 어쩌겠다고? 시체가 되면 더 강해지나? 응?"

남자가 빈정거렸다. 쥐어 패고 싶을 만큼 재수 없는 모습이었지만, 말 자체는 틀린 부분이 없었다. 쓰러지지 않고 서 있는 암흑가 조직원은 고작 둘. 그마저도 방금 외롭게 하나로 줄었다. 다른 한 명이 출혈때문에 기절했기 때문이다.

그리고 남은 한 명도 엄밀히 말하면 아직 '버티고' 있는 것에 지나지 않았다. 그 또한 신체 어디 한 군데서 무시 못 할 양의 피를 흘리고 있었으니까.

"큭……!"

그도 이제 슬슬 정신이 혼미해지는 모양이었다. 그럴 만했다. 사실 지금까지 안 눕고 서서 버틴 것도 대단하다고 본다. 나는 머잖아 홀로 남겨질 준비를 했다. 고개를 빳빳이 들고 남자를 마주 보았다.

'누굴까?'

솔직히 말해서 궁금하지 않은 건 아니었다. 아니, 조금 더 솔직해지자면 엄청나게 궁금하다. 대체 누가 나를 죽이려고 하는지, 그 이유가 무엇인지.

'하지만 알 방법이 없으니까.'

남자가 한 말 중에 물어봐야 알려주지 않을 테니 안 물어봤다는 건 사실이었다.

'죽는 와중에 궁금증까지 안고 죽어야 한다니.'

황당했다. 기구한 신세가 억울하고, 기막히고, 약간 우습기도 했다. 그리고 한편으론 형언하기 힘들 만큼 기분이 복잡했다. 내심을 털어놓으면, 나는 지금 이 상황이 불운인지 행운인지 분간하지 못하고 있었다.

어차피 나는 목적대로 국경을 넘지 못하고 그 전에 붙잡혔다. 이렇게 되지 않았더라면 예정된 대로 에시의 손에 죽었을 거다.

그렇다면, 그러느니 차라리 이편이 나은 게 아닐까? 누군지도 모르는 사람에게 이유조차 모르고 죽는 편이 오히려.

'그래, 이게 나아.'

낫다. 이편이, 훨씬. 나는 사력을 다해 의연한 표정을 지은 채 남자를 쳐다보았다. 살려달라고 빌고 싶은 마음도 없고, 그런다고 해서 통할 상대기 아니라는 것도 알고 있었다.

남자는 그런 내 태도에 이채를 띠었다.

"공녀님, 방금 봤어? 마지막까지 버티던 놈도 결국 쓰러졌어. 봐."

"……"

"공녀님 혼자 남았다고. 우리랑. 그런데 아직도 그렇게 침착해?"

"그래서 불만이야?"

대꾸하지 않으려고 했지만, 이제 곧 죽게 생긴 마당에 재수 없는 놈이 자꾸 재수 없게 구니 한마디 안 나갈 수가 없었다.

남자는 웃음을 터뜨렸다.

"아니, 불만 없어! 도리어 점점 마음에 드는데."

"나는 너 마음에 안 들어."

"그럴 것 같았어. 이해해. 그래도 어쩔 수 없지."

남자가 단검을 고쳐 쥐었다. 아, 이제 죽이려나 보다.

"누가 자길 죽이려는 놈을 마음에 든다고 하겠어? 아쉽지만…… 감내해야지. 아, 그렇지만 너무 원망지는 말아줘. 안 아프게 죽여주겠다는 건 진짜니까. 나 전문가거든. 고통 없이 금방 끝내줄게."

그래, 참 고맙다.

"잘 가, 공녀님."

심장이 쿵쾅거렸다. 죽는구나. 나, 이렇게 끝나는구나. 손아귀에 땀이 찼다. 가슴이 조여들고 등줄기에 뻣뻣하게 힘이 들어갔다. 다리가 떨리려고 해서 이를 꽉 악물었다.

예상하지 못했던 마지막이지만, 최악은 아니다. 그래, 적어도 내가 그렸던 최악보다는 낫다. 나는 그렇게 생각하면서 남자가 단검을 들어 올리기도 전에 먼저 눈을 감았다. 아.

'보고 싶다.'

에시가 보고 싶었다. 에시의 손에 죽지 않아서 나행이라고 생각하면서, 죽기 직전에는 에시의 얼굴이 보고 싶었다. 어쩌라는 건지 모를 욕심에 실소가 났다.

"이젠 죽음을 앞두고 덤덤하게 눈도 감는 거야? 어휴, 보면 볼수록 죽이기 아까워서 어째."

"대장."

"말 걸지 마. 나 마음 흔들려서 신경 분산되면 안 돼. 안 아프게 죽여주려면 단번에 끝내야 한단 말이야."

"대장."

"죽이고 나서 얘기해."

"대장!"

"아, 이 개 같은 새끼야! 끝나고 말하라니…… 까…….”

부하에게 성질을 부리던 남자의 목소리가 잦아들었다.

"……저게 뭐야?"

나는 눈을 떴다. 갑자기 얼이 나간 듯한 남자의 목소리가 의아해서도 있지만, 그보단 어떤 울림이 들렸기 때문이다. 쿵, 쿵— 하는.

"저게 그러니까…….”

"……몬스터?"

쿵. 쿵. 쿵. 울림은 점점 커졌다. 그리고 그와 더불어 눈에 보이는 광경도 선명하고 또렷해졌다. 몬스터. 이 세계에서 그렇게 불리는 생명체가 사위를 온통 새까맣게 채우면서 몰려들고 있었다.

"뭐, 뭐야? 어떻게 된 거야! 저것들 대체 뭔데?"

"몬스터가 나오는 숲이었다고?"

"하지만 우리가 숲을 건너올 때는 그런 건 전혀…….”

남자와 부하들 사이에서 혼란스럽게 대화가 오가는 사이 몬스터들은 점차 가까워졌다. 사방을 빈틈없이 빼곡하게 채운 몬스터는 도무지 그 숫자를 세어볼 엄두조차 나지 않았다.

잠시 후 나를 비롯한 사람들이 몬스터에 완전히 둘러싸였다.

"이, 이런 미친…….”

"말도 안 돼. 이런 건 들어본 적도…….”

남자와 그 부하의 목소리는 사시나무처럼 떨리고 있었다. 그 정도로 주변을 에워싼 몬스터들이 풍기는 위압감이 거대했다. 나는 압박감을 이기지 못하고 물러나다가 그만 다친 발목을 잘못 디뎌 주저앉았다.

'이게 몬스터?'

몬스터를 직접 보는 것은 처음이었다. 하물며 이런 숫자는 더욱. 문득 에시가 남부로 내려간 게 몬스터 토벌 때문이라는 사실이 떠올랐다.

'이런 걸 잡는다고?'

……가능한 거야? 몬스터의 외형은 상상 이상으로 위협적이었다. 거의 삼 미터는 될 것 같은 키, 거칠고 질겨 보이는 피부, 성인의 머리통만 한 송곳니. 무슨 수로 저런 걸 사냥한다는 것인지 짐작도 되지 않았다.

"이익……!"

그렇게 생각하는 순간 남자의 부하 중 한 사람이 갑자기 몬스터에게 달려들었다.

"저 멍청한!"

남자가 기함했지만 늦었다. 남자의 부하는 바닥을 딛고 도약해 몬스터 하나의 팔을 그었지만, 이어서 바로 옆에 있던 다른 몬스터에게 머리를 맞고 절명했다. 시체의 몰골은 참혹했다. 나는 그쪽을 보지 않고 고개를 돌렸다.

"비, 빌어먹을. 이게 정말 도대체……."

목숨 하나를 잃은 후 남자와 부하들의 행동은 신중해졌다. 물론 그런다고 뭘 어쩔 방법이 보이는 긴 아니었지만 말이다.

긴장으로 가빠진 숨소리. 마른침이 넘어가는 소리. 묘한 정적이 장소를 채웠다. 그리고 나는 그 상태로 시간이 조금 흐른 후 깨달았다.

'……공격을 안 하잖아?'

자고로 몬스터란 그렇다. 짐승보다 사납고 맹수보다 흉포해서, 사람을 만나면 가만히 두지 않는다. 즉 몬스터와 마주치면 무조건 죽음이라는 거다. 적어도 내가 들었던 바로는 그랬다.

'그런데 왜 얌전하지?'

하지만 지금 이 몬스터들은 그저 떼를 지어 몰려왔을 뿐, 이후로는 아무것도 하지 않고 있었다. 남자의 동료가 죽은 것은 그가 먼저 덤벼들어 공격했기 때문이다. 그 외에는 아직 다친 사람조차 나오지 않았다. 나는 곧이어 뭔가를 추가로 발견했다.

관찰한 결과 몬스터들은 정확히 나와 이들이 아닌 어떤 물건 근처를 서성이고 있었다.

'가방?'

가방에…… 뭐가 들었더라?

'매혹의 천?'

설마. 하지만 지금은 그것 말고는 달리 이 상황을 설명할 만한 가정이 없었다. 나는 눈치를 보다가 가방을 향해 힘껏 몸을 날렸다. 발목이 비명을 질렀지만 대신 가방을 품에 껴안을 수 있었다.

뒤늦게 뭔가를 눈치챈 것 같은 남자가 내게 다가와 가방을 빼앗으려 했다. 그러나 몬스터가 움직여 그를 가로막았다.

"……!"

'정말이구나!'

진짜 이 가방에 뭔가가 있었다. 그게 확실히 매혹의 천인지는 확인이 필요하겠지만 말이다.

"무슨 짓을 한 거지? 가방 안에 뭐가 들었어?"

글쎄, 나도 알면 대답을 해주겠는데. 그나저나 이게 뭘 더 어떻게 해야 할지 모르겠다. 가방은 사수했는데, 그뿐이었다. 사방은 여전히 몬스터로 가득하고, 그러잖아도 아픈 발목을 무리해서 혹사한 탓에 당장 움직이기가 여의치 않았다.

그때였다.

"우……."

"우우……."

몬스터들이 괴상한 울음소리를 내며 일제히 한곳을 쳐다보았다. 낮은 울음소리. 위축된 자세. 마치 겁에 질린 것 같은 모습이었다.

'몬스터가 겁에 질렸다고?'

시선을 돌려 몬스터와 같은 방향을 응시했다. 이내 빽빽하게 주변을 메우고 있던 몬스터 몇 마리가 차례로 허물어지고, 그 사이로 한 사람이 서 있는 것이 보였다. 나는 숨을 멈췄다.

에시. 에시였다. 나뭇잎 사이를 투과한 희미한 햇빛이 깨끗한 백발을 장난처럼 건드렸다가 부서졌다.

눈을 의심했다. 잘못 본 것인가 싶었다. 혹은 에시가 보고 싶다고 생각한 내 머리가 만들어낸 환영은 아닐까 의심스러웠다. 그때 에시의 뒤에 있던 어떤 몬스터가 에시를 향해 발톱을 내려찍는 게 보였다.

"에……!"

나는 비명처럼 에시를 부르려다가 멈췄다. 에시는 뒤를 돌아보지도 않고 검을 휘둘렀다. 몬스터의 목이 그 자리에서 떨어졌다. 정확히 어떻게 한 것인지는 눈으로 봤으면서도 알 수가 없었다.

나는 그제야 에시의 뒤로 배경처럼 널려 있는 것들이 무엇인지 알아차렸다.

'몬스터 시체.'

에시가 늘어뜨린 검날에서는 몬스터의 피로 추정되는 녹색 액체가 뚝뚝 떨어지고 있었다.

"우우……."

"우……."

몬스터들이 다시 예의 억눌린 듯한 울음소리를 냈다. 나는 덕분에 완전히 깨달았다. 뭐가 몬스터들을 갑자기 그처럼 겁에 질리게 했던 건지. 그리고 내가 지금 보고 있는 것이 환상이 아니라는 사실도.

"아, 아니. 이게 누구야!"

그때까지 잠시 넋을 놓았다가 정신이 돌아온 것 같은 남자가 큰 소리로 외쳤다.

"위드그린 공작 아니신가! 설마 이런 곳에서 이렇게 뵙게 될 줄은 몰랐는데. 과연 소문 그대로군. 정말이지 영광인걸."

남자는 마치 에시의 주의를 끄는 것이 목적이라는 듯 과장되게 언성을 높였다. 그러나 남자가 뭐라고 떠들든 에시의 눈은 나에게서 떨어지지 않았다. 황금색 눈동자는 이곳에 나타나던 순간부터 오로지 똑바로 나만을 향하고 있었다.

"누님."

목소리를 듣자 현실감이 더해졌다. 가슴이 뛰었다. 심장이 정신없이 두근거렸다. 조금 전 이제 죽는구나 싶었을 때보다도 더.

"왜……."

에시는 뭔가를 물으려는 것처럼 입을 열었다가, 이내 다시 닫았다. 대신 나한테 천천히 다가왔다.

나는 가까워지는 에시의 얼굴을 보면서 생각했다. 어떻게 에시가 지금 여기에 있는 것일까. 분명 남부로 내려갔을 텐데. 밤새 마차나 말을 달린다고 해도 며칠은 족히 걸리는 거리였다. 그런데 어떻게.

그러나 그런 당연한 의문은 아주 잠깐이었다. 의문을 밀어내며 그보다 훨씬 강렬하게 머리와 가슴을 채우는 감상이 뒤를 이었다.

보고 싶었다. 말도 안 될 만큼 보고 싶었다. 나는 입술을 깨물었다. 하마터면 울컥해서 눈물이 쏟아질 것만 같았다.

에시를 피해서 여기까지 왔다. 붙잡히지 않겠다고, 에시의 눈과 손이 닿지 않는 곳으로 달아나겠다고 기를 쓰고 발버둥 친 결과가 지금 이곳이었다. 그런데도 이 순간 나는 에시를 보자마자 마음을 가득 채우는 반가움을 어떻게 할 수가 없었다.

분명 절망적인데, 상황은 이제 내가 그토록 두렵고 피하고 싶었던 최악으로 흘러갈 텐데. 그걸 알면서도 이 미련할 만큼 선명한 감정이 나를 차지하는 걸 막을 수가 없었다.

이내 에시가 주저앉아 있는 내 앞에 한쪽 무릎을 꿇고 앉았다. 몬스터들은 여전히 겁에 질려 그저 울음소리만 내고 있었다.

눈이 마주쳤다. 에시는 표정을 읽을 수 없는 얼굴을 하고 있었다. 그러나 나는 어쩐지 그 얼굴을 보고 숨이 멎는 기분이었다. 심장이 두근거렸다. 동시에 미어지듯 아팠다. 나는 곧이어 이 감정이 어디서 오는 것인지 깨달았다.

"누님."

"……."

"내가 말했었지. 누님이 무사하기만 하면 뭘 해도 괜찮다고. 그게 뭐든지 상관없다고."

"……."

"취소할게."

"……."

"이건 안 돼."

"……에시."

"내 옆을 떠나는 건 안 돼."

나는 홀린 듯 에시를 보았다. 가슴의 통증이 심해졌다.

"그건, 안 돼."

안 잤구나. 한숨도 잠들지 않았구나. 이곳에 올 때까지.

믿을 수가 없었다. 나도 모르게 에시의 얼굴로 손을 뻗다가 멈칫했다. 불신. 괴로움. 의문. 걱정. 간절함. 그런 와중에 나를 찾은 것에 대한 안도.

눈동자에서, 목소리에서 전해지는 감정에 숨을 쉴 수가 없었다. 심장이 터질 것 같았다. 알고 있다. 나는 저것들이 신기루 같은 감정이란 것을 안다. 내가 진짜 가족이 아니라는 사실을 알게 되면 전부 사라질, 덧없는 가짜라는 것을 알고 있다.

그러니 지금 이건 에시를 기만하는 거다. 다 알면서, 내게 실제로는 아무 자격이 없다는 걸 알고 있으면서, 그런 주제에 에시가 계속 이렇게 나를 누나로서 위하고, 걱정하고, 마음 태우도록 놔두는 것은 변명할 여지조차 없이 기만이다.

에시를 고통스럽게 만들고 있는 거다. 내가.

'그만하자.'

어차피 사실이 알려지는 건 피할 수 없는 일이다. 지금이 아니더라도, 곧. 당장 이 순간을 넘긴다고 하더라도 결국 밝혀질 일이었다.

나는 문득 내가 꽤 지쳤다는 것을 깨달았다. 정신적으로도, 그리고 육체적으로도. 그러고 보면 나도 거의 잠을 자지 못했다. 피로와 추위에 살갗이 떨렸다. 지끈거리던 발목은 슬슬 감각이 없었다.

그만하고 싶다. 그래. 이제, 그만 전부 내려놓고 싶다. 나는 입을 열었다. 막상 각오하니 턱이 덜덜 떨리고 눈물이 나오려고 했지만, 그래도 말을 뱉을 수는 있었다.

"에시, 사실은 나……."

그리고 그때였다.

"이보시오, 공작 각하! ……윽!"

님자가 이쪽으로 디기오디 몬스터에게 가로막혔다. 몬스터들은 오직 에시만 막아서지 않았다. 그는 몬스터에게 둘러싸여 진로가 막힌 채로 외쳤다.

"마침 잘됐어! 이것들 좀 치워주시오. 응? 내가 이 몬스터 놈들 때문에 일을 못 하고 있거든."

에시는 여전히 듣는 시늉도 하지 않았다. 하지만 남자는 남자대로 포기하려는 낌새가 없었다.

"그쪽한테는 간단한 일이잖아! 어? 조금 전에 보니까 칼질 두어 번으로 이것들 다 죽이더니만. 제발 좀 도와주시오!"

"누님, 일어설 수 있어?"

"각하!"

"못 일어설 것 같으면 안겨. 일단 저택으로 돌아가서……."

"아, 친누나도 아닌 사람한테는 그만 신경 끄고 나 좀 도와달라고! 거참 진짜 공녀도 아니면서 더럽게 극진하네!"

에시의 움직임이 멈췄다. 동시에 내 호흡도 멎었다.

시간이 멈춘 것 같았지만, 이윽고 에시의 고개가 천천히 돌아갔다. 이곳에 온 이후 에시가 처음으로 남자에게 시선을 주었다.

"방금 뭐라고 했지?"

"잠깐, 잠깐. 각하, 이것들 좀 치워주시면 친절하게 다시 말씀드리겠습니다. 얼굴이 안 보여서 대화하기가 좀 힘들……."

말이 끝나기도 전에 몬스터 두 마리의 목이 바닥으로 떨어졌다. 뒤이어 육중한 몸이 쓰러지면서 둔탁한 소리가 났다.

"이제 얘기해."

남자는 침을 꿀꺽 삼키고는 입을 열었다. 다소 건방졌던 말투에 비해 자세는 퍽 공손했다.

"예, 뭐. 모르셨나? 하긴, 모를 것 같았지. 알았으면 소문 자자한 그 공작께서 아직도 공녀를 살려두었을 리는……."

"내가 인내심이 좋아 보이나?"

고저라고는 거의 없는 건조한 목소리에 남자가 흠칫 굳었다. 움직이지 못하기는 나도 마찬가지였다. 어차피 내가 하려던 말인데, 그랬는데.

"이번에는 네 머리를 날리기 전에 본론만 제대로 지껄이지."

"아, 그, 예. 알겠습니다. 그러니까…… 거, 거기 계신 공녀님은 제가 알기로 그쪽 가문 핏줄이 아닙니다. 쉽게 말해 공작가 태생이 아니라는 말이죠."

바닥까지 떨어진 심장이 그대로 멈춰 버리는 것 같았다.

"내가 그 말을 어떻게 믿지?"

"모, 못 믿으시겠으면 사람을 시켜 알아보시죠. 그 정도 정보력은 있으실 거 아닙니까? 알려고 하지 않았던 것이라 몰랐던 거지, 작정하고 알아보면 금방 진위가 밝혀질 텐데요. 참고로 저는 어차피 들킬 거짓말 목숨 걸고 하는 취미는 없습니다."

남자의 말투가 뚜렷하게 정중해진 것, 남자가 저 사실을 어떻게 알았냐 하는 건 지금 내게 중요한 것이 아니었다. 그보다는 지금 아무런 말이 없는 에시가 짓고 있을 표정이 궁금했다. 차마, 차마 확인할 용기는 나지 않지만.

"그렇지, 공녀님. 공녀님도 알고 있지 않았어? 그걸 알아서 그렇게 도망쳤던 거 아니야? 들키면 죽을까 봐. 그치, 내 말이 맞지?"

남자는 눈치가 굉장히 빠른 편인 것 같았다. 원망해야 할지, 고마워해야 할지 헷갈릴 만큼. 나는 남자에게 대답하지 않았다. 대신 에시를 향해 입을 열었다.

"……맞아."

목소리가 여전히 벌벌 떨렸다. 나는 눈을 꾹 감아버렸다. 그렇게라도 해야 도중에 말을 멈추기 않을 것 같았기 때문이다.

"맞아, 에시. 사실이야."

떨림이 손마디까지 전염되어서 나는 주먹을 꽉 쥐었다.

"나 어릴 때 가문에 입양됐어. 아주…… 아주 어릴 때. 네, 네가 태어나기도 전에."

몇 마디 하지도 않았는데 숨이 가빠졌다. 하지만 말하는 걸 그만둘 수는 없었다. 하고 싶은 말이 남았으니까.

"……미안해."

입술을 질끈 깨물었다가 놓았다. 생각보다 세게 물었는지 피 맛이 느껴졌지만 상관없었다. 오히려 아픔 덕분에 정신이 들어서 마지막 말을 흔들리지 않고 덧붙일 수 있었다.

"속여서 미안해, 에시."

됐다. 말했다. 끝났다. 아, 이제 정말로.

탈력감이 무섭게 찾아들었다. 이미 주저앉은 상태가 아니었다면 그대로 쓰러졌을 거다. 눈물이 마구 밀려 나왔다. 이젠 안 참아도 되겠지.

그때였다. 내 말이 끝날 때까지 한마디도 하지 않고 있던 에시가 문득 입을 열었다.

"넌 이걸 어떻게 알았지?"

"예?"

"이 사실을 어떤 경위를 통해 알게 되었는지 물었는데."

남자는 갑자기 자기한테 화살이 돌아온 게 당황스러운 것 같았지만, 착실하게 대답했다.

"아, 그게, 의뢰 과정에서…… 음, 의뢰 성사에 도움이 될 만한 정보를 얻다 보니……."

"아까 했던 말을 반복하게 하지 마라."

"예. 그러니까요, 제가 지 공녀님을 죽이라는 일감을 받았습니다! 그래서 제가 어떻게 위드그린 공작의 누이를 죽이느냐고, 자살하는 길이 아니냐고 했더니 그쪽에서 알려주더라고요. 그, 진짜 공녀가 아니니 괜찮다고."

"누가?"

"누구냐면…… 그것이, 실은 저도 의뢰인의 신분은 모릅니다. 그쪽에서 감췄거든요. 가면을 쓰고 찾아왔더라고요. 대신 착수금을 어마어마하게 주니까, 저희는 그것만 받고…… 예."

"그렇군."

이내 잠깐 침묵이 흘렀다. 그리고 이어서 억눌린 비명이 들렸다. 나는 깜짝 놀라 눈을 떴다.

"커억, 왜, 왜……."

남자가 피를 철철 쏟으며 바닥에 쓰러져 있었다. 에시는 그런 남자에게 눈길도 주지 않고 걸음을 옮겼다. 뒤이어 남자의 동료들도 하나씩 피를 흩뿌리며 바닥을 장식했다.

나는 멍하니 앉아 그것을 응시했다. 그러고 있으려니 에시가 다시 내게 다가왔다. 눈을 깜박였다. 에시의 표정은 그대로였다. 상상했던 것처럼 차갑지도, 싸늘하지도, 혹은 경멸이나 분노의 빛을 띠고 있지도 않았다. 오히려 안정을 찾은 듯 조금 전보다 한결 차분해져 있었다. 에시가 손을 내밀었다.

"설 수 있어?"

아까 들었던 것과 같은 말이었다. 나는 무심결에 고개를 저었다. 그러자 에시가 그대로 나를 안아 올렸다. 믿기지 않았다. 지금 이게 무슨 상황인지 바로 이해할 수가 없었다. 에시의 손길은 평소처럼, 아니, 도리어 그보다 더 부드럽고 조심스러웠다.

"집에 가자."

집? 집에 가자고? 나는 안긴 채로 퍼뜩 고개를 들었다. 집이라니, 난……. 문득 다른 불안감이 가슴을 물들였다. 설마, 설마 믿지 않는 건가? 거짓말이라고 생각하는 걸까?

아니, 안 된다. 나는 이제 더 견딜 자신이 없었다. 기만하고, 두려워하고, 가질 수 없는 것에 비참함까지 느끼며 정해진 끝을 기다릴 힘이 남지 않았다. 나는 다급하게 입을 열었다.

"에, 에시. 나…… 네 누나 아니야."

"그래."

"정말이야. 피가 한 방울도 안 섞였어. 이복누이도 아니고 완전히, 완전히 남이야."

"알아."

에시가 덧붙였다.

"기억났어."

기억났다고? 대체 뭐가?

그러나 나는 더 물어볼 수 없었다. 아까부터 지쳐 있었던 몸이 이 만 파업을 선언한 듯 머리에 열이 오르면서 전신에서 힘이 빠졌기 때문이다.

"피곤하지? 쉬어."

어지러운 가운데 따뜻한 목소리가 귓가를 어루만지듯 내려앉았다. 모르겠다. 몽롱하다. 어쨌든 지금은 더 생각하고 싶지 않아. 나는 결국 입안을 맴도는 질문은 나중에 꺼내기로 하고 단단한 품에서 눈을 감았다.

Chapter 7.5

에시

에시 위드그린은 놀랍게도 태어난 지 얼마 안 되었을 때의 기억이 있었다. 지금에서 떠올려 보면 마치 물에 잠긴 것 같던 시기였다.

몸은 무겁고, 감각은 희미했다. 눈을 떠도 분별할 수 있는 것이라고는 빛의 유무뿐, 형태나 색은 보이지 않았다. 그래서 그냥 하루 대부분을 눈감은 채 보냈다.

그러던 어느 날이었다. 날짜가 정확히 얼마나 지났는지는 몰랐다. 다만 아직 눈을 감고 지내는 것이 뜨는 것보다 편하다고 생각할 무렵이었다. 조심스럽게 그의 볼을 누르는 감촉이 있었다.

나중에서야 짐작해 보건대 아마 그건 손가락이었을 것이다. 그것도 약 서너 살쯤 된 아이의 짧고 오동통한.

아이는 아직 요람에서 움직이지도 못하는 갓난아기의 볼을 건드리듯 살짝 눌러보고는 중얼거렸다.

"말랑말랑하네."

이어 한숨 쉬며 푸념하길.

"내 인생도 이렇게 말랑말랑했으면 좋겠다."

당시에는 알아듣지 못했지만, 후에 생각하니 꽤 아이답지 못한 말이었다.

아이는 이후로도 곧잘 갓난아기이던 에시를 찾아왔다. 대체로 다른 인기척이 없을 때를 노려서 찾아오는 아이가 하는 것이라곤 별것 없었다.

"내 운명이 얼마나 기구한지 아니? 너는 모르겠지. 그래, 나도 모르고 싶다."

"너도 좀 크고 나면 딸랑이를 가지고 놀겠지?"

"아, 그때 그 딸랑이를 그렇게 흔들지 말았어야 했어……."

한탄, 푸념, 혹은 자기 얘기. 나이와는 썩 어울리지 않는 혼잣말을 아이는 요람 옆에서 한참을 쏟아놓고 갔다.

아이가 왜 하필 그곳에 와서 그러는 것인지 이유는 곧 밝혀졌다. 아이의 독백에 포함되어 있었으니까.

"있잖아, 사실 내가 전생에 되게 어이없게 죽고 이 세계에 환생한 거거든?"

"……."

"그런데 알고 보니 내가 입양아래. 이 집안 태생이 아니래."

"……."

"엄마, 아빠가 내 엄마, 아빠가 아니라는 거야. 어때, 슬프지? 어떻게 다시 태어나자마자 이럴 수가 있는지 몰라."

"……."

"너랑 나도 완전 남남이야. 가족이 아니라고. 좋겠다, 넌. 우리 엄마 아들이라서."

"……."

"이목구비도 벌써 잘생겼네. 크면 대체 어떻게 되는 거야? 하여간 이것 봐. 가진 애들이 꼭 더 가진다니까. 세상이 이래요."

"……."

"에휴, 내가 여기 아니면 어디 가서 이런 얘길 하겠니. 벽 보고 하기에는 외롭고, 그렇다고 누구 붙잡고 말할 수는 없는 내용이고."

"……."

"너라도 들어주니까 좀 낫다. 고마워. 과연 내가 언제까지 여기 올 수 있을지는 모르겠지만."

아이는 그런 후에도 꾸준히 발걸음을 끊지 않았다. 가끔은 밝은 얘기를 할 때도 있었다.

"오늘 디저트로 나온 치즈케이크가 엄청 맛있더라. 깜짝 놀랐어. 주방장이 바뀌었다더니 그래서 그런가 봐. 어디서 그런 실력자를 데려왔지?"

그런가 하면 반전된 가십을 전해주기도 했다.

"그 주방장이 식자재 담당 하녀랑 불륜을 저질러서 쫓겨났어! 어쩜 저택에 오자마자…… 세상에…… 치즈케이크는 그렇게 잘 만들었으면서…… 크면 너도 먹어보라고 하려 했는데 아쉽다. 그래도 불륜남은 쫓겨나야지."

하루는 밝은 목소리.

"새로 들어온 하인이 그림을 잘 그려. 아버지가 화가라서 재능을 물려받았대. 그런데 몰래 외설적인 그림을 그렸다가 나한테 딱 걸린 거 있지? 엄청 당황하면서 이건 남녀가 정답게 승마를 배우는 그림이라고 변명하더라. 승마…… 으응, 그래…… 그럼 남자가 말이라는 소린데……. 뭐, 아무튼 다 알지만 그냥 모르는 척해줬어. 그 와중에 역시 그런 것도 잘 그리긴 했더라."

하루는…… 어쩐지 좀 먼발치서 시무룩한 목소리.

"안녕. 나 오늘은 네 옆까지 못 가. 왜냐면…… 감기에 걸려서…… 너한테 옮길 수는 없으니까. 어제 마신 오렌지 주스에 얼음은 띄우지 말 걸 그랬어. 그래도 베시가 꿀물을 타줬으니 금방 나을 거야!"

어느 순간부터 갓난아기 에시는 귀에 익어버린 그 목소리를 기다리기 시작했다. 목소리, 호흡, 말투, 인기척. 아이를 이루는 많은 것이 에시에게 점차 익숙해졌다. 에시는 머잖아 발걸음 소리만 듣고도 방에 들어온 사람이 아이인지 아닌지 구분할 수 있게 되었다. 아직 몸도 가누지 못하는 아기였지만, 그는 그럴 수 있었다.

그리고 동시에 에시는 한 가지 작은 인내를 하고 있었다. 태어나 해본 첫 인내였다. 눈을 떠서 아이의 얼굴을 보고 싶지만, 에시는 참았다. 아직 시력이 완전하지 않았다. 슬슬 사물의 윤곽이 보이고 색이 구분되기 시작했지만, 완벽한 것은 아니었다.

에시는 하루가 지날수록 자신의 시야가 달라진다는 걸 인식했다. 에시는 온전하게 아이의 얼굴을 눈에 담고 싶었다. 눈동자의 색, 머리카락, 얼굴의 선 하나까지. 처음 직시하는 그 순간을 놓치고 싶지 않았다. 그래서 기다렸다. 시야가 더는 달라지지 않을 때까지. 시간이 지나도 이 이상 형태가 뚜렷해지지 않는 어느 순간까지.

"그러고 보니 넌 왜 내가 올 때마다 눈을 감고 있어? 자는 거야?"

"⋯⋯."

"하긴, 아기들은 하루에 스무 시간을 넘게 잔다니까. 아니, 그래도 어떻게 한 번을 안 깨어 있냐."

"⋯⋯."

"황금색 눈동자가 그렇게 예쁘다고 소문이 자자하던데. 나도 보여줘. 치사하게."

그러길 얼마나 지났을까. 아이의 혼잣말에 투덜거림이 추가되었을 즈음이었다. 에시는 이제 더는 어제 본 풍경과 오늘 본 풍경이 다르지 않다는 것을 발견했다. 그제야 그는 인내를 멈추고 눈을 떴다. 평소처럼 아이가 요람을 찾아와 옆에서 재잘재잘 떠들어대던 도중이었다.

"그래서 베시가 닥터한테 그렇게 살지 말라고 했는데, 닥터는 닥터대로 잔뜩 화가 나서 식탁에 있던 식빵을 부수려다가 하필 그걸 집사한테 걸려서……"

아이의 목소리가 뚝 멎었다. 그리고 에시는 그 순간 처음으로 아이의 얼굴을 보았다. 정확히는 얼굴을 포함해서 아이의 모습을 이루고 있는 모든 것을 시야에 담았다.

탐스러운 붉은색 머리카락, 둥근 코, 작은 입, 앙증맞은 손, 리본이 달린 연녹색 드레스, 놀란 듯 저를 가만히 응시하는 호박색 눈동자.

"눈…… 떴다."

아이가 신기한 듯 읊조렸다. 그러더니 이내 에시와 눈을 마주치곤 환하게 웃었다. 마치 반갑다는 듯.

"안녕, 에시."

에시는 그날 보았던 모든 것을 기억하고 있었다. 아이의 얼굴, 옷차림, 표정, 아이가 등지고 있던 방의 풍경과 밝기까지.

최초의 인내가 안겨준 결과물은 달고, 눈부셨으며, 강렬했다. 그렇게 아이는 에시의 세상으로 들어왔다.

종일 요람에 누워 지내야 하는 아기였던 에시는 쑥쑥 자랐다. 남들의 눈에는 눈 깜짝할 새 일어서고, 걷고, 말하고 뛰는 것처럼 보였다. 그리고 그 과정에서 에시는 자기가 제대로 움직이지도 못하던 시기에 제 세상을 침범했던 사람이 바로 제 손위 누이라는 사실을 알게 되었다.

사실 그쯤 되었을 때 갓난아이였을 때의 기억은 자연스럽게 흐릿해져 있었다. 에시는 그 누구보다도 평범이라는 단어가 어울리지 않는 아이이긴 했지만, 그래도 갓 태어났을 적의 기억을 온전히 가지고 있을 수는 없었다.

그러나 그렇다고 해서 그 기억이 완전히 사라진 것은 아니다. 단지 닦지 않아 희뿌옇게 변한 거울처럼 일시적으로 가려졌을 뿐.

"어머, 우리 공자님. 또 아가씨 찾으세요?"

"공녀님이 정말 좋으신가 봐."

"아가씨께선 안뜰에 계세요. 안내해 드릴게요."

에시는 누가 시키기도 전에 당연한 듯 제 누이를 따랐다. 마치 어미 새에게 각인된 아기 새가 그러듯이 본능에 가까운 행동이었다. 누이가 좋았다. 그냥 그랬다. 어린 에시는 구태여 이유를 찾지 않았다.

그렇게 에시가 네 살이 되었을 무렵. 작은 사고가 있었다. 저택 정원에서 누이와 술래잡기를 하던 중이었다. 나무에 오른 동생을 잡겠다고 누이 리디아가 똑같이 나무를 타다가 그만 중간에 떨어졌다. 에시는 깜짝 놀라 얼른 나무 위에서 훌쩍 뛰어내렸다.

"누님."

리디아는 떨어진 채 그대로 움직이지 않았다. 흔들어봤다. 그래도 마찬가지였다. 그때 에시는 덜컥 겁을 집어먹었다.

"죽은 거야?"

세상에 태어난 지 이제 만으로 사 년, 그사이에 에시가 깨달은 것이 있다면 이 세상에는 생물이든 무생물이든 나약한 것이 너무 많다는 거였다. 무생물은 쉽게 부서졌고, 생물은 쉽게 죽었다. 정말 너무도 쉽게.

자신을 제외하고는 사방이 온통 약한 것 천지였다. 이 무렵 에시는 죽음이 뭔지 대략적으로나마 알고 있었다. 죽는다는 건 사라진다는 뜻이다. 다시는 예전처럼 볼 수 없게 된다는 거다. 영영.

세상이 까맣게 물드는 것 같았다. 에시는 견딜 수 없는 공포와 상실감, 막대한 절망감에 그 자리에서 울음을 터뜨렸다. 다행히 리디아는 에시가 울자마자 벌떡 일어나 다급히 그를 달래주었지만, 그날의 일은 에시에게 어떤 깊은 다짐을 안겨주는 계기가 되었다.

누님은 약하다. 그러니 잃지 않으려면 내가 지켜야 한다. 에시는 그때부터 소중하고 좋아하는 누이를 반드시 제 손으로 지키겠다고 결심했다.

그리고 시간이 조금 더 흘러 일곱 살. 에시는 슬슬 자기가 남과 다르다는 것을 자각했다. 남들은 약하고, 저는 약하지 않았다. 이런 단순한 사실을 제하고도 또 다른 점이 있었다.

사람들은 신기했다. 자기들과 전혀 관계없는 것을 매우 쉽게 아끼고 지키려 들었다. 예를 들면 길가에 핀 꽃도 소중하다고 하고, 존재 가치를 알 수 없는 소동물을 보며 그것들이 죽거나 다치지 않게 보호해 주어야 한다고 했다.

에시는 언제나 그런 말들이 이해가 되지 않았다. 대체 무슨 상관이란 말인가. 길가의 꽃이 꺾이든 밟혀서 뭉개지든, 새나 도끼 같은 소동물이 마차에 치여서 죽든 말든. 눈길도 가지 않았고 신경도 안 쓰였다. 그래야 할 필요도 느끼지 못했다.

누군가는 이렇게 말했다. 불쌍하지 않느냐고. 약한 존재라는 것에 연민이 들지 않으냐고. 그러니 가엾게 여겨 자기들이 지켜주어야 한다고.

글쎄. 그렇게 따질 것 같으면 에시의 눈에는 모든 것이 약했다. 사람이든, 작은 동물이든, 길가에 핀 꽃 한 송이든. 약하다는 점에서는 셋 다 별반 다르지 않았다. 에시가 보기에는 거기서 거기였다. 그렇다면 주위의 모든 것을 불쌍히 여기고 지켜주어야 하나?

'아니.'

에시는 그러고 싶지 않았다. 약한 건 약한 것이고, 약하든 약하지 않든 지키는 관계없는 일이있다. 예나 지금이나 이유를 불문하고 에시가 지키고 싶은 것은 단 한 사람뿐이었다.

누이. 그 외에는 전부 어떻게 되든 알 것 없었다.

그래서 누이 리디아의 열한 번째 생일날 정성껏 선물을 준비했다.

처음에는 저택의 하녀가 망가뜨린 누님의 인형과 같은 것을 구해주려고 했는데 찾을 수 없었다. 그래서 어떻게 할까 고민하다가 그 하녀를 인형으로 만들어서 줘야겠다는 결론이 섰다.

마음에 들어 할 거라고 생각했다. 누님은 평소 그 하녀를 꽤 아꼈으니까. 인형을 망가뜨렸는데도 벌하지 않고 용서했을 정도로.

하녀를 인형으로 만드는 과정은 간단했다. 일단 인형은 말을 하면 안 되니까 재갈을 물리고, 움직여서도 안 되니 전신을 묶었다. 죽이지는 않았다. 죽으면 시간이 지나 사라져 버린다. 인형은 사라져서는 안 됐다.

그렇게 해서 인형과 똑같은 리본에 원피스까지 입혀서 자신 있게 내밀었다. 그런데 누이가 불같이 화내면서 자신의 머리를 때렸을 때는 정말 놀라고 억울했다.

"아야!"

"아야? 지금 아야가 나와? 이게 뭐 하는 짓이야!"

"왜 화내?"

"안 내게 생겼어?"

"마음에 안 들어서 그래?"

의아해서 물어봤지만 돌아온 것은 벽 보고 손들고 있으라는 더 큰 꾸지람뿐이었다. 이후에는 설교가 이어졌다. 누이 리디아는 뭔가 길게 말했지만, 결국 결론은 하나였다.

생명은 소중하다.

'생명이 왜 소중하지?'

에시는 이해할 수 없었다. 생명은 생명이다. 그게 다였다. 별로 소중하지 않았다.

'누님은 소중하지만.'

다른 사람이 아니라 누님의 말이었으니 일단 고개는 끄덕였다. 그리고 며칠 뒤 이번에는 좀 더 정성 들여 인형을 만들어 가져갔다. 고심해서 성별도 바꿨다. 하녀에서 하인으로.

"이번 인형은 마음에 들지?"

"……."

"왜 말이 없어, 누님?"

또 얻어맞았다. 이후로도 비슷한 일이 반복되었다. 눈물이 찔끔 날 정도로—아프다기보다는 상심하고 낙담해서—꿀밤을 먹으면서도 에시는 리디아의 환심을 사기 위해 부지런히 인형을 가져다가 내밀었다. 그러다 리디아가 인형을 정말로 좋아하지 않는다는 것을 깨닫고는 어느 순간 그만두었다.

그리고 그런 시기를 지내며 에시가 한 가지 더 알게 된 것이 있는데, 그건 바로 사람들이 자신을 무서워한다는 거였다.

"나, 솔직히 에시 공자님이 좀 무서워……."

"얘, 그런 말 하는 거 아니야."

"하지만 그렇잖아. 공자님이 '인형 놀이'랍시고 하신 행동 봤어?"

"그거는 공자님이 아직 어리니까 뭘 모르셔서……."

"그것뿐만이 아니야. 그래, 그건 아가씨께 하도 혼나서 이제 안 그런다고 쳐. 전에는 나한테 뭐라고 하셨는지 아니?"

"뭐라셨는데?"

"내가 전에 고양이한테 물려 죽은 새를 마당에 몰래 묻어주는데, 나보고 그 새가 가족이냐고 그랬어. 가족이라서 묻어주는 거냐고. 그러면서 사람이랑 새도 가족이 될 수 있냐고 궁금해하더라. 공자님은, 최소한 가족이라도 되지 않으면 왜 시체 따위를 그렇게 챙겨주는지 진심으로 이해가 안 되는 거야."

"그건……."

"그땐 새였지만, 솔직히 이 중 한 사람이 죽어서 무덤을 만들어 넣을 기리고 있었어도 똑같이 말씀하셨을 거야. 알잖아. 너희는 정말 평소에 못 느꼈어?"

"……실은 나도 공자님을 보면 종종 오싹할 때가 있긴 해."

"공자님이 우리랑 다르다는 느낌이 드는 건 사실이긴 하지."

"솔직히 말하면 난 소름 끼쳐. 무섭다고. 주인님이랑 마님께선 대체 어쩌시려고 공자님을 저대로 두시는지……."

"쉿, 조용히 해. 그리고 저대로 안 두면 뭘 어떻게 할 수 있는데? 누가 들을지도 모르니 이 이야긴 여기까지 하자."

에시는 그제야 왜 종종 사람들이 자신을 보면 흠칫 놀라 눈을 내리깔고, 제 근처에 오면 내키지 않은 얼굴을 하는지 알 수 있었다. 사실 알았어도 크게 상관은 없었다.

저들이 자길 무서워하든, 꺼리고 피하든 그건 별로 대수롭지 않은 일이었다. 관심도 없고. 다만 한 가지는 걱정이 되었다.

"누님."

누이도 그럴까 봐.

"나 무서워?"

"응?"

리디아는 흰 캔버스에 에시의 얼굴을 그리다가 고개를 들었다. 시간 때울 겸 간단하게 낙서나 하려던 것이 어느새 에시를 모델로 세워 본격적인 초상화 그리기로 변한 참이었다. 리디아는 자못 심각한 표정을 짓다가 대답했다.

"네가 무섭냐고?"

"응."

"글쎄, 너는 안 무섭고, 네 얼굴은 무섭다."

"……내 얼굴?"

"너무 예뻐서. 내가 지금 네 얼굴을 과연 이 종이에 멀쩡히 옮길 수 있을지 확신이 안 서거든. 엉망으로 그릴 바에는 안 그리는 게 나을 것 같은데 말이야. 아, 이거 진짜 겁나네. 정말 무서운데."

그러더니 리디아는 손에 든 붓으로 에시의 얼굴 비율을 이리저리 재보며 미간을 좁혔다. 에시는 그 모습을 보며 눈을 깜박였다.

"내가 안 무섭다는 거지?"

"네가 왜 무서워?"

"내가 이상하니까…… 남들과 다르고."

"남들과 다르게 예쁘긴 하지. 그게 왜 무서워? 그나저나 가만히 있어, 에시. 움직이지 마. 이 누나가 최선을 다해 네 미모를 실물에 가깝게 그려줄 테니까."

이날 리디아가 완성해 낸 초상화는 빈말로도 차마 좋다고는 할 수 없을 만큼 엉망이었다. 말하지 않으면 도저히 모델이 에시라는 걸 모를 정도였다.

리디아는 자기 손으로 만들어낸 참담한 결과물을 씁쓸하게 응시하며 '포토샵이 있었으면 이걸 살릴 수 있었을 텐데' 하는 알아들을 수 없는 한탄을 했다.

하지만 그 그림은 결과적으로 에시의 오랜 보물이 되었다. 에시는 이런 건 당장 태워 버려야 한다고 심각한 표정으로 난로로 향하는 리디아에게서 자기가 하겠다는 거짓말로 그림을 빼돌렸다. 그리고 그걸 액자에 끼워 자기 방 서랍에 몰래 보관했다. 나중에 리디아가 사실을 알고 뒤늦게 기겁했지만, 이미 추억이자 보물로 자리 잡아버린 것을 어떻게 할 수는 없었다.

에시는 리디아가 좋았다. 점점 좋아졌다. 그에 비례해서 지켜야겠다는 마음도 갈수록 커졌다.

열다섯. 부모님이 나란히 병으로 돌아가셨을 때 에시는 힘을 가져야겠다고 생각했다. 에시가 자라면서 정의한 힘이란 크게 돈과 무력이었다. 그 둘은 많으면 많을수록 좋았다. 그럴수록 어떤 상황에서든 누이를 지킬 공산이 커졌다.

에시는 우선 암흑가 조직을 찾아가 그들의 수장을 죽여 조직을 흡수하고, 닥치는 대로 사업을 벌여 재산을 불렸다. 불어난 돈으로 조직을 더 키웠고, 조직을 이용해 대외적으로 드러나지 않은 사업을 운용하기도 했다.

밤낮으로 몸을 돌보지 않고 매달리자 일은 순조롭게 진행되었다. 마침 유능한 동업자가 있었던 것도 운이 따랐다.

그러던 어느 날이었다. 동업자와 함께 새로운 사업의 성사를 자축하던 자리였다. 흥이 올랐는지 동업자는 그날따라 잔뜩 과음하곤 거나하게 술에 취했다. 그러곤 지껄였다.

"네 누이 말이야. 리디아 공녀. 슬슬 혼처를 알아봐야 할 시기 같은데, 딸꾹, 나한테 넘기는 건 어떠냐?"

와인을 넘기던 에시의 손가락이 굳었다. 그러나 취한 상대는 알아차리지 못하고 계속해서 떠들었다.

"겉으로는 앙칼져 보여도, 딸꾹, 그런 부류가 의외로 남편한테는 고분고분하단 말이지. 아, 아니어도 길들이면 그만이고. 어때, 응? 어차피 적당한 데 골라서 팔아넘길 거잖아. 그럴 바에는 나한테 줘라. 치, 친구 좋다는 게 뭐냐."

친구. 술기운에 혀가 꼬여가며 상대가 입에 올린 단어가 꼭 틀린 소리는 아니었다. 어릴 적 모임에서 만나 벌써 십 년 가까이 알고 지낸 상대는 동업자이자 동시에 유일한 지기라고 부를 만한 인물이다. 나이는 에시보다 세 살 많았지만, 두 사람 다 그런 것은 신경 쓰지 않았다.

에시는 그를 꽤 아꼈다. 그러니까, 유용하다고 생각했다. 귀족 아비와 평민 어미 사이에서 태어난 그는 서자라는 자기 출생에 대한 열등

감을 적자인 형을 누르는 것으로 표출했다.

노력과 끈기가 제법이었고, 필요하다면 더러운 술수도 마다하지 않았으며, 그러면서도 저보다 강한 상대 앞에서는 성질을 죽이고 엎드릴 줄 알았다.

마음에 들었다. 여러모로 쓸모 있는 인재였다. 다만 단점이라면 지나치게 여색을 밝히고 여자를 상대로 손버릇이 좋지 못하다는 거였지만, 그런 것이야 저와는 전혀 상관없는 일이었다. 그 자리에서 상대가 그처럼 지껄이기 전까지는.

에시는 몇 모금 마시지도 않은 와인을 내려놓았다. 그리고 엉망으로 취한 상대를 보며 생각했다.

'죽여야겠다.'

오래 보아온 사이였다. 가문의 사용인 몇을 제외한다면 순전한 타인 중에서는 가장 오랜 시간 어울린 인물이다. 동업자로서도 훌륭했다. 저만큼 맡은 일을 잘 해내면서 딱 자기 분수에 맞게 욕심을 부리는 자를 찾기란 힘들 거다. 그렇지만 그 모든 것이 그 순간에는 알 바 아니었다.

단지 지금 당장 저 쓰레기를 치워야겠다. 그것 외에는 다른 생각이 들지 않았다.

"자리를 옮겨서 한잔 더 하지. 내 저택이 어때?"

"응? 응, 좋아. 좋지, 그럼. 어서 가자고!"

에시는 그날 상대의 목숨을 끊었다. 때마침 적당한 명분도 있었다. 과거 사업체를 하나 정리하는 과정에서 상대가 에시 몰래 대금을 일부 빼돌렸었다. 있으나 마나 한 푼돈이라 알면서도 그냥 넘겨주었던 것을 에시는 단죄의 구실로 삼았다.

잘못했다고, 다신 그러지 않겠다고 빌며 매달리는 상대의 사지를 자르고 마지막으로 목을 베었다. 처음부터 목을 베어 깔끔하게 끝낼 수도 있었지만 에시는 일부러 그러지 않았다.

그렇게 동업자이자 오랜 지기를 스스로도 이해 안 될 만큼 처참하게 죽여 버린 후, 에시는 문득 제 누이를 다시 보았다.

등을 덮는 풍성하고 탐스러운 붉은색 머리카락, 매끄러운 피부, 반짝이는 호박색 눈동자. 누이는 그대로였지만, 그러면서도 달라져 있었다. 세월이 흐른 만큼 자란 것은 그 혼자가 아니었다. 누이 리디아는 여인이 되어 있었다. 그가 사지를 잘라 죽여 버린 쓰레기가 주제도 모르고 감히 탐을 내었을 정도로.

그리고 그 당연하다면 당연한 사실을 인식하는 순간, 에시의 마음속에서 어떤 일렁임이 생겼다. 에시는 정확히 그것이 무엇인지 몰랐다. 말로써 정의하라고 하면 그럴 수 없었다. 다만 뭔가가 달라졌다는 것은 알았다. 어렴풋이 그 정도만 짐작해 볼 수 있었다.

에시는 그날 이후 가끔 갈증에 시달렸다. 아니, 갈증과 비슷하되 엄밀히 갈증은 아니었다. 물을 아무리 마셔도 해소되지 않았으니까. 이상한 감각이었다. 속이 완전히 타버릴 것처럼 갈급함이 들었지만, 물이나 다른 마실 것 따위로는 조금도 나아지지 않았다. 이게 뭘까.

"에시, 앞머리가 꽤 자랐네."

"……."

"흠, 길러서 넘기는 것도 나쁘진 않겠다. 지금이 더 좋지만."

고작 앞머리를 헤집는 가벼운 손길에 찰나 움직이지 못하게 되는 스스로를 느끼며, 에시는 누이를 가만 보았다. 누이는 이제 성년을 눈앞에 둔 에시보다 한참 작았다.

동그란 정수리는 기껏해야 그의 어깨를 겨우 넘었다. 어릴 때는 그가 누이를 올려다보느라 바빴는데, 언젠가부터 시선을 맞추기 위해선 리디아가 고개를 들어야만 했다.

목은 잘못 쥐면 부러질 것처럼 가늘고, 어깨는 손대기 조심스러울

정도로 여렸다. 속눈썹은 길고 풍성했다. 뺨에는 생기가 돌고, 입술
은 붉고 모양이 예뻤으며, 이마는 희게 빛났다.

"에시?"

"......."

달이 뜬 어느 밤. 에시는 달빛을 받은 리디아의 얼굴로 무의식중에
가져가던 손을 멈췄다. 심장이 두근거렸다. 예의 갈증이 기습적으로
찾아들었다. 이유를 알 수 없는 난폭한 갈증은 그의 속을 남김없이
태워 버리려는 듯 조급하게 날뛰었다.

에시는 그날 허공에서 손을 거뒀다. 그러곤 리디아의 눈을 피해 주
먹을 꾹 쥐었다.

'정말이지, 이게 도대체 뭘까.'

답을 알지 못하는 의문 앞에서 에시는 일단 기다렸다. 시간을 두고
지켜본다면 언제고 이에 대한 답을 얻게 되지 않을까 싶었다. 그러나
시간이 지나도 갈증의 정체가 드러나는 일은 없었다.

여전히 명확한 답은 나오지 않은 채, 도리어 날이 갈수록 갈증은 빈
번해지고, 심해졌다.

"그야…… 당연히 걱정되지. 가족인데."

그러다 하루는 누이가 그 입으로 가족이라는 말을 꺼냈을 때. 명치
안쪽을 콱 막는 듯한 갑갑한 통증이 갈증에 더해졌다. 나아지지 않는
갈증은 답답함을 유발했다. 에시는 그것 때문에 일부러 몸을 혹사한
적도 있었다. 물론 효과는 전혀 없었지만.

나중에 생각해 보면 이 시기가 통째로 인내와 닿아 있었다. 끊임없
이 뭔가를 참고, 어누르고, 삼키고. 그런 것을 수없이 반복하던 시간
이었다. 자각하지는 못했지만 말이다.

에시가 제 인내를 깨닫게 된 건 시간이 좀 더 흘러서였다. 계기는
갑작스러웠다. 남부에서 몬스터 대습격이 일어나 그로 인해 토벌대를

이끌고 남부로 향하던 도중이었다.

에시는 명령까지 어겨가며 모습을 드러낸 산하 조직원이 다급한 기색으로 전달한 소식을 믿을 수가 없었다.

누이가 사라졌다. 더 정확히는, 스스로 저택을 떠나 모습을 감췄다. 찰나 머릿속이 아무것도 남기지 않고 비워지는 것 같았다. 사고가 짧게 정지했다가 다시 돌았다.

'왜?'

몸이 먼저 움직여 그 자리에서 말을 돌리는 와중에도, 머리는 계속해서 하나의 의문만 토했다.

'어째서?'

누이가 떠났다. 실종되었다. 혹은 도망쳤다. 어떤 단어로 표현하든 마지막에는 어김없이 '왜'라는 답을 알 수 없는 질문이 따라붙었다. 에시는 한 번도 상상해 본 적 없었다. 지나가는 가정으로조차 허용하지 않았다.

누이가 없는 것. 그런 것은 살아오면서 단 한시도 그려본 적 없는 일이었다. 의미가 없었으니까. 그런 순간은 존재할 수도 없고, 존재해서도 안 되는 거였으니까.

"……누님."

에시는 무슨 정신으로 북쪽 숲까지 올 수 있었는지 잘 기억도 나지 않았다.

쉬지 않고 말을 달렸고, 마을에 도착해서는 마법사를 찾아내 이동 마법을 쓰게 했다. 그걸 반복히지 하루가 좀 넘게 걸려 제도에 도착했다. 북쪽 숲에서 누이를 발견했다는 연락이 도착한 건 그쯤이었다.

에시는 바로 숲으로 향했다. 그때까지 그는 잠시도 쉬거나 잠들어 본 기억이 없었지만, 그런 사소한 것은 안중에 있지 않았다.

숲에 들어서서는 가진 마나를 쥐어짜 이동 마법을 쓰느라 녹초가 된 마법사를 내던지고, 길을 가로막는 몬스터를 일단 베었다.

그리고 나니 누이가 보였다. 엉망인 몰골을 하고, 마치 환영을 보듯 저를 응시하는 얼굴이.

"왜⋯⋯."

에시는 그녀를 보자마자 묻고 싶었다. 여기까지 오는 동안 끊이지 않고 저 물음이 맴돌았다.

왜 떠나려고 했는지.

왜.

숲에서 발견한 누이는 정말로 멀리 떠나 다신 돌아오지 않을 사람 같은 모습을 하고 있었다. 차림새도, 품에 안은 짐 가방도. 수하의 보고가 착각이 아니었다는 것을 눈으로 확인하고 나자 헛웃음이 날 것 같았다. 에시는 질문을 완성하지 못하고 걸음을 옮겼다.

'안 돼.'

이유는 상관없다. 왜 저와 가문을 떠나려고 했던 것인지, 그런 건 아무래도 좋았다.

단지, 안 된다. 그는 누이를 놓아줄 수 없었다. 그건 불가능한 일이었다. 누이가 뭘 원하고 어떤 것을 욕심내든 좋다. 무엇을 가지고 싶다고 한들 관계없다. 다만 그 모든 것은 제 곁에서 이루어져야만 했다.

무슨 일이 있어도.

"누님, 일어설 수 있어?"

에시는 리디아를 데리고 저택으로 돌아가려고 했다. 우선 돌아가서 다친 것처럼 보이는 그녀의 발목부터 치료할 생각이었다. 에시의 움직임이 기습적으로 묶인 것은 그때였다.

"아, 친누나도 아닌 사람한테는 그만 신경 끄고 나 좀 도와달라고! 거참 진짜 공녀도 아니면서 더럽게 극진하네!"

자리에 있는 것은 알았지만 굳이 관심을 주지 않던 상대였다. 그런 상대가 대뜸 헛소리를 지껄였다.

……아니. 아니다.

"거, 거기 계신 공녀님은 제가 알기로 그쪽 가문 핏줄이 아닙니다. 쉽게 말해 공작가 태생이 아니라는 말이죠."

헛소리가 아니었다.

"……맞아, 에시. 사실이야. 나 어릴 때 가문에 입양됐어. 아주…… 아주 어릴 때. 네, 네가 태어나기도 전에."

에시는 안타까울 만큼 위태롭게 떨리는 목소리를 들으며, 흐릿한 거울 하나를 닦기 시작했다. 거울은 기억을 비추고 있었다. 기억은 몹시 오래된 것이었지만, 희뿌연 먼지를 닦아내자 거짓말처럼 선명해졌다.

"……미안해."

에시는 타인이 들으면 믿지 못할 정도로 온전하고 또렷한 기억을 마주하고 잠시 움직이지 않았다. 그러다 이내 행동했다. 베어야 할 것을 전부 베고, 다친 발목 때문에 일어서지 못하는 리디아를 안아 올렸다.

"에, 에시. 나…… 네 누나 아니야."

혼란스러운 목소리에 에시는 잠자코 대답했다.

"그래."

"정말이야. 피가 한 방울도 안 섞였어. 이복누이도 아니고 완전히, 완전히 남이야."

"알아."

이어서 품에 안은 리디아에게 상냥하게 속삭였다.

"피곤하지? 쉬어."

지친 몸은 금세 쓰러지듯 곯아떨어졌다.

에시는 마차에서 리디아의 머리카락을 말없이 쓸어 넘겼다. 그러곤 드러난 하얀 이마에 입을 맞췄다. 마치 마법처럼 갈증이 가셨다. 말라갈라지던 땅에 단비가 내리고, 잠겼던 자물쇠가 풀린 것처럼 개운했다.

"리디아."

에시는 곤히 잠든 상대의 이름을 조용히 입에 담았다. 대답은 없었지만, 그것만으로도 충분했다. 그는 그제야 그동안 자기가 무얼 인내하고 있었던 것인지 알았다. 갈증과 닮은 그 감각이 어디서 오던 거였는지도.

붉은색 머리카락이 손가락 틈새로 부드럽게 흘러내렸다. 에시는 그것을 빠져나가지 않게 단단히 쥐고 재차 입을 맞췄다.

웃음이 났다. 이런 거였다. 제가 갈구하고 있었던 건. 가족이라는 단어가 단단한 족쇄가 되어 무의식중에 억누르고, 참고, 외면했던 것은. 뿌듯한 충족감이 솟아나 가슴을 채웠다.

오래 바라고 헤매던 것을 마침내 찾아낸 사람처럼 환희와 평온이 동시에 찾아들었다. 기억이 떠올랐고, 그러면서 자각했다. 에시는 이제 더는 이 감정을 부정할 생각도, 억지로 인내할 의사도 없었다.

"안녕, 에시."

아주 예전. 까마득한 어느 순간 에시의 세상을 침범한 사람이 있었다.

그리고 시간이 흘러 그 사람은 원래부터 정해져 있었던 것처럼 자연스럽게 그의 세상이 되었다.

마차 창틈으로 스며든 지는 해가 그의 세상을 비췄다. 굳게 닫힌 눈꺼풀은 햇빛이 거슬리는 듯 순간 움찔했다가 도로 잠잠해졌다. 그 모습을 눈에 담으며 에시는 웃었다. 과연 본인은 알고 있을까 싶게 부드러운 미소였다.

Chapter 8

아펠 숲

꿈을 꿨다. 의도한 대로 저택을 빠져나와 필사적으로 도망쳤지만, 결국 얼마 가지도 못하고 도중에 에시에게 붙잡히는 꿈이었다. 심지어 그 과정에서 출생의 비밀까지 밝혀졌다.

그런데 이다음부터 꿈의 전개가 다소 희한했다. 에시는 내 출생의 비밀을 알고도 나를 죽이지 않았다. 그러기는커녕 오히려 더 다정한 눈으로 나를 보고, 상냥한 손길로 날 안아 들었다. 그러곤 부드러운 목소리로 내게 이만 쉬라고 속삭여서, 마침 지쳐 있던 나는 그대로 잠에 빠져들고…….

"……."

눈을 번쩍 떴다. 익숙한 천장이 보였다. 그리고 바로 이어서 그만큼 귀에 익은 목소리가 들렸다.

"아가씨!"

"……베시?"

눈을 깜박이다가 이내 몸을 일으켰다. 갑자기 움직여서 그런지 순간 머리가 어지러웠지만 금방 괜찮아졌다.

'여긴……'

내 방이다. 나는 내 침대에서 눈을 떴다. 옆을 돌아보았다. 자리를 지키고 있는 것은 베시뿐만이 아니었다.

"알렉스, 집사…… 다베리 경."

은근한 죄책감을 더해주는 얼굴까지 확인한 후 다시 베시를 보았다. 그녀는 눈물이 그렁그렁해서 입을 열었다.

"왜 그러셨어요?"

"어?"

"왜 저택을 떠나셨던 거냐고요. 그것도 그런 차림으로."

나는 베시의 말에 무의식중에 고개를 내려 옷차림을 살폈다. 노출이 없는 실내용 흰 원피스가 시야에 들어왔다.

"지금 입고 있으신 건 당연히 제가 갈아입혀 드린 거고요!"

"……내가 뭘 입고 있었는데?"

"그걸 말씀이라고 하세요? 대체 그런 남성복은 어디에서 구하셨던 거예요?"

……아.

'꿈이 아니었구나.'

이불 안쪽으로 오른쪽 발목을 슬쩍 당겨보았다. 붕대라도 감아놓은 듯 움직이기 갑갑한 발목에서 바로 아릿한 통증이 전해졌다.

'꿈이 아니야.'

사실이다. 저택을 나와 도망쳤던 것도, 북쪽 숲으로 들어가 웬 숲적인지 뭔지를 만나 고생했던 것도 전부 현실이었다.

'그럼…… 그다음은?'

"더군다나 그 옷도 어디 숲에서 구른 것처럼 여기저기 구겨지고 엉망이어서는…… 제가 얼마나 걱정했는지는 아세요?"

베시의 울먹거리는 목소리에 정신이 돌아왔다. 나는 그녀를 비롯해 이어서 집사, 알렉스, 그리고 다베리 경을 차례로 다시 보았다. 세 사람은 아무런 말이 없었지만 표정은 다들 비슷했다. 베시가 대표로 말을 전하고 있을 뿐, 심정은 다 같다는 거겠지.

나는 무겁게 입을 열었다.

"……미안해."

"정말 왜 그러셨던 거예요?"

"……미안."

"저는요, 다른 걸 다 떠나서 아가씨가 혹여 바깥에서 잘못되실까 봐 얼마나……."

"잘못했어."

결국 나는 뒷말을 잇지 못하는 베시를 끌어안았다. 나는 이 사람들에게는 입이 열 개라도 할 말이 없었다. 알고 있었다. 내 선택이 이들에게 얼마나 이기적인 것이었는지.

내가 그렇게 사라지면 분명 이토록 슬퍼하고 걱정할 사람들이라는 걸 알았는데, 그걸 알면서도 나는 당장 나만 생각했다. 그저 두렵고 또 두려운 내 불행을 피하는 것이 다른 무엇보다 중요했다. 가장 미안하고 마음이 아픈 건 만약 기억을 잃은 채 똑같은 상황에 놓이게 된다면 나는 또 같은 선택을 할 거라는 거다.

"정말 미안해."

진심을 담아서 조그맣게 중얼거렸다. 작은 소리였지만 안 들리지는 않았을 거다. 나 외에는 다들 아무 말도 하고 있지 않았으니까. 베시는 내 품에서 빠져나갔다. 그녀가 손등으로 뺨을 훔치자 알렉스가 기다렸다는 듯 손수건을 내미는 것이 보였다.

"아가씨께 드릴 이야기도, 팽, 들을 이야기도 산더미지만, 지금은 잠시 양보할게요."

"양보?"

"저희보다 먼저 말씀 나눠야 할 분이 계실 테니까요."

나는 이내 베시가 무슨 말을 하는 것인지 알 수 있었다. 자리에서 몸을 일으킨 그녀 뒤로 순간 가슴을 내려앉게 만드는 얼굴이 보였으니까.

"자, 우린 나가요. 두 분만 있게 해드리자고요."

베시는 행동이 빨랐다. 그녀는 붙잡을 새도 없이 순식간에 방에 있던 인원을 전부 데리고 나가 버렸다. 문이 닫히는 소리가 들렸다. 문 가까이 서 있던 에시가 내 쪽으로 천천히 걸음을 옮겼다.

심장이 두근거렸다. 나도 모르게 손에 잡히는 이불을 움켜쥐었다.

'어디까지…… 대체 어디까지가 꿈이 아닌 걸까?'

발목의 상태를 봐서 숲적 무리와 마주쳐 이리저리 고생했던 것까진 틀림없이 사실이다. 이렇게 저택에 돌아와 있는 것을 보니 암흑가 조직원에게 붙잡혔던 것도 현실인 것 같고.

그렇지만 그 이후는? 그다음에 내게 있었던 일들도…… 전부 꿈이 아닐까?

"괜찮아?"

움찔 고개를 들었다. 에시는 침대에 걸터앉아 있었다. 가까워진 얼굴에 심장 소리가 한층 또렷하게 들렸다. 적막한 와중이라 괜히 더 크게 들리는 것 같았다. 나는 괜히 마른침을 넘기고 입을 열었다.

"……뭐가?"

"발목. 아프지 않아?"

나는 그 말에 내 발치로 눈길을 주었다. 이불을 끌어당겨 올리자 짐작했던 대로 붕대에 감긴 오른쪽 발목이 드러났다.

"……응, 괜찮아."

빈말은 아니었다. 이전과 비교하면 발목에서 느껴지는 통증이 확연히 줄어 있었다. 움직이면 조금 욱신거리긴 하지만 이 정도야 참을 만했다. 난 드러난 발가락을 꼼지락거리다가 이내 이불을 도로 내려서 덮었다. 에시의 조용한 시선이 내 맨발에 머무르는 것이 이유 없이 부끄럽게 느껴졌다.

"다행이네."

기분 탓인지 에시의 눈은 내 발치에 좀 더 머무르다가 되돌아왔다.

"몸은 좀 어때? 발목 말고, 다른 곳이 불편하다거나 그러지는 않아?"

"아, 응. 다 괜찮아."

잠을 잘 잤는지 오히려 몸은 전체적으로 개운했다. 잠들기 전에 느꼈던 열감도 지금은 없었다. 나는 내가 잠들어 있는 동안 닥터가 고생 좀 했겠다고 농담조로 덧붙일까 하다가 그만두었다. 어쨌든 저택을 몰래 빠져나가 도망치려다가 붙잡혀 온 이 상황이 그리 자랑할 것은 아니었으니까.

농담이나 하고 있기에는, 음, 역시 조금 그렇지. 나는 할 짓 없는 사람처럼 공연히 침대보를 만지작거렸다.

방 안에 정적이 내려앉았다. 혼자 어색해서 비스듬히 내려두었던 시선을 슬쩍 다시 들었다. 에시와 눈이 마주쳤다.

에시는 아무런 말도 없이 가만히 나를 응시하고 있었다. 고요한 눈동자에 순간 가슴이 덜컹했다. 심장 박동이 빨라졌다. 나는 의미 없이 침대보를 괴롭히던 것을 그만두고 생각했다.

'꿈…… 이었을까?'

내 기억이 어디까지가 실제이고 어디서부터가 허구인지 그 경계를 확신할 수가 없었다. 얼핏 선명해서 전부 현실인 것 같으면서도, 동시에 내 간절한 바람이 만들어낸 착각이 아닐까 싶기도 했다.

나는 한참을 망설인 끝에 마침내 먼저 침묵을 깼다. 말아쥔 손아귀 안으로 손톱이 살갗을 파고들 만큼 용기가 필요한 일이었다.

"에시, 나……."

떨림 때문에 한 호흡 쉬고 말을 이었다.

"혹시 아직 네 누나야?"

말해놓고 과연 적절한 질문이었나 싶었지만, 이미 늦었다. 사실 머릿속은 제법 복잡했다. 묻고 싶은 것을 문장으로 정리하니 꽤 길었다.

숲에서 너를 만나 있었던 일들이 내 꿈이나 망상이 아니라 정말 사실이냐고, 내가 입양아라는 것을 알고 있냐고. 그걸 알면서도 지금 나를 이렇게 대하고 있는 것이 맞냐고.

그 긴 물음을 한 문장으로 축약하려고 애썼더니 대뜸 아직 누나냐는 소리가 튀어나가고 말았다. 적절한지 어떤지 판단하기도 전에 벌써 뱉어버린 말이다. 나는 쿵쿵거리는 가슴을 안고 답을 기다렸다.

긴장 때문인지 속이 울렁였다. 심장 소리가 너무 커서 머리가 다 아픈 것 같았다. 그때 에시가 나를 향해 손을 뻗었다. 순간 이제는 지난 것이 된 어떤 기억이 떠오르면서 어깨가 저도 몰래 움츠러들었다.

그러나 에시의 손이 내 목을 움켜쥐는 일은 없었다. 대신 에시는 내 손을 부드럽게 쥐고 제게 가져갔다. 저항할 생각이 무심결에라도 들지 않을 만큼 다정하고 조심스러운 손길이었다.

나는 멍하니 에시의 행동을 지켜보았다. 그러다 이내 깜짝 놀랄 수밖에 없었다. 에시가 그대로 내 손등에 입을 맞췄으니까. 사고가 짤막하게 정지하는 것 같았다. 온 신경이 즉시 손등으로 쏠렸다.

에시가 천천히 입을 열었다.

"아니."

"……."

"이제 아니야. 앞으로도 쭉 아닐 거고."

나는 움직이는 법을 잊은 사람처럼 경직되었다. 지금 머릿속에 울리는 게 내 심장 소리일까? 그렇다면 내 심장은 곧 터져 버릴지도 몰랐다. 사람의 심장이 이렇게 뛰면 버틸 수 있을 리 없었다.

내 생각을 아는지 모르는지 에시가 내 손을 놓아주지 않은 채 말을 이었다.

"누님은 어때?"

"으, 응?"

"나는 지금도 누님한테 남동생이야?"

듣기 좋은 목소리가 비현실적으로 귓가에 감겼다.

"아니었으면 좋겠는데."

눈을 감았다가 떴다. 하지만 그렇게 해도 눈앞에 있는 에시는 사라지지 않았다. 보이는 모든 것이 그대로였다. 환영이 아니다. 헛것도 아니고. 진짜였다.

말이 나오지 않았다. 나오더라도 멀쩡한 말 대신 비명이 터질 것 같았다. 나는 말 못 하는 저주에 걸린 어느 비운의 공주처럼 입을 꾹 다물다가 이내 고개를 흔들었다.

너무 세게 흔들었나 싶은 순간 에시가 웃었다. 눈부신 미소였다. 찰나 그걸 보느라 다른 것은 전부 잊고 넋을 놓았을 만큼.

"안심인걸. 만약 그렇다고 하면 뭐라고 해야 하나 고민했는데."

"……."

"뭐, 어차피 그래도 내가 앞으로 누님의 남동생 노릇을 하는 일은 없겠지만."

……그럼? 남동생이 아니면, 뭐?

심장이 정신없이 뛰었다. 상황이 지나치게 꿈 같아서 현실감이 들지 않았다. 이 와중에 여전히 에시에게 잡혀 있는 손이 화끈거리는 것 같았다. 입술이 닿았던 손등은 말할 것도 없었다.

이내 에시가 쥐고 있던 내 손을 가만 놓았다. 그리고 그에 아쉬움을 느낄 새도 없이 차분한 손길로 내 머리카락을 귀 뒤로 넘겨주었다. 재차 움직이는 법을 까먹고 굳어 있으려니 에시가 그런 내 귓가에 조용히 속삭였다.

"밤이 많이 늦었어. 오늘은 이만 좀 더 쉬어."

에시는 그 말을 남기고 방을 나갔다. 하지만 나가기 전 내 머리칼을 넘겨주던 손이 떨어지기 싫어하듯 유독 느리게 움직였던 건 내 착각이 아닐 거다.

"……."

나는 문이 다시 열렸다가 닫히고도 한동안 자리에 망부석처럼 굳어 있었다. 그러다 입을 틀어막고 침대 위로 쓰러졌다.

"……말도 안 돼."

입을 막은 손 틈으로 그 한마디가 겨우 새어 나왔다.

간혹 현실이 꿈보다 더 꿈같을 때가 있다. 지금이 바로 그때가 아닌가 싶었다.

나는 멍하니 아침을 맞이했다. 알고 보니 내가 저택에서 눈을 떴던 건 새벽이 가까워져 오던 야심한 밤중이었다. 방이 밝다고 느꼈던 건 조명 덕분이었던 거다. 그로부터 몇 시간이 지나자 창 바깥으로 동이 텄다. 물론 나는 그때까지 잠들지 않았다. 당연히 더 잘 수가 없었다.

"아가씨, 괜찮으세요?"

"어, 어?"

"왜 이렇게 멍하세요? 혹시 어디가 안 좋으신 건 아니죠?"

세숫물과 뽀얀 수건을 가져다준 베시가 걱정스럽게 말을 걸었다. 나는 그녀의 목소리에 내가 넋을 빼고 있었다는 걸 알았다.

"아니야, 괜찮아."

"숨기시면 안 돼요. 그러시면 저 정말 화낼 테니까요."

“정말 괜찮아. 그, 잠이 좀 덜 깼나 봐. 그것뿐이야.”

나는 아무렇게나 둘러대며 베시에게서 수건을 받아 들었다. 그러고서 미지근한 세숫물에 손을 담그는데, 문득 몇 시간 전에 있었던 일이 머릿속을 점령했다.

“……”

“어머, 아가씨! 뺨은 갑자기 왜 때리세요? 꼬집기는 또 왜 꼬집으시고요!”

“벼, 별거 아냐.”

얼얼한 볼을 문지르곤 얼른 세수를 시작했다. 언뜻 차라리 찬물이었으면 더 좋았겠다는 생각이 들었지만, 베시가 잔소리할 테니 입 밖으로 내지는 않았다.

나는 얼굴에 물을 끼얹으며 지난 몇 시간을 회상했다. 새벽이 지나 동이 틀 때까지 내가 방에서 한 것이라곤 행여 비명이 새지 않도록 입을 틀어막고 미친 사람처럼 침대 위를 굴러다닌 것밖에 없었다. 그러다 탈진하면 멈추고, 기운이 돌아오면 다시 뒹굴고. 밤새 그것만 반복했다. 누가 봤으면 정말로 머리가 어떻게 된 줄 알았을 거다.

하지만 내 딴에는 그럴 수밖에 없었던 이유가 있었다. 그도 그럴 게 워낙 믿기지 않았으니까.

'솔직히 아직도 꿈같아.'

지난밤 에시에게 내가 아직 네 누나냐는 질문을 했을 때, 사실 나는 그렇게 대단한 답을 기대하지는 않았었다. 그냥, 비록 피는 안 섞였지만 긴 세월을 함께 보냈으니 가족이나 다름없다거나, 친누나는 아니더라도 그동안의 정을 봐서 그와 비슷하게는 여기고 있다거나, 뭐 이런 정도가 내가 그렸던 희망적인 대답이었다.

그리고 그렇게만 되더라도 기쁠 거라고 생각했다. 어쨌든 에시에게 경멸당하지 않고, 미움받지도 않는 거니까. 그것만으로도 충분히 안도하고 행복할 거라고 생각했는데.

"아니. 이제 아니야. 앞으로도 쭉 아닐 거고."
"나는 지금도 누님한테 남동생이야?"
"아니었으면 좋겠는데."

물을 끼얹던 손이 멈췄다. 심장이 쿵쿵 뛰었다. 동시에 내 오른쪽
손등에 신경이 남김없이 몰렸다. 나는 다른 손으로 그 부위를 조심스
럽게 감쌌다.

에시가 내 손등에 키스했다. 그러고는 내가 자기에게 더는 누나가 아
니라고 했다. 또 앞으로는 내 남동생 노릇을 하지 않겠다는 선언까지.

그 말과 행동이 결국 뜻하는 바를 모르지 않았다. 모를 수가 없었
다. 어떻게 모를 수가 있을까? 수십, 수백 번은 더 바랐던 일이다. 말
도 안 되는 욕심이라 스스로 비웃으면서도 끝내 마음 한쪽에서 놓지
못했던 기대였다.

그러니 도무지 모를 수 없었고, 알자마자 부정했다. 믿기지 않았다.
허황한 망상이라고만 생각했던 게 덜컥 현실이 된 사람의 기분이 이
럴까? 행복하면서도 현실감이 들지 않았다. 연신 얼떨떨했다.

좀 전부터 걸핏하면 나사 하나 빠진 사람처럼 넋을 놓아버리는 건
다 그것 때문이었다. 나는 멍 때리다 세수하고, 다시 멍 때리다 세수
하면서 끝나지 않을 것 같던 세안을 겨우 마쳤다.

베시는 그런 내 상태가 재차 미심쩍어진 눈치였지만, 잠이 덜 깨서
그렇다는 변명을 믿어줬는지 별말은 하지 않았다. 대신 그녀는 세숫
물을 치운 후 물기를 닦는 내게 다가와 말했다.

"아가씨."
"응?"

베시가 내 손을 잡았다. 오래 일을 해와서 그런지 다소 거칠지만, 따뜻한 손이었다. 전해지는 온기를 느끼고 있을 때 베시가 입을 열었다.

"약조해 주세요. 앞으로 다시는 그러시지 않겠다고."

"……."

"그래주실 거죠?"

눈빛과 목소리에 말문이 막혔다. 그러고 보면, 내가 그 늦은 시각에 눈을 떴을 때까지 베시를 비롯한 여러 사람이 잠들지 않고 있었다. 어떤 마음이었을까. 야속한 내가 깨어나기를 그렇게 밤이 깊도록 기다리면서.

가슴 한구석에 자리 잡고 있던 미안함이 크기를 불렸다. 나는 고개를 끄덕였다. 그리고 그걸로는 모자라지 싶어 제자리에서 손 들고 맹세도 하고, 베시와 새끼손가락도 걸었다. 베시는 내 적극적인 태도에 눈을 동그랗게 떴다가 이어서 가늘게 좁혔다.

"왜?"

"장난치시는 거 아니죠?"

"아니야, 그런 거."

잘한 것도 없으면서 이 마당에 왜 장난을 친담. 그 정도로 인성이 바닥이진 않았다. 나는 엄숙한 표정으로 재차 손가락을 걸었다. 꾹꾹.

"약속해. 정말로 다신 안 그럴 거야. 무슨 일이 있어도 그런 식으로 저택을 떠나지 않을게."

"……약속하신 거예요."

"응."

베시는 이번만 봐주겠다는 시으로 말하며 손가락을 풀었다. 나는 베시를 가만 응시하다가 물었다.

"다시 안 물어봐?"

"뭘요?"

"내가 왜 그랬었는지……."

나는 단단히 추궁당할 것을 내심 각오하고 있었다. 뭐라고 설명해야 할지, 만약 털어놓는다면 어디까지 털어놓는 게 좋을지 새벽에 정신없는 와중 고민하기도 했다.

하지만 베시는 내 생각과는 달리 그 주제를 다시 언급하지 않아서 결국 내가 먼저 꺼냈다. 베시는 가볍게 한숨을 내쉬었다.

"몰라요. 아가씨만의 사정이 있으셨겠죠."

"그게 다야?"

"그럼요? 바른대로 낱낱이 실토하시기 전까진 여기서 한 발자국도 못 움직인다고 닦달이라도 할까요? 뭐, 솔직히 아까는 그럴 마음이 없었던 것도 아니지만."

베시는 내게서 수건을 가져가 내가 놓친 얼굴의 물기를 꼼꼼하게 닦아주었다.

"어차피 이제 다시는 안 그러겠다고 약속하셨잖아요. 그러면 됐어요. 저는."

"……."

"물론 지금 말씀해 주시겠다면 당연히 듣겠지만."

"아냐, 마음의 준비가 필요한 일이니까 나중에 할게."

"그럼 그러세요. 참, 혹시라도 어디가 안 좋으신 것 같으면 참지 마시고 바로 얘기하셔야 해요. 이것도 약속이에요."

"알겠어."

그러더니 베시는 주방장을 쥐어짜 근사한 아침을 차리겠다고 하곤 방에서 나갔다. 나는 홀로 남아 눈을 깜박이다가 그대로 뒤로 넘어갔다. 푹신한 침대의 감촉이 등을 감쌌다.

'……말하긴 해야겠지.'

굳이 베시 한 명으로 한정할 것이 아니라, 저택의 모든 사람에게 말이다. 내가 실은 이 집안의 핏줄이 아니라고. 이건 집사와 베시는 이미 아는 사실이지만. 그, 그리고 에시와 내 관계가 앞으로는 좀 달라질지도 모른다고.

나는 누운 채로 상상의 나래를 펼치다 곧이어 또 침대를 굴러다녔다. 아, 미치겠네. 심장아. 제발 가만히 좀 있어라. 하여간 아까부터 툭하면 심장이 남아나질 않았다. 현실감이 없다고 해놓고도 벌써부터 이러면 나중에는 뭐 어쩌겠다는 소린지.

그렇게 시트 위를 구르는 그때, 문득 침대 근처에 놓인 짐 가방이 눈에 들어왔다. 나는 움직임을 뚝 멈췄다. 저 가방은…….

'저게 여기에 있다니?'

에시가 나를 옮기면서 같이 가져와 준 건가? 그러고 보니 의식이 사라지기 직전까지 저 짐 가방을 손에서 놓은 기억이 없었다. 에시한테 안겨 축 늘어지면서까지 애지중지 쥐고 있었나…….

음, 챙겨줬을 만도 하네. 그런 생각을 하다가 이윽고 벌떡 몸을 일으켰다. 가방을 보자마자 생각나는 것이 있었다.

'매혹의 천.'

숲에서 겪었던 일이 모두 꿈이 아니라 현실이라는 건 이제 확실해졌다. 그렇다면 그때 숲에서 저 가방에 든 매혹의 천이 셀 수 없을 만큼 많은 수의 몬스터를 불러 모았던 것도 사실이라는 말이었다.

'아직은 추측일 뿐이지만.'

하지만 정황상 매혹의 천이었음이 틀림없다. 그도 그럴 것이, 아무리 봐도 가방에 든 다른 물건을 의심하기란 어려웠으니까. 생각해 봐라. 1 \친반이 몬스터를 불러 모았을까? 혹은 하녀복? 아니면 가짜 신분증?

'말이 되나…….'

그나마 매혹의 천이 가장 말이 된다. 역시 가장 그럴듯한 건 매혹의 천이었다. 나는 가방을 가져와 열었다. 잡동사니 사이에서 확연한 존재감을 발하고 있는 연푸른색 천이 기분을 복잡하게 만들었다.

'확인을 해볼 수 있다면 좋을 텐데.'

확인하는 방법이야 간단하다. 몇 마리든 몬스터가 있는 곳에 매혹의 천을 가지고 가보면 된다.

'그렇지만 말이 쉽지, 몬스터가 무슨 동네 개도 아니고. 나도 이 세계에서 머리털 나고 그날 처음 봤을 정도인데.'

몬스터는 보통 사람은 평생이 가도 보기 힘든 희귀한 생명체였다. 물론 남부에 사는 사람은 제외하고 말이다. 거긴 몬스터 대습격 때문에 몇 년에 한 번씩은 보기 싫어도 꼭 몬스터를 봐야 하니까.

그러고 보면 남부의 숲은 그 수가 얼마나 되는지도 모를 몬스터 때문에 본래 이름 대신 몬스터의 둥지라고도 불렸다.

'그곳에 가서 확인해 본다면 정말 확실하게 알 수 있을 텐데.'

물론 여기선 거리도 너무 먼 데다 위험해서 현실적으로는 시도하기 힘들겠지만. 차라리 실험을 하려면 남부의 숲보다는 최근에 몬스터를 마주쳤던 그 북쪽 숲이…….

'가만.'

나는 거기까지 생각하다가 일순 멈칫했다. 남부의 숲?

'뭔가 잊고 있는 것 같은…… 몬스터 토벌!'

생각났다. 나는 튕기듯 가방을 놓고 자리에서 일어섰다. 에시 얘, 토벌은 대체 어떻게 하고 온 거야? 여기서 남부까지 거리를 생각하면 절대 벌써 마무리하고 왔을 리가 없다.

'설마 내팽개치고…….'

뒤늦게 깨달은 사실에 당황스러워져 바삐 침대를 벗어났다. 곧장 에시에게 가려고 방문을 벌컥 열고 나왔는데, 복도에서 미처 예상하지 못했던 얼굴과 마주쳤다.

"아가씨."

나는 상대의 침착한 중저음에 약간 뜸을 들이다 입을 열었다.

"……경."

미묘한 불편함에 표정이 절로 어색해졌다.

"어디 가십니까?"

나는 갑자기 갈 곳을 잃은 양 뻘쭘해진 두 손으로 등 뒤의 방문을 얌전히 닫았다. 그러곤 시선을 다베리 경이 아닌 허공 어딘가쯤에 모호하게 두고 대답했다.

"그게…… 에시한테요."

다베리 경을 똑바로 쳐다보는 일이 쉽지 않았다. 이유는 다름이 아니라―

'지은 죄가 있으니까…….'

저택을 빠져나오기 전, 나는 다베리 경을 떼어내겠답시고 그에게 가짜 심부름을 시켜 멀리 내보냈었다. 그러고서 처음 제대로 얼굴을 마주하는 거였다. 어젯밤에도 보긴 했지만 그때는 사람도 많고 워낙 잠깐이었으니까.

이 상황에 양심의 가책으로 괴롭고 민망하지 않다면 그건 사람이 아닐 거다. 마음속 죄책감은 아주 신이 나서 나를 쥐어 패고 있었다.

'살살 좀 패라.'

내가 죄인의 심경으로 자기 눈을 열심히 피하고 있다는 걸 아는지 모르는지 경이 말을 이었다.

"그러시군요. 그럼 모셔다드리겠습니다."

"안 그래도 되는데요?"

화들짝 놀라 외쳤다. 이 거북하고 고통스럽기 그지없는 마음의 가책을 안고 복도를 쭉 걸을 생각에 나도 모르게 목소리가 높아졌다. 아, 근데 너무 크게 말했나. 나는 변명하듯 덧붙였다.

"그러니까 내 말은, 음, 경을 성가시게 하고 싶지 않아서요."

"별로 성가시지 않습니다."

"아니에요. 성가셔요. 사람이 굳이 하지 않아도 되는 일을 하면서 안 성가실 수는 없어요."

"하지 않아도 되는 일이라뇨."

경이 나를 빤히 보면서—눈을 피하고 있는 와중에도 시선이 느껴졌다—말을 정정했다.

"이 일이야말로 제 본분인데요. 그렇지 않습니까? 언제 어디서든 아가씨를 보필하는 것."

"……."

"비록 정성이 부족했던지 중요한 순간에 버림받았지만."

'으악! 안 돼!'

다베리 경의 마지막 말에 내적 비명이 터졌다. 나는 손을 앞으로 내밀어 급히 저었다.

"아니에요! 정성이 부족했던 게 아니라 오히려 너무 넘쳐서…… 그러니까 경이 일을 너무 열심히 하다 보니까…… 그게……."

내가 들어도 뭐라는지 모를 횡설수설은 결국 한마디로 정리되었다.

"……미안해요."

그래, 이것 말고 나한테 무슨 할 말이 있겠어. 나는 풀 죽은 목소리로 이어 붙였다.

"내가 잘못했어요."

"사과를 들으려고 한 말은 아니었는데요."

'거짓말.'

버림받았니 어쩌니 했으면서. 하지만 잘한 게 없는 입장이었으므로 나는 반박을 삼켰다. 다베리 경은 그런 내 속을 읽은 사람처럼 말했다.

"정말입니다. 저는 아가씨께서 제게 뭔가를 잘못하셨다고는 전혀 생각하지 않습니다."

"……."

"스위트 젠틀 쿠킹 보이는 생각보다 몹시 찾기 힘든 곳에 있었고, 기껏 구해 온 머랭 쿠키는 전해 드리지도 못한 채 속았다는 사실만 깨닫고 충격과 비탄에 빠져야 했지만, 어디에도 아가씨의 책임은 없다고 생각합니다."

"차라리 대놓고 욕해요."

그러는 편이 훨씬 마음이 편할 것 같았다. 다베리 경은 내 진솔한 목소리를 듣더니 이윽고 바람 빠지는 듯한 웃음소리를 냈다.

"장난입니다. 저는 정말로 괜찮습니다. 그러니 그것 때문에 더 마음 쓰지 않으셔도 됩니다."

"……."

"일단 여기 서서 계속 이럴 것이 아니라 가신다던 곳까지 데려다 드리겠습니다. 참, 발목은 괜찮으십니까?"

혹시 걷기 불편하면 부축해 주겠다고 다베리 경이 말했다. 나는 붕대가 단단히 감긴 내 오른쪽 발목을 흘긋 내려다보았다가 고개를 흔들었다.

"천천히만 걸으면 문제없어요."

"그럼 보폭을 맞추겠습니다."

"……고마워요. 그런데 경."

다베리 경이 앞장서려다가 나를 돌아보았다. 나는 머뭇거리다가 말을 꺼냈다.

"화 안 났어요?"

"화가 나야 합니까?"

"이니, 그게…… 이렇게 보면 내가 경을 농락한…… 선데."

마땅한 단어를 찾으려고 고심했으나 결국 튀어나간 게 저따위였다.

내게 농락당한 남자 다베리 경은 재차 피식 웃었다.

"부잣집 아가씨가 자유롭게 움직이려고 호위 기사를 따돌리는 건 어느 서사에서나 흔한 대목이죠. 그처럼 생각하면 이해는 됩니다. 솔직히 따돌린다고 순순히 따돌려진 쪽이 모자란 게 아닌가 싶고."

"그렇게 말하지 마요. 더 미안해지니까."

"그런 의도는 아니었습니다. 요지는 제게 아가씨를 탓할 마음이 없다는 거죠. 그렇게 생각해 주세요."

진담이라는 걸 알 수 있었다. 나는 귀에 꽂히는 다베리 경의 차분하고 잔잔한 목소리를 가만 듣다가 자리에서 걸음을 뗐다. 그러면서 말했다.

"다베리 경…… 보기보다 마음이 넓네요."

"'보기보다'를 빼주신다면 더 좋을 것 같은데요."

"그건 힘들어요. 내가 이래 봬도 솔직한 사람이라."

"번복하겠습니다. 아가씨가 좀 미워진 것 같습니다."

발걸음이 가벼워졌다. 평소처럼 말장난을 주고받고 나니 미안함에 어색하던 기운이 많이 가셨다. 가볍지만 느린 걸음으로 얼마나 걸었을까. 다베리 경이 문득 운을 뗐다.

"다만 다음번에는……."

"……?"

"비슷한 상황이 다시 온다면, 그때는 저를 데려가 주셨으면 합니다. 아가씨를 따를 테니까요."

비슷한 상황이 다시 오다니, 그런 일은 없을 거다. 이미 다시는 안 그러겠다고 베시와 손가락을 두 번이나 걸고 약조했는걸. 하지만 나는 그렇게 말하는 대신 다른 물음을 입에 올렸다. '따르겠다'는 나베리 경의 말이 뭔가 묘하게 느껴졌기 때문이다.

"다베리 경은 에시의 사람이잖아요."

"그렇죠."

"그런데 나를 따르겠다고요? 내가 에시를 버리고 달아난대도?"

물론 이제 죽었다 깨어나도 그럴 일은 없지만.

"예."

"……"

"말하고 나니 제가 듣기에도 좀 이상하긴 하군요."

"알면서 그런 말을 해요?"

"그러게요. 흠, 아무래도 한동안 아가씨를 모셨더니 이제 아가씨가 제 주인 같은가 봅니다. 저도 제가 이렇게 충의가 약한 인간인 줄은 미처 몰랐습니다."

"뭐예요."

실없는 웃음이 났다. 말도 안 되는 소리란 걸 아니까 더 우습게 들렸다. 에시를 향한 다베리 경의 충성심은 남달랐다. 저택의 모든 사람이 그걸 알았다. 당연히 나도.

에시가 죽으라고 하면 스스로 칼 앞으로 뛰어들 사람이 따르기는 누굴 따른다는 건지. 나는 농담에 대처하는 자세로 가볍게 대답했다.

"뭐, 좋아요. 나도 하도 다베리 경이랑 이곳저곳 돌아다녔더니 경이 내 사람 같으니까."

"……"

"다음에 또 이런 일이 생긴다면 그땐 따돌리지 않고 경을 꼭 데려갈게요. 어때요, 영광이죠?"

다베리 경은 대꾸가 없었다. 일순 내려앉은 정적이 유난히 조용하게 느껴졌다. 뭐야, 기껏 장단 맞췄더니 머쓱하게. 그렇게 생각하는 순간 답이 돌아왔다.

"네, 영광입니다. 진심으로."

다베리 경은 나보다 반걸음 정도 먼저 걷고 있었다. 그래서 내 위치에서는 경의 얼굴이 보이지 않았다.

어떤 표정을 하고 있을까. 문득 그런 궁금증이 스치듯 들었지만, 구태여 확인하자니 또 그럴 정도는 아니라서 나는 미묘한 내적 갈등에 시달렸다. 그러는 사이 다베리 경이 화제를 바꿨다.

"그나저나 무리 없이 걸으시는 것 같아서 다행입니다."

"응? 아, 내 발목 때문에요?"

"네. 통증은 없으십니까?"

"그게 말이죠."

마침 이에 대해서 할 말이 있던 터라 나는 새 주제를 덥석 물었다.

"몇 시간 전만 해도 좀 아팠는데 지금은 정말 괜찮아졌어요. 내가 회복력이 좋은가 봐요."

정말이다. 갓 깨어났을 무렵에는 발목을 당기기만 해도 다소 아릿한 고통이 있었다. 그런데 그로부터 얼마나 지났다고 이제는 조금만 주의하면 걷는 것도 아무렇지 않을 정도였다. 원래 염좌가 이렇게 빨리 낫는 건가? 전생까지 통틀어 내가 뼈는 부러져 봤어도 발목을 제대로 접질린 적은 의외로 없어서 모르겠네.

그때 다베리 경이 고개를 끄덕이면서 말을 받았다.

"신관이 제 역할을 나쁘지 않게 했나 보군요."

"신관이요?"

"각하께서 아가씨와 함께 저택으로 돌아오셨을 때, 웬 신관도 한 명 끌…… 아니, 데리고 오셨었거든요."

끌고 왔구나.

"신관의 신성력은 상처를 호전시키고 대상의 회복력을 증진시키는 효과가 있죠. 다행히 아가씨께 도움이 된 것 같습니다."

"그랬군요."

내가 잠들어 있는 동안 고생한 건 알고 보니 닥터가 아니라 이름 모를 신관이었다. 나는 그가 과연 인도적으로 끌려왔다가 인도적으로 되돌아갔는지 궁금했지만, 굳이 확인하지 않기로 했다.

그 후로는 시시콜콜한 이야기를 몇 마디 더 주고받으면서 걸었다. 그러다 목적지인 에시의 집무실—이 이른 시간부터 에시는 침실이 아닌 집무실에 있을 거라 추측되었다—에 거의 다다랐을 때 갑자기 의문이 떠올랐다.

"참, 오늘 웬일로 집사가 보이지 않더라고요."

창밖으로 아침을 알리는 해가 떴을 때, 나는 사실 마음의 준비를 하고 있었다. 당연히 날이 밝자마자 집사가 지옥의 설교를 한가득 안고 나타날 거라고 생각했으니까.

누군가가 사고를 쳤을 때—대체로 나—다음 날 새벽같이 찾아온 집사가 악마의 설교로 그 사람을 응징하는 건 예전부터 전통처럼 고정된 레퍼토리였다. 더군다나 이번에는 사고를 쳐도 제법 중하게 쳤다.

일전에 밤 축제를 구경하겠다고 몰래 외출했던 일로도 그렇게 혼이 빠져나갈 정도로 잔소리를 들었는데, 무려 작정하고 가출했다가 잡혀 들어온 마당이었으니 무슨 말이 더 필요할까. 이번엔 과연 어떤 죽음의 코스가 기다리고 있을지 상상도 되지 않았다. 그래서 미리 마음을 굳게 먹고 대비하고 있었건만 웬일인지 집사는 아직까지도 내 앞에 모습을 드러내지 않고 있었다. 혹시 늦잠을 자는 걸까? 하긴, 어제 나 때문에 늦게까지 깨어 있었으니까.

가끔 설교 전문 로봇이 아닐까 의심되었던 집사도 사람은 사람이구나 생각하는데, 나와 나란히 걷던 다베리 경이 언뜻 곤란한 얼굴을 했다. ……응?

"지금 그 표정은 무슨 의미일까요, 경?"

"이것 참, 제가 이 사실을 말씀드려도 될지."

"뭔데요?"

뭐길래? 왜? 내가 추궁하자 곧이어 다베리 경이 마지못한 기색으로 입을 열었다.

"집사는 한동안 만나기 어려우실지도 모릅니다."

"왜요? 어디 갔어요?"

"잔뜩 침울한 상태로 처소에 칩거 중이라고 들었습니다."

"네?"

"아무래도 아가씨께서 그처럼 저택을 도망치듯 떠나셨던 이유가 자기 설교 때문이 아니겠냐고……."

"……."

"충격이 컸다는 모양입니다."

'집사!'

그게 아니야! 아니, 근데 생각 외로 자기 잔소리가 어떤 파괴력을 지녔는지 잘 알고 있었구나…… 가 아니라! 아무튼 그건 전혀 아닌데!

"제가 말했다는 건 비밀로 부탁드립니다."

"……."

나는 다베리 경의 당부를 들으면서, 에시를 보고 나면 꼭 집사를 찾아가야겠다고 생각했다.

이번 토벌대를 두고 퍼진 소문은 나도 들어서 알고 있었다. '책임자가 에시인 것을 믿고 실력은 없으면서 공은 세우고 싶은 어중이떠중이가 잔뜩 지원했다'고.

그리고 황실에서는 그 사실을 알면서도 그런 이들을 굳이 걸러내지 않았다. 어차피 나머지는 있으나 마나 한 장식이고 에시가 알아서 다 해줄 거라고 생각했던 거겠지.

다시 말해 이번 토벌대는 토벌대가 아니라 실상 '에시와 삐약삐약 병아리 친구들'이었던 거다. 그런데 에시가 그 병아리를 전부 버렸다!

그것도 길바닥에!

"인솔자를 남겼으니 남부에 무사히 도착하긴 할 거야. 대략 내일이 면 다다르겠네."

에시는 태연하게 말했다. 나는 집무실 응접 테이블을 가운데 두고 앉아 에시의 얼굴을 멀거니 감상하고 있다가 퍼뜩 입을 열었다.

"도착하고 나면 토벌은?"

"알아서 하겠지."

'알아서 못 할 것 같은데.'

병아리들끼리 힘을 좀 합쳤다고 당해내기엔 몬스터는 너무 강력한 존재였다. 전에는 몰랐지만 이젠 안다. 나는 키가 삼 미터나 되던 몬 스터와 그 몬스터에게 용감하게 덤볐다가 머리가 터진 남자를 차례로 떠올린 후 말했다.

"지금이라도 출발하자. 가서 합류해. 조금 늦긴 하겠지만 기별을 보 내서 토벌대에게 기다리라고 하고……."

"누님."

"응?"

에시가 상체를 앞으로 기울였다. 우리 사이의 간격이 줄어들었다. 에시는 그 상태로 턱을 괴곤 나를 지그시 보면서 말을 이었다.

"나를 보내려고?"

"……."

"누님이 없는 곳으로? 안 되는데, 그건."

적당히 낮고 조곤조곤한 목소리가 조용한 집무실 공기를 타고 귓가 에 착 감겼다. 나는 잠시 멍해 있다가 얼른 대꾸했다.

"안심해. 네가 토벌을 끝내고 돌아올 때까지 난 여기 저택에서 한 발자국도 안 나갈……."

……테니까. 나는 말을 다 잇지 못했다. 에시가 손을 뻗어 내 머리

카락을 한 줌 가져갔기 때문이다. 에시의 모양 좋은 손가락 사이로 붉은색 머리카락이 실처럼 흘러내렸다.

"그것도 중요하긴 하지만."

에시는 머리카락이 손아귀에서 전부 흘러내리기 전에 끝을 쥐고 입을 맞췄다. 나는 어딘지 다정하면서도 고혹적인 그 장면을 눈에 담으면서 그대로 굳었다. 말이 이어졌다.

"그보다 누님과 한시도 떨어져 있기 싫어서."

"……."

"누님은 안 그래?"

이…… 이런 거였어? 이런 거야? 남동생 노릇을 그만두겠다는 게 이 뜻이었어? 이, 이렇게 유혹적으로 굴겠다는 선포였던 거야?

그야 어느 정도 예상했던 만큼 그에 맞춰서 각오(?)는 했지만, 막상 당하니 생각보다 더 정신을 차릴 수 없었다.

나는 세기의 미녀에게 유혹당하는 얼간이가 된 기분으로 망부석처럼 뻣뻣하게 굳어 있다가 겨우 입을 움직였다.

"그, 그건 당연히 나도 그렇지만…… 내 말은, 그래도 그냥 놔두면 그 사람들이 다 죽을지도 모르니까……."

아니, 가만. 나는 에시에게 백날 말해도 소용없을 생명의 소중함 어쩌고 하는 부질없는 이야기를 하려다가 별안간 멈칫했다. 순간 머릿속에 번뜩 떠오른 생각이 있었다. 나는 냅다 외쳤다.

"같이 가자!"

"뭐?"

"나랑 같이 가, 남부에."

왜 이게 지금 떠올랐지? 나는 어차피 남부에 가야 한다. 아니, 꼭 가야 하는 건 아니지만 가면 좋았다.

'매혹의 천의 효과를 확인해 볼 수 있으니까.'

이거야말로 도랑 치고 가재 잡고, 진정한 일석이조의 끝이라고 볼 수 있었다. 가련한 병아리들도 살리고, 내 목적도 이루는.

"어때?"

에시는 내 갑작스러운 제안에 잠시 생각하는 것 같더니 이내 시선을 아래로 내렸다.

"그 발목으로?"

"아, 이건……."

멀쩡하다고 답하려다가 그건 좀 오버인가 싶어 말끝을 늘였다. 음, 확실히 아직 멀쩡하다는 표현은 좀 이르긴 하지. 걷는 것도 느리게만 가능하고 말이다. 나는 내심 고민하다가 이윽고 조심스레 말을 이었다.

"……안겨서 이동하는 건?"

"……."

"그, 그러니까 내 말은, 어차피 남부에 가더라도 대부분 너랑 함께 있을 거잖아. 그럼 내 발목 상태가 괜찮다 싶을 때는 내가 알아서 걷고, 만약 조금이라도 아픈 것 같다 할 때는 네가 안아주면…… 어떨…… 까?"

말하면서 급격히 민망해져서 뒷부분에선 목소리가 좀 흔들렸다. 하지만 그것과는 별개로 효과는 좋은 것 같았다.

"흐음."

나는 갈등하기 시작하는 것 같은 에시의 낌새를 살피며 옳다구나 싶어 얼른 떠오르는 대로 이런저런 말을 덧붙였다.

"그리고 남부가 경관이 그렇게 좋대. 조금만 더 내려가면 바다도 볼 수 있고. 토벌은 하려고만 하면 금방 끝낼 수 있지 않아? 그럼 토벌 자체는 일찍 마무리 짓고, 남은 시간은 너랑 나랑 둘이……."

"……."

"여행처럼……."

잠깐만. 이번에야말로 진짜 민망해졌다. 그렇지만 내 민망함과 설득 효과는 이번에도 비례해서 작용한 모양이었다.

"그래."

"……."

"좋아. 같이 가자."

에시의 승낙을 듣는데 어쩐지 얼굴에 열이 오르는 것이 느껴졌다. 원하던 바를 이뤘으니 당연히 성취감이 우선이어야 할 텐데, 왜 부끄러움이 먼저일까.

괜히 뭐가 묻어서 닦는 척 손등으로 뺨을 쓸었다. 손등에 열기가 묻어났다.

'여행…….'

일석이조는 이렇게 일석삼조가 되었다.

남부로 내려갈 준비는 지체할 것 없이 빠르게 이루어졌다. 그리고 나는 그 과정에서 에시가 그날 북쪽 숲에 어떻게 그토록 빨리 나타날 수 있었는지 알았다. 비결은 바로 착취였다.

'그것도 무려 마법사를 착취했다니.'

에시가 며칠이나 되는 거리를 고작 하루 만에 이동하면서 사용한 방법은 간단했다.

하나. 마을을 이 잡듯이 뒤져서 마법사를 찾아낸다.

둘. 마법사에게 다음 마을까지 이동 마법을 쓰게 한다.

셋. 다음 마을에 도착해서 위의 과정을 반복한다.

그러다 보면, 짜잔! 어느새 목적지 도착!

'……말이 쉽지.'

나는 기막혀서 한숨을 삼켰다. 이렇게 정리해 놓으니 얼핏 정말 간단해 보이지만, 실상을 파헤치면 전혀 그렇지 않았다.

일단 첫 단계부터 문제였다. 전에 말한 적이 있나 모르겠는데, 이 세계에서 마법사란 상당히 귀중한 인력으로 통했다. 이유는 여러 가지가 있지만 그중 핵심만 언급하자면 바로 희소하기 때문이다.

마법사는 생각만큼 길가에 널려 있지 않았다. 제국 전체를 놓고 봐도 그들의 숫자는 예상외로 그리 대단한 편이 못 되었다. 거기다 타고난 체질인지 뭔지 대개 사람과 어울리지 않고 숨어 지내는 걸 좋아했다.

이게 뭘 의미하냐? 그렇다. 찾기 힘들다는 말이다. 내가 여태 이 세계에서 살아오면서 마법사가 마법 쓰는 걸 구경해 본 경험이 손에 꼽는 데에는—전에 영지에서 본 것이 처음이었다—다 그런 배경이 있었던 거다.

뭐, 그래도 이처럼 눈에 안 띄게 꼭꼭 숨어 있는 마법사를 어떻게든 잘 찾아냈다고 치자. 문제는 또 있었다. 사실 이다음이 더 큰 문제다.

세간에 알려지기로 마법사란 이들은 기본적으로 콧대가 굉장히 높았다. 무슨 말이냐면, 황금을 안겨준대도 자기가 마음에 들지 않는 의뢰라면 뒤도 안 돌아보고 거절하기 일쑤라는 말이다. 과거 있는 것이라고 돈뿐인 대부호 돈마니서가 저택 한 채를 살 수 있는 금액을 의뢰비로 내걸고도 문전박대를 당했던 일은 이미 모르는 사람이 없는 일화였다.

그런데 그런 마법사에게 이동 마법을 쓰게 한다고? 여기서 이해를 돕기 위해 설명을 한 가지 추가하면, 이동 마법은 마법사들이 공통으로 꼽는 기피 마법 영광의 1순위였다.

이유는 다수하다 힘드니까. 이동 마법은 수많은 마법 중에서도 유난히 까다롭고 고된 마법으로 정평이 나 있었다. 나야 관련 전공자가 아니니 자세히는 모르지만, 어쨌든 듣기로는 쓰고 나면 너무 힘들어서 갓 태어난 사슴처럼 다리가 후들거리게 되는 공포의 난이도라는 모양이다.

'더러는 후들거리기도 전에 그냥 뻗어버리거나.'

즉 어지간한 마법사는 절대, 절대 자진해서 쓸 만한 마법이 아니라는 뜻 되겠다. 결국, 마을에 숨어 있는 마법사들을 찾아내서 그 마법사에게 강제로 이동 마법을 쓰게 하는 과정을 거쳤다는 건데.

'음……'

나는 에시가 마을에서 마을로 이동하며 마법사를 착취하는 일련의 경로에서 과연 어떤 협박과 협박, 그리고 협박이 있었을까 상상해 보다가 이내 그만두었다. 뭘 생각하든 꼭 그 이상일 것만 같아서는 아니다.

'아무튼, 정말이지 그런 방법이었다니.'

아니, 뭐랄까…… 따지고 보면 인도적인 관점에서야 어찌 됐든 상관없이 효율적인 수단이었기는 한데. 다 떠나서 저런 게 가능했다는 것 자체가 참 신기할 따름이었다. 말 그대로 에시라서 할 수 있었던 방법이 아닐까 싶고.

참고로 에시는 잠든 나를 데리고 숲에서 저택으로 이동하는 일에도 같은 수법을 썼다고 들었다. 어쩐지 내가 이틀이나 잠들었던 것 같지는 않은데 눈떠보니 저택이었던 게 의아하더라니.

'사람이 두 명이면 두 배로 힘들었겠지. 늦었지만 묵념합니다.'

부디 살아 있기를…… 혹은 아니더라도 좋은 곳으로 갔길…….

그렇게 마음속으로 얼굴도 모르는 마법사들을 위해 기도하고 있는데 준비가 끝났는지 맑은 목소리가 들렸다.

"다 됐어요!"

나는 기도를 그만두고 시선을 돌렸다.

"다 됐다고요?"

"네, 준비 끝났어요. 이제 출발하시면 돼요."

나는 마법사의 목소리를 들으며 바닥을 내려다보았다. 바닥에는 한 눈에도 몹시 복잡한 원형 마법진이 그려져 있었다. 알렉스가 대화를 들곤 에시를 부르러 간 사이 마법사가 손목을 꺾으며 중얼거렸다.

"후우, 두 사람을 데리고 이만한 거리를 이동해 보는 건 처음인데…… 잘할 수 있을지……."

"……."

"아, 공녀님. 염려 마세요. 이래 봬도 제가 천재 마법사잖아요."

마법사는 나를 향해 안심하라는 듯 빙긋 웃어 보였다. 포근한 주황색 노을을 담은 눈이 반달로 휘었다.

지금 이게 무슨 상황이냐고? 설명하자면 길지만 일단 축약해 주겠다. 바로 남부로 내려가기 위한 이동 수단으로 예의 마법사가 사용되려는 상황이랄까. 그것도 심지어 내가 아는 마법사가 말이다.

나는 황태자의 사람이자 최근 북쪽 마을에서 내게 역용 마법을 걸어주었던 그녀를 보며 속삭였다.

"왜 온 거예요?"

"왜 오긴요, 마법사를 구한다는 방을 보고 왔죠."

"그걸 묻는 게 아니라는 걸 알잖아요."

에시와 내가 함께 남부로 내려가는 것이 결정된 후, 에시는 남부까지 이동 마법을 통해 움직이자고 말했다. 그리고 내가 그것이 곧 생면부지의 마법사를 착취하자는 소리의 다른 표현이라는 것을 알게 된 것은 그로부터 조금 뒤였다.

당연히 깜짝 놀라 일단 반대했지만, 에시는 에시대로 물러설 의사가 없어 보였다. 아마 며칠씩 마차를 타기에는 내 발목이나 체력 등이 걱정되어서 그랬을 것 같기는 하지만……. 크흠.

어쨌든 에시가 완고하니 나로서도 더 안 된다고 할 수가 없어서, 대신 타협안을 꺼냈다. 착취할 마법사를 이쪽에서 강제로 찾아내기 전에 먼저 지원자를 받아보자고. 만약 자진해서 하겠다는 사람이 아무도 없으면 그때 가서 직접 선정에 나서자고 말이다.

그렇게 해서 오전 일찍 방을 내걸었는데, 그러고 나서 얼마 지나지도 않아 눈앞의 마법사가 가문으로 찾아온 것이다.

"이동 마법이 얼마나 힘든지는 나도 들어서 알아요. 스스로 한계를 시험하고 싶을 때나 쓰는 마법이라면서요."

솔직히 누구든 한 명쯤 와주면 덜 미안해서 좋을 것 같다고는 생각했지만, 그게 설마 이 사람일 줄은 몰랐다. 대금으로 꽤 큰 액수를 기재하긴 했지만 그게 황궁 소속으로 일할 만큼 유능한 천재 마법사를 솔깃하게 했을 것 같지는 않은데.

으음, 뭐라고 할까, 일단 아무나 오면 된다는 심정으로 내건 방이긴한데 막상 아는 얼굴이 나타나니 기분이 묘하게 복잡했다. 기왕 착취할 거라면 그래도 모르는 사람이 마음의 가책이 조금은…… 아니, 잠깐만. 내 인성 무슨 일이야.

그때 마법사가 대꾸했다.

"뭐, 그렇게 알려져 있기는 하죠. 잘 아시네요, 공녀님."

"그러니까요. 정말 한계를 시험해 보고 싶어서 온 거예요?"

"아뇨."

마법사는 소리 내서 옅게 웃고는 말을 이었다.

"그럴 리가요. 널린 둔재나 범재와는 달리 저는 굳이 미련하게 확인하지 않아도 제 한계를 누구보다 잘 안답니다."

뭔가 얄미운 발언을 들은 것 같지만 공인된 천재가 하는 말이니 넘어갔다.

"그럼 왜……."

"공녀님."

"……?"

"고백할 것이 있어요."

그러더니 뒤따른 말은 정말로 고백이었다.

"저, 사실 공녀님을 미행했어요."

"네?"

뭐라고?

"그때 북쪽 마을에서 우연히 마주쳐 공녀님께 마법을 걸어드렸던 날 말이에요. 그리고서 몰래 공녀님을 뒤쫓았었어요."

그녀는 차분한 목소리로 충격 고백을 이어갔다.

"공녀님께서 북쪽 숲으로 향하시려는 걸 조금 뒤늦게 눈치챘거든요. 음, 제가 공녀님을 도와드렸던 건 공녀님의 도망이 약간 연장되었으면 하는 의도였지, 공녀님께서 위험에 처했으면 하는 게 아니었어요."

그래서 그녀는 나를 뒤따랐다고 한다. 광활한 숲은 혹시 모를 위협이 존재하기에 썩 모자라지 않은 장소였으니까. 만에 하나 내가 목숨이 간당간당한 위기에 처하면 나타나서 구해주려고 했다고. 나는 할 말을 잃었다.

아니, 그럼 그때 나는 도대체 몇 명한테 미행당하고 있었던 거야?

"그러다가 도중에 저 말고도 다른 미행이 따라붙었다는 걸 알게 되었고…… 아, 혹시 말씀드렸던가요? 제가 유달리 눈치가 좋아서요. 눈치로 대략 그들과 공녀님의 관계를 짐작했어요."

"……."

"그러니 저는 이만 슬슬 빠져도 되겠거니 싶었죠. 그 결정을 내리고 몸을 돌린 게 숲 안에 있을 때였는데……."

마법사는 그쯤에서 콧잔등을 실룩거렸다. 지금 다시 생각해도 퍽 당혹스럽다는 듯

"숲을 빠져나가기 직전, 웬 몬스터가 갑자기 몰려드는 것이 보이더라고요. 그것도 공녀님이 계신 방향으로."

그녀는 한숨을 내뱉었다. 당시의 심경을 회상했는지 복잡함이 묻어

나는 숨이었다.

"어마어마한 숫자였죠. 깜짝 놀랐고, 동시에 대단히 당황스러웠어요. 아무리 제가 동시대에 두 명 나오기 힘든 눈부신 천재 마법사라지만 그 정도 몬스터를 상대로 공녀님을 무사히 구출할 수 있을지는 확신이 안 섰거든요."

중간에 뭔가 눈에 띄는 자화자찬이 있었던 것 같지만, 어쨌든 그녀의 이야기는 계속해서 물 흐르듯 이어졌다.

"이걸 어쩌면 좋나, 일단 뛰어들기라도 해봐야 하나 그렇게 생각하면서 고민하는데, 그때였어요."

"……?"

"근처에서 난데없이 마나의 파동이 느껴지더니, 공간을 찢고 공작각하께서 나타난 건."

두근. 심장이 나도 모르게 반응했다. 고작 에시가 이야기에 언급된 것뿐인데 말이다. 무심결에 이전보다 귀를 기울였더니 다음 말이 따라붙었다.

"가만 보니 웬 걸레가 된 마법사를 한 명 데리고 나타나셨더군요."

'걸레.'

"그러곤 나타나자마자 마법사는 내던지고 몬스터를 도륙하기 시작했어요. 살벌하게."

나는 거기까지 들은 후 문득 입을 열었다. 그녀가 하고자 하는 말의 요지가 이것인가 싶었기 때문이다.

"그럼 오늘 여기에 온 건…… 혹시 에시 때문이라는 거예요?"

역용 마법으로 나를 도와주었다는 사실이 밝혀지면 에시 손에 죽을까 봐? 그래서 미리 찾아와 나를 도와주고 비밀 유지를 부탁하려고?

꽤 그럴듯한 가정이라고 생각할 때 마법사의 목소리가 들렸다.

"미안해서요."

"……네?"

갑자기 무슨 소리인가 싶어 그녀를 보았다. 마법사가 재차 말했다.

"내가 어쩌면 한 사람을 망가뜨릴 수도 있었다는 게 미안해서. 그것 때문에 왔어요."

나는 눈을 깜박였다. 마법사의 발언에는 설명이 필요한 부분이 있었다.

'망가뜨리다니?'

위의 이야기에서 망가졌다고 할 만한 건 걸레가 된 이름 모를 마법사가 유일한 것 같은데……. 의문에 사로잡혀 있으려니 그런 내 머릿속을 읽기라도 한 듯 마법사가 부연했다. 희미한 미소를 덧그린 채로.

"간단한 얘기예요. 저는 눈치가 비상하다고 해도 좋을 정도로 뛰어나고, 그 덕에 단지 보기만 해도 알 수 있는 것이 꽤 많아요."

그때 마침 에시를 부르러 갔던 알렉스가 돌아오는 것이 보였다. 저택 현관을 열고 나오는 알렉스의 뒤로 익숙하고, 반갑고, 동시에 가슴을 설레게 하는 얼굴이 자연스럽게 내 시선을 사로잡았다.

"기억하시나요, 공녀님? 제가 공녀님께 역용 마법을 걸어드리면서 했던 말."

"……?"

마법사에게 눈길을 되돌렸다. 그녀의 목소리는 속삭이듯 낮아졌다. 덕분에 이어진 말은 오직 내 귀에만 들렸다.

"심술이라고 했었죠. 공녀님을 도와드리는 이유가."

"……."

"하지만 사실 심술을 부리기에는 너무 절박하고 깊은 마음이었던 거예요."

"……."

"고작 이대로 잃을지도 모른다는 가정 하나만으로도 한 사람을 둘러싼 세계가 통째로 흔들리고, 차츰 붕괴할 만큼."

마법사의 이야기는 얼핏 수수께끼처럼 들렸다. 추상적인 서술을 담고 있어서 그런지 당장은 그녀의 말을 전부 이해하는 것이 일종의 과제처럼 느껴졌다. 하지만 그래도 이 와중에 한 가지는 바로 알 수 있었다.

'에시의 이야기구나.'

그녀는 지금 에시를 대상으로 말하고 있었다.

"그 정도 마음이었다는 걸 목격하고 나니 유치하게 심술이나 부렸던 제가 부끄러워졌고, 결과가 어쨌든 부채감이 들었고……."

"……."

"그래서 그 가책을 조금이라도 덜 방법을 찾다가 마침 기회를 잡아 여기까지 오게 되었다, 그런 이야기랍니다. 설명 끝."

"누님."

마법사의 말이 끝남과 동시에 내 어깨에 망토가 내려앉았다. 나는 고개를 들었다. 근사한 황금색 눈동자가 나를 내려다보고 있었다. 조금 전까지 자다 나온 것이라고는 전혀 짐작할 수 없을 만큼 잠기운이 보이지 않는 눈이었다.

"깨우지 그랬어. 이렇게 혼자 나와 있을 게 아니라."

에시가 이틀 가까이 잠들지 않은 상태였다는 걸 알고 억지로라도 잠깐이나마 눈을 붙이게 했던 것은 나였다. 나는 고개를 흔들었다. 그러곤 공연히 망토 끝을 매만지며 입을 열었다.

"잠깐 나와 있었던 거야. 인사도 할 겸."

"인사?"

"아, 그러니까…… 이제 곧 우리를 위해 고생해 줄 사람이잖아. 그래서 미리 인사 좀 했어."

그렇게 둘러대고는 마법사를 흘긋 보았다. 그녀는 여전히 미미하게 웃는 낯으로 고개를 숙였다.

"최선을 다해 모시겠습니다."

"아가씨, 잘 다녀오세요!"

그때 멀찍이서 베시의 목소리가 들렸다. 베시는 혹시 모를 마법 발동을 방해하지 않기 위해 먼발치에 선 알렉스의 곁에서 우리를 향해 손수건을 흔들고 있었다. 그리고 그런 베시 옆으로는 묵묵히 고갯짓으로 인사하는 다베리 경과 집사의 모습도 보였다. 문득 그녀의 열렬한 배웅에 웃음이 났다.

베시는 처음 남부로 내려가겠다는 내 말을 듣고 누구보다 가장 격렬하게 반대했던 사람이었다. 그대로 뒤구르기라도 할 기세로 자리에서 펄쩍 뛰었지, 분명. 그래놓고는 에시가 동행할 거라는 추가 정보를 접하자마자 손바닥 뒤집듯 의견을 바꿨던 사람이기도 했다.

하여간, 베시만큼 예나 지금이나 한결같은 태도를 고수하는 사람도 어디 가서 찾기 힘들 거다.

'전에는 그것 때문에 씁쓸하고 울적해진 적도 있었는데.'

하지만 지금은 웃음이 난다. 현실이라는 걸 알면서도 문득문득 의심하게 되는 일이었다.

"그럼 출발하실까요?"

배웅을 받은 후 마법사가 나를 보며 물었다. 나는 고개를 끄덕였다. 출발할 채비는 이미 다 되어 있었다. 아니, 사실상 채비라고 할 것도 딱히 없었다. 어차피 남부에 도착하면 필요한 것은 그곳 영지에서 전부 제공해 줄 거다. 나와 에시야 챙길 거리고는 멀쩡한 몸뿐이었다.

아, 나는 다만 아까 기다리는 동안 아리에게 편지를 한 장 썼다. 혹시 걱정하고 있을지도 모르니까. 당장은 만나러 갈 수 없으니 우선 안심시키려는 뜻에서 근황을 짤막하게 적어 보냈다.

"알겠습니다. 그러면……."

내 고갯짓에 마법사가 지팡이로 마법진 한가운데를 쿡 찍었다. 그러자 마법진을 이루는 복잡한 문양이 중앙에서부터 서서히 빛으로 물들었다. 신비로운 광경이었다. 특히 지팡이를 사용해서 저렇게 하는 것은 지금 처음 봤다.

감상하듯 쳐다보고 있으니 이내 마법사가 말했다.

"두 분께서는 이제 손을 잡아주세요."

"……?"

"혹은 팔짱을 끼셔도 상관없고요. 뭐든 좋으니 신체 접촉만 해주시면 됩니다."

반가운 주문이기는 한데 이유를 모르니 갑작스럽다. 찰나 당황해서 그녀를 멀뚱멀뚱 응시했더니 설명이 뒤따랐다.

"그래야 두 분이 안전하게 같은 곳으로 이동하실 수 있거든요. 왜 그런지 원리는 재미없고 복잡하니 생략할게요."

아하. 이해했다. 그리고 나는 잠시 머뭇거렸다.

'손을 잡으면 되겠지?'

음, 그래. 역시 그게 가장 일반적이겠지. 손을 잡는 것쯤은 이전에도 곧잘 하던 것이다. 솔직히 말하면 별것도 아닌 일이었다. 그런데 무슨 일인지 갑자기 의식이 되는 기분이라 어색하게 주춤하는데, 별안간 에시가 나를 번쩍 안아 올렸다.

"……!"

자동으로 튀어나올 뻔한 비명을 삼키고 앞을 보았다. 안겨 있는 자세라 바로 코앞에 에시의 수려한 턱선이 보였다.

"가지."

에시는 그렇게 나를 안아 들고선 덤덤하게 말했다. 나는 귀까지 새빨갛게 달아올랐다. 내가 내 얼굴을 볼 수 없으니 단언하긴 그렇지만,

아마 틀림없이 그랬을 것이다.

마법사는 일순 한 쌍의 바퀴벌레를 보는 표정이 되었다가 빠르게 안면 근육을 수습했다.

"네, 좋습니다. 그 정도면 절대 이동 도중에 한 사람이 좌표 바깥으로 떨어질 일은 없겠네요. 탁월한 선택이십니다. 그럼 그 상태로 잠시만 움직이지 말아주세요."

뒤이어 마법을 발동하려는지 마법사가 지팡이를 쥔 채로 주문을 외기 시작했다. 나는 그동안 흘끔 다시 에시를 보았다. 반듯하게 뻗은 콧대를 비롯해 꼭 빚어놓은 것 같은 에시의 옆선이 잘 보여도 너무 잘 보였다. 주책맞게 가슴이 뛰었다. 그리고 그 순간 조금 전에 들었던 마법사의 말이 생각났다.

"하지만 사실 심술을 부리기에는 너무 절박하고 깊은 마음이었던 거예요."

"고작 이대로 잃을지도 모른다는 가정 하나만으로도 한 사람을 둘러싼 세계가 통째로 흔들리고, 차츰 붕괴할 만큼."

그건…… 분명 에시를 두고 한 말이었겠지?

느낌상으로도 그랬지만, 맥락을 살펴보더라도 에시가 아니고서는 뜬금없는 내용이었다. 역시 저기서 말하는 '한 사람'은 에시를 가리키는 거겠지.

'그럼 잃을지도 모른다는 건, 그때 상황상 아무래도 나를 의미하는 거겠고.'

결국, 절박하고 깊은 마음이라는 건 나를 향한 에시의 미음을 뜻한 것일 테지.

"……."

심장이 두근거렸다. 거짓말 같은 현실이라는 건 이런 걸까. 너무 행복해서 얼핏 두렵기까지 했다.

"……에시."

"응."

"지금 이거 말이야, 꿈은 아니겠지?"

혹시 이게 전부 신기루일까 봐. 내가 아직 꿈속에 갇혀 있는 것이고, 실은 이것들이 전부 눈 뜨면 사라질 허상일까 봐. 불안하고 두려웠다. 만약 꿈이라면 차라리 영영 깨지 않았으면 좋겠어.

"글쎄. 정확히 뭘 말하는 건지는 모르겠지만……."

에시는 나직한 목소리로 어쩌면 난데없게 들렸을 내 물음에 대답했다. 서로의 간격이 간격이니만큼 숨결이 닿는 것 같았다.

"꿈이어서는 곤란하지. 내가 아쉬우니까."

바로 다음 순간 마법사가 '다 됐다!'는 외침과 함께 지팡이를 살짝 들었다가 쿵 내리찍었다. 동시에 마법진을 감싼 빛이 기둥이 되어 사위를 온통 잡아먹으며 솟아올랐다.

나는 시야를 가리는 빛기둥 속에서 다행이라고 생각했다. 거울을 보기도 민망할 정도로 붉어졌을 얼굴을 가릴 수 있어서.

마법사는 놀랍게도 나와 에시를 남부의 목적지까지 한 번에 이동시켜 주었다. 적어도 중간에 두세 번쯤은 다른 마을을 거치면서 휴식하는 과정이 필요힐 거라고 생각했는데, 아무래도 그녀는 내 짐작보다 훨씬 천재였던 모양이다.

"후후, 최선을 다해 모시겠다고 말씀드렸…… 쿨럭!"

"……!"

다만 그래도 잠시 후유증을 겪는 모습을 보여주었는데, 다행히 피를 토하거나 실신하지는 않고 좀 비틀거리다가 금방 회복했다.

'과연 아무나 황태자의 사람이 될 수 있는 게 아니네.'

내심 감탄스러웠다. 어쨌든 그런 천재 마법사의 자발적인 희생 덕분에 나와 에시는 남부에 늦지 않게 도착했다. 늦지 않은 정도가 아니라 오히려 일찍 왔다. 에시가 길바닥에 버렸다던 병아리 부대……가 아니라 토벌대가 남부의 영지에 도착한 것은 그다음 날이었으니까.

그리고 그 토벌대를 기다리는 하루 동안 나와 에시가 머무른 영주성에서는 작은 해프닝이 한 가지 있었다. 바로 에시를 직접 보자마자 어쩐지 눈이 돌아간 영주가 그날 바로 자기 딸들과 에시의 맞선 자리를 마련하려는 의욕을 불태웠던 것이다.

늦게 본 막내딸까지 포함해서 슬하에 딸만 넷이라는 영주 도터리치 백작은 에시가 영주성에 처음 나타난 이후부터 이글거리는 탐욕의 눈빛을 거두지 않았다. 그 탓에 나는 내심 바짝 긴장하지 않을 수 없었는데, 다행히도 백작의 그러한 야심은 단지 야심에서 그쳤다.

저녁 만찬 도중 남편의 속셈을 알아챈 백작 부인이 그 자리에서 바로 눈에 쌍심지를 켜고 백작을 불같이 족쳤기 때문이다.

내용은 간단했다. 이 인간이 때와 분위기를 가릴 줄 모르고 또 정신 못 차린다고.

'하루 이틀이 아닌가 보군.'

백작 부인은 몬스터로 고통받는 영지민을 구해주러 먼 수도에서부터 내려온 사람을 두고 어디서 그런 사사로운 욕심이나 채울 생각이 먼저 드느냐, 식탁의 주전자가 듣기에도 지극히 타당하고 옳고 깨어 있는 논리로 백작을 무섭게 다그쳤다.

'바로 그거예요.'

결국 밥상머리에서 그처럼 부인에게 혼쭐이 난 백작은 순순히 탐욕을 버리고 얌전해졌다. 별다른 저항이 없었던 걸로 봐서 역시 한두 번 그랬던 것이 아닌 모양이었다.

나는 몰래 안도했다. 그리고 초면인 백작 부인을 향한 내적 친밀감과 호감도를 마음속으로 말없이 올렸다.

그렇게 잠시나마 사람을 긴장하게 했던 짤막한 해프닝이 무사히 지나간 후, 다음 날 오전 늦게 토벌대가 도착했다.

여기서 한 가지 언급하고 싶은 것이 있다면 바로 토벌대가 영지에 도착해서 보여준 반응이다. 나는 그들을 보며 머릿속으로 단 두 단어를 떠올렸다.

지옥과 천국.

토벌대는 누구 할 것 없이 마치 억지로 저승에 끌려가는 망자처럼 다 죽은 낯을 하고는 꾸역꾸역 영주성으로 입장했다. 그리고 그곳에서 에시를 발견하고는 천사라도 본 것처럼 일제히 서로를 얼싸안으며 감격하고 환호했다. 몇몇은 눈물까지 글썽였다. 그야말로 지옥 저편에서 한순간에 천국으로 끌어올려진 것 같은 반응이었다.

나는 그 솔직한 광경에 입을 틀어막았다.

'병아리들……!'

삐약삐약 소리가 들린다면 그것은 환청인가. 여기까지 오는 동안 대체 얼마나 마음고생을 했는지 그들은 하나같이 얼굴이 반쪽이었다. 더러는 반쪽 수준이 아니라 잠시 관에 들어갔다가 탈출한 것처럼 보이는 면면도 있었다.

하긴, 짐작은 했다. 토벌이고 뭐고 그냥 자진해서 목숨을 내놓으러 사지로 직진하는 기분이었겠지. 혼자는 외로우니까 손잡고 다 같이.

'사실 엄밀히 말하면 자업자득이기는 하지만……'

애당초 그들이 제대로 된 실력도 없으면서 의욕과 욕심만 앞서 토벌에 자원하지만 않았어도 그처럼 에시에게 버림받고 벌벌 떠는 일은 없었을 거다. 하지만 그렇다고 해도 저렇게 살았다고 기뻐하는 걸 보니 안쓰럽기는 했다.

'그래, 내가 너희 살렸다.'

나는 생존 파티라도 벌일 것 같은 토벌대를 보며 남모르게 홀로 뿌듯해했다.

토벌은 그들이 도착하고서 거의 바로 시작되었다. 마침 기존에 몬스터를 상대하던 영지 방위대가 막 한계에 다다라 추가 지원이 필요해진 시점이었던 탓이다.

전날 도착한 에시야 그렇다 치고 갓 영지에 발을 들인 토벌대에겐 여독을 풀 시간도 주어지지 않은 가혹한 일정이었지만, 정작 그들은 별다른 불만이 없어 보였다. 뭐가 어쨌든 일단 에시가 함께한다는 것에서 오는 안도와 기쁨이 제일 큰 것 같았다.

그렇게 볼 때마다 괜히 안쓰러움을 불러일으키는 삐약삐약 친구들을 이끌고 에시는 간단한 채비만 마친 뒤 숲으로 향했다.

나는 영주성에 남아 에시를 배웅했다. 잠시 따라갈까 하는 생각이 안 들었던 것은 아니지만 금세 마음을 접었다. 간다고 해봐야 방해만 될 것이 너무 뻔했다. 나들이도 아니고.

'어차피 매혹의 천은 지금보다는 토벌 막바지나 그 이후에나 확인해 볼 계획이니까.'

당장 지금처럼 시끌벅적할 때는 적기가 아니다. 어쨌든 다수의 눈은 피하는 편이 좋으니 말이다. 나중에 토벌도 얼추 마무리되고 한가해지면 에시와 둘이서만 숲에 들어가든가 해야지.

나는 그렇게 생각하며 토벌대가 빠져나가 조용해진 성내에서 찻잔을 기울였다. 기다리는 동안 기루히지 말리는 배려인지 백삭 내외는 내게 간단한 티타임을 준비해 주었다. 그리고 어쩌면 당연한 수순으로 나와 나이대가 얼추 맞는 백작의 딸들이 그 티타임에 함께 어울리게 되었다.

'손님 대접이라는 거겠지.'

이러지 않아도 괜찮은데. 으음.

나는 한 모금 맛을 본 찻잔을 내려놓았다. 영지 특산품이라더니 어쨌든 맛이나 향은 수준급이었다. 맞은편 자리에 앉은 보라색 드레스를 차려입은 여인이 부드럽게 웃으면서 말을 걸었다.

"차는 입에 맞으세요?"

"아, 네. 훌륭해요."

"다행이네요. 참, 어제는 죄송했어요. 내색은 없으셨지만 꽤 곤란하셨죠?"

"어제요?"

"아버지께서……."

아하. 백작의 두 눈이 야망으로 타오르던 것을 말하는 거라면, 뭐. 이미 평화롭게(?) 해결된 일이다.

"괜찮아요. 그리고 딱히 제가 사과받을 일도 아닌걸요."

"그렇게 말씀해 주시니 감사해요. 저희 아버지가, 흠, 다소 유난하신 편이라……."

"맞아, 맞아."

그때 눈치만 보던 오른쪽 영애가 냉큼 끼어들었다. 나나 맞은편 여인보다는 서너 살쯤 어려 보이는 그녀는 맞장구를 치더니 말을 쏟아내기 시작했다.

"전부터 항상 그러셨어요. 아니, 어떻게 된 게 영지에 조금이라도 저희 또래다 싶은 남자분이 방문하면 절대 가만히 계시질 않으신다니까요. 전에는 어땠는지 아세요? 목적지를 헷갈리는 바람에 잠시 길을 물으러 온 어느 영식과 기사를 그대로 붙잡아서는……."

'쌓인 게 많았나.'

"그럴 때마다 저나 언니들이나 어찌나 난감하고 당혹스러운지…….

하지만 그러지 말라고 부탁드려도 매번 귓등으로도 안 들으시고요. 어쩜 어머니께 혼쭐이 나면서도 사람이 변함이⋯⋯. 아무리 저희가 결혼 적령기라지만 당장 혼인하지 못하면 죽는 것도 아니고⋯⋯."

'많았구나.'

갈수록 격양되는 목소리에선 얼핏 분노마저 느껴졌다. 결국 왼쪽에 앉아 있던 영애가 헛기침하며 나섰다.

"얘, 그만해. 그쯤이면 충분해. 아무튼 들으셨다시피 그런 분이셔서요. 어제의 무례는 대신 사과드릴게요."

"아뇨, 정말 괜찮아요."

나는 잔을 내려놓은 빈손으로 손사래를 쳤다. 백작이 뭔가 행동을 했다면 모를까, 뭘 해보기도 전에 백작 부인에게 걸려 욕이나 실컷 퍼먹고 끝났다. 사과까진 정말로 필요 없었다.

'그리고 설령 행동했다고 해도 내가 언짢아하거나 화를 내는 것도 이상하잖아.'

나는 단지 에시의 누나일 뿐인데 말이다. 그러니까 이들이 보기에는. 내 표정을 살핀 오른쪽 영애가 이내 샐쭉 웃으며 말을 붙였다.

"기분이 상하지 않으셨다면 천만다행이에요. 뭐, 실은 어제만큼은 내심 아버지를 응원하기도 했지만⋯⋯."

뭣이라?

"제니."

오른쪽 영애의 이름은 제니인 모양이다. 그녀는 이름을 불리고는 움찔했다가 곧바로 반발했다.

"왜? 그냥 그랬다는 건데. 그러는 언니들은 아니야?"

"너⋯⋯."

"솔직히 다른 때였으면 몰라도 어제는 기대했을걸? 내 말이 맞을 텐데?"

제니의 당돌한 말에 대한 반박은 바로 돌아오지 않았다. 나는 가슴이 두근거렸다. 미세하게 경직되었던 것을 숨기려고 찻잔을 들어 꼴깍꼴깍 마셨다.

"어휴, 제니."

"뭐야, 언니들? 나만 솔직해지는 거야? 이러기야?"

"그래. 제니, 네 말이 틀리지는 않았어. 하지만 그게 지금 무슨 소용이니?"

제일 연장자로 추정되는 보라색 드레스 차림의 여인이 차분하게 입을 열었다.

"어차피 우리 의사가 중요한 일은 아니었잖아. 지금도 마찬가지고. 네 말대로 내심 설레거나 기대했었다고 해서 뭐, 그런다고 달라지는 것 있니?"

"누가 달라진대? 말이 나온 김에 해본 소리인 거지."

그러더니 제니는 제 언니에게서 팩 고개를 돌리고는 나를 보았다. 눈동자가 반짝거렸다.

"공녀님, 이건 그저 궁금해서 여쭙는 건데요. 공작 각하께선 혹시 어떤 여성을 좋아하시나요?"

나는 이쯤에서 당연히 왼쪽 영애나 혹은 보라색 드레스를 입은 여인이 철없는 동생을 말릴 것이라고 생각했다. 하지만 그녀들에게선 아무런 조짐이 없었다. 오히려 내 입이 열리기를 제니와 함께 묵묵히 기다리는 것처럼 보였다.

'……!'

뭐야! 정말 다들 그게 한마음으로 궁금하단 말이야? 나를 물끄러미 응시하는 제니의 얼굴은 아예 숨기지 않은 기대감으로 가득했다.

갈등의 시간이었다. 나는 이런 상황에서 진짜 누나라면 과연 뭐라고 답할지 머리를 팽팽 돌려가며 고민하다가 멈칫했다.

'나, 에시 이상형 모르잖아?'

나는 잠깐 생각하는 척을 했다.

"……모르겠네요. 그런 이야기는 통 하지 않아서."

생각해 보니 그랬다. 답변을 고민하다가 깨달았다. 에시는 여태 한 번도 내게 선호하는 여성상 같은 것에 대해 말한 적이 없었다.

"정말요? 아쉬워라……."

"아쉽기는? 만약 알았어도 네가 뭘 해볼 수나 있었겠니?"

"나 참, 그러는 언니야말로 방금 엄청나게 실망하는 것 내가 다 봤거든?"

"뭐? 어머, 내가 언제!"

가볍게 옥신각신하는 자매를 두고 나는 상념에 잠겼다.

그래, 그렇다. 나는 에시의 이성 취향에 관해 쥐뿔만큼도 아는 것이 없다.

사실 원래는 그걸 크게 신경 쓰지 않았었다. 어차피 이 세계는 소설 속이고, 에시의 역할이란 단지 '여주인공에게 집착하는 것'이라고만 생각했으니까. 즉 이상형이 뭐든 어차피 여주인공에게 빠질 텐데 알아서 뭐 하냐는 심리였던 거겠지.

'그런데 지금은 아니잖아!'

어쩌지? 궁금해졌다. 그것도 무지하게 궁금해졌다. 솔직히 저 사람들보다 지금 내가 더 알고 싶을걸.

'……물어볼까?'

언제? 나중에, 이따가? 그렇게 머릿속이 때아닌 고민으로 가득해졌을 무렵이었다. 밝은 목소리가 나를 불렀다.

"공녀님, 그럼 공녀님께선 이상형이 어떻게 되세요?"

"네?"

"혹시 정혼자가 이미 있으시려나?"

"어머, 얘. 무지한 것도 정도가 있지. 정혼자가 있었으면 진작 이곳까지 소문이 다 퍼졌을걸?"

"맞아, 다른 분도 아니고 공녀님이신데."

나는 본의 아닌 유명세를 체감하며 눈을 깜박였다. 나 생각보다 제법 화제의 인물인가 보구나. 그나저나 이렇게 갑작스럽게 화살이 내게 오다니. 나는 고심하다 말을 꺼냈다.

"이상형은……."

가만, 그러고 보니 나도 내 이상형에 대해 별달리 생각해 본 적이 없잖아?

"……따로 없고요. 그냥 마음이 맞는 사람이면 좋지 않을까 하네요."

얼버무렸다. 다행히 권력의 힘으로 반응은 괜찮았다.

"하긴, 그럼요. 우문현답이네요. 이상형이 사실 뭐 그리 중요하겠어요?"

"좋아하게 되는 사람이 곧 이상형인걸요."

"맞아요, 맞아."

필사의 맞장구에 어쩐지 머쓱해질 지경이다. 빈 찻잔을 괜히 만지작거리자 대기하던 하녀가 다가와서 찻물을 채워주었다. 대화 주제는 자연스럽게 이리저리 넘나들었다.

몇 마디 나누면서 내가 조금은 친밀하게 느껴진 모양인지 그녀들은 처음보다는 거리낌 없이 말을 붙이고 떠들기 시작했다.

그렇게 시간이 얼마나 흘렀을까? 다 식은 차를 몇 번이나 새로 우렸을 무렵 바깥에서 소란이 일었다.

"뭐시?"

"토벌대가 돌아왔나 봐요."

벌써? 핫, 가만 보니 창밖으로 노을이 지고 있었다. 언제 시간이 이렇게 된 거야?

"……각하, 잠시……."

그때 문밖으로 희미한 목소리와 절그럭거리는 발소리가 들리는 것 같더니 응접실의 문이 벌컥 열렸다.

나는 깜짝 놀랐다. 쇠가 부딪히듯 절그럭거리던 발소리의 주인은 바로 에시였다. 에시는 무장한 갑옷을 벗지도 않은 채 모습을 드러냈다. 그리고 그런 에시 뒤로 웬 하인 하나가 헐떡이면서 따라붙는 것이 보였다.

"헉헉, 아니, 무슨 일이신진 몰라도 어찌 그리 급하게……."

"됐어."

"예?"

"돌아가지."

별다른 행동 없이 나를 잠시 바라보던 에시는 바로 몸을 돌렸다. 아마 응접실까지 안내하는 역할을 맡았던 것 같은—그래놓고 도중부터 도리어 뒤처졌던 모양이지만—하인이 멍한 얼굴로 에시의 뒷모습을 지켜보았다. 그러다 퍼뜩 정신을 차리곤 다시금 헐레벌떡 에시를 쫓았다.

"각하, 처소까지 제가 안내해 드리겠습니다!"

응접실 문이 도로 닫혔다. 침묵이 깔렸다. 갑자기 나타났다 갑자기 사라진 소란을 대신해 자리를 채운 것은 적막이었다. 잠시 후 왼쪽에 앉아 있던 영애가 정적을 깼다.

"……방금 무슨 일이 있었던 거죠?"

"위드그린 공작 각하께서 다녀가셨네요."

"그거야 눈에 문제만 없다면 이 자리에 있는 모두가 아는 사실일 거고요."

그때 오른쪽에 앉은 영애, 제니가 별안간 입을 가렸다. 꿈꾸는 듯한 얼굴이었다.

"공녀님, 너무 부러워요!"

"뭐?"

"방금 보셨죠? 언니들도 봤지?"

제니는 입을 가렸던 손으로 뺨을 감싸고는 말을 이었다.

"다들 모르겠어요? 공작 각하께서 방금 이곳에 공녀님이 무사히 잘 계신지 확인하고 가신 거잖아요."

"⋯⋯!"

"그것도 토벌에서 돌아오자마자 급히, 무장도 해제하지 않으신 상태로요."

"어머."

"이게 무슨 의미겠어요?"

제니가 사춘기 소녀처럼 설레는 표정을 지었다. 아니, 실제로도 그녀는 사춘기 소녀였지만.

"그만큼 혼자 둔 공녀님이 걱정되고 보고 싶으셨다는 거죠!"

"어쩜!"

"어머나!"

제니의 명쾌한 정리에 왼쪽과 맞은편에서 탄성이 터졌다.

"부러워요!"

"좋으시겠어요, 공녀님."

"나도 저런 남동생이 있었다면⋯⋯."

"얼굴 사정이 많이 다를 텐데 괜찮겠어?"

"그, 그건."

"어쨌든 공녀님, 제 말이 맞죠?"

제니가 의기양양하면서 동시에 부럽다는 듯 나를 보았다.

나는 대답하지 않았다. 그건 제니의 해석 및 정리에 어떤 이견이 있어서는 아니었다. 제니의 말이 맞았다. 통찰력인지 꿈 많은 소녀의 낭만인지는 모르겠지만, 그녀의 설명은 아마도 완벽했다.

응접실 문을 열자마자 나를 찾고는 이내 안도하듯 부드러워지던 황금색 눈동자가 아른거리듯 떠올랐다.

"……공녀님!"

"괜찮으세요?"

테이블에 이마를 박자 즉각 소란이 일었다. 나는 그 상태로 손을 휘저어 괜찮다는 뜻을 전했다. 심장이 간질거려서 정말이지 죽을 것 같았다.

토벌은 순조롭게 진행되었다. 아니, 주변인의 표현을 빌리자면 순조로운 것을 넘어서 경이로운 수준에 가까운 모양이었다.

토벌 닷새째. 영주 도터리치 백작은 토벌대로부터 경과를 전달받고는 손을 달달 떨었다.

"아, 아니, 어떻게 벌써 이 정도까지……!"

그는 믿을 수 없다는 듯 연거푸 감탄했다.

"못해도 보름은 걸릴 것으로 예상했던 범위인데!"

'뭐라?'

"실제로 지금까지는 매번 그랬었고요. 그런데 정말 대단하십니다. 경이로워요!"

백작은 혈안이 되어선 연신 토벌대 찬양을 그치지 않았다. 이해되는 일이었다. 보름 걸릴 걸 닷새로 줄여놨으면 나 같아도 그러겠다.

나는 백작의 곁에서 함께 신기함을 누렸다. 토벌대는 처음에는 백작의 찬사에 단체로 으쓱거리는 것 같더니, 이내 양심이 아프기라도 했는지 앞다투어 모든 것은 에시의 공이라고 고백했다.

에시는 말 그대로 숲을 종횡무진 누볐던 듯했다. 숲에서 흘러나와 영지 외곽을 침범한 몬스터를 모조리 처리하는 데 하루. 그리고 남은 나흘 동안은 숲 안쪽에서 보이는 족족 몬스터를 나무토막처럼 썰고 다녔다는 무용담이 한동안 영주성 전체를 떠들썩하게 만들었다.

'알 것 같다.'

나는 그것만 듣고도 보지 않은 광경이 절로 그려졌다. 이미 북쪽 숲에서 에시의 손짓 한 번에 몬스터의 머리가 이렇게 저렇게 날아가는 걸 똑똑히 목격했었으니까.

'하여간 신기해.'

뭘 먹고 혼자 저리도 강하게 자란 걸까. 아니지, 성장기에 뭘 먹는지는 내가 거의 다 봤으니까 그냥 타고난 건가.

'역시 불공평한 세상.'

뭐…… 그래도 남이 타고나느니 에시가 타고나는 게 낫기는 하지만……. 그렇게 실없는 생각을 하는 사이 어느새 토벌은 막바지에 다다랐다.

나는 얼마 전부터 얼굴에서 웃음꽃이 사라지지 않는 도터리치 백작을 가만 보다가 말했다.

"백작님."

"아, 공녀님. 하실 말씀이라도?"

"몬스터 토벌은 매번 몇 년에 한 번씩 폭발적으로 늘어난 몬스터의 숫자만 줄이는 작업인 거죠?"

"아, 예. 그렇습니다."

백작은 고개를 끄덕이고는 말을 더했다.

"사실 기왕 토벌하는 김에 거기서 그칠 것이 아니라 아예 뿌리 뽑을 수 있다면 저희나 황실이나 더할 나위 없이 좋겠지만, 그건 현실적으로 불가능하니까요."

하기는. 남쪽 일부분을 통째로 차지한 숲은 무식하다는 수식을 붙여도 될 만큼 넓다. 아직 그 끝을 본 사람이 없다는 말까지 떠돌 정도인데, 그 안에 서식하는 몬스터를 어떻게 전부 박멸할 수 있을까?

'구석구석 존재하는 몬스터까지 죄다 한군데로 끌어 모을 수 있다면 몰라도.'

문득 매혹의 천에 생각이 미쳤다가 곧 고개를 저었다. 아직 확실한 것은 아니니 지금 떠올리기엔 일렀다.

'일단 확인부터.'

나는 슬슬 에시와 함께 숲에 들어갈 준비를 했다.

토벌은 정확히 토벌대가 영지에 도착한 지 일주일째 되던 날 마무리되었다. 마지막 날 밤, 도터리치 백작은 성대한 연회를 열어 감사와 노고의 뜻을 전했다.

이때 지나치게 흥과 술에 취한 토벌대원 한 명이 토벌 과정에서 있었던 전투를 재연하겠답시고 나대다가 샹들리에와 식탁 하나를 부숴 먹는 유감스러운 불상사가 있었지만, 소소한 것이니 넘어가겠다.

다음 날 나는 에시와 나란히 말에 올랐다. 토벌이 끝나기를 기다리는 며칠 사이 발목이 깨끗이 나아서 이제 멀쩡해진 상태였다.

나는 떠날 채비를 마친 토벌대와 함께 열렬히 배웅받으며 영주성을 벗어났다. 그러곤 토벌대를 먼저 수도로 올려 보낸 후 말머리를 돌려 에시와 둘이서 숲으로 향했다.

숲에서 뭘 하려는 작정인지 전날 에시에게 이미 다 설명했다. 에시는 내가 나름 심각한 얼굴로 꺼내놓은 매혹의 천 이야기에는 생각보다 별 관심이 없어 보였다. 그보다는 다만 뭐가 어쨌든 내가 의욕을 보이니까 같이 어울려 준다는 느낌이 강했다. 덕분에 나는 얼핏 기시감을 느껴야 했다.

'매혹의 천을 훔치러 갔을 때도 얼추 이런 식이었던 것 같은데……'

으음. 뭐, 아무튼. 나는 말고삐를 단단히 쥐고 이동했다. 매혹의 천은 망토 안쪽에 숨겨서 가지고 나왔다. 숲의 청량한 바람이 겉으로 드러난 얼굴과 손등을 간지럽혔다.

나는 말에 오른 채로 주변을 가볍게 둘러보았다. 이제 고작 숲의 초입을 조금 벗어난 것뿐인데 코밑으로 스며드는 내음이 짙고 상쾌했다. 수풀은 허리까지 올라오고 나무는 하늘을 온통 덮을 정도로 높고 빽빽하다. 상상했던 것보다도 운신이 쉽지 않아 보이는 환경이었다.

'여기가 아펠 숲이구나.'

아펠 숲. 이 숲에 붙은 이름이었지만, 사실 이곳을 정직하게 그 이름으로 부르는 사람은 잘 없었다.

몬스터의 숲. 몬스터의 본거지. 망할 놈의 몬스터 월드(?) 등등. 아펠 숲은 그처럼 본래 이름보다는 '몬스터'가 들어간 별명으로 불리는 일이 훨씬 잦았다.

'그나저나 이곳에서 그렇게 몬스터를 잡았단 말이지.'

몬스터의 시체는 나름대로 뭔가 쓸모가 있는 모양인지 영지에서 전부 회수해 간 터라 숲은 바로 어제까지 토벌이 있었던 것치고는 꽤 깔끔했다. 간혹 몬스터를 베면서 함께 잘려 나갔으리라 추정되는 절단된 나무 몇 그루가 그나마 토벌의 흔적을 드러내 주는 정도였다.

나는 깨끗하고 반듯하며 예리하게 잘린 나무 밑동을 보며 내심 상상했다. 에시가 말을 타고 이곳을 누비면서 몬스터를 하나씩 베어 넘어뜨리는 모습을.

"……."

"누님?"

"응?"

"왜 그래?"

"……아."

상상을 너무 열심히 하느라 말이 멈춘 것도 모르고 있었다. 나는 얼른 말을 몰아 에시의 옆으로 따라붙었다. 에시가 나를 유심히 응시했다.

"무슨 생각 했어?"

"그건……"

그게 말이지. 네가 이곳에서 갑옷을 입은 채로 토벌대를 이끌고 몬스터를 싹 쓸어버리는 상상을 했는데, 그 상상 속 네가 예기치 못하게 상당히 근사한 바람에 내가 내 상상에 빠져 잠시 넋을 놓고 있었던 거라고 이 입으로 꼭 실토해야 할까?

"아무것도 아니야."

할 수 있을 리가. 나는 답을 회피한 후 재빠르게 화제를 돌릴 만한 것을 찾았다. 그렇지만 생각보다 당장 그럴듯하게 눈에 걸리는 것이 없었다.

뭐라고 하지. 숲의 경관이라도 칭찬할까? 다소 뜬금없는 감은 있지만 예를 들면 저 나무의 밑동이 참 매끄럽고 실하다고……. 거기까지 생각했을 때였다. 문득 머릿속을 스치고 지나가는 가느다란 목소리가 있었다.

"공작 각하께선 혹시 어떤 여성을 좋아하시나요?"

아, 맞다. 에시 이상형. '물어볼까?'에서 '물어봐야지'로 그때 마음은 정했는데. 하지만 그래놓고 정작 타이밍을 잡지 못해 실천으로 옮기지 못했던 주제가 그 순간 불쑥 떠올랐다. 말고삐를 쥔 손에 은근히 힘이 들어갔다.

'지금 물어볼까?'

……괜찮은데? 괜찮지 않나? 그러니까 당장 여기엔 다른 사람 없이 에시와 둘뿐이고, 주변도 그런대로 조용하고. 나쁘지 않은 타이밍 아닌가? 가슴이 두근거렸다. 사실 따지고 들면 별것도 아닌 질문일 텐데 괜히 의식해서 그런지 별것처럼 느껴졌다.

나는 목을 가다듬고는 최대한 일상적인 이야기를 하듯 자연스럽게 말을 꺼냈다.

"참, 에시. 이건 그냥 갑자기 궁금해진 건데."

"뭘?"

"딱히 큰 의미는 없고, 정말 단지 궁금해서 묻는 거거든."

잠깐만, 서두가 너무 길어! 심지어 뭔가 구차해! 자연스럽기는커녕 무지하게 부자연스럽다. 어색함의 절정이다. 하지만 이미 늦었어. 돌이킬 수 없다. 나는 이렇게 된 김에 그냥 서둘러서 본론을 꺼냈다.

"이상형이 뭐야?"

와, 너무 대놓고 물어봤다! 그러나 이것도 이제는 내 입을 떠나 버린 말이다. 주워 담기에는 글렀다.

나는 수습할 수 없는 것을 수습하려고 발버둥 치는 대신 표정 연기에 모든 것을 쏟기로 했다. 최선을 다해 태연함을 가장하고 있는 내 상태를 아는지 모르는지 에시가 입을 벌렸다.

"이상형?"

느긋한 목소리로 내 질문을 되풀이하는 것을 듣자 어쩐지 얼굴에 열이 확 올랐다. 갑자기 너무나도 낯부끄러운 질문을 한 것만 같은 괴로운 기분이 들었다. 으아아.

'취소할까? 아니야! 취소한다고 없던 질문이 되지는 않아!'

필사의 노력으로 뒤집어쓰고 있는 의연한 가면 아래에서 전쟁이 벌어졌다. 그때 에시가 표정 변화 없이 덤덤하게 말을 이었다.

"글쎄……."

나는 순간 바짝 긴장해서 에시의 그린 듯한 입술이 움직이는 것을 지켜보았다.

"생각해 본 적 없는데, 그런 거."

이윽고 맥이 빠졌다.

"없다고?"

티는 안 냈지만—안 내려고 노력했지만—속으로 갖은 호들갑을 떨었던 것치고는 어째 퍽 허탈해지는 답변이었다.

"이상형에 대해 생각해 본 적이 없단 말이야?"

"음, 없네."

"전혀?"

"전혀."

에시는 그러면서 도리어 그게 어떤 문제가 되느냐는 얼굴로 나를 쳐다보았다. 말문이 막혔다.

'문제는 없지.'

아니, 돌이켜 보면 나도 불과 며칠 전에 같은 질문에 똑같은 대답을 하지 않았었나?

'남 말 할 때가 아니잖아.'

그렇네. 그래놓고 지금은 허탈해하는 것이 우스울 따름이다. 아, 이 간사한 중생아.

'그리고 애초에 이상형을 알아서 뭘 어쩌겠다고.'

맞아. 그것도 그렇다. 갑자기 현실 자각 타임 후의 깨달음 같은 것이 찾아와 한결 성숙해진 표정으로 앞을 응시하는데, 문득 에시의 목소리가 들렸다.

"지금 생각해 볼까."

"응?"

"이상형."

옆을 돌아보자 에시의 대수롭지 않아 보이는 얼굴이 눈에 들어왔다.

"이상형 자체가 존재하지 않는다기보다는, 단지 그동안 생각해 본 적이 없는 거니까."

나는 눈을 깜박거렸다. 왠지 의외의 말을 들은 듯한 기분이었다.

"……있어? 이상형?"

"아직 모르지만 생각해 보면 뭐라도 나올 순 있겠지."

"생각해 봐, 그러면."

깨달음은 다 거짓부렁이었다. 현실 자각 타임은 무슨. 정신 못 차린 맥박이 다시금 부지런히 뛰기 시작하면서 내게 재차 긴장감을 안겨주었다. 에시가 이상형에 대해 '생각'해 보는 잠깐의 시간이 체감으로는 굉장히 길게 느껴졌다.

표정 관리에 힘쓰면서 얼마나 기다렸을까. 고대하던 에시의 입이 천천히 열렸다.

"우선……."

'우선?'

조건이 여러 개야?

"키는 대략 이 정도."

'어깨 언저리까지?'

아니, 그나저나 신장부터 시작하는 거야? 생각보다 상세하고 체계적인 답변이라 조금 전과는 다른 의미로 살짝 당황스러웠다. 하지만 그런 와중에도 내 속내는 에시가 말한 키와 내 키를 비교해 보고 있었다.

'키는 비슷한데.'

"머리 길이는…… 이 정도."

'좋아, 머리 길이도 얼추 부합하고.'

"피부는 흰 편."

'내 피부가 흰 편이었던가? 음, 이 정도면 그런대로 희지?'

"눈동자는 호박색."

'호박색? 내 눈동자도 호박색인데…… 잠깐.'

"머리 색은……."

생각에 빠져 약간 아래로 숙이고 있던 고개를 들었다. 에시와 눈이 마주쳤다. 황금을 녹여 중심을 채운 듯한 눈이 짓궂게 휘어졌다.

"적발."

"……!"

입을 벙긋거렸다. 나름대로 공을 들이고 있던 표정이 한순간에 무너졌다. 에시는 거기서 그치지 않고 말을 계속했다.

"눈꼬리는 약간 올라간 편. 코는 반듯하면서 콧방울이 좁고, 입술은 색이 붉고 도톰하며 얼굴형은 전체적으로 갸름하고……."

"……."

"선호하는 외출용 드레스는 녹색."

"그, 그만."

뒤늦게 몸을 날리다시피 해서 에시의 입을 틀어막았다. 그제야 정신이 돌아왔다. 에시는 다짜고짜 말문을 막아버린 내 손을 자기 손으로 쥐고 부드럽게 떼어냈다.

"왜?"

"왜라니, 너 지금……."

차마 내 입으론 말할 자신이 없어서 끝을 흐렸더니 에시가 낮게 웃었다. 이 와중에 가까이서 듣는 웃음소리가 듣기 좋다는 생각이 언뜻 들었다. 참 중증이 아닐 수 없었다.

"이상형에 대해 생각해 보라고 해서 생각해 봤고, 그 결과물을 솔직하게 꺼내놓은 건데."

"……네 이상형이 나라는 거야?"

"그럼."

에시가 내 말고삐를 가져와 다시 내 손에 쥐어 주었다. 흐트러진 자세를 바로 정돈해 주는 손길이며 눈길이 다정했다.

"달리 누가 있겠어?"

"좋아하게 되는 사람이 곧 이상형인걸요."

다시금 머릿속에 가늘고 조곤조곤하던 목소리가 떠올랐다. 그저 최선을 다한 맞장구라고만 생각했던 그 말이 왜 이 순간 갑자기 가슴에 박히는 걸까.

"누님."

"……어?"

"내가 여태 이상형에 대해 생각해 본 적이 없는 건."

"……."

"굳이 생각해 볼 필요가 없었기 때문일걸."

그렇게 말하면서 흘리듯 미소하는 에시의 이목구비에 시선을 빼앗겼다. 다소 자유분방하게 이마를 가린 새하얀 머리카락이 황당할 만큼 화사하고 근사했다.

문득, 나는 왜 그간 이상형에 대해 고민해 본 적이 없나 하는 데 생각이 미쳤다. 사교계에 데뷔하고부터 심심하면 날아들기 시작한 연서와 구애를 쳐내면서도, 정작 내가 어떤 남자를 선호하는지에 관해서는 따져본 기억이 없었다. 애초에 사고가 그쪽으로 흐르지 않았다. 왜 그랬을까.

'남자에 전혀 관심 없어서?'

아니지. 이미 이와 비슷한 주제에 대해 답을 내린 적이 있다. 남자에 관심 없었던 게 아니라, 한 사람에게만 모든 관심이 집중되었던 거다. 그 사람 외에는 누구도 볼 생각이 없어서, 이상형이든 뭐든 생각해 볼 필요를 못 느꼈던 거고.

'……그 말이야, 에시?'

가슴이 두근거렸다.

'너도 그렇다고?'

내가 그랬듯, 너도 어쩌면 아주 예전부터 오직 한 사람만을 세계에 들여놓았다고, 그렇게 말하고 있는 거야?

나는 물끄러미 에시와 눈을 마주했다. 우스운 발상이지만, 세상의 모든 노랑을 끌어다 경합을 벌이게 한 뒤 그 우승자를 가져다 칠해놓은 것만 같은 깨끗하고 깊은 샛노란 눈동자에 내 얼굴이 비쳤다. 심장에 좀 더 요란한 파동이 퍼졌다.

사실 알 수 있었다. 에시의 행동을 보면. 그동안 내게 보여줬던 모습이 전부 내가 누나이고 가족이어서가 아니라, 단지 나여서 그랬던 것이라고 한다면. 구태여 말로서 정의 내려 듣지 않아도 알 수 있다. 내가 에시에게 어떤 의미이고, 어떤 존재인지.

'그렇지만 듣고 싶어.'

듣고 싶다. 잔잔한 울림 하나로도 가슴을 뛰게 하는 목소리로, 내게 직접 말해줬으면 좋겠다. 나를 어떻게 생각하는지. 나는 너에게 뭔지.

"에시."

쉼 없이 두근거리는 가슴을 안고 입을 열었다. 이번에도 고삐를 힘껏 쥘 정도의 용기가 필요했지만, 불안이나 초조가 아닌 기대와 설렘 때문에 필요한 용기였다.

네가 나에게 말해준다면, 그러면 나도 너한테 대답해 줘야지. 내가 어떤 생각을 했는지. 뭘 원하고 바랐는지. 그리고 지금 너를 보면서 무슨 상상을 하고 있는지.

"너……"

그때였다. 별안간 숲이 울리는 듯한 느낌이 들었다. 쿵, 쿵. 땅을 타고 전해지는 진동이 그리 낯설지 않았다. 잠시 후 먼발치에서부터 새까맣게 몰려드는 무리가 시야를 사로잡았다. 몬스터 떼였다. 입이 저절로 벌어졌다.

'아니, 왜 지금!'

하필! 나는 밀려드는 당혹스러움을 감추지 못하고 앞을 응시했다. 무슨 타이밍이 이래? 꼭 지금이어야만 했어? 이게 최선이야? 당황이 지나가자 다음으로는 허탈함과 원망이 찾아왔다. 이 눈치 없는 몬스터. 분위기도 모르는 몬스터. 무식한 몬스터. 명청한 몬스터.

'그만하자.'

욕하면서도 스스로 좀 초라해지는 기분이다.

나는 내던졌던 이성을 주워 장착하고 다시 앞을 보았다. 마치 구름처럼 몰려든 몬스터가 자아내는 광경이 제대로 눈에 들어왔다. 가상 처음 든 감상은 진짜 많다는 거였다.

'엄청나네.'

저게 전부 몇 마리야?

'심지어 토벌을 막 끝낸 상태에서 몰려온 게 저만큼이란 말이지.'

나는 시야에 보이는 몬스터의 숫자를 세보려고 손가락을 꼽다가 그만두었다. 정말 너무 많았다. 저것들이 과연 다 어디에 숨어 있다가 튀어나온 것일까 궁금해질 정도로.

숲의 광활한 크기를 생각한다면 모든 몬스터가 모습을 드러낸 것도 아닐 테다. 비교적 가까운 곳에 있던 몬스터들만 먼저 무리 지어 등장했는데 저 수준이라는 거겠지.

'역시 몬스터의 숲이라고 불릴 만하구나.'

만약 숲에 있는 몬스터를 전부 긁어모은다면 대체 그 숫자가 얼마나 된다는 걸까? 하여튼 질릴 정도의 머릿수였다.

그런 내 속내가 표정으로 드러났는지 에시가 문득 물었다.

"괜찮아?"

나는 순간 저것이 무슨 물음인지 이해하지 못했다가 곧이어 고개를 끄덕거렸다. 개떼처럼 밀려와 시야를 채운 몬스터의 모습에 살짝 질리기는 했지만, 그뿐이다. 이전에 그랬듯 위압감으로 다리가 풀리거나 두려운 느낌이 들지는 않았다.

그건 아마 첫 번째로는 이미 어느 정도 예상했던 광경이기 때문일 것이고, 두 번째로는…….

나는 마치 몬스터로부터 나를 감싸듯 약간 앞쪽으로 나선 에시를 흘긋 보았다. 정말이지 지금은 무서우려고 해도 아무것도 무섭지가 않았다.

나는 헛기침을 하곤 이내 질린 기색마저 털어버린 의연한 얼굴로 품에 손을 넣었다. 손가락 끝에 매끄러운 천의 감촉이 걸렸다. 기분이 조금 복잡해졌다.

'그나저나 이걸로 확실해졌네.'

매혹의 천이 몬스터를 끌어들이는 기능을 하는 건 사실이었다.

'우연일까?'

나는 생각에 잠겼다. 결과가 이렇게 나오자 자연스럽게 따라붙는 의문이 있었다. 신전은 과연 이 효과를 알고 있을까? 매혹의 천은 사랑의 신전이 신탁 속 신녀에게 선물하기 위해 만든 신물이다. 효력은 천을 두른 채로 마주한 모든 사람을 말 그대로 매혹하는 것이고.

'비록 에시에겐 전혀 통하지 않았지만…… 뭐, 어쨌든.'

그런데 그런 매혹의 천에 느닷없이 사람도 아닌 몬스터를 불러 모으는 기능이라니.

'우연히 생겨난 능력인 걸까? 만일 그게 아니라면…….'

고민이 된다. 이건 제법 중대한 문제였다. 그저 우연에 불과하다면 이대로 나만 알고 묻어버려도 될 일이고—사실 그러고 싶다—그게 아니라 신전이 어떤 불미스러운 의도를 가진 것으로 의심된다면 마땅히 황실에 알려야 옳을 테니까.

'다만 후자의 경우 그렇게 되면 매혹의 천의 출처를 설명하기가…….'

그게 좀……. 그렇게 한창 고민에 몰두하고 있을 때였다.

"하고 싶다던 확인은 이제 끝난 거야?"

에시의 목소리에 고개를 돌렸다. 에시는 간단하게 물었다.

"뺄까?"

나는 곧 에시의 말을 알아들었다. 볼일을 마친 거면 이만 나가겠냐는 물음이다.

'하긴, 여기서 나가려면 저것들을 그냥 두고 갈 순 없겠지.'

저것들, 즉 매혹의 천에 이끌려 온 저 몬스터들 말이다. 만약 내가 이대로 말머리만 돌려 숲을 빠져나갔다간, 혹시나 저들이 나를 따라서 줄줄이 바깥으로 나올지도 모른다. 기껏 토벌을 끝내고 축하 파티까지 마친 영지에 그런 심한 선물을 선사할 수는 없었다.

잠시 고민했다. 처치하긴 해야 하는데 여기서 에시 혼자 저것들을 모조리 썰게 하는 것도 좀……

'아.'

나는 눈을 반짝 뜨곤 에시를 향해 입을 열었다.

"우리 좀 달릴까?"

"음?"

"숲 안쪽으로 조금 더 들어갔다가 돌아 나오는 거지. 어때?"

이른바 몬스터를 이끌고 다소 깊은 곳까지 이동했다가, 그곳에 이들을 떨궈놓고 잽싸게 빠져나오기 작전 되시겠다.

육중한 몸뚱이를 가진 몬스터의 이동 속도는 그리 빠르지 않았다. 뭐, 사람 걸음보다는 빠르겠지만 달리는 말보다는 확실히 느릴 거라는 말이지. 숲의 초입이라면 몰라도 안쪽에서부터 말을 달리면 충분히 거리를 벌려 따돌리고 나올 수 있을 거다.

'일정 거리 이상 멀어지면 천의 효과는 미치지 않는 모양이니까.'

"굳이 그렇게까지 할 거 있어?"

내 의도를 읽었는지 에시가 질문했다. 나는 말고삐를 힘주어 잡고 허리를 세웠다.

"응."

적어도 여기서 에시가 일당백으로 몬스터를 상대하는 것보다는 나은 것 같다.

'저걸 언제 다 썰어.'

한두 마리도 아니고…… 아, 정말 너무 많아. 에시는 내 표정을 보곤 무슨 말을 하려는지 잠시 고민하는 기색이었지만, 이내 별다른 이견 없이 고개를 끄덕여 주었다.

"누님이 그러고 싶다면."

"그럼 갈까?"

나는 말 옆구리를 걷어찼다. 혹시 몰라 처음에는 속도를 조절하며 몬스터가 있는 쪽으로 살살 접근했는데, 이윽고 몬스터가 내 앞에서 길을 비켜주는 것을 보고는 안심하고 땅을 박찼다.

'역시 공격을 안 해.'

공격은커녕 내가 다가가면 움직이기 쉽게 길도 만들어준다. 비위협적인 수준을 떠나 매혹의 천을 지닌 내게는 순종적으로 구는 느낌마저 들었다.

'그래, 그때 북쪽 숲에서 내게서 가방을 뺏으려던 남자를 가로막기도 했었고.'

갈수록 의문이다. 만일 이 기능을 작정하고 만들어낸 거라면, 신전은 뭘 원한 걸까?

'이 숲에서 몬스터를 뿌리 뽑고 싶었나? 모아서 한꺼번에 싹 소탕하려고?'

아니야, 뭔가 이상한데. 애초에 원작에서는 이런 기능은 언급조차 되지 않고 천이 사라져 버렸고.

나는 그런 생각을 하며 말을 몰았다. 자랑이지만 딴생각에 빠진 채로도 능숙하게 말을 모는 정도의 솜씨는 지니고 있었다.

'지치지 않는 말은 좋네…….'

한편으로는 어렴풋이 그런 생각이 들었다. 하, 그래. 말이 이렇게 바람을 가르면서 힘차게 달릴 줄 알아야지. 저질 체력이 어디 가당키나 해? 어? 장난쳐? 어? 튼튼한 말을 타니까 속이 다 시원하네.

그렇게 얼마나 달렸을까. 이쯤에서 슬슬 숨도 돌리고 몬스터가 뒤쫓아올 시간도 줄 겸 말의 속도를 늦췄을 때였다. 느긋하게 걸으면서 경치나 구경할까 싶어 시선을 돌리다가 찰나 멈칫했다.

'……어?'

잘못 보았나 싶어 눈을 깜박거렸다. 하지만 그대로다.

'저 나무 밑동…….'

왜 여기 있지? 나는 시선 끝에 걸린 나무 밑동을 뚫어지게 응시했다.

"왜?"

에시가 내 낌새를 눈치채고 말을 걸었다. 나는 다소 혼란스러워하며 입을 열었다.

"저거…….."

"나무 밑동?"

"응. 저거, 내가 아까 있던 곳에서 봤던 거랑 똑같아."

확신할 수 있다. 밑동의 둘레, 높이, 색, 표면의 형태와 결까지. 앞서 보았던 나무 밑동과 완전히 같았다. 어떻게 그런 걸 다 기억하냐고?

간단하다. 열심히 관찰했었으니까. 내 상상 속 에시의 근사함에 넋을 놓은 걸 숨기기 위해, 말을 돌릴 화제를 찾아 혈안이 된 상태로 말이다.

'마침 약간 특이하고 실한 나무 밑동이 보여서 저거라도 품평할까 싶은 마음에 열심히 봤지.'

그때 무려 나이테 모양까지 얼추 외웠다. 맞아. 확실히 저런 모양이었단 말이지. 우연이라기에는 너무 똑같았다. 특이하다고 느꼈던 약간 우그러진 부분마저 엇나감 없이 일치했다. 기분이 묘했다.

'뭐지?'

별거 아니라고 여기고 넘길 수도 있을 것이다. 이 숲에 나무가 몇 그루인데, 그중 복제한 것처럼 똑같은 쌍둥이 밑동쯤은 있어도 이상할 것은 없지 않느냐고. 그런데 마음에 걸린다. 어쩐지 거슬렸다. 나는 갈등하다가 입을 벌렸다.

"에시, 부탁이 있는데."

"뭐든."

"……저 나무 밑동 말이야, 혹시 반으로 쪼개줄 수 있을까?"

수상한 쌍둥이 밑동을 좀 갈라보고 싶다. 에시는 내 부탁에 가타부타 없이 말에서 내려섰다. 나도 따라 내렸다. 에시가 밑동을 쪼개주면 가까이서 안을 살펴볼 생각이었다.

이내 에시가 허리춤에서 검을 뽑아 나무 밑동을 향해 가볍게 휘두르듯 내리그었다. 이변이라고 불릴 만한 건 다음 순간 발생했다. 쾅!

"……!"

나는 눈을 큼지막하게 떴다. 이게 무슨 소리냐고? 바로 에시의 검이 나무 밑동과 부딪히면서 낸 소리다. 말도 안 되지만 사실이다. 심지어 저런 굉음을 내놓고 정작 나무 밑동은 흠집조차 없이 멀쩡했다. 보면서도 믿기지 않는 일이었다.

"뭔가 있군."

에시가 중얼거렸다. 지극히 동의하는 바다. 잠시 밑동을 응시하며 어떤 생각을 하는 것 같던 에시가 곧 내 쪽으로 왼손을 뻗었다.

"누님."

"어?"

"이리로."

나는 에시의 왼편에 거리를 조금 벌리고 서 있었다. 손을 붙잡자 에시가 바로 나를 끌어당겼다. 나는 에시의 뒤로 몸을 숨기듯 섰다.

"그대로 움직이지 마. 손도 놓지 말고."

뭘 하려고? 물음은 형태가 되어 나오지 못했다. 그전에 에시가 재차 밑동을 향해 검을 내리찍었으니까. 그리고 이번에는 전과는 비교도 할 수 없게 큰 소리가 났다.

콰앙—!!

눈을 질끈 감았다. 이건 아무리 들어도 뭔가가 폭발하는 소리다. 상식적으로 나무 밑동이랑 검이 만나서 낼 효과음이 아니야. 그렇게 생각하며 감았던 눈을 슬며시 떴을 때, 나는 이어서 얼빠진 목소리를 흘려보내야만 했다.

"여긴……."

……동굴?

나는 멀거니 선 채로 부산하게 눈을 깜박였다. 그래도 보이는 풍경은 바뀌지 않았다. 내친김에 손을 들어 눈꺼풀을 비볐다. 마찬가지였다. 황당했다.

'뭐야?'

동굴이라니?

'왜 동굴인데?'

불과 직전까지만 해도 나는 분명히 숲 한복판에 있었다. 청량한 식물 냄새. 사방을 채운 녹음. 다소 수상하지만 어쨌든 숲의 구성원이라기에는 이상할 것이 없는 나무 밑동. 뭐 그런 것들에 둘러싸여 있었단 말이지. 그런데 지축을 울리는 큰 소리에 잠깐 눈을 감았다가 떴다고 대뜸 동굴 안이다. 이게 무슨 일이야?

혼란스러운 심경에 나도 모르게 에시와 맞잡은 손에 힘이 들어갔던 모양이다. 안심하라는 듯 역으로 더 단단하게 잡아주는 감각이 맞닿은 피부로 느껴졌다. 그러자 순식간에 안정이 찾아왔다. 놀라울 정도로 즉각적인 반응이었다.

'이 정도면 거의 마약인걸.'

음, 신경안정제라고 해야 하나. 어쨌거나 여유가 생겨났다.

나는 한결 침착해져선 차분하게 주변을 둘러보았다. 터널처럼 생긴 굴은 꽤 어둑했지만, 그렇다고 시야가 차단될 수준은 아니었다. 빛 한 점 들어오지 않는 동굴치고는 오히려 밝은 편이라고 할 만했다.

문득 기묘한 기분이 들었다. 왜 밝지? 벽에 흔한 횃불 하나 걸려 있지 않은데 시야가 이 정도로 확보된다는 것이 이상했다.

'도대체 여기는……'

"마법인가 본데."

"마법?"

나는 에시를 돌아보았다. 에시는 여전히 내 손을 놓지 않은 채로 간단하게 말했다.

"그 나무 밑동을 쪼개자마자 갑자기 이곳으로 이동했으니까."

'쪼갰어?'

결국 반으로 가르는 데 성공했단 말이야? 아니, 그럼 정녕 그 어마어마한 소리가 나무 밑동이 쪼개지는 소리였단 말이야.

'뭐 하는 밑동이야.'

이쯤 되면 이건 수상한 걸 넘어서 다른 어떤 무언가다.

'참, 마법인 것 같다고 했지.'

마법이 걸렸거나, 혹은 마법 그 자체였던 걸까. 뭔가 미심쩍다고는 느꼈지만 설마 이런 것이었을 줄은 몰랐다.

"……일단 안으로 들어가 볼래?"

나는 짧은 고민 끝에 우선 제안했다. 밑동을 갈라달라고 했던 것은 나다. 즉 이 사태를 초래한 원흉은 나라는 결론이 되겠다.

'방법을 찾아야 해. 여기서 나갈.'

뭐가 됐든 가만히 있을 수는 없었다. 그러기에는 양심이 제법 고통스러웠다. 나는 대답도 듣지 않고 의욕적인 태도로 먼저 걸음을 옮겼다. 손은 아직도 풀지 않은 상태라 에시는 자연스럽게 내가 걷는 대로 이끌려 왔다.

그렇게 어느 정도 걸었을까, 다리가 아플 정도는 아니었지만 제법 걸었다고 생각될 무렵 불쑥 시야를 사로잡는 것이 있었다. 나는 발을 멈췄다.

"안녕?"

참고로 저건 내가 입 밖으로 낸 인사가 아니다. 에시의 입에서 나온 것도 물론 아니다. 나는 우뚝 멈춰 선 채로 정면을 응시했다. 미처 예상하지 못했던 광경이 시선을 잡아끌었다.

'사람?'

아니, 아닌데. 사람은 아닌 것 같다. 조도 때문에 시야가 나빠서 속단은 이를지 모르지만, 그래도 저건 아무래도 사람처럼 보이지 않았다.

나는 동굴 막바지로 유추되는 벽에 마치 전생에서 본 현대미술처럼 반절만 꽂혀 있는(?) 상대에게 몹시 당연한 물음을 건넸다.

"누구세요?"

"나?"

의문의 상대가 얼굴을 구겨 웃었다. 이 거리에서도 웃는 것 정도는 보였다.

"너희가 十해주러 온 대상."

"그런 적 없는데……."

초면에 다짜고짜 너무 큰 것을 바라는 게 아닌지. 떨떠름한 목소리로 대꾸했더니 상대가 주장했다.

"왜 없어? 너희 밑동에 걸린 마법 풀었잖아. 그래서 이곳으로 들어온 거 아니야?"

"마법을 풀어?"

나는 은근슬쩍 말을 낮췄다. 상대가 계속 말을 짧게 하는데 나만 길게 하는 것도 좀 그렇잖아. 상대는 그런 건 개의치 않는 눈치였다.

"뭔가 이상한 나무 밑동 하나 발견했을 텐데? 그 밑동이 바로 이곳의 입구이자 열쇠거든. 겉면에 걸린 주문을 올바르게 풀어내면 여기로 이동할 수 있는."

그런 거였어? 밑동의 비밀이 그랬구나.

내가 이제 알았다는 내색을 하자 상대가 미간을 모았다.

"뭐야……? 진짜 몰랐다고? 주문을 푸는 과정에서 얼추 알 수 있었을 텐데?"

"아, 그거라면 우린 그냥 밑동을 쪼개고 들어온 거라서."

"뭐?"

"반으로 갈랐더니 여기였는걸."

솔직하게 말했는데 저 표정은 무슨 의미인 걸까.

"그런 말도 안 되는…… 그걸 어떻게……."

그는 기가 막힌다는 듯 중얼거리더니 이윽고 내가 아닌 에시를 뚫어지게 보았다. 잠시 후 그의 낯빛에 알겠다는 기색이 떠올랐다.

"허…… 오래 살다 보니 별걸 다 보는군. 인간이 아닌 것보다 더 인간 같지 않은 인간이라니."

자세한 뜻은 몰라도 에시가 보통이 아니라는 건 알아봤다는 의미 같았다. 정확한 분석이야.

그때 에시가 입을 열었다.

"넌 뭐지?"

에시는 누군지가 아니라 뭔지를 물었다. 나와는 질문의 시작부터 다르다. 그런데 어째 저게 더 알맞은 것 같을까. 상대는 이번엔 순순히 자기 정체를 밝혔다.

"반마족이라고 들어봤나?"

"반마족?"

"절반은 마족의 피가 흐르고, 절반은 인간의 피가 흐르는 혼혈이지. 아, 마족은 알지?"

안다.

'쉽게 말해서 악마잖아.'

이 세계가 아닌 마계라는 곳에서 뭉쳐서 산다고 알려진 인간 외의 특수한 종족. 뭐 이름처럼 어둠의 마력을 다룰 수 있다느니 인간과 계약해서 세상을 파멸로 이끈 적이 있다느니 떠도는 말은 많다.

'하지만 실제로 보는 건 처음인데……'

진짜 존재하는 거였단 말이야? 말하자면 마족은 마치 요정이나 귀신 같은 거였다. 아니, 외계인이 더 정확하려나? 문헌이나 이야기 속에서는 심심찮게 등장하고 이들의 실재를 주장하는 무리도 꽤 되지만, 정작 실물을 본 사람은 극히 드물었다.

신기한데. 심지어 반마족이다. 하프는 더 희소한 거 아닌가? 이걸 놀랍다고 해야 할지, 영광이라고 할지.

나는 머릿속을 떠도는 여러 감상을 한쪽으로 밀어놓은 후 그보다 아까부터 신경 쓰였던 것을 입에 담았다.

"그럼 반마족이라서 절반만 벽에 박혀 있는 거야?"

"……."

"아니구나. 취소."

"……."

"취소한다니까."

반마족이라고 저를 소개한 상대는 기가 막힌다는 듯 연달아 눈썹을 실룩거렸다. 이제 와 묘사하는 거지만 그의 이마에는 두 개의 뿔이 돋

아나 있었다. 눈썹이 실룩거리는 것에 따라 뿔도 함께 움직였다. 그걸 구경하고 있으려니 그가 작게 한숨을 내쉬었다. 나는 얼른 덧붙였다.

"놀리려는 건 아니었어. 웃기려던 것도 아니야."

"……그것 때문에 내가 지금 친절하게 자기소개까지 하면서 너희를 반기고 있는 거야."

"응? 벽에 박힌 거?"

"그래."

반마족은 짜증 난다는 듯 떠올렸던 표정을 갈무리했다. 그러고는 간절함으로 추정되는 의미의 눈빛을 보내면서 말했다.

"나 좀 여기서 꺼내줘."

음…….

'어떻게?'

상대는 몸을 앞뒤로 나뉘었을 때 '뒤'만 벽에 묻혀 있었다. 뭐랄까, 액션 만화에서 강한 적에게 한 대 맞고 날아간 인물이 벽에 쾅! 하고 박히는 장면을 순간 포착해서 현실로 구현해 낸 것 같다고 할까?

도대체 무슨 짓을 하면 저렇게 되는 걸까. 그보다 우리가 어떻게 저걸 꺼내줄 수 있지?

방법 때문에 고민하는 것을 당사자는 다르게 해석한 모양이다. 그가 급히 외쳤다.

"그냥 꺼내달라는 거 아니야. 나는 보답을 아는 반마족이라고."

"보답?"

"그래! 뭘 원해? 힘을 빌려줄까? 난 반마족이니까 계약을 하면 내 힘을 일부 얻을 수 있어."

어라, 딱히 필요 없는데. 그러한 의중이 겉으로 드러났는지 상대의 태도가 다급해졌다.

"아, 그럼 이건 어때? 이 숲의 몬스터 때문에 인간들이 골치깨나 썩고 있다고 아는데. 전부는 아니어도 내가 그걸 대다수 해치워 줄게. 나쁘지 않은 거래 아냐?"

토벌을 대신 해주겠다고? 말은 고맙지만 이번 토벌은 이미 끝났…….

가만. 순간 머리 한쪽을 스치는 생각에 나는 눈을 동그랗게 떴다. 설마 이게 그 '미지의 존재'?

앞서 한 차례 언급한 적이 있지만, 〈신녀 아그리타의 봄〉에서 올해 몬스터 토벌은 본래 다음과 같이 해결된다. 토벌이 있기 전 우연히 아펠 숲을 방문했다가 길을 잃은 아그리타가 또 우연히 숲에 잠들어 있던 어떤 미지의 존재를 깨우게 되고, 그 존재의 도움을 받아 몬스터를 미리 왕창 소탕해 버리는 것으로.

'거기서 등장하는 미지의 존재라는 게…….'

정황상 아무래도 확실한 것 같다. 묘했다. 나는 갑작스럽게 상대가 좀 친숙해졌다. 비록 활자로 잠깐 읽은 것이 다지만 어쨌든 내가 알고 있는 인물을 만난 느낌?

'엄연히 따져 인물은 아니지만…… 그나저나 책에는 워낙 두루뭉술 대충 서술되어 있어서 몰랐네.'

책은 이 부분을 몹시 대강 넘겨 버린다. 그럴 리는 없겠지만 마치 서술자가 아그리타가 숲에 들어간 이후는 직접 본 적이 없는 것처럼 말이다. 뭐, 아무튼.

'아니, 그런데 잠들어 있던 존재라며. 쟤 저러고 자고 있었던 거라고?'

그렇게 아무려면 좋을 생각을 하는 사이 벽에 박힌 상대의 표정이 몹시 설실해졌다. 나는 금방이라도 울 것 같은 눈망울을 마주하곤 퍼뜩 정신을 차렸다. 에시를 돌아보았다.

'꺼내주자.'

어차피 여기서 나가는 방법을 알려면 쟤를 꺼내주고 묻는 게 제일 빠를 듯하고.

"에시."

부르기만 했는데 내 뜻이 전해졌나 보다. 에시가 고개를 끄덕였다. 그 끄덕거림에 눈치 좋은 상대의 안색도 곧장 환해졌다.

"잘 생각했어! 후회 없을 선택이야! 자, 그럼 어떻게 나를 여기서 꺼낼 수 있는지 알려줄게. 우선 왼쪽에 저 돌 보이지? 저걸 한 뼘 정도만 오른쪽으로⋯⋯."

"누님, 조금 물러나."

나는 군말 없이 에시의 뒤쪽으로 몸을 숨겼다. 이미 한 번 겪어서 에시가 뭘 하려는 것인지 바로 알 수 있었다.

"응? 너희 지금 뭐 하⋯⋯ 자, 잠깐만. 내가 생각하는 그거 아니지? 어서 아니라고 말, 으아악!"

콰앙! 우르르. 요란한 소리가 동굴 전체를 울렸다. 나는 반사적으로 감았던 눈을 게슴츠레 떴다. 그러자 잘게 무너진 동굴 벽 사이로 잔해를 뒤집어쓴 반마족이 눈을 부릅뜨고 있는 것이 보였다.

"주, 죽을 뻔했네!!"

경악에 겨운 목소리가 파들파들 떨려 나왔다. 나는 어쨌거나 구속에서 풀려난 그의 신체를 보며 입을 열었다.

"축하해. 자유를 찾았네. 홀가분하지?"

"뭐? 이런 미⋯⋯."

반마족은 비속어라도 내뱉으려는 양 맹렬하게 입을 벌렸다가 곧 도로 다물었다. 에시의 오른손에 벽을 부숴 버린 검이 아직 들려 있다는 걸 뒤늦게 인지한 것 같았다. 그는 헛기침을 연이어 해대곤 기세를 낮췄다.

"내가 살다 살다 이런 무식한 방법으로 탈출하게 될 줄은⋯⋯. 심지어 그냥 벽도 아니고 마법이 걸린 건데⋯⋯."

나는 그의 혼잣말인지 뭔지 모를 소심한 꿍얼거림을 가만 듣다가 호응해 줬다.

"마법이 걸린 벽이었어?"

"그래. 단순한 벽이었으면 진작 내가 부수고 나왔지. 내 참, 설마 이걸 힘으로 깨다니."

그러더니 그는 손으로 부지런히 자기 머리와 몸에 묻은 잔해를 털어냈다. 어쩐지 뿔을 가장 애지중지 살살 터는 것 같다면 착각일까.

"뭐, 됐어. 어쨌든 꺼내준 것은 꺼내준 거니까. 약속한 대로 이 숲의 몬스터를 처리해 주면 되지?"

"아, 그거 말인데."

나는 굳이 안 그래도 된다고 하려다가 말을 멈췄다. 아니지, 생각해 보니 숲 안의 몬스터는 어차피 적으면 적을수록 좋았다. 더구나 매혹의 천이 불러들인 무리도 있고. 부당한 착취도 아니고 자발적인 대가성 노동인데 꼭 나서서 사양할 필요는 없지 않을까?

"왜? 부족해?"

생각에 잠겨 잠시 말을 멈춘 사이, 그걸 어떻게 착각했는지 상대가 대뜸 그처럼 말했다. 응? 부족하냐니?

"쳇, 이럴 줄 알았다니까. 이래서 인간의 욕심이란."

나 아무 말도 안 했는데. 뭐라고 대답하기도 전에 알아서 질문과 답변을 마친 반마족이 품을 뒤적거렸다. 나는 곧이어 내 쪽으로 날아드는 것을 받아냈다. 웬 동전이었다.

"뭐야, 이게?"

"나를 불러낼 수 있는 매개체야."

반마족은 툴툴거리는 어조로 말을 이어나갔다.

"언제, 어디에 있든 그걸 쥐고 내 이름을 부르기만 하면 나를 소환할 수 있어."

"네 이름?"

"계르그."

계르그라. 새로운 이름을 무의식중에 입안에서 굴려보려는 순간 그가 덧붙였다.

"참고로 일회용이야."

뭐라고? 받자마자 날릴 뻔했네.

"신중하게 써. 절대 날마다 오는 기회가 아니니까."

아니, 누가 달랬나. 어쨌든 준다니까 받는다. 나는 약장수 같은 말을 하는 계르그에게 고개를 끄덕였다.

"참."

문득 계르그가 입을 벌렸다. 슬슬 여기서 나가는 방법을 물으려던 나는 말을 잠깐 멈추고 기다렸다.

"그리고 너 말이야. 꽤 재미있는 물건을 가지고 있던데."

"나?"

"품 안에 그거."

계르그는 마치 내 외투 속이 보이기라도 한다는 듯 눈짓했다. 매혹의 천을 말하는 건가? 이게 왜?

"몬스터를 조종할 수 있는 물건이잖아."

"뭐?"

나는 화들짝 놀랐다. 저게 무슨 말이야? 뭘 조종해?

"누가 만들었는지는 몰라도 정교하단 말이야. 네가 만들었나?"

"자, 잠깐만. 그러니까―"

나는 황급히 품 안에서 매혹의 천을 꺼냈다. 천은 빛이 어스름한 동굴 안에서도 여푸른 광태을 발했다.

"네 말은 지금, 이 천이 몬스터를 조종할 수 있는 기능을 가졌다고?"

"뭐야. 몰랐어?"

계르그는 어깨를 으쓱했다. 마치 여태 그것도 모르고 들고 다녔다는 식이었다.

"뭐, 아무나 그 능력을 발동시킬 수 있는 것 같지는 않지만. 근데 너라면 될 것 같은데?"

"그게 무슨……."

"자세한 건 물어도 몰라. 원리나 이유를 아는 게 아니고 단지 눈에 보이는 대로 말할 뿐이니까."

그런 후 그는 선심 쓴다는 듯 말을 이어 붙였다.

"여기서 나가면 시험해 봐. 간단해. 그 천을 몸에 소지한 채 아무거나 속으로 한 가지 생각만 열심히 반복하는 거야. 그럼 가까운 몬스터부터 그 생각을 따를걸?"

"생각……."

"약 십 분 뒤면 해볼 수 있겠네. 이 동굴은 내 마력으로 유지되던 거라 내가 풀려난 이상 시간이 지나면 저절로 사라질 거거든."

"……."

"그럼 난 먼저 간다. 이 근방 몬스터는 시험용으로 몇 마리 남겨놓을게. 안녕!"

"뭐? 잠—"

—깐.

계르그는 잡을 새도 없이 그대로 사라져 버렸다. 나는 당황해 눈을 끔벅거렸다. 그렇게 한순간에 동굴에는 나와 에시, 그리고 무너진 벽의 잔해만이 남겨졌다. 고작 사람, 아니, 반마족 하나가 없어진 것뿐인데 갑자기 뭔가 휑해진 기분이다.

나는 형언하기 힘든 심경으로 빈자리를 응시하다가 고개를 돌려 에시를 보았다.

"에시……."

"응."

"……정말일까?"

매혹의 천을 만지작거리면서 물었다. 계르그가 남기고 떠난 말은 어느 것 하나 충격적이지 않은 내용이 없었다.

매혹의 천이 실은 몬스터를 불러 모으는 것뿐만 아니라 그들을 조종할 수 있다는 것도. 그리고 다른 사람은 모르지만 내가 그 능력을 끌어낼 수 있을 거라는 것도. 하나같이 당장 받아들이기에는 벅찬 것들뿐이었다.

특히 후자가 그랬다. 매혹의 천에 그런 능력이 있는 게 설사 사실이라고 한들 그걸 사용할 수 있는 사람이 왜 하필 나라는 건지 이해가 되질 않았다. 혼란의 호수에 다짜고짜 던져진 기분에 그리 묻고는 입을 꾹 다물고 있었더니, 에시가 말했다.

"태울까?"

"……응?"

"그 천 말이야. 태워 버릴까?"

에시의 표정과 목소리는 지극히 평온하고 일상적이었으나 내용은 그렇지 않았다. 나는 깜짝 놀라 고개를 저었다.

"아니?"

"그럼 사실인지 아닌지 몬스터를 실제로 조종해 보고 태울까?"

"아, 아니…….."

그랬다가 사실이면 더 태우면 안 되는 거잖아? 이건 절대 숨기거나 그냥 덮어서는 안 될 사안이다. 단순히 몬스터를 불러들이기만 하는 것과는 차원이 달랐다. 엄청 심각하다고. 왜 자꾸 '태운다'로 귀결되는 거데?

"누님."

에시는 서두르지 않는 어조로 말을 이었다.

"그 천 조각이 얼마나 비상한 능력을 지녔든, 그래서 지금 그 사실이 얼마나 심각하고 중대한 것이든 알 바 아니야."

"……."

"그걸 만들어낸 신전이 어떤 야욕을 품고 있는지도 상관없고, 황실의 반응도 관심 밖이야."

에시는 검을 갈무리한 오른손으로 내 머리카락을 천천히 쓸어 넘겨 주었다. 차분한 손길이 이마를 스치듯 쓸었다.

"그러니 그게 조금이라도 누님을 불편하게 만든다면, 그냥 이곳에서 태워 없애."

"……."

"아무도 뭐라고 할 수 없을 테니까."

느릿한 어조가 귓가에 맴돌았다. 이마를 스쳐 귀 뒤로 넘어가는 손길. 강압적이지 않고 그저 상냥하지만 단호한 말투. 나는 그것들을 곱씹듯 가만히 피부로 느끼다가 곧이어 입술을 달싹였다.

"……응."

"……."

"그렇지만 됐어. 안 태울래."

거짓말처럼 혼란스럽던 기분이 가셨다. 불안도 사라지고, 마음이 편안해졌다.

"나가서 그 반마족이 한 말이 맞는지 확신해 보고, 만약 사실이라면 황실에 알릴 거야."

우스운 일이다. 막상 천을 태워 버리라는 말을 듣고 나니까 이렇게 홀가분하고 의연해지다니.

"그러고 싶어."

에시는 내 결정에 별다른 말을 하지 않았다. 다만 언제나 그랬듯―

"그래. 누님이 원한다면."

―라고 말해줬을 뿐.

나는 에시를 물끄러미 올려다보았다. 동굴의 어스름한 밝기 아래 에시의 매끈하고 수려한 이목구비가 낱낱이 눈에 들어왔다. 문득 가슴이 뛰었다. 동시에 마른침이 넘어가고, 목이 탔다. 계르그가 던진 동전을 받느라 에시를 놓았던 손이 별안간 무척 허전하게 느껴졌다.

이 동굴. 마법을 통해야만 들어올 수 있었고, 또 마력으로 유지되던 공간이라고 했다. 그건, 즉 이곳이 외부와 단절된 곳이라는 말이다. 오로지 나와 에시 둘뿐인.

"에시."

목이 마른 듯한 이 감각이 정말 물이 마시고 싶은 것이 아니라는 걸 알았다. 직감적으로 알 수 있었다. 혹은 본능적으로.

"너한테……."

끊겼던 충동이 이어졌다. 앞서서 본의 아니게 삼켜야만 했던 말이 목구멍 안쪽을 간지럽혔다. 견딜 수 없을 정도로.

"나는 어떤 의미야?"

"……."

"나를 좋아해?"

나는 턱을 당겨 올려 에시의 황금색 눈동자 안쪽을 들여다보았다. 키 차이 때문에 이 시선을 오래 유지하면 목이 아팠지만, 지금은 그런 게 중요하지 않았다.

"누이라서가 아니라, 가족이라서가 아니라……. 그냥 내가 좋아? 타인이자 여자로?"

직설적인 물음을 받고 에시는 잠시 나를 가만 응시했다. 무슨 생각을 하는지 모를 얼굴이라는 감상이 들었다.

곧 내 귀 언저리에 머물던 손이 조심스레 움직여 뺨에 닿았다. 온기가 볼을 스쳤다.

"응."

"……."

"미친 듯이."

"……."

"더할 나위 없이."

말이 달다면 이런 걸까? 굉장히 단 디저트를 삼킨 것처럼 머리가 어지러웠다. 나는 매혹의 천을 대충 손에서 치워 버리고 양손으로 에시의 옷자락을 단단히 쥐었다.

그건 혹여 다리가 풀린들 넘어지지 않기 위해서이기도 했고, 한편으론 다음 말을 하기 위한 각오를 다지는 의식이기도 했다. 나는 금방이라도 터질 것 같은 심장을 안고 입을 열었다.

"……그런데 왜 아무것도 안 해?"

순간 에시의 동공이 미약하게 확장되는 것이 보였다. 마치 내게서 이런 말을 들을 줄은 몰랐다는 듯이.

"뭐?"

귀가 뜨거웠다. 지금 내 얼굴이 어떤 지경일지 보지 않아도 훤했다. 솔직히 안 보는 편이 나을 것 같기도 하다. 하지만 이미 시작해 버린 말은 멈출 수 없었다. 멈추고 싶은 마음도 없다. 나는 옷자락을 가둔 손에 더욱 힘을 주곤 말을 이었다.

"나를 좋아한다면서. 가족으로서 아끼는 것도 아니고, 남으로."

"……."

"그, 그런데 왜 손만 잡아?"

정확히는 손만 잡은 건 아니지. 품에 안기도 했고, 머리카락을 쓸어 넘겨주기도 하고. 하지만 그건 어쨌든 전에도 하던 것들이잖아. 가족이라고 알고 있을 때도.

"그러니까 내 말은……."

미치겠다. 심장이 너무 뛰어서 내가 지금 무슨 말을 하는지도 모르겠다. 이러다 진짜 본론은 꺼내지도 못하고 횡설수설하겠다는 생각이 들었을 때, 다물려 있던 에시의 입이 벌어졌다.

"……언제부터 그런 생각을 했어?"

"응?"

"언제부터 나한테 그게 불만이었는데?"

나는 눈을 깜박거렸다. 그, 그건……. 에라 모르겠다. 나는 솔직하게 이실직고했다.

"좀 됐는데……."

"……."

"……한참 됐을지도."

정직하게 털어놓자면 에시를 향한 마음을 자각했을 때부터 나는 줄곧 욕망의 화신이었다. 덕분에 그 무렵 속으로 얼마나 자책했는지 모른다. 에시를 보거나 가까이 있을 때마다 걸핏하면 불순한 충동이 솟아올라서.

하, 하지만 지금은 문제없잖아. 불순해도 되는 거 아니야? 아니, 애초에 이젠 불순한 게 아니지 않나? 그냥 자연스러운…….

머릿속으로 그렇게 맹렬히 생각하고 있을 때 에시가 문득 한숨을 흘려보냈다. 한숨인지 뭔지, 어쨌든 뭔가 기가 막힌다는 듯한 얼굴이었다. 한편으로는 허탈해하는 것 같기도 했다. 어느 쪽이든 그 반응의 이유를 몰라 계속 눈만 깜박이고 있으려니 에시의 목소리가 이어졌다.

"그런 줄도 모르고."

목소리가 어딘지 자조하는 것처럼 들렸다.

"쓸데없이 기다렸잖아."

"기다려?"

기다렸다니, 뭘?

되물을 필요는 없었다. 내가 묻는 것보다 에시가 한발 빨랐으니까.

"누님의 머릿속에서 '동생'이었던 내가 정리될 때까지."

"……."

"멍청하게 계속 참고 있었네."

나는 껌벅껌벅 눈꺼풀을 닫았다 열었다. 에시가 꺼내놓은 말을 이해하기까지는 그리 오랜 시간이 걸리지 않았다. 반사적으로 부정의 말이 나갔다.

"나, 난 한 번도 널 동생이라고 생각한 적 없어. 예전부터."

"그러게."

"……."

"머저리같이 그걸 이제 알다니."

에시는 그처럼 중얼거리며 한쪽 눈썹만 찡그렸다. 하지만 동시에 기뻐 보였다. 비유가 옳은지는 모르겠지만, 마치 몹시 고대하고 기다리던 것에 대한 허락을 마침내 구한 사람 같았다.

볼 근처를 스치듯 움직이던 손이 멈췄다. 대신 길고 곧은 손가락이 매끄럽게 목 뒤로 파고들어 와 내 얼굴을 고정했다. 나는 뻣뻣하게 굳었다. 어쩐지 내 뒷머리를 감싸듯 받친 그 손이 의미하는 바를 알 것 같았기 때문에.

"리디아."

에시가 기습적으로 내 이름을 불렀다. 숨을 들이쉬었다. 이건 반칙이었다. 예, 예고도 없이.

"키스할 거야."

아, 이건 예고했다.

"싫으면 밀어내."

절대 놓아주지 않겠다는 듯 머리카락 사이로 단단히 파고든 손길과는 퍽 어울리지 않는 말이었다. 나는 쿵쿵거리는 심장 박동을 느끼

며 말없이 눈을 감았다. 당연한 말이지만 싫을 리가 없었다. 시, 싫기
는커녕 내가 여태 얼마나……

긴장을 동반한 기대감에 머리가 재차 어질거렸다. 다음 순간, 입술
에 부드러운 감촉이 닿았다. 찰나 머릿속에서 생각이라는 것이 통째
로 휘발되는 기분이었다. 사고는 정지하고, 대신 감각이 활개 쳤다. 모
든 신경이 한군데로 쏠려서 오로지 그것만 느끼기 위해 촉감이 존재
하는 것 같았다.

이윽고 부드럽게 맞물린 입술을 가르고 열기가 파고들었다. 나는
움찔하며 에시의 옷자락을 쥔 손을 오므렸다. 열기는 서두르지 않았
다. 대신 집요했다. 닿는 모든 것을 구석구석 탐하기 전까지는 결코
물러나지 않겠다는 듯 끈질기고 고집스러웠다.

숨이 섞였다. 열기가 뒤엉키고, 누구의 것인지 모를 더운 공기가 몇
번이고 양쪽을 오갔다. 그렇게 얼마나 침범당하고, 침범했을까.

"……하아."

나는 달뜬 숨을 길게 내쉬었다. 호흡을 고를 시간을 주듯 열기가 잠
시 물러났다. 하지만 입술은 완전히 떨어지지 않았다. 에시가 내 아랫
입술을 놓아주지 않고 장난치듯 지분거리다가 약하게 깨물었다. 아,
순간 다리에서 힘이 풀릴 것 같았다. 그러자 어떻게 알았는지 곧바로
에시가 다른 팔로 내 허리를 단단하게 감아 지탱했다. 에시는 한 차례
더 내 입술이 단 과일이라도 되듯 머금었다가 혀로 쓸고는 떨어졌다.

"……"

나는 내리깔았던 눈을 완전히 떴다. 심장이 쿵쿵 뛰었다. 적막한 와
중 내 심장 소리는 마치 천둥 같았다. 너무 크게 울리는 것이 아닌가
싶어 내심 민망해졌을 정도로. 가쁜 숨을 몰아쉬느라 가슴이 오르락
내리락하는 것마저 소리가 되어 귓가에 전해지는 것 같았다.

나는 에시의 얼굴을 똑바로 올려다보지 못하고 속눈썹을 아래로

내렸다. 시선 끝이 에시의 가슴과 어깨 어림을 배회했다. 그러다 문득 나는 내 허리를 감은 에시의 팔에 평상시보다 유독 힘이 들어가 있다는 걸 눈치챘다.

고개를 들어 올렸다. 에시의 황금색 호수 같은 눈동자 안쪽이 어쩐지 평소보다 한층 짙은 색으로 물들어 있었다.

"……리디아."

뒷덜미가 오싹했다. 잠에서 갓 깨어났을 때조차 변함없던 에시의 목소리가 다소 낮고 탁하게 잠겨 흘러나왔다. 여유가 없는 목소리라고 한다면 이런 걸까.

"나를 말라 죽게 하려는 게 아니라면."

"……."

"아직 그만하라고 이야기하지 마."

마, 맙소사. 심장이 저 아래로 떨어졌다가 다시 올라왔다. 부탁인 것도, 요구인 것도, 혹은 애원인 것도 같은 에시의 속삭임에 정신을 차릴 수가 없었다. 침을 꿀꺽 넘겼다. 불시에 혼미해지려는 넋을 다잡고 동의의 의미로 다시 눈을 감았다.

눈꺼풀이 살짝 떨렸다. 머리를 녹여 버릴 정도로 달콤한 맛을 알아버린 몸은 미처 기대감을 숨기지 못했다. 그리고 그때였다. 쿵!

"……!"

뭔가가 넘어지는 무겁고 둔탁한 소리에 나는 깜짝 놀라 눈을 떴다. 시야가 갑자기 확 밝아져 있었다. 그뿐만이 아니다. 풍경도 변했다. 어스름하던 동굴의 빛과 투박한 벽이 사라지고, 그 대신 나뭇잎을 통과한 햇빛과 싱그러운 녹음이 주변을 가득 채웠다. 그리고 막 몬스터 한 마리를 쓰러뜨린 계르그와 눈이 마주쳤다.

"……어……."

계르그는 우리를 보며 큼직한 회색 눈을 깜박이다가 이어 목 뒤를 긁적였다. 그가 머쓱하게 말을 건넸다.

"저기, 그, 잘은 모르겠지만 왠지 사과해야 하는 상황인 거지?"

"……."

"십 분이 지나서 동굴이 사라진 건 절대 내 탓이 아니지만, 나는 이 자리에서 단지 성실하게 약속을 이행하고 있었을 뿐이지만, 어쩐지 내가 굉장히 잘못한 것 같은 느낌이 드는데 이거 맞지?"

"……."

"저기…… 으악! 잠깐!"

나는 고개를 숙였다. 이대로 타버릴 것 같은 얼굴을 감출 방법이 달리 떠오르지 않았다.

"저기, 살려줘! 저기요! 이 인간 같지 않은 인간 좀 말리…… 끄악! 도와줘!"

"……."

"아니, 솔직히 내가 뭘 잘못했…… 아니다, 그냥 다 잘못했으니까 제발 말려주세요! 끄아악!"

얼굴이 뜨거웠다. 부끄럽고 민망해서 도무지 고개를 들어 올릴 수가 없었다. 그리고 이 순간 나를 감싼 부끄러움 중 하나는 지금 에시를 말릴 생각이 전혀 들지 않는다는 데서 기인하고 있었다.

나는 잠자코 계르그의 애탄 요청을 외면했다.

목청 좋은 반마족의 비명이 숲을 떠나가라 뒤흔들었다.

Chapter 9
비로즈 왕국

알 수 없는 사연으로 마법 동굴에 몸이 절반만 박혀 있었던 반마족 계르그가 한 말은 사실이었다.

숲에서 간단하게 시험해 본 결과 나는 정말로 매혹의 천을 이용해 몬스터를 조종할 수 있었다. 몬스터는 천을 몸에 지닌 내 의사에 따라 왼쪽으로 갔다가, 오른쪽으로 갔다가, 심지어는 제자리에서 물구나무를 서고–진짜 가능할 줄 몰랐다–가까운 나무에 머리를 박는 것까지 서슴지 않았다.

'말 잘 듣는 몬스터라니.'

정말이지 뭐라고 형언하기 힘든 기분이었다. 나는 그 능력을 이용해 계르그가 해치우고 남은 주변의 몬스터를 죄다 숲 안쪽으로 밀어 버리곤 에시와 함께 숲에서 빠져나왔다.

아펠 숲을 벗어나서는 바로 수도로 돌아가는 길에 올랐다. 여행 어쩌고 하는 구실을 대고 남부로 내려왔던 것치고는 본래 목적은 이루지도 못한 급한 귀환이었지만, 느긋하게 더 머무르자니 품속에 있는 매혹의 천이 너무 신경 쓰여서 어쩔 수 없었다.

'……뭐, 그리고 결실이 전혀 없었던 것도 아니니까.'

나는 조심스럽게 입술을 만지작거렸다가 내적 부끄러움에 가까운 벽을 퍽퍽 갈겼다.

막 에시에게 잡혀 온 근처 마을 마법사가 에시의 서늘한 눈길 아래다 죽어가는 얼굴로 바닥에 마법진을 그리던 중이었다.

나는 벽을 실컷 치는 바람에 달아오른 주먹을 감추고 모른 체했다. 그렇게 그 마법사를 시작으로 몇 사람의 희생이 더해져—점점 편리하다는 생각이 드는 내가 무서웠다—나는 금세 에시와 수도 공작저로 귀가할 수 있었다. 그리고 그처럼 도착한 나를 가장 먼저 반겨준 것은 베시도 집사도 아닌 의외의 인물이었다.

"언니!"

"아리?"

나는 저택 부지를 밟자마자 안쪽에서부터 튀어나오는 익숙한 체구를 엉겁결에 받아냈다. 갈색 눈동자가 그렁그렁해서 나를 올려다보았다.

"기다렸어요!"

"……여기서? 줄곧?"

"네!"

아닌 게 아니라 아리는 정말로 내가 돌아오기를 기다리면서 저택에 며칠 눌러앉아 있었던 모양이었다. 아리가 나를 발견하고 달려 나오는 순간 집사가 드디어 며칠 묵은 체증이 내려간다는 듯한 표정을 지었으니까. 나는 평소 이리의 자유분방한 품행이 집사의 깐깐한 기준에 얼마나 정면으로 배치되는지 떠올리곤 어색하게 미소 지었다.

"언제부터 저택에서 기다렸던 거야?"

"언니한테 편지를 받고 나서 바로요."

뭐라고? 그렇게 일찍?

'집사, 괴로웠겠군……'

갑자기 집사의 표정이 한결 시원하게 보였다.

"우선 들어가요. 할 말이 엄청나게 많단 말이에요."

아리는 잠시간 내 품에 안겨 있더니 곧 주변에 자리한 눈을 둘러보며 내게 속닥거렸다. 나는 고개를 끄덕였다.

"알겠어."

마법사를 갈아 만든 편리한 이동 수단을 이용해서 그런지 장거리를 움직였음에도 피로감은 전혀 없었다. 나는 만약 마법사가 보급형이었다면 이걸로 사업을 해도 되겠다는 생각을 하며 옷만 간단하게 갈아입고 바로 아리와 응접실에 마주 앉았다.

아리가 테이블에 양손을 얹고 나를 빤히 보았다.

"언니, 대체 어떻게 된 거예요?"

"음……."

편지에 간단한 자초지종을 첨부하긴 했었지만 아무래도 설명이 더 필요하겠지.

'어디서부터 어떻게 설명하면 좋을까.'

그냥 시간순으로 차례대로 이야기하는 게 가장 좋겠지. 나는 그간 내게 있었던 일을 숨기거나 가감하지 않고 그저 솔직하게 털어놓았다.

"……그렇게 된 거야."

이야기가 끝난 후, 나를 응시하는 아리의 눈망울은 휘둥그레 변해 있었다.

"언니, 그 말은……"

아리는 믿을 수 없다는 듯 떨리는 손으로 입을 가렸다.

"언니가 내내 헛고생했다는 말이네요!"

"……."

"처음 광장 시계탑에서 꽥 죽어버린 저를 구슬로 살려냈을 때부터 줄곧!"

"……."

"아니, 그 전에 도망을 전제로 시간의 신전에서 구슬을 훔쳤을 때부터 계속!"

"……."

"어쩌면 그보다 이전, 낡은 도서관에서 〈신녀 아그리타의 봄〉을 최초로 읽었을 때부터 쭉……."

"그만해."

애써 외면하고 있었던 걸 아리가 찌르다 못해 정면으로 후벼 팠다. 나는 손바닥에 얼굴을 묻고 한숨을 흘린 후 아리의 말 중 일부를 정정했다.

"널 살린 게 어떻게 헛고생이야? 아니지. 그건 그 자체로 의미가 있는 일이잖아."

"언니……."

"그러니 시간의 신전에서 구슬을 훔쳤던 것도 결과적으로 헛고생이라고 볼 수는 없고."

"그렇지만 그럼 제가 잘 안 죽게 된 이후로는 내리 헛고생이었던 거 맞죠? 특히 최근으로 올수록."

"……."

"죽을까 봐 전전긍긍했던 것도 헛고생, 도망을 준비했던 것도 헛고생, 실제로 도망을 시도해서 겪었던 모든 일이 헛고생……."

"……그만."

"다른 단어로도 표현할 수 있어요. 일명 삽질……."

"그만하랬지."

손바닥을 치우고 눈을 흘겼더니 아리가 그제야 입을 다물었다. 이

내 아리가 헤실헤실 웃었다.

"장난이에요. 축하해요, 언니. 정말 잘됐어요."

"……."

"사실 너무 기뻐서 장난쳐 본 거예요."

"기쁘다고?"

아리는 고개를 끄덕거렸다. 그러더니 양손으로 꽃받침을 하고는 이어 말했다.

"항상 그런 생각을 했거든요. 언니가 행복했으면 좋겠다고. 뭐든 좋으니 언니를 축하해 줄 수 있다면 참 기쁘겠다고."

"……."

"언니가 귀중한 구슬을 소모해 가며 나를 살려주고, 날 걱정하고 도와줬을 때부터 계속."

"……아리."

"소원을 하나 이룬 기분이에요. 진심으로 축하해요."

뭉클했다. 코끝이 찡해졌다. 나는 그것을 감추려고 잠시 말을 아꼈다.

"후우, 내가 생각해도 나는 정말 언니에게 최고의 의동생이다. 그렇지 않아요?"

"의동생이라니, 언제 그렇게 된 거야?"

"언니, 동생 하면 다 그런 사이인 거잖아요. 아, 이러다 악당한테 경쟁자로 인식되어서 쥐도 새도 모르게 죽는 거 아닌가? 아니지, 이젠 그쪽은 동생이 아니니까."

아리가 거침없이 말하고는 나를 향해 한쪽 눈을 찡긋했다. 나는 얼굴을 살짝 붉혔다가 이어서 웃음을 터뜨렸다. 이니, 지 이별픈 윙그는 대체 뭐야. 윙크가 익숙하지 않은가 보다. 왜 한쪽 눈을 깜박이는데 얼굴 근육을 다 쓰고 있는 건지.

"왜 웃어요?"

"아니야."

"그나저나 말이에요."

아리가 꽃받침을 풀고는 팔을 교차해서 테이블 위에 내려두었다. 아리의 표정이 변했다.

"언니 이야기를 듣고 문득 든 생각인데요. 여기가 정말 소설 속 세계가 맞을까요?"

"……무슨 소리야?"

"그렇잖아요."

아리는 웃음기가 사라진 진지한 표정으로 말을 계속했다.

"책의 내용과는 달라진 것이 많아도 너무 많아요. 언니와 언니 동생 사이의 일도 그렇고, 매혹의 천도 그렇고요."

"……."

"제가 여주인공의 몸을 차지해서 생긴 변화라기엔 둘 다 그것과는 별로 상관없는 일 아니에요?"

"그건…… 그렇지."

확실히. 나는 아리의 말에 동의했다. 사실 그건 나도 어렴풋이 떠올렸던 의문이었으니까.

친누나가 아닌 걸 알고 나를 죽이기는커녕 오히려 더한 애정을 드러내는 에시. 몬스터를 조종할 수 있는 천을 만들어낸 신전. 전부 아리의 존재와는 관계없이 책과 틀어져 버린 것들이다.

'후자는 정확하게 말하면 드러나지 않았던 것일 수도 있지만.'

어쩌면 본래 책 속에서도 매혹의 천은 몬스터를 조종하는 능력을 지니고 있었던 것일지도 모른다. 그래서 자세한 것은 몰라도 어떤 위험을 감지한 황태자가 책 속에서 이걸 태워 버렸던 거라면.

'그게 더 그럴듯해.'

황태자씩이나 되는 사람이 고작 질투심에 눈이 멀어 신전의 선물을 무턱대고 태워 버렸다는 것보다는 말이다.

'한데 그렇다면 책은 왜 질투 때문에 그런 것처럼 서술한 거지? 서술자가 마치 황태자의 속내를 모르기라도 한 것처럼······.'

하지만 그건 말도 안 되는 일이다. 작가가 자기가 창조한 작중 인물의 속내도 모른다니.

"뭐, 이렇게 말해도 이 의문이 사실인지 아닌지 확인할 방법은 없긴 하지만요."

"······그것도 그래."

"알고 보니 여기가 소설 속이 아니었다고 한들 뭔가 크게 바뀌는 것도 아니고."

아리는 다소 회의적으로 말하며 한숨을 푹 쉬었다. 갑자기 테이블을 탕 내려친 것은 바로 다음 순간이었다.

"맞다, 언니!"

"왜 그래?"

"그거 알아요?"

"뭐를?"

기세가 난데없이 바뀌어서 놀랐다. 당황해서 얼떨떨하게 대꾸하자 상기된 목소리가 이어졌다.

"신전에서 구슬을 훔친 범인을 찾았대요!"

"뭐라고?"

차라도 마시던 중이었다면 꼴사납게 뿜고 말았을 거다. 나는 순간 내 입이나 손에 아무것도 없어서 다행이라고 생각했다.

"아니, 정확히는 범인을 찾는 중이라고 했어요. 용모파기가 나돌고 있다고요."

"용모파기라면······."

"그런데 남자더라고요."

"뭐?"

아리가 자세를 낮췄다. 그러더니 내 쪽으로 고개를 빼고 손으로 입 주변을 가리곤 속닥거렸다.

"그것도 엄청 평범한 외모의 남자. 길거리에 나가면 너무 흔해서 쟤가 얘인 것 같고 얘가 쟤인 것 같은 그런 얼굴이요."

"······."

"아, 신전이 어떻게 구슬이 사라진 걸 알게 되었는지부터 얘기해야 겠죠. 구슬이 시장에 장물로 풀려서 그랬대요."

"장물?"

"네. 그래서 어떻게 구슬이 장물로 흘러나오게 되었는지 경로를 추적해 보니까 웬 소매치기가 잡히고, 그 소매치기를 추궁했더니 어떤 정체 모를 남자에게서 훔쳤다고 털어놓았더라는 거예요."

'설마.'

"언니, 구슬 남아 있던 거 웬 도적놈들만 모여 있던 마을에서 도둑 맞은 것 같다고 그랬죠?"

"······응."

"그때 언니는 변장에 마법까지 걸린 상태라 영락없이 남자로 보였 다고 했고요."

"맞아."

아리가 신중한 눈빛으로 나를 보았다. 그녀는 진지하게 깔린 목소 리로 말했다.

"잘됐네요."

"······."

"언니가 그때 그런 모습이었다는 걸 아는 사람은 아무도 안 남았 죠? 다 죽었다고 했잖아요. 그야말로 확실한 입막음."

"······."

"죽은 사람들은 안타깝지만, 결과적으로는 잘됐어요. 언니나 나나 이제 잡힐 일은 없어졌다고요. 천만다행이에요."

그러게……. 나는 의외의 전개에 말을 잇지 못하고 그저 눈만 깜박였다.

'전화위복이라는 말이 있기는 하지만.'

그래도 설마하니 일이 이렇게 될 줄은 몰랐다. 그 마을에서 구슬을 소매치기당했던 일이 오히려 이런 식으로 도움이 돼서 돌아오다니. 확실히 아리의 말처럼 당시 내가 마법으로 용모를 바꾸고 있었다는 걸 아는 사람은 대다수 죽었다.

'내게 마법을 걸어줬던 장본인인 마법사는 멀쩡히 살아 있지만, 그녀가 날 팔아넘길 거라는 생각은 딱히 들지 않고.'

그럴 거였으면 자책감 운운하면서 직접 찾아와서 남부로 내려가는 걸 도와주지도 않았을 거다. 기막힌 심정이었다. 세상일은 모른다더니.

'아무튼 잘된 일은 맞네.'

그리고 덕분에 매혹의 천에 대해 황실에 어떤 식으로 알려야 할지 힌트도 좀 얻은 기분이다. 시장에 풀린 장물이라. 그거 정말 좋은 구실인걸. 훔친 건 맞지만 내가 훔친 게 아니라고 하면 되잖아.

'좋았어.'

마음에 걸리던 문제도 해결되었고, 나는 다음 날 날이 밝자마자 바로 황실로 향할 결심을 했다. 하지만 그 결심은 행동으로 옮겨지지 못했다.

이튿날 아침, 해가 떠오른 지 얼마 안 된 이른 시각부터 저택을 찾은 방문자가 있었으니까.

"안녕하십니까."

심지어 그는 나를 찾아왔다고 했다. 나는 응접실로 안내되어 의아하게 상대를 대면했다.

"실례지만, 누구신지?"

단정하게 하나로 묶은 고동색 머리카락. 끝이 약간 내려가 다소 순해 보이는 눈매. 처음 보는 남자였다. 호리호리한 체격의 그는 나를 보자마자 자리에서 일어섰다. 그러고는 내게 정중하게 상체를 숙였다.

"모시러 왔습니다. 공주님."

뭐?

'공주?'

공주라니, 느닷없이 웬 공주? 나는 초면에 다짜고짜 공주 타령을 하는 남자를 황당하게 응시하다가 입을 벌렸다.

"저기, 애석하지만 사람을 잘못 찾아오신 것 같은데……"

쾅! 그때 응접실의 문이 열렸다. 워낙 소리가 강렬해서 순간 문이 부서지는 줄 알았다. 다행히 멀쩡하네. 보기보다 튼튼하구나. 그렇게 생각한 직후 반가운 얼굴을 보았다.

"에시?"

에시는 별다른 말 없이 곧장 내게로 다가왔다. 그러고는 한 손으로 나를 부드럽게 감싸 자기 뒤로 물리면서 다른 손으로 허리춤의 검을 뽑아 남자에게 들이댔다.

나는 화들짝 놀랐다. 이게 무슨 일이야? 남자도 놀란 것은 마찬가지인 것 같았다. 에시는 검을 내리지 않은 채 잔잔히 입을 열었다.

"누님."

에시는 다른 듣는 귀가 있을 때는 나를 누님이라고 부르기로 했다. 지금 중요한 것은 아니지만.

"얼마 전에 북쪽 숲에서 누님을 노렸던 놈들, 기억나?"

"뭐?"

설마 그 살인 청부업자들?

"제국 북쪽에 있는 왕국에서 내려온 놈들이었어."

그리고 에시는 이어서 그냥 지나칠 수 없는 말을 했다.

"저것도 마찬가지고."

뭐라고? 나는 다른 의미로 놀라 남자를 쳐다보았다. 남자는 부정하지 않았다. 다만 의미 모를 멋쩍은 미소를 얼굴에 덧그렸을 뿐.

"……제게 해명할 기회를 주시겠습니까?"

그는 검날을 목젖 앞에 둔 채로 잠자코 양손을 들어 올렸다. 마치 자기는 내게 전혀 해를 끼칠 의사가 없다는 것을 표명하듯.

"부디 부탁드립니다."

나는 남자와 에시를 번갈아 응시했다. 조금 전 남자가 내뱉었던 '공주'라는 말이 머릿속에서 의미심장하게 웅웅 울렸다. 곧이어 나는 고개를 끄덕거렸다.

"정식으로 소개하겠습니다. 제 이름은 미들 수이나."

응접실 의자에 앉은 남자가 제 가슴에 손을 얹고 차분하게 말했다.

"오랜 역사와 정통을 자랑하는 비로즈 왕국의 수이나 백작 가문을 이끌고 있으며, 그와 동시에 왕실의 요직에서 국왕 전하를 보필하고 있습니다."

수이나 백작. 나는 그를 가만 뜯어보았다. 그는 내가 자기 정체를 미심쩍어한다고 생각했는지 왕실과 백작 가문의 문장이 새겨진 인장을 꺼내어 탁자 위에 올려두었다. 나는 그것을 흘긋 보고는 굳이 건드리기 않았디.

비로즈 왕국. 지도를 펼쳤을 때 엄연히 제국 북쪽에 있는 왕국이 맞았다. 우호국은 아니지만 지리적 거리가 가까워서 이름을 들어본 기억이 있다.

난 에시에게 물었다.

"……어떻게 알았어?"

숲에서 나를 노렸던 놈들이 북쪽 왕국에서 온 것도, 이 사람이 북쪽 출신이라는 것도.

에시는 간단하게 대답했다.

"북쪽 왕국 출신은 제국 사람이랑 억양이 약간 달라."

"억양?"

"맞습니다."

부연은 남자가 맡았다.

"미세하지만 발음이나 강조에 차이가 존재하죠. 하지만 그렇다곤 해도 워낙 미세해서 구분하시는 분은 많이 없는데…… 대단하십니다."

남자는 에시의 비위를 맞추고 싶은 사람처럼 살살 웃으면서 이야기했다. 에시는 그러거나 말거나 남자 쪽으론 눈길도 주지 않고 내게 덧붙였다.

"집사가 알아봤어. 웬 생면부지의 놈이 누님을 찾아왔는데 북쪽 출신인 것 같다고. 나는 그걸 전달받고 바로 내려온 거고."

아하.

"유능한 집사를 두셨군요. 하지만 각하께서도 충분히 못지않은 날카로움을 지니고 계신 것 같은데요. 저를 대면하시고 확신하셨던 것 같으니 말입니다."

남자, 수이나 백작은 에시를 향한 아부를 포기하지 않은 것처럼 보였다.

문득 묘하다는 생각을 했다. 백작은 아까부터 에시에게 인격 모독에 가까운 단어로 신나게 지칭되고 있었다. 방금은 놈. 아까는 저것. 아무리 신분에 차이가 있다지만 보통은 불쾌한 내색이라도 할 법한 표현들이었다.

그런데 백작은 기분 나쁜 티를 내기는커녕 오히려 에시에게 아첨하지 못해 안달 난 사람처럼 굴고 있다.

'그만큼 중요하다는 걸까?'

나를 찾아온 용건이?

"……그래서, 해명하겠다는 건요?"

나는 백작에게 본론을 꺼낼 기회를 주었다. 수이나 백작이 반기는 얼굴로 내 말을 받았다.

"우선 결론부터 말씀드리겠습니다. 앞서 공주님을 노렸다는 치들은 우리 왕실과 적대 관계에 있는 자들입니다."

지금 가장 중요한 설명이 빠진 것 같다. 내가 지적했다.

"왜 나를 계속 공주님이라고 하는 거죠?"

"아, 이런. 죄송합니다."

백작이 재차 멋쩍게 웃었다. 처진 눈매 탓인지 그는 웃으면 사람이 꽤 선해 보였다.

"비로즈 왕국의 왕가에 전해지는 전설을 아십니까?"

"전설이요?"

"진부하고 재미없는 전설이죠."

백작은 그렇게 운을 떼더니 말을 이었다.

"왕가에 쌍둥이가 태어나면, 반드시 한쪽이 사라져야만 나라가 기울지 않는다는."

"……"

"그런 비인도적이고 고리타분한 전설입니다."

백작의 목소리는 침착하고 담담했다. 그의 목소리가 담고 있는 내용과는 정반대로.

"무사히 살아 계셔서 정말 다행입니다, 공주님."

나는 멍하니 발코니 난간에 팔을 걸쳤다. 어두운 장막이 깔린 밤하늘에는 오늘따라 유독 별이 쏟아졌지만, 하나도 눈에 들어오지 않았다. 머릿속이 복잡했다.

'내가 공주였다니.'

수이나 백작이 이어 붙인 설명은 이랬다.

내 생물학적 어머니인 비로즈 왕국의 국왕은 이십여 년 전 쌍둥이 자매를 출산했다. 왕가에 태어난 쌍둥이는 나라를 망하게 할 수 있는 저주다. 적어도 비로즈 왕국에서는 말이다. 가신들은 즉각 쌍둥이 중 한쪽을 선별해서 죽이자고 주장했고, 내 어머니는 차마 배 아파 낳은 자식을 죽일 수는 없다며 반대했다.

그러나 국왕이 의견을 고수하기에는 가신들의 반발이 너무나도 거셌다. 결국, 그녀는 고민 끝에 믿음직한 측근에게 갓난쟁이던 나를 맡겨 멀리 보내 버렸다. 가짜 시체를 구해 마치 죽은 것처럼 가장하고 말이다.

그렇게 시간이 흘렀다. 그로부터 이십 년이 넘는 시간이.

"현재에 이르러 그 전설은 점차 힘을 잃고 있습니다. 해당 전설을 정면으로 반박하는 사례가 최근에 발견되었기 때문이죠."

"……."

"국왕 전하께서는 지난 잘못을 바로잡고자 하십니다. 비록 그때는 가신들에게 밀려 어쩔 수 없이 어린 공주님을 품에서 떠나보내야만 했으나, 지금은 전하께서도 가신들의 항의 따위는 묵살할 수 있는 왕권을 다지셨습니다."

"……."

"부디 왕국으로 돌아와 주시길 바랍니다. 오셔서 공주님께서 본래 누리셨어야 할 것을 되찾으시길. 저는 공주님을 모시기 위해 이곳까지 왔습니다."

밤바람이 얼굴을 스쳤다. 나는 추운 것도 느끼지 못하고 여전히 멍하게 난간에 몸을 기대고 있었다.

'공주……'

별안간 헛웃음이 나왔다.

언제더라? 일전에 다베리 경과 복도를 걸으면서 가족에 대해 짧은 사담을 나눈 적이 있다. 나는 그때 다베리 경이 고아라는 사실을 되뇌며 나 또한 그와 마찬가지라고 생각했다. 내 생물학적인 가족은 전부 미국에 가버렸다고, 속으로 그런 우스갯소리를 하기도 했는데.

'미국이 아니라 바로 이웃 나라에 있었네.'

기가 막혔다. 고아인 줄 알았는데 알고 보니 한 왕국의 공주였다니, 이거야말로 소설 같은 이야기가 따로 없잖아.

"후우."

두통이 올 지경이다. 아침부터 밤까지 내내 이 생각에 시달렸더니 심적으로 기진맥진했다. 나는 난간에 기댄 몸에서 힘을 빼고 빨랫감처럼 늘어졌다. 그때였다.

"……에시."

어둑한 배경 따위는 죄 무시하고 새하얀 머리카락이 환하게 내 시선을 사로잡은 것은.

작은 중얼거림을 용케 들었는지, 혹은 처음부터 나를 보는 것이 목적이었는지 에시는 발코니 아래에서 내가 있는 곳을 응시했다. 그리고 다음 순간 척척 거리가 줄어들었다. 나는 에시가 뭘 하려는 것인지 알고 눈을 동그랗게 떴다.

"여기 이 층……"

……같은 건 상관없지, 역시.

에시는 가까운 벽을 가볍게 박차고는 내가 서 있는 이 층 난간까지 단숨에 뛰어올랐다. 대체 어떻게 하면 벽이 발판이 되는 건지 눈으로 보면서도 알 수가 없네.

'심지어 처음도 아니고.'

기시감이 느껴진다. 그때는 발코니가 아니라 이 층 복도 창문이었지만 말이다. 에시는 별것 아니라는 듯 내 옆으로 훌쩍 내려앉아서 내게 여상하게 말을 걸었다.

"춥지 않아?"

"음……."

나는 내가 어깨에 두른 양털 숄이 얼마나 두꺼운 것인지 만져서 확인했다.

"괜찮아. 그런데 왜 나왔어?"

"혹시 이러고 있을까 싶어서."

내가 뭘. 하긴, 아침에 수이나 백작이 방문했던 이후 지금까지 줄곧 정신을 빼고 있기는 했지. 집사나 베시가 무슨 일이냐고 물었지만 그냥 얼버무렸다.

에시는 내 얼굴을 유심히 들여다보았다. 집요한 시선이라 괜히 뺨이 홧홧해졌다.

"……있잖아, 에시."

나는 시선을 피하는 대신 입을 여는 것을 택했다.

"응."

"내가 비로즈 왕국의 공주래. 넌 이걸 어떻게 생각해?"

그것도 '비운의', '쌍둥이'라는 수식어가 붙는 공주.

"글쎄."

에시는 그다지 뜸 들이는 기색 없이 답을 꺼냈다.

"상관있나?"

"……응?"

"어차피 곧 공작 부인이 될 텐데."

에시의 답이 머릿속에 새겨지는 데는 눈을 한 번 감았다 뜰 정도의 시간이면 충분했다.

"……!"

나는 소리를 잃은 입을 뻐끔거렸다. 아무리 생각해도 에시는 기습에 소질이 있는 것이 분명하다. 그러지 않고서야 이럴 수가 없어.

난 헛기침을 하고는 달아오른 얼굴에 손부채질을 했다. 그러다가 얼굴과 손이 동시에 시려서 그만두었다. 음, 공기가 차서 다행인걸. 찬 공기 덕분에 평정을 되찾았을 무렵 에시가 물었다.

"가고 싶어?"

나는 저 물음이 무슨 뜻인지 눈을 깜박이며 생각해 보다가 역으로 질문했다.

"……왕국에 말이야?"

"응."

"그런 것처럼 보여?"

설마 갈등하는 것처럼 비쳤을까? 하지만 결코 아니었다. 맹세컨대 조금도.

내가 아침부터 내내 이러고 정신을 놓고 있는 것은 단지 갑자기 알게 된 내 출신의 비밀이 예상외여서 그런 것뿐이다. 수이나 백작을 따라 왕국으로 돌아가는 것은 애초 내게 선택지조차 되지 못하는 일이었다.

"아니."

"……왜 물어본 거야?"

"혹시 모르니까. 입으로 직접 듣기 전까지는."

나는 에시를 물끄러미 보았다. 에시의 침착한 표정이나 황금색 눈 동자 안쪽에 자리한 일렁임은 평소와 그다지 다를 것이 없었다. 그렇지만 문득 어쩌면 수이나 백작의 등장이 에시에게 불안이 되었던 걸까 하는 생각이 들었다. 에시와 불안이라니, 별로 어울리는 조합은 아니었지만.

"만약 내가 그렇다고 대답하면 어떡하려고? 백작을 따라 왕국으로 가고 싶다고 하면."

놀리듯이 물었다. 마음에도 없는 소리를 던질 수 있다는 게 장난의 장점이지.

에시는 묵묵히 나를 응시했다. 똑바로 나를 보는 곧은 눈길은 무슨 일이 있어도 흔들리지 않을 것 같아 왠지 가슴이 설레었다.

"그럼……."

"그럼?"

"고민하겠지. 간단하게 백작만 치워 버려도 될지, 아니면 왕국 전체를 지도에서 지워 버리는 쪽이 나을지."

……혹시 이거 농담인가? 나 이 타이밍에 웃으면 되나? 장난을 장난으로 받아치다니, 꽤 수준 높군.

물론 장난이 아닐 수도 있겠지만 그건 생각하지 않겠다. 나는 애써 침착하게 말했다.

"차라리 나를 못 가게 묶어놓는 편이 낫지 않겠어?"

물론 감금당하고 싶다는 말은 전혀 아니다. 말하자면 나라를 지도에서 지우는 것보다는 내 자유를 구속하는 게 간편하지 않겠냐는 거지.

"그랬는데 풀어달라고 하면?"

"그럼 풀어주면……."

가만, 그러면 애초에 묶는 의미가 없잖아.

"……무시해야지? 풀어달라고 해도."

기다려 봐. 이거 말할수록 범죄를 종용하는 기분이 드는데.

여러분, 당연한 말이지만 감금은 범죄입니다. 지금 이건 어디까지나 농담
이니 실천하지 마세요.

어째 이런 경고 문구를 덧붙여야 할 것 같은 의무감에 시달리는 사
이 에시가 응수했다.

"애원하고, 눈물로 호소하면? 풀어주지 않으면 죽어버리겠다고 협
박하면?"

"뭐? 그런 극단적인…… 그, 그래도 풀어주지 않는다?"

이 문답은 어디로 가는 것일까. 아무리 가상의 설정이라지만 왜 나
는 자꾸 범죄를 심화시키고 있는 것일까.

에시는 대답해 놓고 눈을 굴리는 나를 보며 피식 웃었다. 그러고는
손을 뻗어 바람에 흐트러진 내 머리카락을 가만히 정돈해 주었다. 나는
그 별것 아닌 사소한 손길이 주는 감각을 놓치고 싶지 않아 숨죽였다.

"그럴 수 있을까?"

아니, 그래도 나라를 지우는 것보단 날 구속하는 게 그나마 경범죄
잖아. 이 말을 해야 하나 말아야 하나 내심 고민하는 동안 에시의 말
이 이어졌다.

"그렇게 생각하기도 했지. 살아도 내 옆에서 살고, 죽어도 내 곁에
서 죽게 하겠다고."

"……"

"나를 떠나게 두느니 차라리 그러겠다고. 그런데……"

내 머리카락을 차분하게 정리해 준 손이 느릿한 미련을 남기면서
물러갔다.

"다시 생각해 보니, 자신이 없더라고."

"……자신?"

"누님이 진심으로 내게 놓아달라고 울며 애원하면, 그렇게 하지 않을 자신."

나는 눈꺼풀을 여닫았다. 심장이 불규칙한 울림으로 쿵쿵 뛰기 시작했다. 살벌하게 시작해 놓고 약한 소리를 하는 에시의 목소리가 신기할 만큼 낯설었다.

"제발 놔달라고 빌고, 보내주지 않으면 그냥 이 자리에서 죽어버리겠다 협박하면, 나는 정말로 누님을 놓아줄지도 몰라."

"……."

"나를 죽여서라도."

아, 살벌하게 끝났다.

하지만 마지막 말은 내 심장에 고스란히 박혀 들었다.

그러니까 저 말은 결국, 그런 뜻이잖아. 자기가 죽기 전에는 나를 놓아주지 않겠다는. 그리고 내가 진정으로 원하면, 차라리 죽음을 선택하면 선택했지 나를 거역할 수 없을 거라는.

나는 난간에 놓아둔 손을 이유 없이 꼼지락거렸다. 심장은 계속 쿵쿵거리는데, 무슨 말을 해야 할지는 모르겠는 기분이 되고 말았다. 나는 애꿎은 난간만 한참 괴롭히다가 아무 말이나 뱉어냈다.

"……왜 누님이라고 해? 듣는 사람이 없을 때는 이름으로 부르기로 했잖아."

잠깐. 이거 약간, 뭔가 남몰래 어린 애인을 키우는 귀부인이 애인과 단둘만 있는 자리에서 투정 부리며 할 법한 대사 같지 않나? 식은땀이 났다. 나는 황급히 화제를 또 바꿨다.

"그리고 왕국으로 갈 일은 결코 없으니 걱정하지 마. 애당초 백작의 말이 그렇게 믿음직스러운 것도 아니고."

그래, 그렇다. 말이 나와서 말인데, 나는 수이나 백작이 한 이야기를 전부 신용하지 않았다. 그가 나에게 공주라고 한 것조차 의심한다는 뜻은 아니다. 구태여 여기까지 찾아와 그런 거짓말로 나를 속일 이유는 딱히 떠오르지 않으니까. 다만 내가 그를 신뢰하기엔 이르다고 느끼는 부분은 바로 이거였다.

"앞서 공주님을 노렸다는 치들은 우리 왕실과 적대 관계에 있는 자들입니다."

수이나 백작은 내게 살인 청부업자를 보낸 그들의 정체가 바로 반란 세력이라고 했다. 훗날 그들이 현 국왕과 후계를 죽이고 왕위 찬탈에 성공했을 때, 왕가의 적통성을 지닌 내가 남아 있으면 골치 아플 테니 미리 처리하려 한 것이라고.

나에 대한 정보가 새어 나가게 둔 것에는 면목이 없다며 그는 고개를 숙였다. 일견 설득력이 전혀 없는 설명은 아니었다.

그렇지만, 정말일까? 알고 보니 어쩌면 실상은 정반대일 수도 있다. 가령 반란군이 아닌 국왕 본인이 나를 죽이려는 것이거나. 만약 이십여 년 전 나를 죽이지 않고 살려둔 것이 그녀의 선택이 아니라 단지 '실패'였다면.

'불가능한 일은 아니지.'

아무리 그래도 배 아파 낳은 친자식에게 어떻게 그럴 수 있겠냐는 말은 기초적인 변론 축에도 끼지 못한다. 역사서를 조금만 뒤져봐도 그랬던 이가 수두룩하게 등장하니까.

비슷한 맥락에서 수이나 백작이 거짓말 따위는 못 해먹을 것처럼 선량하게 생겼다는 것도 그다지 중요하지 않다. 나는 개미 한 마리 못 죽이게 생긴 인간이 알고 보니 희대의 연쇄 살인마였다는 식의 이야기를 열 개는 댈 수 있었다. ……열 개는 너무 많나? 그럼 다섯 개.

'어쨌든 지금으로선 어느 쪽이든 가정일 뿐이지만.'

얼굴 한 번 본 적 없는 생물학적 어머니가 악인인지 선인인지, 나를 죽이려는지 살리려는지 현재로서는 알 수 없다.

그렇게 생각에 잠겨 잠시 입을 다물고 있던 참이었다. 문득 정신을 차리고 나니 에시의 얼굴이 너무 가까이 있었다.

으, 응? 나는 자연히 깜짝 놀라 뒤로 물러나려다 멈칫했다. 가만, 물러날 필요 있나? 영문은 모르겠지만 가까우면 좋은 거 아닌가.

이런 상황에서도 착실하게 흑심을 챙기고 있을 때, 에시가 내 귓가에 속삭였다.

"그러게. 왜 이름을 놔두고 누님이라고 했을까."

……뭐? 그걸 대답하는 거야? 그, 그건 그냥 무시해도 되는 말인데. 기껏 화제도 돌려줬더니!

"자주 부르면 닳을까 봐 아까워서 그랬나."

사근사근, 낮고 부드러운 목소리가 나비의 날갯짓처럼 귓전에 내려앉았다. 와, 능청스러워. 얘는 어디서 배운 적도 없을 텐데 어떻게 저런 말만 골라 하지.

숨결이 퍼진 귓불부터 시작해 얼굴 전체가 홧홧하게 달아오르는 기분이었다. 어쩐지 불쑥 질 수 없다는 생각이 들었다. 지금 에시와 내가 뭔가를 겨루는 상황은 아니었지만 왠지 모르게 승부욕이 생겼다. 나는 뻣뻣하게 고개를 치켜들고 에시의 귓가에 입을 가져가 화답하듯 속삭였다.

"그럼 입맞춤도 자주 하면 닳을까 봐 아깝겠네?"

이 순간 내 당돌함과 용기에 점수를 매긴다면 더 볼 것도 없이 백점이다. 내가 했지만 엄청나. 무지막지한 대사야. 다행히 에시는 내가 내적 부끄러움에 혼자 발버둥 칠 시간을 오래 주지 않았다.

"……아니."

욕망을 드러내듯 확연하게 짙어진 눈동자에 가슴 안쪽이 뻐근했다.

나는 시끄러워진 고동 소리에도 짐짓 태연한 어투를 가장했다.

"이름은 닳을까 봐 아깝다며."

"어느 것에나 예외는 허용되는 법이지."

부디 그렇다고 해줘, 리디아. 이어진 에시의 나직한 속삭임에 결국 더 버티지 못하고 백기를 들었다.

나는 난간에서 손을 놓고 에시의 목에 팔을 둘렀다.

"……좋아. 그럼 당장 키스해."

"명하시는 대로."

이번 입맞춤은 길게 이어졌다. 코로 숨을 쉬면 된다는 걸 알면서도 나도 모르게 숨을 참았다가 몰아쉬느라 도중에 입술이 몇 번이나 떨어졌지만, 그건 잠시 쉴 시간을 주는 것이지 결코 끝을 의미하지는 않았다.

나는 키스에도 체력이 필요하다는 걸 이날 알았다. 그것도 꽤 많이.

밤하늘을 채운 별이 내게로 옮겨 와 가슴과 머리를 온통 어지럽히는 것만 같던 밤이었다.

수이나 백작에 대해 그가 착하게 생겼다는 것 말고 한 가지 더 알게 된 사실이 있었다. 그는 끈질겼다.

"모시러 왔습니다, 공주님!"

"……또 왔어요?"

나는 기막힌 신경을 숨기지 않으며 상대를 응시했다.

"분명히 말했을 텐데요. 왕국으로 돌아가지 않겠다고. 나는 이곳에서 지내는 생활이 마음에 든다고 말이에요."

그래, 그랬다. 내 기억에 뭔가 혼선이 있는 게 아니라면 말이다. 나는 틀림없이 그 말을 다음 날 대답을 들으러 왔다고 저택을 찾은 수이나 백작에게 토씨 하나 다르지 않게 전했다. 백작은 우선 공주님의 뜻은 알겠다고 하고는 물러갔고.

……그랬는데 알고 보니 그게 작전상 후퇴였다니!

백작은 포기하지 않았다. 그는 이후에도 하루도 빠짐없이 계속해서 저택을 방문했다. 심지어는 하도 바로바로 쫓아냈더니 하루에 세 번을 찾아온 적도 있었다. 아침, 점심, 저녁.

'왜 삼고초려를 하루 만에 해치우는데.'

머리가 아팠다. 오죽했으면 이제 응접실에 들어오면 수이나 백작이 의자에 앉아 있다가 벌떡 일어서는 광경이 일상처럼 느껴질 지경이었다. 대체 이게 뭐람. 왜 단골이 되어 있는 거냐고.

"예, 그러셨지요. 하지만 공주님, 부디 한 번만 더 생각해 주실 수는 없겠습니까?"

"한 번이 아니라 다섯 번을 생각해도 내 생각은 바뀌지 않아요."

똑같은 대화를 되풀이하는 것도 지겹다. 나는 아예 응접실 소파에 앉지도 않고 팔짱을 끼고 섰다.

"그리고 공주님이라고 부르는 것도 그만두랬죠. 난 여기선 공주가 아니에요. 공녀지."

아직 저택 사람들에겐 내 출신에 대해 알리지 않았다. 얼렁뚱땅 갑자기 '사실 이랬어!' 하고 밝히기에는 어쩐지 망설여졌기 때문이다. 차라리 모두를 모아놓고 공식 발표처럼 하고 싶다. ……그것도 좀 아닌가.

뭐, 어쨌든. 이십 년 넘게 감춰왔던 비밀과 나조차도 몰랐던 비밀을 한꺼번에 발표하기란 생각처럼 쉽지 않은 일이었다.

"하지만 제가 공주님이라고 하는 것은 이곳 사람들도 벌써 여럿 들었을 텐데요."

"그건 괜찮아요. 다들 그게 백작님의 말버릇이라고 알고 있으니까."

덕분에 저택 내에서 수이나 백작의 이미지가 다소 미묘해졌지만 내알 바 아니다.

백작은 미간을 슬며시 좁히는 것 같더니 금세 도로 폈다. 이미 다봤지만. 어쭈?

'지금 내가 자길 살려주고 있다는 것도 모르고.'

알기나 할까 모르겠다. 말이 나와서 얘기하는데 사실 수이나 백작은 지금까지 약 세 번쯤 죽을 뻔했다.

누구 손에? 에시 손에.

어떻게? 사고로 가장해서 쥐도 새도 모르게.

'그걸 말린다고 내가 얼마나……'

내가 여기서 조금만 더 수이나 백작이 성가시다거나 싫다는 내색을 하는 순간 에시가 곧장 그를 처리하리라는 걸 알았다. 실제로 내가 '백작이 또 찾아왔더라' 하고 가볍게 푸념 조로 이야기했을 때 에시가 '치워줄까?'라고 대답했던 건 결코 농담처럼 들리지 않았으니까.

응, 농담이 아니야. 그건 분명 아니었어.

그래서 나는 소중한 한 생명을 살리기 위해 표정 연기에 꽤 노력을 기울였다. 더러는 수이나 백작이 매일같이 저택에 찾아오는 게 일상에 아주 작은 재미가 된다는 것처럼 거짓말하기도 했다.

재미는 무슨, 귀찮고 성가셔 죽겠지만. 백작이 거슬려서 아직 황성에도 못 찾아갔다.

'아직 살아 있을 때 빨리 단념해 주면 좋을 텐데……'

차라리 슬쩍 알려줄까. 타국에서 의문의 죽음을 맞이하기 싫다면 이만 포기하고 혼자 돌아가는 게 좋을 거라고. 내가 속으로 무슨 고민을 하는지 알 길 없는 수이나 백작이 입을 열었다.

"이곳에서 공녀로서 지내는 것이 그토록 마음에 드십니까?"

나는 수이나 백작을 쳐다봤다.

"그렇다면요."

그의 말 중에서 어느 부분이 걸리는 것인지 생각해 보았다. 공녀로서. 이 부분인가.

나는 언뜻 백작이 어떤 착각을 하고 있다는 걸 알아챘다. 애초 공주니 공녀이니 하는 지위는 내게 그다지 중요하지 않았다. 지위나 그에 따라붙는 권위는 둘째 문제고, 정말 중요한 건 곁에 누가 있느냐니까.

"제가 입만 조금 벙긋한다면 공주님은 이곳에 더는 공녀로 계실 수 없을 텐데요."

하지만 저 자식은 저렇게 생각할 줄 알았다. 저것 봐. 나는 인상을 찌푸렸다. 백작은 아랑곳하지 않고 말을 이었다.

"이곳 공작과 사이가 각별하신 것은 알겠습니다. 공주님의 출신을 알고도 별 내색이 없었던 걸 보니 진작 친남매가 아님을 알고 있었던 것도 같고요. 그렇지만 공주님, 아시다시피 귀족 사교계처럼 폐쇄적이고 혈통을 중시하는 곳도 없습니다. 사실이 알려지면 제국은 당연히 공주님을 외부인으로……."

"백작님."

한숨을 쉬고 말을 끊었다. 그는 멈칫했다가 대꾸했다.

"님 자는 빼주셔도 됩니다."

"그래요, 백작."

나는 길게 이야기하지 않기로 했다. 여기서 내겐 지위가 중요하지 않고 너의 착각은 틀렸고 구구절절 읊어봐야 입만 아플 테니까.

"상관없어요. 동네방네 내 출신을 폭로하고 싶으면 그렇게 해요."

"……."

"어차피 난 공녀가 아니라 공작 부인이 될 테니까."

에시의 대사를 좀 빌렸다. 이걸 여기서 이렇게 써먹다니. 크흠, 뱉을 때는 나름 시원했는데 어쩐지 좀 민망한걸.

수이나 백작은 당황한 것 같았다. 별말 하지 못하고 눈만 깜박이고 있었으니 말이다.

나는 팔짱을 풀고 손을 휘저었다. 축객령이었다.

"됐죠? 알아들었으면 이제 가봐요. 그리고 기왕이면 다신 찾아오지 말아요. 오늘 에시가 마침 저택을 비웠기에 망정이지, 백작이 나를 협박하려 한 걸 알았으면 백작을 결코 가만히 두지 않았을 테니까."

수이나 백작도 운이 좋다. 이렇게 계속 목숨을 부지하잖아. 그렇게 말하고 몸을 돌리려는데, 갑자기 백작이 바닥에 무릎을 꿇었다. 나는 당연히 놀랐다.

"······뭐 하는 거죠?"

무릎이 바닥과 부딪히는 소리가 꽤 크게 났는데. 무릎 관절 괜찮은가. 다행히 젊어서 괜찮은지 백작은 별달리 아픈 내색 없이 그 상태로 고개를 조아렸다.

"잘못했습니다, 공주님. 제 생각이 짧았습니다. 부디 조금 전 제 불경을 벌하고 용서해 주십시오."

"됐어요. 그냥 나가세요."

자기가 잘못해 놓고 무릎만 꿇으면 다 되는 줄 알던 먼 옛날 전 남자 친구가 생각나서 기분이 좋지 않다. 심지어 그런 자식들의 특징은 자기가 정말 잘못했다고 생각하지 않는다는 거지. 단지 이 순간을 모면하기 위해 상대의 마음이 약해질 만한 행동을 하는 것뿐.

"공주님."

"나는 갈 테니 계속 그러고 있든가."

"좋습니다. 왕국으로 돌아오시기 싫으시다면 더는 강요하지 않겠습니다. 다만, 완전히 돌아오시는 것이 아니라 잠시, 아주 잠깐이라도 시간을 내어 국왕 전하를 뵈어주실 수는 없겠습니까?"

수이나 백작은 이마를 바닥에 댄 채 애원했다. 저 말은 무시하고 그냥 돌아설 수가 없었다. 의문이 들었기 때문이다.

"국왕을 만나라고요?"

"그래도 낳아주신 어머니가 아닙니까. 부모, 자식 간의 정이 있는 법인데 어찌 생사를 버젓이 알면서도 얼굴 한 번 보지 않을 수 있겠습니까? 부탁드립니다. 그저 한 번뿐이라도 되니⋯⋯."

"그럼 그쪽에서 나를 만나러 오면 되는 거 아닌가요? 백작이 그렇게 애원할 정도로 국왕이 나와 만나기를 바란다면 말이에요, 국왕보고 오라고 하세요."

그래. 국왕이 정말로 이십여 년 전 나를 버렸던 것을 미안해하고 있다면, 그걸 잘못이었다고 생각하고 바로잡으려는 거라면, 그녀는 직접 나를 데리러 왔어야 했다. 고작 제 휘하의 사람 하나 보내 마치 선심이라도 쓰듯 '돌아오면 너를 공주로 복귀시켜 줄게' 할 것이 아니라.

만일의 상황을 대비해 뒤늦게 거두려는 왕가의 혈통이 아닌, 정말 자식으로 생각한다면 그랬어야 한다. 그러니 나는 수이나 백작의 '부모, 자식 간의 정' 운운에 자연히 태도가 싸늘해질 수밖에 없었다.

차가워진 내 목소리를 느꼈는지 수이나 백작이 엎드린 자세를 더욱 낮췄다. 나는 그것을 가만 보다가 몸을 돌렸다. 어차피 국왕이 직접 왔어도 내가 왕국으로 돌아가 공주 노릇을 하는 일은 없었을 테지만, 그래도 기분이라는 게 있는 법이다. 나는 응접실을 완전히 벗어나려 걸음을 옮겼다.

그때였다.

"지병이 있으십니다!"

수이나 백작이 갑자기 버럭 외쳤다. 응접실 전체가 울릴 만큼 크게, 그리고 꽤 다급하게. 백작은 이어서 말을 쏟아냈다.

"⋯⋯심장이 좋지 않으십니다. 그래서 왕성이 아닌 바깥으로 나오는 것은 힘들어하십니다. 이런 장거리를 이동하는 거라면 더 말할 것도 없지요."

"……."

"저처럼 전하를 바로 곁에서 모시는 측근을 제하고는 아무도 모르는 사실입니다. 외부에 알려지는 순간 전하를 왕위에서 끌어내리려는 자들에게 좋은 빌미가 되어줄 테니까요. 그래서 주치의까지 주기적으로 교체해서 입막음하며 여태 철저히 감춰왔습니다."

백작이 이마를 찧었다. 바닥과 충돌하며 요란한 소리가 났다. 그는 말을 그치지 않았다.

"그 몸을 하시고도 전하께선 직접 움직이겠다 하셨습니다. 그러나 제가 막아섰습니다. 부디 옥체를 먼저 살피시라고 제가 간언드리고 반대했습니다. 전부 저입니다."

"……."

"그러니 노여움은 제게 푸시고, 부디 전하를 만나주십시오."

"……."

"부탁드립니다. 극비이나, 전하의 몸이 최근 좋지 않으십니다. 실은 이대로 찾지 않을 수도 있었던 공주님을 굳이 모시러 온 것은 일부 전하의 건강 문제 때문이기도 합니다. 당장은 주변국과 귀족의 눈을 의식해 정정한 척하시지만, 실제로는 앞으로 어떻게 될지 모르는 상태입니다."

백작의 목소리는 절절했다. 이마를 찧는 소리가 제법 컸으니 어쩌면 피가 났을지도 모르겠다. 돌아서서 확인해 보지는 않았지만.

"제발 부탁드립니다. 부족한 자의 소원이라고 생각해 주십시오."

수이나 백작은 거기까지 말한 후 입을 다물었는지 조용해졌다. 나는 잠시간 더 자리에 서 있다가 곧이어 응접실을 빠져나왔다.

에시는 중천에 뜬 해가 서산으로 어느 정도 기울었을 때쯤 저택에 돌아왔다. 나는 에시의 집무실에서 기다리고 있다가 문이 열리는 것을 보곤 입술을 뗐다.

"왔어?"

열린 문틈으로 들어서던 단단한 몸이 멈칫했다. 에시는 외투를 벗어 내려놓고는 셔츠 소매의 단추를 풀며 내 쪽으로 다가왔다.

"……어디 있나 했더니."

미약하게 허탈함이 묻어나는 듯한 목소리에 나는 귓가가 약간 홧홧해졌다. 저택으로 귀가하자마자 에시가 누굴 가장 먼저 찾았는지 저것만 듣고도 충분히 알 수 있었다.

나는 응접용 소파가 아닌 집무실 책상에 걸터앉아 발장구를 치고 있었다. 단추가 풀려 드러난 에시의 손목뼈가 어딘지 유혹적이라는 생각을 하다가 입을 열었다.

"뭐 하다 왔어?"

그럴 생각은 아니었는데 어쩐지 살짝 투정 조로 말이 흘러 나갔다. 지척까지 다가온 에시가 잠시 움직임을 멈추고는 나를 가만 응시했다.

"기다렸어?"

"……그냥 바깥에서 뭘 했는지 궁금해서."

"리디아."

커다란 손이 이마를 감싸더니 가볍게 쓸었다. 눈을 간지럽히던 앞머리가 손짓을 따라 부드럽게 넘어갔다.

"무슨 일 있어?"

귀신같기도 하지. 뭐, 이건 내가 딱히 표정을 숨기지 않아서이기도 하겠지만. 나는 솔직하게 말했다.

"백작이 오늘도 왔어."

"그래?"

에시가 내 머리카락을 몇 차례 더 쓸어 넘겼다. 차분한 손길에 기분이 좋아졌다.

"이 정도면 봐줄 만큼 봐준 것 같은데……."

"……아니, 꼭 그것 때문에 내가 이러는 건 아니고."

나는 일단 백작의 목숨을 살린 후 말을 이었다.

"백작이 그러더라고. 왕국으로 완전히 돌아오지 않아도 되니까, 대신 국왕을 만나달라고."

"……."

"한 번만이라도 좋으니 제발 부탁한다고."

"어떻게 하고 싶은데?"

시선을 들었다. 상냥하지만 올곧게 나를 응시하는 황금색 눈동자와 정면으로 마주쳤다. 나는 잠시 머뭇거리다가 입을 열었다.

"……모르겠어."

모르겠다. 이건 진심이었다.

"국왕이 아프대."

"……."

"지병이 있다나 봐. 심장이 안 좋다고. 바깥에는 숨기고 있지만 오늘내일한대."

오늘내일한다는 소리까진 안 했던 것 같지만 어쨌든 그 말이 그 말이니까.

"그래서 죽기 전에 나를 보고 싶은 것 같아. 어쨌거나 생물학적으로는 자식이니까."

"그건 전부 수이나 백작이 한 말인가?"

"……응."

에시는 잠시간 내 머리를 더 만지작거리다가 이윽고 손을 거뒀다.

나도 모르게 아쉬움을 느낄 무렵 에시가 책상에 내려놓았던 웬 서류를 집어 들었다. 나는 그게 에시가 집무실로 들어오면서 가지고 왔던 것이라는 걸 알아차렸다.

"그건 뭐야?"

"백작 뒷조사."

에시가 아무렇지 않게 불법적 결과물을 알렸다.

"볼래?"

아니, 뭐…… 보여준다면 사양할 것은 없지만.

나는 종이 뭉치를 받아 들었다. 여러 장으로 된 서류에는 글자가 꽤 빼곡하게 적혀 있었다. 서류를 한 장씩 넘기며 속독으로 내용을 살폈다.

우선 수이나 백작의 신분은 사실이었다. 그가 국왕을 가까이서 모신다는 것도 사실이고. 또 그가 말했던 비로즈 왕국 왕가의 쌍둥이 전설, 그리고 왕위를 넘보는 반란 세력이 있다는 것도 이 서류에 따르면 진실이었다.

'국왕이 근래 다른 때보다 유독 왕성에 칩거하고 있다는 것도 사실이고……'

이걸 며칠 만에 어떻게 다 알아냈나 싶을 정도로 제법 세세한 내용이었다. 가만, 이렇게 되면 수이나 백작의 발언에 대한 신뢰도가 높아지게 되는 건가.

그렇게 생각하며 마지막 장까지 넘겼을 때 나는 멈칫했다.

비로스 왕국의 실인 청부업 길드 올키르 몰살.

"……몰살?"

"길드 자체가 사라졌다더군."

에시가 내 손에서 서류를 도로 가져가며 설명을 덧붙였다.

"북쪽 숲에서 누님을 노렸던 놈들이 몸담고 있던 길드야."

에시는 가져간 서류를 책상 위에 다시 아무렇게나 얹어놓았다. 툭, 종이 뭉치가 내려앉는 소리가 났다.

"멀쩡했어도 어차피 쓸어버릴 생각이었지만…… 이미 다른 손을 탄 뒤더라고."

"다른 손이라면……."

"글쎄, 그것까진 알아내지 못했지만."

에시가 나를 지그시 보았다. 모양 좋은 입술이 달싹였다.

"반란 세력이 굳이 이렇게까지 요란하게 일 처리를 하진 않을 것 같은데."

"……."

무슨 이야기를 하는지 알겠다.

반란군이란 그 규모를 떠나 보편적으로 행동을 조심하게 마련인 단체다. 왜? 잡히면 끝이니까. 그들은 본거지를 들키는 순간 국가의 군대에 의해 소탕될 명분이 얼마든지 있었다.

그러니 눈에 띄지 않게 움직이고 은밀히 일을 처리하는 건 그들에게 기본 중의 기본이었다. 그런 상황에서 구태여 길드 하나를 소멸시키면서까지 살인 멸구를 하는 건, 그럴 힘이 있다고 한들 미련하고 비효율적인 낭비에 지나지 않는 행위였다. 길드를 지워 버린 것이 정말로 반란 세력이라고 한다면.

"어떻게 할래?"

에시가 다시 물었다. 나는 생각을 그만두고 에시의 유리구슬 같은 투명한 눈동자를 들여다보았다. 대답은 생각보다 수월하게 흘러나왔다.

"……보고 싶어."

"보고 싶다고?"

"궁금해."

수이나 백작의 절절하던 주장이 전부 새빨간 거짓일 수도 있다는 가능성이 생긴 순간, 도리어 머릿속에 다른 결심이 들어섰다.

국왕이 궁금하다. 어떤 사람인지 한 번쯤 봤으면 좋겠다. 이십여 년 전 친자식을 죽이려다 실패하고, 그 실패를 되돌리겠다고 이렇게까지 하는 사람은 도대체 어떤 얼굴을 하고 있을지.

"가서 국왕을 직접 만나보고 싶어."

나는 그렇게 말한 후 뒤이어 얼른 내 진짜 속내를 덧붙였다. 혹시 내가 아무런 대책 없이 날 죽이겠다는 사람 앞으로 기어들어 가려는 것이라고 오해할까 봐.

"그러니까 이렇게 할 생각인데……."

비록 방금 떠오른 것이지만 나름 나쁘지 않다고 생각했던 계획을 열심히 설명했다. 에시는 그걸 다 듣고는 잠시 침묵하는 것 같더니 이어서 내 귓가에 속삭였다.

"……이렇게 해."

"응? 나야 상관없지만 그러면 네가……."

"나도 상관없어."

그렇다면야 나로선 한결 안심되고 좋지. 나는 고개를 끄덕였다.

이로써 결정 났다. 명쾌하고 빠른 결단이었다. 오전부터 지금까지 혼자 고민했던 시간이 살짝 우스워질 정도로 빠른 결론이라 약간 허무한 기분도 느끼고 있는데, 별안간 이마에 부드러운 감촉이 닿았다 떨어졌다. 깜짝 놀라 고개를 들었더니 에시가 천연덕스럽게 웃었다.

"왜?"

"방금 이마에……."

"무슨 일 있었나?"

시, 시치미 떼는 것 좀 봐. 할 말을 잃고 뚱하게 응시했더니 에시가 피식 웃음을 터뜨렸다. 그러더니 시인했다.

"이마가 눈에 보여서."

뭐라고? 그게 무슨 어처구니없는 이유야. 아니, 그건 그냥 이유랄 게 없는 수준이잖아.

나는 가볍게 스친 체온만으로도 마치 불에 덴 듯 화끈거리는 이마를 문지르다가, 문득 어딘가에 생각이 미쳐 손을 뻗었다. 눈에 보여서 그랬다면, 나도.

"······뭐 해?"

"그냥."

나는 책상을 짚은 에시의 오른팔 셔츠 소매를 걷어 올리고 드러난 손목뼈를 만지작거렸다. 묻는 말에는 최대한 천연덕스럽게 대답하면서.

"손목뼈가 눈에 보여서."

정확히는 지금이 아니라 좀 전에 에시가 소매 단추를 풀 때 얼핏 봤던 거지만, 뭐 어쨌든. 괜히 그때부터 신경 쓰여서 만져보고 싶었다. 복숭아뼈처럼 툭 불거져 나온 게 어딘지 사람의 만짐 욕구(?)를 자극했다고 할까.

그렇게 에시의 손목을 더듬으면서 불순한 욕망을 얼마나 충족하고 있었을까. 갑자기 이마가 간지러운 듯한 느낌이 들었다. 응? 간지럽다니, 왜······.

"리디아."

"······."

"지금 유혹하는 걸까?"

코가 스칠 듯한 거리에서 에시의 목소리가 나직하게 들렸다. 깃털처럼 이마를 간지럽히던 것이 뭐였는지 알았다. 그건 에시의 머리카락이었다.

아, 아니. 잠깐만. 이렇게 가까이서 말하는 게 어딨는······ 그리고 유혹이라니?

"무, 슨 유혹?"

"손길이 너무 은근해서. 굉장히 유혹당하는 기분인데."

"뭐가 은근해!"

으, 은근하게 만진 적 없어! ……아마도!

나는 적극적으로 항의하려다가 멈칫했다. 여기서 더 움직였다간 자칫 입술이 닿을 것 같았다.

에시는 나를 양팔 사이에 가둔 채로 속삭였다.

"어쨌든 나는 유혹당했으니까, 책임져 줬으면 좋겠어."

"……."

그, 그러니까 그게 왜 유혹……. 굳이 선후 관계를 따지자면 네가 나한테 손목뼈를 은근슬쩍 노출했던 게 유혹의 시작 아닐까.

나는 이렇게 말할까 잠시 고민하다가 그만두었다. 솔직히 이 상황에서 누가 먼저 유혹했느냐는 그리 중요한 쟁점이 아닌 것 같으니까. 그보다 문득 다른 것을 정정하고 싶어졌다.

"유혹은……."

한 손을 들어 에시의 어깨를 살짝 쓸어내렸다. 그러곤 다른 손을 에시의 셔츠 앞쪽으로 가져가 검지를 세워 단단한 가슴에 대고 미끄러뜨렸다. 단추를 하나씩 건드리면서, 굼뜨고 느릿하게, 천천히.

"……이런 거지."

음, 가만. 옛날에 어디서 본 것이 떠올라 그걸 즉흥적으로 따라 해본 것까지는 좋았는데, 문제는 막상 저지르고 나니 너무 설친 것 같다는 자각이 뒤늦게 밀려들기 시작했다는 거다. 이걸 어쩌면 좋지?

그러나 에시는 내게 오래 고민할 여지를 주지 않았다. 곧바로 나를 번쩍 들어 올려 집무실 책상이 아닌 푹신한 소파 위로 옮겨놨으니까.

"리디아."

나는 절반쯤 누운 채로 에시를 올려다보며 눈을 깜박였다. 어쩐지 침이 요란하게 넘어갔다.

"오늘은 키스가 길어져도 내 탓 아니야."

"……."

"분명히 해."

신이시여.

'설치길 잘했다.'

곧이어 내 상념은 호흡과 함께 에시에게 송두리째 먹혔다. 나는 이날 예상했던 것보다 훨씬 늦게야 에시의 집무실에서 나올 수 있었지만, 당연히 불만은 전혀 없었다.

미들 수이나 백작은 착하게 생겼다. 얼마나 착하게 생겼냐면, 살생 면에서는 길가의 잡초 하나 못 뽑을 것 같고, 언행 면에서는 거짓말이라는 단어가 이 세상에 존재하는지도 모를 것처럼 생겼다. 그리고 그것은 수이나 백작 본인이 생각하는 자신의 가장 큰 장점이었다.

'다들 내 생김새만 보곤 알아서 신뢰하고 믿어주니까.'

그래서였다. 수이나 백작이 이번 일에 적임자로 차출된 것은.

'나한텐 잘된 일이지. 공을 세울 기회가 알아서 굴러 들어온 셈이니 말이야.'

얼마 전, 국왕과 그 측근으로부터 죽은 줄 알았던 쌍둥이 공주가 살아 있다는 소식을 들었다. 백작은 놀랐다. 그도 그럴 게 그는 이십여 년 전 그녀의 시체를 직접 봤다. 비록 어릴 때였지만.

"그건 가짜였다. 붉은 머리카락은 염색이나 마법이었을 테지. 괘씸한 것. 이미 죽었으니 잡아다 단죄할 수도 없고……. 무덤이라도 파내어 시체를 조

각내야 하나. 무덤이 있을지는 모르겠지만."

알고 보니 갓난쟁이이던 쌍둥이 공주를 죽이는 역할을 맡았던 시녀장이 국왕을 배신했던 거였다. 수이나 백작은 놀랐지만, 그 놀람은 곧 잠잠해졌다.

살아 있으면 뭐? 안 죽었으면 죽이면 그만이다. 살기 좋은 이 세상에서 돈과 권력으로 못 할 것은 없었다. 예시로 먼 타국에 있는 사람 하나를 앉은 자리에서 손가락 하나 까딱하지 않고 처리하는 것도 얼마든지 가능하다.

······그렇게 생각했다. 첫 시도가 실패로 돌아가기 전까진.

"청부업자들에게서 연락이 끊겼습니다."
"뭐라고?"
"급한 대로 제국 내에 있는 조사단을 움직여 파악 중입니다만, 아무래도 실패한 것으로 추정됩니다."

조사 결과 거액의 착수금을 주고 일을 맡겼던 살인 청부업자들이 모조리 죽었고, 심지어 그들을 죽인 것은 위드그린 공작인 것 같다는 결론이 나왔다.

"최악이군."
"공작이 알았으니, 이제 같은 시도는 통하지 않을 겁니다."
"친누이가 아니라는 것을 일러줬나? 그랬는데도 공작이 그것을 감싸고 나섰던 말이지?"
"정확한 정황은 알 수 없으나 그런 것으로 보입니다."

일이 나쁘게 돌아갔다. 새 대책이 필요했다. 상황을 아는 측근이 전부 모여 국왕의 앞에서 머리를 맞댔다. 그때 의견을 낸 것은 막내였다.

"상대를 이쪽으로 부르죠."
"뭐?"
"알고 있을지 모르겠지만 사실 너는 이 나라의 공주다. 이십여 년 전에는 피치 못할 사정으로 널 그리 보낼 수밖에 없었다. 이제라도 그 잘못을 바로 잡고자 하니 왕국으로 돌아와서 공주 지위를 되찾아라― 어떻습니까?"
"오, 괜찮은 생각입니다."
"그렇게 이곳으로 불러들여서 몰래 죽여 없애 버리는 겁니다."
"비용적인 측면에서도 성공이 불확실한 암살자를 더 쓰느니 이쪽이 나은 것 같습니다."

주변에서 기뻐하며 그의 의견에 동조하고 나섰다. 국왕은 듣다가 짧게 질문했다.

"하지만 그처럼 공식적으로 불러들였다가 상대가 여기서 죽으면 자연히 의심을 사게 될 텐데. 그건 어떻게 할 셈이지?"
"그건……."
"간단합니다."

집단의 막내는 보통 똘똘하게 마련이라는 편견에 일조하며 막내 측근이 계획을 설명했다.

"마차는 왕성에 도착하기 전에 습격당할 겁니다."
"흐음?"

"그녀는 왕성과 멀리 떨어진 외딴 숲속 따위에서 죽고, 저희는 뒤늦게 습격 사실을 알고 왕실 기사단을 파견하여 수색 끝에 그녀의 시체를 발견하는 겁니다."

"그렇다면 범인은?"

"몇 해 전부터 남부에서 반란 세력이 움직임을 보이는 중으로 압니다. 그들에게 덮어씌우죠. 이 김에 평소 눈엣가시였던 귀족 하나를 수장으로 몰아 처리하시면 나쁘지 않을 겁니다. 귀족의 머리를 베어다 갖다 주면 제국이나 공작가도 납득하겠지요."

국왕은 크게 웃었다. 막내가 내놓은 계책이 꽤 마음에 찬 눈치였다. 그러자 오가는 말을 가만 듣고만 있던 측근 한 명이 조심스레 끼어들었다.

"저, 그런 것이라면 굳이 그처럼 번거롭게 할 것 있겠습니까? 그냥 마차를 습격해 그 자리에서 바로 처리하고, 산적의 소행으로 꾸미는 것은……."

"멍청한 것. 네놈은 정녕 머리가 그렇게밖에 돌아가지 않나?"

"예?"

"산적이라고? 작정한 습격이면 모를까, 명색이 공주를 수행하라고 보낸 왕실 정예 기사를 고작 산적 하나 상대 못 하는 머저리로 만들어놓을 셈이냐?"

"그, 그건……."

"더구나 그게 아니어도 어차피 상대 측 가문 기사가 동행할 거다. 바보가 아니라면 호위를 우리에게만 맡겨둘 리 없으니까. 왕실 정예 기사로도 모자라 고르고 고른 공작가의 기사들까지 이기는 산적이라니, 아주 볼만한 희극이겠구나."

"……죄송합니다."

그렇게 막내 측근이 낸 계획이 실행되었다. 그리고 문제의 공주를 데리러 제국으로 향할 사람도 그 자리에서 바로 결정되었다.

미들 수이나 백작은 자기 가슴을 호기롭게 팡팡 쳤다.

"걱정일랑 마시오. 내가 이 얼굴과 혓바닥으로 잘 구슬려서 기필코 데려올 테니."

"명심할 게 있습니다. 백작님. 처음에는 무조건 왕국으로 완전히 돌아오란 식으로 설득하세요. 와서 공주 지위를 되찾으라고."

"그거야 당연히……."

"그리고 거절당해도 끈질기게 같은 설득을 거듭하다가, 돌연 말을 바꾸는 겁니다. 완전히 돌아오지 않아도 좋으니 국왕 전하를 잠시 만나기라도 해달라고요."

"잠깐만, 거절? 그대는 상대가 이 제의를 거절할 거라고 생각하는 거요?"

"그럴 확률이 높다고 판단합니다."

"아니, 왜…… 저저 준다는 공주 지위를."

"그녀는 이미 제국에서 공녀로 호의호식하고 있습니다. 가문에서 천대받는다면 모를까, 알려지기로 그녀와 공작의 사이가 무척 돈독하다더군요. 제국에 남겠다는 선택을 할 가능성이 농후합니다."

그런가. 수이나 백작은 일단 고개를 끄덕였다. 어쨌든 지금 말하는 자는 똘똘한 막내이고 조언 정도는 들어둬서 나쁠 건 없었다.

"그럼 차라리 시간 낭비할 것 없이 처음부터 국왕 선아를 만나달라고 부탁하는 건? 그게 낫지 않소?"

"사람은 꽤 단순한 생물입니다. 처음에 십을 부탁받고 그걸 거절한 상태에서 뒤이어 삼을 부탁받으면, 앞서 십에 비해 삼은 별것 아닌 것처럼 보이는 심리와 이미 상대방을 한 번 거절했다는 묘한 마음의 가책이 함께 작용해서 후자를 쉽게 수락하게 되거든요."

"오호……"

"만에 하나 그것도 통하지 않았을 시에는 그냥 바닥에 머리라도 박으면서 애원하세요. 최대한 인정에 호소하시고요. 부모, 자식 간의 도리를 들먹여도 좋고 다른 거짓말을 동원해도 좋겠죠. 백작님의 임기응변을 믿습니다."

"설마 그렇게까지 하게 되겠소? 어쨌거나 나만 믿으시오."

……그리고 그렇게까지 하게 되었다.

수이나 백작은 회상을 그만두고 이마를 문질렀다. 치료는 진작 끝났으나 아직도 아릿한 통증이 느껴지는 것 같았다. 너무 세게 박았나.

응접실 바닥에 이마를 처박는 순간 바로 후회했지만 돌이킬 수 없었다. 대신 백작은 그때 그 고통까지 전부 목소리에 담아 절절함으로 승화시켰다.

아픔 탓에 목소리 끝이 가늘게 갈라지면서 말이 한층 애절하고 진실성 있게 들렸지. 자기 귀로 듣기에도 썩 나쁘지 않았다.

'아니, 그 정도면 완벽했지.'

그래서 이런 결과물을 낼 수 있었나 보다. 수이나 백작은 이마를 문지르던 손을 뗐다. 상대의 죄책감이든 동정심이든 뭐든 자극할 요량으로 머리에 붕대를 감았으나 지금은 풀었다.

응접실에서 이마를 깨어가며 난리를 피웠던 그다음 날 아침, 이마에 붕대를 감고 공작저를 찾아가자마자 상대로부터 '국왕을 만나러 가겠다'는 확답을 들었으니까.

'후우, 역시……'

백작은 자유로워진 손으로 이번엔 자기 얼굴을 매만졌다.

'이게 먹히긴 먹힌 거라니까.'

처음에는 이보다 더 쉬울 줄 알았다. 이 얼굴과 신분이면 보통은 별다른 의심 없이 손쉽게 저를 믿어주곤 했으니까.

그런데 상대는 세상 물정 모르는 귀족 아가씨 주제에 생각보다 저를 바로 신용하지 않았다. 거절도 축객도 거침없었다. 도중에는 은근 부아가 치밀어서 일을 살짝 그르칠 뻔하기도 했지만…….

'어쨌든 결과가 좋으니 된 거지.'

백작은 흘끔 고개를 돌렸다. 하루의 준비 시간을 달라고 했던 상대는 슬슬 채비가 끝났는지 마차에 짐을 싣고 있었다. 수이나 백작은 문득 자신의 임기응변을 떠올렸다.

"지병이 있으십니다!"

……라니, 머리부터 발끝까지 정정한 자국의 국왕이 들었다간 고개가 넘어갈 말이었다. 최근 이전보다 두문불출 중인 것은 맞지만, 그건 남의 눈을 피해 새로 들인 시동을 아침부터 밤까지 끼고 뒹구느라 그런 것이고.

'하여간, 체력도 그런 체력이 또 없지.'

궁의 내밀한 곳에 숨겨진 국왕의 하렘엔 갓 아이 티를 벗은 소년부터 팔팔한 청년까지, 다양한 나이대의 사내가 즐비했다. 그 수가 몇이나 되는지 알면 다들 놀라 자빠질 것이다. 그들이 누구 한 명 빠지지 않고 돌아가며 국왕의 은총을 받은 것을 안다면 더더욱.

'나이가 들었는데도 대단한 체력이야. 딸은 엄마를 닮는다던데. 그럼 저 여자도 그러려나?'

백작의 사고가 음습한 방향으로 튀었다. 그는 이제 짐 정리를 마치고 식솔과 인사를 나누기 시작한 붉은 머리 여성을 유심히 응시했다. 마법사에게 부탁해 만들었다는 보온용 녹색 드레스는 그다지 두껍지 않은 천을 사용해 착용자의 몸을 부드럽게 감쌌다. 백작은 자연스럽게 드러난 잘록한 허리와 그 아래 풍성한 굴곡을 곁눈질했다. 그의 목울대가 움직였다.

'국왕을 닮았다면 한 명이 감당하기는 힘들 텐데. 저 여자가 죽으면 여러 남자가 아쉽게 되겠군.'

더러운 상상을 하며 백작이 몰래 히죽거렸다.

그때였다. 돌연 백작의 입에서 날카로운 비명이 튀어나왔다.

"끄아악!"

"아, 이런."

백작이 자기 발등을 붙잡고 데굴데굴 굴렀다. 그런 백작을 갑옷으로 무장한 장신의 금발 기사가 무심한 표정으로 내려다보았다.

"실수했습니다. 거기 계신 줄 미처 모르고. 제 눈높이에서는 안 보여서 그만."

"끄으……"

"괜찮으십니까?"

"내, 내 발……."

"눈은 발등과 달리 실수로 뭉갤 수 있는 부위가 아니라 아쉽군."

기사는 작은 소리로 그렇게 중얼거렸다.

"무슨 일이에요?"

그때 소란을 듣고 다소 떨어져 있던 공녀가 다가왔다. 기사가 짧게 대답했다.

"별것 아닙니다. 제가 실수를 좀 하는 바람에."

"실수? 끄윽, 시, 실수라고?"

눈이 뒤집힐 정도의 고통에 끙끙대던 수이나 백작이 용케 벌떡 몸을 일으켰다. 그는 통증으로 인해 손가락 끝을 달달 떨며 삿대질했다.

"실수는 무슨, 이 빌어먹을 잡놈아! 네 녀석이 일부러 내 발등을 밟아 짓이긴 것을 내가 모를 줄 아느냐?"

백작의 외침에 공녀의 호박색 눈이 살짝 커졌다. 그녀가 기사를 돌아보았다.

"사실인가요, 다베리 경?"

"그럴 리가 있겠습니까."

기사는 고개를 저었다.

"정말 실수였습니다. 백작님께서 믿어주지 않으신다니 애석할 따름이지만."

"이, 이 잡것이! 입에 침이나 바르고 거짓말을……."

"그만."

공녀가 앞으로 나섰다. 백작이 멈칫한 틈에 그녀가 단호한 목소리로 입을 열었다.

"실수라고 하지 않나요, 백작."

"거짓말입니다. 분명히 저 잡놈이 고의로……."

"그리고 남의 가문 기사에게 잡놈, 잡놈 해대는 것도 딱히 듣기 좋지는 않네요."

백작이 입을 다물었다. 그 부분에 대해서는 그도 뭐라고 받아칠 말이 없었다.

"……결례했습니다. 하지만 공주님, 분명 저자, 아니, 저 기사가 틀림없이……."

"백작."

공녀가 고개를 가로저었다. 한숨을 내쉬기도 했다. 듣기 싫다는 듯 백작의 말을 끊어내 공녀가 덧붙였다.

"타인의 실수를 너그럽게 보아 넘기는 배포와 아량을 갖추도록 하세요. 내가 그랬던 것처럼. 나도 백작의 실수를 눈감아줬잖아요?"

"그건……."

수이나 백작의 말문이 턱 막혔다.

'응접실에서 말실수했던 걸 지금 들먹이다니.'

상대가 저렇게 나오면 그로서는 정말 더 할 말이 없었다. 피장파장이니 입 닥치라는 소리가 아닌가. 백작이 아무 말 못 하고 있자 공녀가 돌아섰다.

"그럼 그렇게 알겠어요. 다베리 경, 여기 있지 말고 어서 와요. 곧 출발할 거예요."

"예, 아가씨."

금발의 기사가 빙글빙글 웃으며 공녀를 뒤따랐다. 꼿꼿한 아가씨와 그런 아가씨를 착실히 뒤따르는 훤칠한 기사의 조합은 꽤 이상적인 그림처럼 보였지만, 백작은 그 뒷모습을 보며 이만 바드득 갈았다.

'저 연놈들이 아주……'

수이나 백작은 목구멍 끝까지 올라온 욕지거리를 가까스로 삼켰다.

'참자, 참아.'

그가 지금 이런 수모를 당하고도 말없이 감내하고 있는 건, 기껏 성사를 눈앞에 둔 일이 틀어져서는 안 되기 때문이다. 만에 하나 공녀가 '갑자기 마음이 바뀌었어요. 왕국에 안 갈래요' 하고 결심을 번복하는 것만은 막아야 했으니까.

'후우. 그래, 내가 지금은 너그럽게 넘어가 주마. 어차피 곧 죽을 것들인데.'

그렇게 생각하니 기분이 좀 다스려졌다. 수이나 백작은 조금씩 옅어지는 발등의 통증과 함께 마음의 평정을 되찾았다.

그때였다.

"저, 백작님."

"……뭐지?"

웬 하인이었다. 백작은 곁눈으로 상대의 행색을 확인하자마자 말을 낮췄다. 하인이 그에게 가지고 온 뭔가를 내밀었다.

"이게 무슨……."

"목발입니다. 아가씨께서 백작님이 발이 불편하여 걷기 힘드실지도 모른다고 가져다 드리라 하셨습니다."

"……!"

"그럼."

고개를 꾸벅 숙인 하인이 물러갔다. 백작은 목발을 받아 들고 부들부들 떨었다. 화를 이기지 못한 내적 고함과 욕지거리가 그의 머릿속을 온통 헤집어놓았다.

헤이든 제국의 북쪽 국경을 넘으면 그때부터 곧장 비로즈 왕국의 남쪽 숲과 이어진다. 공주를 처리할 장소는 바로 그 남쪽 숲이었다.

수이나 백작은 지겹게 덜컹거리는 마차의 흔들림을 느끼며 창문 바깥을 내다보았다. 끝도 없이 펼쳐진 우거진 초목이 그의 시야를 사로잡았다. 백작의 고동색 눈동자가 어둡게 가라앉았다.

'이쯤이면 곧 습격이 있겠군.'

그가 슬쩍 주먹을 말아 쥐었다.

'드디어.'

입꼬리가 씰룩였다.

'드디어 죽인다.'

콧김까지 다소 거칠게 뿜어져 나왔다.

약 열흘. 공작저를 떠나 이곳까지 이동하면서 리디아 공녀를 향한 백작의 반감은 한결 커져 있었다. 이유는 단순했다.

'감히 날 무시해?'

마차 안에서 수이나 백작의 말이 몇 번이나 공녀에게 무시당했기 때문이다. 북쪽 숲에 들어선 이후 숲을 완전히 통과할 때까지, 백작이 뭐라고 말만 걸었다 하면 공녀는 매번 '생각 중이니 말 걸지 말라'는 답으로 일관했다.

처음에는 이해하려고 했다. 그래, 생각이 많겠지. 태어나 처음으로 생모를 만나러 간다는데 머리와 가슴이 꽤 복잡하겠지. 그렇게 생각해서 포용하고 넘어가려고 했다. 그런데 그런 망할 놈의 무시가 며칠내내 지속되자 백작도 더는 분을 참을 수가 없었다.

'잘도 내게 이런 모욕감을 주었겠다.'

가만두지 않을 것이다. 어차피 죽겠지만, 죽기 직전에 더 험하고 비참한 꼴을 보도록 하고 말겠다.

'이 빌어먹을 굽신거림도 이제 끝이다.'

백작이 그렇게 생각하고서 시간이 얼마나 지났을까? 말 울음소리와 함께 마차가 급정지하는가 싶더니, 뒤이어 바깥에서 요란한 소란이 벌어졌다.

"웨, 웬 놈들이냐!"

"크아악!"

"마차를 지켜라! 공주님과 백작님을 호위하라!"

"공녀님을 보호해!"

"도대체 네놈들은…… 끄악!"

'됐어.'

백작의 눈이 반짝 빛났다. 계획이 진행되었다. 들리는 소리를 보니 순조로운 것 같았다. 그는 속으로 상황을 계산했다.

'공녀가 가문에서 데리고 온 호위 기사는 다섯. 제아무리 고르고 고른 정예라지만 고작 그 숫자로는 상황을 어떻게 할 수 없을 거다. 이쪽도 결코 보통이 아니니까.'

이번 계획에서 마차를 습격하는 역할로 투입된 것은 바로 국왕의 직속 친위대. 세간에 얼굴이 알려지지 않았으며, 오로지 왕궁 안팎에서 국왕을 보필하는 것이 임무의 전부인 그들은 단언컨대 왕국에서 가장 내로라하는 인재들을 모아놓은 괴물 집단이었다.

수이나 백작은 전에 그중 한 명이 힘들이지 않고 수십의 병사를 베는 것을 보았다. 먼발치서 지켜보는데도 어찌나 오금이 저리던지.

'그런 괴물이 열둘이다. 솔직히 위드그린 공작이 직접 온다고 해도 상대하기 쉽지 않을 거야.'

물론 출발할 때 위드그린 공작이 저택에 남는 것을 똑똑히 확인했으니 그가 이곳에 나타날 일은 절대 없겠지만 말이다. 백작은 콧노래가 흘러나오려는 것을 참았다. 계획에 구멍은 없었다. 자신은 이제 일이 마무리된 후 공만 챙기면 된다.

그때 그의 곁에서 겁에 질린 목소리가 들렸다.

"백작, 이게 대체 무슨 일인가요?"

수이나 백작이 옆을 돌아보았다. 순간 그의 눈동자에 갈등의 빛이 스쳤다.

'어떡할까.'

지금 그의 품속에는 사람을 바로 잠들게 할 수 있는 암약이 있었다. 이걸 공녀에게 먹여 재우는 것까지가 본래 그에게 주어진 임무였다. 하지만 백작은 꼭 이걸 사용해서 상대를 곱게 데려가야 하나 싶은 생각이 들었다. 그냥 때려서 기절시킨 후 머리채를 잡고 질질 끌어가더라도 목적은 달성하는 셈이 아닌가.

"ㅣ ㅣ끼뵈사겠어요."

고민하는 사이 공녀가 마차 문으로 손을 뻗었다. 백작이 얼른 말했다.

"위험합니다, 공주님. 습격입니다."

"습격이라고요?"

"아무래도 반란 세력에게 저희 동선이 노출된 것 같습니다. 전에 공주님을 노렸던 그들이요."

"그, 그럼 이제 어떡하죠?"

"걱정하지 않으셔도 됩니다. 이럴 걸 대비해 미리 지원군을 요청해 두었으니까요. 곧 도착할 테니 그때까지만 버티면 문제없을 겁니다."

"……버틸 수 있을까요?"

"괜찮습니다. 왕국과 공작 가문의 정예 기사들이 아닙니까. 저만 믿으십시오."

백작은 그렇게 안심시킨 후 품 안에서 알약을 꺼냈다. 두 개였다.

'그래, 그냥 약으로 재우지 뭐. 잠들었다 눈떠보니 믿었던 상대가 자길 죽이려는 측에 서 있는 것도 꽤 재미있는 상황일 테니.'

"공주님, 이걸 드십시오. 대단한 건 아니나 마음을 다스려 줄 겁니다. 제가 평소에 애용하는 안정제입니다."

백작은 자기가 먼저 한 알을 입에 넣어 삼키는 척했다. 그러자 망설이던 공녀도 곧이어 알약을 입에 넣었다.

잠시 후 공녀의 고개가 힘없이 꺾였다. 그리고 그와 동시에 마차의 문이 열렸다.

"끝났나?"

백작은 고개를 들었다. 눈마저 제대로 보이지 않을 정도로 빈틈없이 얼굴을 가린 투구를 쓴 사내가 그를 쳐다보았다.

'국왕 친위대.'

수이나 백작은 어금니 안쪽에 숨겨두었던 알약을 퉤 뱉고 서둘러 고개를 끄덕였다.

"방금 약을 먹여 재웠소."

"그래."

"바깥은……"

"정리했다."

그 말에 백작이 마차 바깥으로 내려섰다. 과연, 사내와 같은 복장을 한 친위대 외에는 모조리 바닥에 쓰러져 있었다. 시체 더미가 참혹했다. 백작은 침을 꿀꺽 삼켰다.

'이 안에 그 금발 기사 나부랭이도 있겠지.'

수이나 백작은 시체 더미를 발로 뒤적여 볼까 하다가 그만두었다. 시체들의 훼손이 심해서 보기만 해도 역겨웠다.

그때 마차 안쪽에서 사내가 공녀를 안아 들고 나왔다. 백작은 문득 친위대의 숫자가 부족하다는 걸 눈치챘다.

"하나, 둘…… 가만, 왜 다섯뿐이오? 열둘이 오기로 하지 않았소?"

"나머지는 전사했다."

"뭐?"

백작이 급히 다시 바닥을 살폈다. 정말로 시체 사이사이 친위대 행색을 한 이들이 보였다.

"마, 맙소사. 설마 공작가 기사들이 그런 것이오? 어떻게……."

"임무 과정에서 약한 놈들이 뒈진 것뿐이다. 호들갑 떨지 마라. 너 흰 투구만 벗겨서 회수해."

"예."

수이나 백작은 입을 다물었다.

'냉정하기도 하지.'

대장은 국왕의 곁을 지키고 있을 테니 저 사내가 바로 친위대 부대장일 텐데, 예전부터 가차 없는 성격이라는 평을 들었었다. 과연 소문 그대로였다.

"잡담은 그만하고 이동한다. 앞장서라."

"아, 알겠소."

백작은 친위대가 끌고 온 말에 올라탔다. 뒤를 흘끔 돌아보자 친위대 부대장이 공녀를 품에 안고 말에 오르는 것이 보였다.

'뭘 저렇게 소중하게 안고 있어?'

약 효과가 강해서 어차피 어지간해선 깨어나지 않을 거다. 막 다뤄도 괜찮을 텐데.

'검을 쓴답시고 기사도 같은 거라도 있다는 건가.'

그래도 모가지가 떨어지기 전까지는 레이디라는 것인가. 백작은 콧잔등을 씰룩였다. 어차피 죽여야 할 목표물에 불과한데. 기사가 아니라 저는 통 이해할 수가 없는 일이다.

수이나 백작은 어깨를 으쓱하곤 말허리를 걷어찼다.

"깨워라."

높지는 않지만 어딘지 날카로운 느낌이 있는 목소리가 카랑카랑 실내를 울렸다.

나는 그 목소리를 듣자마자 알 수 있었다. 내가 더는 자는 척을 하지 않아도 된다는 것을.

시녀들이 양쪽에서 내 팔을 잡고 상체만 일으켜 세웠다. 한 명은 턱 아래를 받쳐 고개를 들게 했다.

흠, 그럼 다음은 보편적으로 내 뺨을 때리거나 물을 끼얹을 차례인가. 그건 어느 쪽이든 당해주기 좀 그렇지.

나는 눈을 빈찍 떴다. 후자가 정답이었던지 물그릇을 든 시녀가 당황한 듯 움찔하는 것이 보였다. 갈 곳 잃은 물그릇을 들고 머뭇거리는 시녀를 뒤로하고 사방을 둘러보았다.

'여긴……'

마치 별장 같은 커다란 건물의 중앙 홀. 사방엔 질서를 잡고 빼곡하게 서 있는 무장한 기사들.

'그리고……'

나는 정면을 바라보았다. 단상처럼 높고 화려한 의자, 그 가운데 오만하게 몸을 묻은 여인이 살짝 크게 뜬 눈으로 나를 내려다보고 있었다. 나는 그녀를 보자마자 일순 말을 잃었다.

'나와 닮았어.'

그야 어쨌든 생물학적으로 모녀 관계이니 어느 정도 닮은 구석이 있으리라고는 짐작했다. 하지만 상상 이상이었다.

허리께까지 파도처럼 굽이치는 선명한 적발. 동공의 테가 다소 옅은 호박색 눈동자. 상대의 표정이 나보다 전반적으로 딱딱하게 경직된 편이라는 것, 그리고 세월의 흔적이 미세하게나마 묻어난다는 것만 빼면 그녀는 나와 모녀 아닌 마치 쌍둥이 같았다.

국왕은 당황스러울 만큼 나와 닮은 얼굴을 하고는 입을 열었다.

"잠든 게 아니었나?"

"그, 그럴 리가 없습니다. 분명히 약을 먹였는데요."

국왕이 앉아 있는 의자 좌측에서 수이나 백작이 황급히 대꾸하는 소리가 들렸다. 나는 그 목소리를 들으며 수이나 백작이 마차에서 건넸던 알약을 떠올렸다.

'그걸 누가 삼켜.'

당연히 먹는 척하면서 손바닥에 감췄다가 수풀에 버렸다. 자기도 안 삼켰으면서. 그걸 정말 나한테 삼키라고 준 거였단 말이지? 그렇게 수상하게?

내가 수이나 백작의 허접했던 연기를 회상하는 사이 국왕이 재차 말했다.

"뭐, 크게 상관은 없지. 어쨌든 이곳까지 무사히 데려왔다는 사실이 중요한 것이니."

"맞습니다. 바로 그겁니다."

"그나저나……."

국왕이 나를 똑바로 응시하며 말했다.

"닮았구나."

묘한 기분이었다. 말마따나 그녀와 나는 너무 닮았다. 당혹스러울 정도로.

"미엘보다도 더 나를 닮았군. 이걸 얄궂다고 해야 하나? 웃기는 노릇이야."

'미엘?'

나는 생소한 이름에 대한 궁금증을 바로 해소할 수 있었다. 국왕이 앉아 있는 호화로운 의자 뒤, 웬 붉은 머리가 눈만 빼꼼 내놓았다가 나와 시선이 마주치곤 급히 도로 몸을 숨겼으니까.

'……저 애가 나와 쌍둥이라는 공주구나.'

이십여 년 전, 죽이기로 했던 나와 반대로 살리기로 결정했던 쪽. 미엘이라. 그녀는 나보다 언니일까, 동생일까? 어차피 쌍둥이니 차이가 난다고 해봐야 몇 분 안팎이겠지만, 어쩐지 방금의 행동을 보면 언니보다는 동생 쪽이 어울릴 것 같기는 하다.

그런 의미 없는 생각이 머릿속을 헤집는 사이 국왕의 목소리가 재차 떨어졌다.

"리디아라고 했던가."

"……."

"나름 예쁜 이름이구나. 누구의 솜씨인지는 모르겠지만 말이야."

국왕이 느긋하게 다리를 꼬았다. 황금색 눈동자가 여유를 담고 나를 내려다보았다.

"이 상황에 대해 궁금한 것이 퍽 많을 것 같은데. 하고 싶은 말이 있으면 해보거라."

나는 눈을 깜박거렸다. 일견 친절을 베푸는 척하지만 타고난 것인지 그녀의 목소리는 차갑고 건조하게 허공을 울렸다. 그건 겨울이라 냉랭한 한기가 감도는 이곳 실내와 제법 잘 어울렸다.

하고 싶은 말이라……. 글쎄, 그것보다는 우선 상황에 어울리는 말부터 해줄까.

"여기가 어디죠?"

"……"

"그리고 당신이 국왕인가요? 내 친어머니라는?"

"그래."

국왕이 턱을 괴었다. 그녀가 차분히 말을 이었다.

"내가 이곳 비로즈 왕국을 통치하는 국왕이고, 이십여 년 전 친히 너를 낳았지."

"……"

"그리고 그만 실수를 했단다. 널 살려두는."

"……"

"여기가 어디냐고 물었지? 왕국 남쪽에 있는 숲이다. 그 안에서도 사람의 발길이 전혀 닿지 않는 깊은 곳이지. 더해서 이 건물은 머잖아 반란군의 은신처로 발각될 장소이자ㅡ"

쉬어가듯 말을 잠시 끊은 국왕이 곧 덧붙였다.

"네 무덤이란다."

나는 그때 놀라울 만큼 닮았다고 생각했던 국왕과 나의 명확한 차이를 발견할 수 있었다.

웃는 얼굴. 그녀의 ~~니는 웃는~~ 일굴이 분명하게 날랐다. 나는 웃을 때 얼굴을 저런 식으로 찌푸리지 않는다. 사소한 것 같아도 확실한 차이였다. 나는 웃음만큼은 조금도 그녀를 닮지 않았다. 내 웃는 얼굴은 오히려 돌아가신 전 공작 부인을 닮았다고 했다.

문득 마음이 편해졌다. 우습지만, 나는 내심 불편하고 불쾌했던 모양이다. 자기 입으로 나를 살려둔 것이 실수였다고 말하는 내 친모라는 사람이, 나와 부정할 수 없을 정도로 지나치게 닮았다는 사실이.

그렇지만 정작 중요한 부분에선 다른 것 같으니 됐다. 웃는 것이 얼마나 중요한데. 사람은 웃는 얼굴이 전부라고 해도 무방하다. 아니더라도 지금부턴 그렇게 생각하겠다.

"……지금 웃은 건가?"

국왕이 미간에 주름을 만들었다. 아, 마음이 편하게 풀어지면서 나도 모르게 웃었나 보다. 부정할 거 없겠지. 나는 대꾸했다.

"우는 것처럼 보이지 않았다면 웃은 게 맞겠죠."

"맹랑하게 말장난까지…… 혹시 내 말을 잘못 알아들은 것이냐?"

국왕이 꼬고 있던 다리를 풀고 상체를 바로 세웠다. 허리를 펴고 팔걸이에 양팔을 내려놓은 그녀가 황당하다는 듯, 혹은 거슬린다는 듯 나를 보았다.

"이곳이 네 무덤이다. 그 말뜻을 알아듣지 못할 정도로 천치는 아닐 텐데?"

"그럼요. 잘 알아들었어요. 무덤이 꽤 넓네요. 아늑함은 다소 부족하다는 단점이 있지만 뭐, 요즘은 뭐든 규모로 승부하는 경향이 강하니까. 유행에 편승했다는 면에서는 나쁘지 않아요."

"……!"

연이은 내 말대꾸에 국왕이 의자에서 벌떡 일어섰다. 기가 찬 것인지, 아니면 화가 난 것인지 그녀의 속눈썹이 파르르 떨렸다. 속눈썹이 참 긴 편이시네. 나와 닮은 얼굴에 대고 이런 말 하기 좀 그렇지만 확실히 미인이기는 하다.

내가 무슨 생각을 하는지 아는지 모르는지 국왕의 서슬 퍼런 목소리가 떨어졌다.

"주제 파악을 못 하는 것이더냐, 상황 파악을 못 하는 것이더냐? 네가 지금 그리 뻔뻔하고 당당할 수 있는 처지가 아님을 모르냐?"

"왜요? 곧 죽게 생겼는데 뻔뻔하면 안 되나요?"

"이봐요, 공주님! 아니, 공녀!"

근래 들어 익숙해진 목소리가 끼어들었다. 수이나 백작은 자리에서 방방 뛰면서 말을 꺼냈다.

"지금 뭐 하는 거야? 진짜 상황 파악이 안 돼? 그쪽 지금 정말 죽기 직전이라고. 구해줄 사람? 없어. 그쪽이 데려온 가문 기사는 아까 그곳에서 모조리 죽었다고. 알아들어?"

"하고 싶은 말이 뭐야?"

"울어야지! 이럴 리 없다고 현실 부정하고 좌절하고 절망하며 벌벌 떨어야지! 그런데 왜 이래? 대체 뭘 믿고 그렇게 뻣뻣한 거야?"

백작의 목소리에는 몰이해를 넘어 분노마저 서려 있었다. 마치 내가 자기가 바란 대로 울고 두려워하지 않아서 기분이 굉장히 상하기라도 한 것처럼.

"아니면 벌써 현실 도피 중인 거야? 내가 다시 정리해 줘? 그쪽은 지금 이십 년 만에 자길 낳아준 친엄마를 만나러 왔다가 살해당하게 생긴 거야. 그것도 그 친엄마의 손에 말이야. 세상에 이렇게 다시없을 충격적인 배신이······."

"그만."

국왕이 손을 들어 올렸다. 멍청한 수이나 백작이 흥분해서 실컷 떠들다가 자기 실수를 눈치챈 얼굴로 입을 다물었다. 등신······.

국왕은 백작의 괘씸죄는 나중에 처리하기로 한 듯 계속해서 나를 응시하다 말했다.

"백작의 말대로 지금 네겐 아무것도 없다. 널 지켜줄 가문의 기사는 전부 죽었고, 지금 이곳은 숲 한가운데인 데다가 바깥에는 내 손짓 한 번이면 움직일 병사들이 깔려 있어. 그게 아니어도 당장 이곳에는 내 명령을 받들어 지금이라도 네 목을 베어버릴 수 있는 기사들이 가득하지."

국왕의 호박색 눈동자에는 진심으로 의문이 서려 있었다.

"설마 내가 제국의 후환이 두려워 겁만 주고 널 죽이지 않을 거라고 생각하나? 그렇다면 틀렸다. 이 장소가 머잖아 반란군의 은신처로 발각될 것이라고 말했지? 널 죽인 범인은 이 나라의 반란 세력이 될 것이다. 나나 왕실이 아니라."

"……."

"네가 지금 그 몸에 뭔가를 숨기고 있다고 생각하기도 어렵구나. 널 이 안으로 들이면서 이미 시녀들이 네 몸수색을 마쳤으니까. 설사 있다고 하더라도 그처럼 양팔이 잡힌 상태로는 꺼내보지도 못할 텐데. 대체 이 상황에서 네가 무엇을 할 수 있다고 그리 배짱을 내세우는 것인지 참으로 궁금해."

"……."

"그 여린 목에 칼을 들이대면 답을 알 수 있을까?"

그렇게 말한 국왕이 눈짓했다. 그러자 내 왼쪽에 있던 기사가 검을 뽑았다. 잘 갈린 날카로운 검날이 실내의 빛을 반사했다. 국왕이 그것을 덤덤한 눈으로 보며 입을 열었다.

"할 말 있느냐?"

"……다행이야."

"뭐?"

"당신이 나를 살려둔 게 실수라고 하고, 여길 내 무덤이라고 하고, 급기야 진정으로 날 죽이려고 해도 내가 실망 따위를 느끼지 않아서 안심했어."

진심이다. 배신감이나 참담함 같은 거창한 감정이 느껴지지 않아서 정말 마음이 놓여.

"실망이 없다는 건 기대가 없었다는 거니까."

"무슨 소리를……."

"국왕 전하."

나는 빙그레 웃었다. 무표정만큼은 나와 무섭도록 닮은 상대를 올려다보면서 말했다.

"문제. 이 드레스는 어디가 가장 예쁠까?"

"뭐라고?"

"광택이 흐르는 녹색 겉감? 맞춤 치수로 꼼꼼하게 몸을 감싸고 떨어지는 라인?"

"조금 전부터 웬 헛소리를 지껄이는—"

"땡, 전부 아니에요. 정답은 바로……."

콰앙!

"……속치마랍니다."

"구, 국왕 전하!"

실내와 바깥을 잇는 문이 거칠게 열렸다. 들이닥친 병사의 얼굴은 사색이 되어 있었다. 그는 결례를 사죄하지도, 양해를 구하지도 않고 다짜고짜 외쳤다.

"몬스터입니다!"

"……뭐?"

"모, 몬스터가 몰려들고 있습니다. 엄청난 숫자입니다! 육안으로는 도무지 머릿수를 확인할 수 없을 정도로 빼곡하게 몰려오고 있습니다!"

"뭐라고?"

"그게 무슨……!"

국왕의 표정이 급변했다. 나는 그 얼굴을 감상하며 나만 들리도록 혼잣말로 덧붙였다.

"매끄러운 연푸른색 안감이 정말 끝내주거든. 이른바 매혹의 속치마라고 할까."

"네 이놈! 감히 여기가 어느 안전인 줄 알고!"

그때 수이나 백작이 소리치며 앞으로 나섰다. 그는 조금 전의 실수를 만회하려는 듯 병사를 향해 매서운 기세로 고함쳤다.

"이곳이 전하의 앞임을 명심해라. 거짓을 고했다간 그 알량한 목숨이 남아나지 않을 것이다!"

"저, 정말입니다! 절대 거짓이 아닙니다. 정말로 몬스터가 사방에서 구름처럼……."

그 순간 병사의 주장을 증명하듯 땅이 울렸다. 쿵, 쿵. 나한테는 이제 제법 친숙해진 울림이었다.

"헉!"

"이, 이건…… 정말 몬스터라고?"

"말도 안 돼. 왜 갑자기?"

부인할 수 없는 진동에 사방으로 동요가 퍼져 나갔다. 양옆의 시녀들도 당황했는지 내 팔을 붙든 손아귀의 힘이 약해지는 게 느껴졌다. 이대로 힘주면 뿌리칠 수 있을 것 같은데.

그렇게 생각할 때 국왕과 눈이 마주쳤다. 그녀는 이 와중에 홀로 태연한 내 표정을 확인하더니 얼굴을 잔뜩 일그러뜨렸다.

"네 짓이더냐?"

"글쎄요."

"네 짓이구나. 믿는 구석이 이거였나? 대체 어떻게 한 거지?"

"저도 설명할 수 있으면 해드리고 싶은데 말이에요."

나도 매혹의 천의 원리를 정확히 아는 건 아니라서 말이지. 천을 굳이 겉으로 보이게 두르지 않고 몸에 지니는 것만으로도 몬스터에게 통한다는 것 정도밖에 모른다.

국왕은 내 나름대로 솔직한 대답이 자기를 놀리는 것이라고 생각했는지—사실 그런 의도가 전혀 없었다고는 말 못 하지만—이를 뿌득 갈고 소리쳤다.

"네가 한 짓이면, 너를 죽여 해결할 수 있겠구나. 앨리스! 당장 그것의 목을 쳐라!"

국왕이 꽤 예쁜 이름을 지닌 기사를 호명했다. 그러자 몇 사람의 시선이 조금 전 국왕의 눈짓을 받고 칼을 뽑았던 기사에게로 향했다. 기사가 잘 벼려진 첨예한 검을 잠자코 들어 올렸다.

"……컥!"

그러고는 자기 대각선에 서 있던 다른 기사를 베어버렸다. 국왕의 눈이 그야말로 찢어질 듯 커졌다.

"……!"

"차, 찰스!"

"앨리스! 네 녀석, 이게 대체 무슨 짓인가!"

"……이 기사 이름이 앨리스였습니까?"

앨리스라고 불린 기사가 동료를 베어버린 검의 핏물을 털어냈다. 그러곤 '후우―' 하고 후련하다는 듯한 한숨과 함께 갑갑한 투구를 벗었다. 실내의 불빛 아래 짧고 색이 옅은 금발이 드러났다. 동시에 수이나 백작이 자리에서 펄떡 뛰어올랐다.

"네놈은!"

"앨리스라. 이런 편견 바람직하지 않다는 것은 알지만…… 도무지 이름과 어울리는 외모는 아니었는데요. 유년시절이 꽤 괴롭지 않았을까요? 한 끗 바꿔서 액리스 정도기 디 좋지 않았을지. 뭐, 이미 죽은 사람을 두고 이런 말 하는 것도 소용없지만."

"네, 네놈이 왜 이곳에 있는 것이냐!"

경악에 겨운 수이나 백작의 외침을 무시하고 다베리 경이 투구를 바닥에 던졌다. 나는 혀를 쯧쯧 찼다.

"경, 방금 그거 진심인가요? 앨리스라니. 경의 작명 솜씨도 알 만하네요."

"별론가요?"

"그걸 말이라고. 그런 식으로 바꿀 거면 차라리 앤리스가 훨씬 이름 같잖아요."

"아, 듣고 보니 그렇군요."

나와 다베리 경이 실없는 잡담을 나누는 사이 주변은 술렁임으로 가득 찼다.

"뭐지?"

"이게 어떻게 된……."

시녀들의 동요도 자연히 커졌다. 나는 그 틈을 타 양팔을 힘껏 휘둘러서 시녀들을 뿌리쳤다. 갑작스레 돌아가는 상황에 어지간히 당황했는지 그녀들은 별다른 저항도 없이 나를 놓아주었다.

나는 자유로워진 몸으로 드레스 치마를 털고 일어났다. 그러곤 아까부터 내 오른쪽을 묵묵히 지키고 서 있던, 이곳에서 유난히 훤칠하고 다리가 길며 잘빠진 체격을 한 기사를 툭 쳤다.

"에시."

그러자 자연스럽게 대답이 돌아왔다.

"국왕한테 용건은 끝났어?"

"응."

나는 고개를 끄덕거렸다.

"이 정도면 됐어. 궁금한 건 해소됐으니까."

"나는 더 기다려도 상관없어."

"괜찮아. 어차피 상황도 이렇게 됐고. 이만 정리하고 돌아가자."

"그래."

이어서 에시가 한 손으로 투구를 벗어 던졌다. 얼굴을 빈틈없이 가리는 투박한 형태의 투구가 바닥을 구르는 것과 동시에, 에시의 근처에 있던 기사들이 비명조차 지르지 못하고 차례로 쓰러졌다. 그쯤 되었을 때 수이나 백작의 얼굴은 거의 거품을 물기 직전으로 변해 있었다.

"위, 위, 위, 위-"

"위드그린 공작."

혓바닥에 무슨 문제라도 생긴 것 같은 수이나 백작을 대신해 국왕이 가라앉은 목소리로 말했다.

"……어떻게 공작이 이곳에 있는 거지? 그것도 내 기사의 행색을 하고 말이야."

"그건 말이죠."

간단한 상황이지. 나는 숨길 것 없이 말했다.

"보다시피 마차 습격이 있었을 때 바꿔치기했어요. 습격해 온 상대를 전부 처리하고 투구랑 겉옷을 빼앗아 걸쳤죠."

"……!"

"그런……."

"그들을 전부 죽였다고?"

주변이 웅성거렸다. 국왕의 표정이 믿을 수 없다는 듯 일그러졌다.

"내 친위대의 절반을?"

"그래요."

그 사람들이 국왕의 친위대였구나. 중요한 건 아니지만.

나는 덤덤히 긍정하면서 지난날을 회상했다.

"그러니까 이렇게 할 생각인데……."

그날 집무실에서 내가 에시에게 설명했던 대책은 이랬다.

하나. 드레스 안쪽에 매혹의 천을 속치마처럼 달아서 남의 눈을 속인 채 몸에 지니고 움직이기.

둘. 중간에 습격이 있을 시 습격을 이용해서 이쪽 전력을 적군으로 둔갑시키기.

'참고로 두 번째는 살인 청부업자 덕분에 떠올린 발상이었지.'

아이러니하게도 북쪽 숲에서 마주쳤던 그 살인 청부업자들이 내게 도움이 되었다. 그들이 암흑가 조직원들 사이에 동료인 척 숨어 있다가 뒤통수치며 정체를 드러냈던 일에서 두 번째 대책을 착안했으니까. 설마 그때 그 일을 이런 식으로 써먹게 될 줄이야. 인생은 정말 늘 모를 일이다.

그리고 그날 에시는 내 설명을 듣고 그 계획에 한 가지를 추가했다. 자길 데려가라고. 도중에 적으로 둔갑시켜 상대를 속일 이쪽 전력에 저를 포함하라고 말이다.

나는 원래 에시를 왕국까지 동행시킬 생각은 없었다. 우선 거리가 워낙 먼데다, 상대가 방심하고 일을 저지르게 하려면 이동 내내 에시의 정체를 숨겨야 하는 번거로움이 있었으니까.

하지만 에시가 물러설 의사라고는 전혀 없이 단호했던 터라 결국 여정에 함께하기로 했다. 뭐, 나야 에시만 괜찮다면 솔직히 그쪽이 더 환영이기도 했고.

그렇게 된 것이다.

나는 짤막한 회상을 끝마치고 국왕을 보면서 덧붙였다.

"뒤가 구린 습격이니까 전부 얼굴을 가리고 나타날 거라고 예상했죠. 역시 그랬고요."

"……그 말은, 처음부터 습격이 있을 줄 알았다는 거냐?"

"네."

"어째서?"

"의심했거든요. 당신이 나를 살리려는 게 아니라, 죽이려는 거라고. 그렇게 전제를 깔고 나니까 방법도 얼추 보이더라고요."

왕성으로 불러들여 그곳에서 죽여 버리면 보는 눈도 많고 책임을 피하기도 어렵다. 그러니 중간에 습격 따위를 꾸며 목격자 없이 처리하고, 다른 이에게 죄를 뒤집어씌운다.

"보편적인 방법이잖아요. 합리적이고. 그래서 이쪽도 그에 맞춰서 준비했던 거예요."

나는 여기서 굳이 이야기할 필요 없는 한 가지 내용을 삼켰다.

내가 구태여 이처럼 상대의 장단에 맞춰주다가 그걸 나중에 뒤엎는 식의 귀찮은 대책을 생각한 건, 상대에게 기회를 주고 싶어서였을지도 모른다.

국왕이 나를 이런 인적 없는 숲 한가운데로 데려와 죽이려 들지 않았다면, 도중에 마차를 덮치는 습격이 일어나지 않았다면…… 내가 치마 안쪽에 숨겨온 매혹의 천은 무용지물이었을 것이고, 내 사람들이 적군의 기사인 척 둔갑하는 일도 없었을 것이다.

그러니 나는 정말 국왕에게 기회를 주었던 거다. 자기 손으로 자기 운명을 선택을 기회를.

결국, 지금 이 상황을 만든 것은 국왕 본인이었다. 나는 그 사실이 안타깝기는 했지만, 앞서도 말했듯 실망하진 않았다. 아무래도 나를 낳아준 사람이라는 사실만으로는 어떤 기대가 생기긴 부족했나 보다. 내겐 정말로 다행스럽게도.

국왕의 표정이 무서울 만큼 굳었다. 그녀는 석상처럼 딱딱해진 얼굴로 나를 노려보았다.

그때 갑자기 수이나 백작이 끼어들었다.

"자, 잠깐 기다려!"

그가 도저히 이해되지 않는다는 표정으로 외쳤다.

"공작저에서 출발할 때 위드그린 공작은 틀림없이 저택에 남았다. 내가 똑똑히 확인했는데! 그런데 대체 어떻게……."

"네가 모르는 세계가 있지."

나는 귀신이라도 본 것 같은 태도의 수이나 백작을 향해 어깨를 으쓱했다.

"바로 마법의 세계."

"……예? 무슨 마법이요?"

"일전에 내게 걸어줬던 역용 마법의 진화 버전이요. 임의로 외모를 바꾸는 게 아니라 특정한 누군가처럼 보이게 가능할까요?"

"가능은 하지만…… 얼굴만 바꿀 수 있어요. 목소리나 체격은 힘들고요."

"괜찮아요. 얼굴이면 충분해요."

"그리고 지속 시간은 길어야 반나절일 거고요."

"그 절반이어도 문제없어요."

"덧붙여 가장 중요한 사안이 있는데……."

"뭔데요?"

"이 마법은 불법이에요."

"……."

"그게, 악용될 소지가 있다 보니. 무슨 이야긴지 아시죠?"

"알아요. 절대 비밀로 할게요."

"반드시요. 그리고 이건 저도 대가를 받아야겠어요. 나중에 사소한 부탁 하나 들어주셔야 해요."

"알겠어요."

결론을 이야기하면, 수이나 백작이 저택을 떠나면서 집무실 창 안쪽으로 얼핏 확인했던 에시의 얼굴은 마법으로 만든 가짜였다는 말이 되겠다.

참고로 그때 반나절이나마 에시의 얼굴이 되는 영광을 누렸던 사람은 바로 알렉스였다. 다른 건 몰라도 키 하나는 평균보다 큰 편이라는 이유로 채택되었다. 당시 마법이 적용되자마자 알렉스는 반쯤 넋이 나가 거울에서 눈을 떼지 못했다.

지금은 어쩌고 있으려나. 마법이야 진작 풀렸을 테니 다시 자기 얼굴에 적응했겠지?

그런 생각을 하고 있는데, 불쑥 국왕의 목소리가 들렸다. 본래 차가운 편이라고 느꼈던 그녀의 목소리가 한결 서늘하게 내리깔렸다.

"한 가지 묻자."

"그러세요."

"네 말대로 처음부터 너를 죽이려 한다는 내 목적을 알고 있었다면, 애초에 왜 왕국으로 부르는 초대에 응한 거지? 아무리 대비를 했다지만, 제 발로 남의 함정으로 기어 들어가는 격인데."

당연한 의문일 거다. 나는 잠시 말을 정리하곤 대답했다.

"궁금했거든요."

"궁금해?"

"당신이 어떤 사람인지 궁금했어요. 말하자면 호기심이죠. 단순하고 인간적인 호기심."

나는 차분하게 덧붙였다.

"그게 다예요. 지금은 충분히 해소되었고요."

"네 말을 들으니 한 가지 더 궁금해지는구나. 왕국으로 오면 날 만날 수 있을 것으로 생각했나?"

"네."

"왜지? 내 목적을 알았다면서. 내가 모습을 드러내지 않고 뒤에서 그저 널 죽이라고 지시만 내릴 수도 있었을 텐데?"

"방금 이야기했죠. 당신이 궁금했다고."

"……"

"내가 그런 만큼 당신도 나를 궁금해할 것 같았어요. 그래서 죽이기 전에 한 번쯤은 날 직접 보려고 하지 않을까 했죠."

"……"

"정말 그렇게 되었네요."

국왕의 눈매가 꿈틀했다. 내 답이 신경을 거스른 듯했다. 몹시도.

이내 그녀의 입매가 비틀리며 차가운 미소가 걸렸다. 국왕이 소리 내어 웃었다.

"그랬구나. 너처럼 새파란 것에게 계획을 전부 들킨 것으로도 모자라, 행동까지 읽혔던 것이구나."

"……"

"우습다. 아하하. 우스워서 견딜 수가 없어. ……괘씸한 것."

다음 순간 국왕이 오른손을 들어 까딱 손짓했다. 그러자 그녀의 가장 가까이 서 있던 남자가 번개처럼 검을 뽑아 휘둘렀다. 쓰러진 것은 수이나 백작이었다.

"……!"

"커헉! 왜…… 왜?"

"왜? 이 상황에서 왜라는 소리가 나오더냐? 모자란 놈. 일을 그르친 것을 알았으면 당장 자진하지는 못할망정."

국왕이 쓰러진 수이나 백작을 향해 냉정하게 말했다. 백작의 몸에서 흘러나온 피가 바닥을 직시며 국왕의 발치까지 번졌지만, 그녀는 눈 하나 깜짝하지 않았다. 오히려 반응한 것은 이쪽이었다.

"어, 어떻게 저런……!"

다베리 경이 믿을 수 없다는 듯 눈을 크게 떴다. 그러곤 분한 듯 주먹을 말아 쥐고 입술을 깨물었다.

"산 채로 눈알을 뭉개려고 했는데!"

"……."

"저렇게 쉽게 죽여 버리다니! 내 몫이었는데!"

"경, 경은 왜 그렇게 백작을 싫어해요?"

물론 수이나 백작이 악의 수족이며 나를 속이려 한 나쁜 놈이기는 했지만 말이다. 그렇다고 저렇게까지 잔인하게 죽이고 싶을 일인가. 저번에 일부러 백작의 발을 밟았던 것도 그렇고. 아무리 캐물어도 이유를 알려주지는 않았지만.

사람이 죽은 마당에 명복은 못 빌어줄망정 아쉬움에 분개하는 다베리 경을 심란하게 보고 있는데, 국왕이 재차 허공으로 손을 휘저었다. 그리고 그에 맞춰 실내의 기사들이 전부 검을 뽑아 들었다. 칼날이 검집에서 뽑히는 소리가 날카롭게 사방을 채웠다.

국왕의 입이 열렸다.

"인정하마. 재미있는 잔꾀였어. 꼴사납게 당했구나. 하지만 그래서?"

가라앉은 호박색 눈동자가 나를 똑바로 응시했다.

"설마 고작 그것 가지고 상황이 역전되고, 네가 나를 궁지에 몬 것 같으냐?"

국왕이 얼굴에 비웃음을 걸쳤다. 다시 느끼는 거지만, 역시 어떤 웃음이든 웃는 얼굴은 나를 안 닮았다.

"주변을 잘 보아라. 바깥의 병력은 몬스터로 어찌 묶어놓는다고 치더라도, 이 안은 어쩔 셈이지? 설마 기껏 두 명으로 이 인원을 전부 상대할 수 있다고 여기는 것은 아니겠지?"

내게 국왕의 말에 반박할 내용이 세 가지 정도 있다.

하나. 내가 매혹의 천으로 불러들인 몬스터의 수는 바깥의 병력을 겨우 묶어놓는 데서 그칠 수준이 아니다. 모르긴 몰라도 지금이라도 당장 그들을 싹 밀어버리고 이 건물까지 부숴놓을 정도는 될걸? 다만 내가 굳이 그런 명령을 내리지 않고 있는 것뿐.

둘. 기껏 두 명이 아니다. 가문에서 데려온 기사는 총 다섯이었다. 세 사람이 더 숨어 있다.

그리고 셋. 사실 두 명으로도 전부 해치울 수 있다. 그 두 명 중 한 사람이 에시니까.

"와, 대단한데요."

다베리 경이 즉각 감탄을 내보였다.

"이러니까 과연 여기가 제국 밖이라는 게 여실히 느껴집니다. 각하를 상대로 머릿수를 믿다니. 이야, 이렇게 신선할 데가."

"다베리."

"예, 기사 다베리 삭 여기 있습니다."

"잠깐은 맡겨도 되겠지?"

"당연한 말씀을."

뭘 맡긴다는 것인지는 어렵지 않게 알 수 있었다. 다베리 경이 몇 걸음 움직여 나를 보호하듯 섰으니까.

"본래 제 역할이 아닙니까."

대체로 각하께서 부재중이거나 바쁘실 때로 한정되기는 하지만. 다베리 경이 그렇게 덧붙이는 순간 에시가 오른손에 검을 쥐고 자리를 박찼다.

"죽여!"

화들짝 놀란 듯 국왕이 바로 소리쳤다. 그에 무장한 기사들이 사방에서 일제히 에시를 향해 달려들었다. 하지만 결과는 좋지 못했다. 그중 국왕의 명령을 이행해 낸 사람은 아무도 없었다. 에시가 검을 잘 보이지도 않는 속도로 휘두를 때마다 한 명도 아닌 서넛이 바닥에 쓰러졌다.

'와.'

나는 전공자가 아니라 잘은 모르지만, 저건 아무래도 액션 영화도 따라 하기 힘들겠다. 사람을 갈아서 특수 효과를 마구 버무려야 어찌어찌 비슷하게나마 되겠는데.

"커억!"

"큭."

바닥을 장식하는 상대의 숫자가 늘어갔다. 비명이라도 내뱉은 쪽은 그나마 사정이 좋은 거였다. 대다수가 단말마조차 지르지 못하고 바닥 장식에 일조하고 있었으니까 말이다.

"⋯⋯!"

기사들이 뭔가를 해보지도 못하고 우수수 죽어나가자 당황한 듯 국왕이 주춤했다. 그러다 이내 그녀가 우리 쪽을 향해 눈짓했는데, 나는 그 눈짓이 무엇을 의미하는 거였는지 다음 순간 바로 알 수 있었다. 다베리 경이 내 뒤로 슬금슬금 접근하던 기사를 단칼에 베어 넘겼으니까.

"누굴 허수아비로 아나."

국왕의 얼굴이 더없이 딱딱하게 굳었다.

"⋯⋯빌어먹을."

이윽고 그녀가 자리에서 몸을 돌렸다. 도망치려는 것처럼. 하지만 국왕은 뜻을 이룰 수 없었다. 앞서 언급했던 우리 쪽 나머지 기사 세 명이 드디어 자기 차례라는 양 모습을 드러냈기 때문이다.

"유감이지만 이쪽으로는 못 지나가십니다. 국왕 전하."

"휴, 우리도 겨우 이 갑갑한 투구를 벗어보는군."

"퇴로 차단 역학은 이래서 손해야."

국왕의 발이 멈췄다. 앞은 퇴로를 막고 선 공작 가문 기사 셋. 뒤는 어느새 그 많던 기사를 전부 정리하고 검에 묻은 핏물을 털어내는 에시. 어느 쪽이든 그녀가 갈 수 있는 곳은 없었다.

국왕의 얼굴에 처음으로 제대로 된 낭패의 기색이 어렸다.

"포기하시는 게 좋아요. 어차피 더 할 수 있는 것도 없잖아요."

국왕과 국왕의 팔을 꼭 붙잡고 몸을 숨기듯 선 공주. 그리고 그런 두 사람을 호위하는 마지막 남은 기사. 나는 다베리 경을 대동하고 그들에게 다가갔다. 국왕이 나를 보며 이를 갈았다.

"나를…… 어떻게 할 셈이지?"

"글쎄요."

아직 생각 안 해봤다. 하지만 분명한 것은 있었다.

"어떤 식으로든 살려 드릴 수는 없겠죠."

살렸다간 반드시 나를 또 죽이려고 하겠지. 나는 악인의 개과천선을 쉽게 믿지 않는 사람이다. 덧붙여 상대가 이미 나를 죽이려 한 마당에 그런 자비를 베푸는 건 미련하다고도 생각한다.

'그리고 내가 살리고 싶다고 해도 에시가 안 살려줄걸.'

앞에서는 살려줘도 뒤에서 죽이겠지. 그런 생각을 하는데 국왕이 내게 소리쳤다.

"너를 낳아준 어미를 죽이겠다는 말이냐?"

"먼저 죽이려고 한 사람이 할 말은 아닌 것 같은데요."

어깨를 으쓱했다. 앞서 몇 마디 나누면서 이미 상대가 어떤 사람인지 알았기 때문인지 저 대사가 그렇게 뻔뻔스럽게 느껴지지도 않았다. 다만 헛소리로 들릴 뿐.

국왕은 자기 말이 먹히지 않으리라는 걸 알아챘는지 입을 다물었다. 그러더니 돌연 주제를 바꿨다.

"……왕이 되고 싶지 않으냐?"

뭐?

"왕이라니요?"

"생각해 봐라. 넌 내 딸이다. 비록 죽었다고 잘못 알려져 있지만 어쨌든 내 적녀란 말이지."

국왕은 그러면서 자기 팔을 붙들고 오들오들 떨고 있던 공주를 떼어냈다. 그러곤 도무지 믿을 수 없는 말을 했다.

"이걸 죽여."

"……뭐라고요?"

"어, 어, 어머니?"

"이걸 죽이고, 대신 나를 살려라. 너는 아직 왕국에 아무런 기반이 없지 않으냐? 나까지 죽어버리면 바로 반란 세력에게 왕권을 빼앗기고 말 거다. 하지만 이 애가 죽고 내가 살면 너는 내 유일한 후계가 되는 거지."

귀를 의심했다. 잘못 들은 줄 알았지만 그건 아니었던 모양이다. 국왕의 곁에서 공주가 새파랗게 질린 얼굴로 믿기지 않는다는 표정을 하고 있었으니까.

"어, 어머니. 그게, 그게 무슨……."

"잘 생각해라. 일국의 왕이다. 나라 하나를 네 발치에 두고 뜻대로 좌지우지하는 거야. 아무리 제국이라지만 실질적인 작위조차 없는 공녀보다는 훨씬……."

"그렇게 살았어요?"

나는 다 듣지 않고 입을 열었다. 더 들었다간 귀가 어떻게 될 것 같았다.

"뭐?"

"이십여 년 전 실수로 못 죽인 자식은 공들여 찾아서까지 죽이려 하고, 반면 여태 애지중지 키웠을 가식은 자기 목숨을 위해서 헌신짝처럼 내팽개치고."

"……."

"왕이라는 자리에 앉아서 나라를 자기 발아래 있다고 생각하고 내키는 대로 실컷 좌지우지하고. 그렇게 살았어요?"

"지금……."

"그러니까 나라가 기울지."

나 때문이 아니라. 왕가에 전해지는 쌍둥이에 대한 전설 때문이 아니라―

"왕이 이 지경인데 나라가 안 기울고 배겨?"

저택에서 출발하기 직전 비로즈 왕국에 대한 정보를 추가로 받아서 읽어봤다. 나라에 망조가 들고 있다는 내용이었다. 비리와 부정이 각처에 만연하고, 돈으로 작위를 사는 이가 한둘이 아니라 귀족 간 위계질서는 무너지기 직전에, 법은 유명무실하며 세금은 기준도 없이 제멋대로 치솟아 백성이 도탄에 빠진 지 오래라고.

서류에 적힌 왕국은 이대로 두면 망하지 않는 것이 더 이상할 정도로 엉망인 상태였다.

"설마 했어요. 설마하니 나 때문이라고 생각하고 있을까. 남쪽에선 역모의 조짐이 불고 왕권은 위태하고 민심은 돌아선 현 상황이 혹시나 내 탓이라고 믿고 있는 걸까. 그게 다 왕가의 저주 때문이라고 여기고 있나."

그래서 나를 이렇게까지 정성 들여 죽이려고 하나.

"정말 설마 했는데…… 지금 보니 내 짐작이 맞았나 보네요. 자기가 나라를 이 꼴로 만든 원인이라는 것도 모르고 있는 듯하니."

"뭐, 뭐가 어째?"

국왕이 눈에 쌍심지를 켜고 날 노려보았다. 금방이라도 날 찢어 죽이겠다고 달려들 것처럼 포악한 표정이었다. 나는 저만한 표정 못 짓는다. 아마도. 다른 점이 갈수록 늘어나서 다행이다.

"건방진 년! 터진 입이라고!"

"그러게요. 터진 입이라고 맞는 말만 하네요."

"이⋯⋯!"

"안녕히 가세요. 이건 어쨌든 절 낳아준 사람에게 드리는 도의적인 인사예요."

나는 고개를 돌렸다. 더는 말을 섞고 싶지 않았다. 아무리 다른 부분이 점점 보인다지만 나와 닮은 얼굴을 굳이 더 보고 싶진 않다.

"참, 그리고 당신이 제안했던 것과는 반대로 공주는 죽이지 않을 거예요. 여기서 살아야 할 사람이 있다면 당신보다는⋯⋯."

"쿨럭!"

"⋯⋯!"

나는 마지막 말을 덧붙이려고 고개를 돌렸다가 정지했다. 순간 눈에 들어온 광경을 머리가 바로 인식하지 못했다.

"마지막까지 더럽게도 설교를 늘어놓는구나. 그래, 싫다면 말아라. 내가 앞으로 그 선택을 두고두고 후회하도록 만들어주마."

"어, 어머⋯⋯ 니, 쿨럭!"

"미안하다, 아가. 그렇지만 이건 일인용이라서."

"지금 무슨 짓을⋯⋯!"

경악이 치솟아 목소리를 겨우 쥐어짜냈다. 국왕의 손에 밀려 강제로 칼 앞으로 뛰어든 공주가 복부에 검을 꽂은 채 울커울커 피를 토했다. 본의 아니게 공주를 찌르게 된 가문의 기사는 당황해서 움직이지 못하고 굳어 있었다. 그 혼란한 틈에 국왕이 곧바로 몸을 뒤로 빼며 눈짓했다.

챙! 그러자 그녀의 곁을 지키고 있던 마지막 기사가 즉시 내게 달려들었고, 에시가 그걸 막았다. 기사는 예사롭지 않은 실력을 지니고 있었다. 그걸 증명하듯 그는 에시의 검을 두 번이나 막아냈다. 단 세 번째는 막지 못하고 결국 목을 내주고 말았지만.

하지만 그것만으로도 그는 역할을 다했다. 그사이 거리를 충분히 벌린 국왕이 품에서 웬 종잇장을 꺼내 찢었으니까. 종이가 찢기는 것과 동시에 빛무리가 솟아나 국왕을 감쌌다. 눈을 제대로 뜨기 힘을 정도로 강한 빛 틈으로 서릿발 같은 목소리가 들렸다.

"나중에 보자."

나도 모르게 찌푸리듯 감았던 눈을 다시 떴을 때는 국왕이 이미 흔적 없이 사라진 후였다.

다베리 경이 혀를 찼다.

"저런."

그의 손에 직전까지 들려 있었던 검이 없었다. 아무래도 국왕을 맞추려고 던졌던 모양이었다. 보아하니 안타깝게도 실패한 것 같지만. 나는 검 한 자루만이 쓸쓸하게 남은 자리를 멍하니 응시하다가 나를 감싸듯 안은 에시의 품에서 벗어났다. 재빨리 고개를 돌렸다.

"공주는요?"

"그게……."

난처한 목소리가 뒤따랐다. 가문 기사가 싸늘한 몸을 조심스럽게 바닥에 눕혔다.

"이미……."

주먹을 꾹 쥐었다. 심장이 두근거렸다. 감정이 격해지면서 맥박이 빨라졌다. 순간 머리가 어지러웠다.

'어떻게 이럴 수가 있지?'

자식이다. 이십 년을 넘게 피붙이로 키웠다. 태어나자마자 죽음이 결정되었던 나와는 달리 이곳에서 제법 사랑받고 자랐을 것이다. 그러니 그렇게 필사적으로 국왕의 팔을 쥐고 뒤로 숨고, 마지막 순간까지 얼굴에서 국왕에 대한 신뢰를 거두지 못했던 거겠지.

지극히 인간적인 분노가 가슴을 어지럽혔다. 한껏 말아 쥔 주먹에 힘이 들어가 떨렸다. 공주의 시신을 내려놓은 기사가 몸을 일으키며 말했다.

"방금 그건 스크롤이었던 것 같습니다."

"스크롤?"

"일회성 마법 도구입니다. 저도 듣기만 했지 실제로 보는 것은 처음입니다만……."

"그럼 국왕은 마법을 사용해서 도망쳤단 말인가요?"

"그럴 겁니다."

마법.

"어디로 도망쳤는지 알 길이 없으니 지금으로선 추적은 무리입니다. 아쉽지만 일단은 가문으로 돌아가셔서……."

"아뇨."

고개를 저었다. 나는 마법과 몹시 친한 종족을 알고 있다. 그리고 마침 적절하게도 당장 불러낼 수 있었다. 나는 드레스 목 부근에 단추처럼 달아놓은 동전을 잡아 뜯었다. 그러곤 외쳤다.

"계르그!"

"……나 불렀어?"

계르그가 기대보다 빨리 응답하며 허공을 찢고 나타났다. 갑자기 모습을 드러낸 뿔 달린 사내의 형상에 기사들이 깜짝 놀라 물러섰다. 나는 주위가 놀라든 말든 제쳐두고 우선 말했다.

"계르그. 내가 알기로 마족들은 종족 특성상 전부 마법에 일가견이 있다던데, 맞아?"

"맞아. 우리에게 마법은 당연한 거고 일상적인 거지. 아주 가끔가다 마족 주제에 마법에 서툰 녀석도 있기는 하지만 …… 그긴 니희로 치면 성인이면서 걸음마를 제대로 못 뗀 수준이랄까. 이해하지?"

"넌 걸음마 완벽하고?"

"당연하지! 날 뭐로 보고!"

계르그가 허공에서 펄쩍 뛰며 성을 냈다. 하긴, 허공에 떠 있는 것부터 마법으로 보이기는 한다. 이곳에 곧장 나타난 것도 그렇고.

"좋아. 그럼 부탁할 게 있어."

"뭐?"

"방금 이곳에서 한 사람이 이동 마법을 써서 도망쳤거든. 혹시 잡아 올 수 있겠어?"

"방금?"

되물은 계르그가 고개를 돌렸다. 알려주지도 않았는데 그의 시선은 정확히 좀 전까지 국왕이 있었던 곳을 향했다.

"아, 알겠다. 마나의 흔적이 있네. 도구를 썼나 본데."

"가능해?"

"조금만 기다려."

곧 공중에서 사라진 계르그가 잠시 뒤 다시 나타났다. 이번에는 한 손에 익숙한 인물을 들고.

"이거 맞지?"

"……!"

계르그가 국왕을 던지듯 내려놓았다. 짐짝처럼 국왕의 몸이 바닥을 굴렀다. 그러나 그녀는 눈을 버젓이 뜨고 있으면서도 움직이거나 말하지 못했다.

"혹시라도 다시 도망치는 일 없게 속박 마법 좀 걸어뒀어. 참, 별다른 말은 없어서 일단 살려서 데려왔는데 괜찮지?"

"……그래. 잘했어."

나는 바닥에 널브러진 국왕을 내려다보았다. 몸은 움직이지 못하지만, 눈만큼은 자유가 허락된 모양인지 그녀는 눈을 부릅뜨고 있었다.

나는 경악이 가득 찬 그 눈을 보다가 시선을 돌렸다. 임무를 완수하고 뿌듯해하는 계르그와 바닥의 국왕을 번갈아 보며 당황스러워하던 가문 기사가 이내 물었다.

"어떻게 할까요?"

내 대답이 나오기까지는 그리 오래 걸리지 않았다.

"혹시 두 사람 정도 이곳에 남아줄 수 있나요?"

"예? 아, 예. 시키실 일이라도……."

"왕국 남쪽에 반란 세력이 숨어 있다고 들었어요. 여기가 남쪽이니 국왕을 데리고 그들과 접촉해 보세요. 그리고……."

나는 붉게 물든 샛노란 드레스 차림의 공주를 잠시 쳐다보았다. 입가와 드레스를 온통 물들인 피만 아니라면 그녀는 마치 잠들어 있는 것 같았다. 부릅뜬 채로 마지막을 맞이했던 그녀의 눈은 가문 기사가 감겨주었다.

"……국왕은 목을, 그중 가장 원한이 깊은 지에게 치라고 하세요."

자기가 살겠다고 애지중지 키운 자식마저 남의 칼 앞으로 밀어 넣은 여자다. 국왕을 찢어 죽일 수만 있다면 악마에게 영혼이라도 팔 만큼 원한을 품은 사람이 분명히 있을 것이다.

"대가로 공주의 무덤 정도는 만들어줬으면 한다는 말도 전해주면 좋겠고요."

"그렇게 하겠습니다."

나는 이윽고 몸을 돌렸다. 국왕도, 공주도, 그 외에 이곳의 모든 것이 이제 더는 정말 보기 힘들어졌다. 문득 피로를 느꼈다. 그리고 그 순간 그런 내 상태를 읽기라도 했는지 넓은 품이 나를 안아 들었다. 체향이 코를 자극했다. 속삭임이 귓가에 내려앉았다.

"돌아가자."

"……응."

적들의 피가 묻은 겉옷을 벗어버린 에시는 얇은 상의 한 장만을 걸치고 있었다. 덕분에 단단한 품과 체온이 한결 잘 느껴졌다. 마음을 안정시키는 일정한 심장 소리도.

"집으로 가자."

나를 기다리는, 소중한 내 사람들이 있는 곳으로.

나는 맥박이 전해지는 에시의 목덜미에 뺨을 기댔다.

Chapter 10

신녀 아그리타의 봄

그날 왕국에서 계르그는 두 번 고생했다. 처음은 도망친 국왕을 잡아다 주느라. 다음은 나와 에시를 비롯한 사람들을 쉽고 빠르고 간편하게 가문까지 데려다주느라.

사실 여기서 전자는 그다지 고생 축에도 끼지 못하고, 진짜 생고생은 후자였던 것 같았다. 나는 계르그가 다인용 이동 마법진을 바닥에 그리면서 중얼거렸던 말을 들었다.

"이건 노동 착취야…… 반드시 고발할 거야……."
"……."

어디에?

아무튼, 국왕을 잡아 오는 것은 손쉽게 해냈던 계르그지만 여럿을 데리고 장거리를 이동하는 건 역시 만만치 않았던 모양이다. 이동 마법을 마친 계르그에게서 말로만 듣던 갓 태어난 아기 사슴 걸음걸이를 직접 볼 수 있었으니까.

계르그는 그대로 픽 쓰러지지 않는 것이 용한 위태로운 걸음으로 비틀거리더니, 피죽도 못 먹은 듯 새하얘진 얼굴로 말했다.

> *"나, 잠깐만 신세 좀 지자…… 마력 회복할 동안만……."*

집 앞에서, 그것도 안면이 있는 반마족 시체를 치우고 싶진 않았으므로 알겠다고 했다. 그렇게 계르그는 잠시 저택의 군식구가 되었다. 이마의 뿔은 무슨 수를 쓴 건지 감춘 모습이었다. 뿔을 가리자 계르그는 그런대로 사람처럼 보였다.

저택 사람들은 웬 이방인을 데리고 귀환한 나를 딱히 싫은 내색 없이 반겨주었다. 사실 계르그에게는 별로 관심도 없는 것 같았다. 그렇잖아도 빈 손님방이 남아도는 저택에 못 보던 입이 하나쯤 추가되든 말든.

그들의 관심사는 그보다는 다른 것에 몰려 있었다. 그리고 그건 이튿날, 여독을 풀기 무섭게 나를 덮쳤다.

"아가씨, 이제 말씀해 주세요."

난로가 있는 일 층 안쪽 연회실. 넓고 따뜻한 방에 나를 반강제로 앉혀놓은 베시가 눈에 잔뜩 힘을 주고 섰다. 옆에는 집사와 알렉스가 나란히 버티고 서 있었다. 그리고 그 뒤로는 비슷한 궁금증을 안고 따라온 듯 몇몇 사용인이 자리를 차지했다. 알렉스가 베시의 말을 거들고 나섰다.

"맞습니다. 돌아오시면 진부 설명해 주시기로 하셨잖아요. 오매불망 기다렸다고요. 왜 제가 그런 한여름 밤의 꿈…… 아니, 한겨울 낮의 꿈에 취해야 했던 거죠?"

'꿈에 취했었구나.'

반나절 동안 에시의 얼굴이 되었던 게 일장춘몽이었단 말이냐. 문득 실없게 웃음이 날 뻔해서 헛기침으로 가렸다.

베시가 다시 말했다.

"아가씨, 도대체 뭐였던 거예요? 왜 아가씨께서 그 왕국에 다녀오셔야 했고, 백작이란 사람은 왜 계속 저택을 찾아왔었던 건데요?"

"음……"

다녀오면 모든 상황을 전부 자세히 설명해 주겠단 말을 남기고 저택을 떠났었던 건 나다. 올 것이 왔다. 피할 수 없고, 어차피 피하려고 하지도 않았던 일이다.

나는 짧은 고민을 마치고 입을 열었다.

"저택의 사람들을 전부 이곳으로 불러줄래?"

연회실은 생각했던 것보다도 공간이 넓었다. 이 인원을 남김없이 수용했으니 말이다.

나는 빼곡하게 실내를 채운 사람들의 면면을 가만 둘러보았다. 몇 사람은 일하던 도중 불려왔는지 손에 주방 도구나 정원 가위를 들고서 의아한 얼굴을 하고 있었다. 기사들의 경우에는 훈련 중이었던지 어깨에 수건을 걸치거나 무장을 미처 해제하지 못한 모습도 심심찮았다.

"우선……"

하나하나 눈을 마주치려다가 그러기엔 앞 사람에게 가려져 있는 얼굴이 너무 많아서 무리라는 걸 깨닫고 바로 운을 띄웠다.

"모두에게 밝히고 싶은 사실이 있어요."

막상 말을 하려니 떨렸지만, 생각보다 목소리에 망설임은 깃들지 않았다.

"사실 난 이 집안 핏줄이 아니에요. 입양아예요."

"아가씨!"

베시가 화들짝 놀란 듯 외침처럼 나를 불렀다. 베시의 눈은 왕방울

만 해져 있었다. 나는 약간의 미안함을 담아 쓰게 웃고는 재차 입을
벌렸다.

"너무 갑작스럽죠? 놀라고 당황스러울 거예요. 미안해요. 숨기다가
이제 이야기해서."

"아가씨, 지금……."

"최근 왕국에 다녀온 건 내 출신 때문이었어요."

뭐라고 말하려는 듯 입을 벙긋거렸던 베시가 출신 이야기가 나오자
입을 다물었다. 이건 본인도 모르던 내용이라서 그럴까. 나는 지체하
지 않고 말을 이었다.

"내가 그 왕국의 공주였거든요."

"네에?"

"공주라고요?"

"왕족이셨어요?"

그 순간 여태 조용하던 실내에 갑자기 소란이 일었다. 나는 그들이
방금까지 얌전했던 이유가 내 폭탄선언에 충격받아 말문이 막혀서였다
고 생각했던지라 불시의 소란에 깜짝 놀랐다. 연회실이 웅성거렸다.

"공주라니, 그럼 우린 그동안 공주님을 모셔왔던 거야?"

"엄청나다."

"왕족을 모시는 건 시종과 시녀들이 하는 일이잖아."

"내가 시녀의 일을 했었다니."

"시종, 시녀는 아무나 되는 것이 아니라고 했어."

"왠지 으쓱한걸?"

나는 눈을 깜박였다. 이건 전혀 예상치 못했던 반응이었다. 시끌벅
적한 군중을 멍하니 쳐다보는데 그 틈에서 누가 번쩍 손을 들었다.

"저, 아가씨. 아니, 공주님. 그럼 혹시 이제 왕국으로 돌아가시는 건
가요? 여길 떠나서?"

"아, 아뇨…… 그러진 않을 거예요. 애초에 그걸 해결하려고 왕국에 다녀온 것이기도 하고."

"그 말은 이제까지처럼 계속 저택에 남아 계신다는 말인가요?"

"그래요."

그렇구나. 고개를 끄덕인 하인이 손을 내렸다. 그러고는 옆 사람과 다시 떠들기 시작했다. 그리고 그 내용이란 것이 결국 조금 전 소란과 다르지 않았다. 공주님이셨대. 우와. 우린 왕족을 보필했던 거야.

어안이 벙벙해졌다. 나는 그들의 대수롭지 않고 가볍다 못해 어딘지 호의적인 반응을 구경하다가 참지 못하고 물었다.

"저, 다들 놀라지 않았나요?"

"놀랐어요. 공주님이셨다니. 근데 왠지 잘 어울리세요."

"맞아, 맞아."

"전 어쩐지 공주님이실 것 같았어요. 그도 그럴 게 이야기 속 공주님은 전부 아름답잖아요."

"얘, 지금 이 틈을 타 아가씨께 아부한 거지?"

"티 나?"

"엄청나게."

"흠, 나도 아직 멀었네."

"아니…… 그게 아니라……."

나는 당황해서 말을 더듬기 직전까지 갔다가 재빨리 덧붙였다.

"내가 이 가문의 혈통이 아니라는 게……."

"그거요? 그야 놀랍기는 했는데……."

"중요한가?"

"맞아요. 어쨌든 이곳에 남아 계신다면서요. 그럼 이전과 달라질 것이 없는 거 아닌가?"

그렇지? 동의를 구하듯 그들이 서로를 마주 봤다. 여기저기서 '그래', '맞아' 하는 소리가 튀어나왔다. 나는 그 도미노 같은 광경을 물끄러미 보다가 시선을 옮겼다.

"……경들도 그렇게 생각해요?"

기사들은 하인, 하녀들보다 약간 뒤편에 있었다. 시선을 받은 그들이 어깨를 으쓱했다.

"저희가 모신 건 공녀님이 아니라 우리 가문 아가씨입니다. 말주변이 없어서 이렇게밖에 설명이 안 되는데, 여하튼 그렇습니다."

"동의합니다."

"저도 그렇게 생각합니다."

"아무도 내 뭐라는지 모를 말을 멋들어진 표현으로 다시 바꿔주지 않는구나."

"우리 말주변도 딱 그 수준인 걸 어떡합니까. 피차 아는 사이에 많은 걸 바라시네."

기사들의 대답은 거기서 끝났다. 나는 입을 닫았다. 뭐라고 더 할 말이 없었기 때문에 그랬다. 그리고 그때 누가 다시금 손을 들었다.

"저어."

빨랫감을 든 어린 하녀였다.

"그러면 전 다시 빨래하러 가봐도 될까요……?"

맑은 눈이 무구하게 깜박거렸다. 나는 그걸 가만 보다가 곧이어 고개를 끄덕였다.

정원으로 나와 벤치에 아무렇게나 몸을 기댔다. 비딱하게 기대 등받이 위에 양팔을 포개 얹고 한가하게 정원의 전경을 보고 있을 때, 다베리 경이 말을 걸었다.

"아가씨."

나는 고개를 돌리지도 않고 대꾸했다.

"왜요?"

"심란해 보이셔서 말동무라도 해드릴 겸 나왔습니다."

"심란한 게 아니라……."

나는 등받이에 걸쳐놓고 있던 팔을 내리지 않고 시선만 힐끔 옮겼다. 이내 한숨이 나왔다.

"그래요. 내 딴에는 꽤 폭탄선언이었던 것 같은데 말이에요. 이렇게 아무렇지도 않게 지나갈 줄은 몰라서 조금 당황스럽다고 할까. 의외라고 할까. 혹은 허탈한 중이라고 할까."

딴에는 나름대로 각오까지 필요했던 일인데 말이다.

빨래를 마저 하러 가겠다는 어린 하녀를 시작으로 모두 빠르게 해산했다. 사용인들은 너도나도 하던 일을 하러 연회실에서 퇴장했다. 기사들도 못다 한 훈련 등을 마저 하러 자리를 비웠다.

나는 그렇게 사람들을 썰물처럼 내보내고 자리에 남은 집사, 베시, 알렉스에게 보다 깊은 자초지종—왕국에 가서 뭘 했는지—을 들려준 후 바깥으로 나온 것이다.

나는 비록 그 자리에 없었지만 이미 다 전해 듣고 왔다는 듯한 표정의 다베리 경을 눈만 치켜떠서 올려다보았다. 다베리 경은 잠시 말을 고르는 듯하더니 입을 열었다.

"당연한 결과겠지요."

"당연해요?"

"주어진 일만 하고 고용주를 핑소 제대로 나무질 일은 거의 없는 말단 사용인은, 급여만 꼬박꼬박 나온다면 주인 아가씨가 이 집안 혈통이 아니든, 더 나아가 아예 사람이 아니든 아무런 상관이 없을 테고……."

"……."

그런가? 듣고 보니 그런 것 같기도 하다. 사람이 아닌 건 좀 당황스러울지도 모르지만, 나 같아도 월급에만 지장이 없다면 사장의 출생의 비밀 따위 알 바 아닐지도……. 아니, 엄청나게 알 바 아니잖아. 진짜 알 게 뭐냐.

새로운 사실을 깨닫고 있는데 다베리 경의 말이 이어졌다.

"친밀감이 생길 정도로 가까이서 아가씨를 모셨던 사용인은 출신이 변한다고 아가씨께서 변하지 않는다는 걸 아니까 상관없을 테고."

"……."

"그러니 결국 아무것도 아닌 일이 되는 거죠."

나는 묵묵히 듣고 있다가 고개를 들었다. 그리고 불쑥 물었다.

"경은 어떤데요?"

다베리 경이 내 출신에 대해서 알게 된 것은 다른 사람들보다 좀 더 이전이다. 오늘보다 이전, 왕국으로 떠나던 날보다 이전. 정확한 시점을 이야기하자면 수이나 백작이 저택 응접실에서 이마를 찧어댔던 바로 그날이었다.

'그날 백작의 목소리가 오죽 컸어야지.'

응접실 전체가 다 울리도록 외쳐댔으니 그 목소리가 문밖을 지키던 다베리 경에게 전해지지 않았을 리가 없다. 특히 잘 훈련된 기사는 청력이 일반인의 배를 웃돌기도 한다는 점을 떠올리면 더더욱.

그래서 나는 그날 기왕 그렇게 된 김에 다베리 경에게 출생의 비밀을 싹 털어놓았다. 그리고 그때 다베리 경이 보여줬던 반응은…….

"그렇군요."

음. 그게 다였지. 그때 그게 끝이냐고 역으로 묻고 싶었던 마음이 없었던 건 아니지만, 당장 눈앞에 닥친 문제가 급해서 그럴 겨를이 없었다. 지금은 문제가 해결된 이후이니 여유가 생겼지.

말 나온 김에 잘됐다. 나는 그 순간을 떠올리며 물었다.

"내 출생의 비밀을 들었을 때 어땠어요? 방금 말했던 것처럼 아무렇지도 않았어요?"

제게 날아든 화살에 다베리 경이 잠시 멈칫했다. 그러나 답은 금방 흘러나왔다.

"그렇습니다."

"놀랍지는 않았고요?"

"놀라기야 했습니다만 잠깐이었습니다."

"혹시 서운하지는 않았어요? 배신감이 들었다거나."

장난 반 진담 반으로 질문을 던졌다. 그랬더니 다베리 경이 장난 쪽을 덥석 물고는 짓궂은 답변을 돌려주었다.

"그럴 리 있겠습니까? 아가씨께서 저를 버리고 떠나셨던 것도 이겨 냈는데요."

"……."

"배신감이 그렇게 쉽게 들 리가요."

이 인간이.

말없이 눈을 흘겼다. 다베리 경이 헛기침했다.

"어쨌든 그렇습니다. 이제 와 알게 된 것이 섭섭하지 않았느냐 묻는 다면, 숨기는 것이 당연한 사실이었으니 문제없다 하겠고."

한차례 기침한 그는 목소리에서 웃음기를 조금 뺐다.

"아가씨의 출생의 비밀 자체를 놓고 보자면, 뭐…… 이건 앞서 다 말씀드렸으니 더 말할 것도 없겠네요. 나를 그럴 셉니다. 아가씨를 가까이서, 그리고 오래 모셨을수록 아가씨의 핏줄이 아닌 아가씨를 좋아하게 되었을 테니까요."

나는 여전히 벤치 등받이에 팔을 올려둔 채로 다베리 경의 말을 귀

담아들었다. 이마를 식혀주는 시원한 공기가 얼굴을 스쳤다. 겨울 정원이 안겨주는 서늘하고 풋풋한 냄새가 문득 기꺼웠다. 이건 내 기분이 그만큼 좋아졌다는 뜻인가. 참 단순하기도 하지.

나는 멋쩍어졌다. 어쩐지 바라는 답을 정해놓고 그걸 들었다고 좋아하는 어린아이가 된 것 같은 기분도 들었다. 아니, 같은 게 아니라 아무래도 그게 맞잖아. 돌이켜 보면 앞서 나는 어떻게 봐도 투정을 좀 부렸던 거고, 다베리 경은 솜씨 좋게 내가 듣고 싶어 하는 말을 해준 거다.

아, 이 민망함. 이거 어쩔 거야.

나는 밀려드는 어색함과 부끄러움을 타파할 방법으로 객쩍은 농담 던지기를 택했다.

"그 말은 다베리 경도 나를 좋아하게 되었다는 거네요? 지금 이거 설마 고백인가요?"

일부러 꽤 쾌활한 어조로 말을 뱉었다. 내용도 웃기라고 신경 써서 골랐다. 그런데 이쯤에서 예? 하고 웃거나, 혹은 그냥 웃거나, 또는 한 술 더 떠서 받아쳐야 할 다베리 경이 갑자기 입을 딱 다물었다. 침묵이 내려앉았다.

나는 다베리 경과 내 사이에 기습적으로 찾아든 예기치 못한 정적에 눈꺼풀을 가만 닫았다 열었다. ……응?

'뭐, 뭐지?'

왜? 너무 심한 농담이었나? 아무리 농담이라도 이건 좀 아니었나?

당황한 심정으로 살펴본 다베리 경은 미세하게 굳은 것 같았다. 덕분에 내 당황스러움은 한결 크기를 불렸다. 왜, 왜? 내가 뭘 잘못한 건가? 혹시 다베리 경은 이런 주제로는 농담을 즐기지 않는다거나?

그러고 보면 그런 사람들이 있다. 특정 주제에 대해서는 남이 뭐라고 하든 말장난이나 농담을 결코 용납하지 않는 부류. 더러는 별것도 아닌 데서 진지하게 굴어 상대를 무안하게 만든다는 비난을 받기도 하지만, 나는 일단 대화하기로 마음먹었다면 말장난을 한 사람 쪽에서 배려해야 할 문제라고 생각한다.

그래서…… 정말 그건가? 그래? 이건 다베리 경에게는 하면 안 되는 농담이었던 건가? 그럼 이제 내가 사과를 해야 하나.

머리가 맹렬하게 구르는 순간 다베리 경의 입이 열렸다.

"……못 들었습니다."

"응?"

"잘 못 들었습니다. 다른 생각을 좀 하느라. 실례지만 뭐라고 하셨습니까?"

나는 눈을 깜박거렸다. 목구멍까지 올라왔던 사과 일부가 다시 목울대를 타고 내려갔다.

"……못 들었다고요?"

"죄송합니다. 대화 도중에 딴생각에 빠진 게 면목 없어서 눈치껏 대답해 보려고도 했는데, 정말 전혀 듣지 못해서."

뭐야? 그럼 설마 방금 그 침묵은 내가 뭐라고 했을까 고민해 보는 시간이었단 말이야?

힘이 탁 풀렸다. 나는 또 다베리 경의 건드려선 안 될 뭐 그런 걸 건드린 줄 알았잖아. 맥이 빠지니 자세도 자연스럽게 흐트러졌다. 나는 허물어지듯 팔 위에 턱을 얹고는 말했다.

"별거 아니었어요. 나 좋아하냐고 물었죠. 내 매력에 아주 그냥 풍덩 빠져 버린 거냐고."

"답을 아시는 질문을 하셨습니다."

"왜요. 빠져서 허우적거리는 중이라고 하려고?"

"바로 그겁니다. 제가 헤엄치는 법을 배워둬서 매 순간 얼마나 다행인지 모릅니다."

얼씨구. 봐, 저렇게 답할 줄 알았지. 나는 시선을 편하게 내리곤 피식 웃었다.

그때였다. 먼발치서 다른 인영이 가까워졌다.

"아가씨!"

"메리?"

나는 작은 체구에 옅은 주근깨가 있는 하녀의 이름을 기억해 냈다. 다행히도 금방 생각나서 고민하거나 얼버무리는 기색은 보이지 않을 수 있었다. 그녀는 이곳까지 달려오기라도 했는지 달뜬 숨을 뱉으며 입을 열었다.

"저, 아까 아가씨께서 해주셨던 말씀 말이에요."

출생의 비밀을 말하는 걸까. 고개를 끄덕이며 입을 열었다.

"왜?"

"그거…… 이, 입단속을 해야 하는 거겠죠?"

"뭐?"

나는 눈을 동그랗게 뜨고 메리를 쳐다보았다. 그새 숨을 고른 그녀가 안정된 목소리로 재빨리 덧붙였다.

"아가씨가 공주님이셨다는 거 말이에요. 저희 눈에는 마냥 대단해 보이지만, 어, 귀족 사회는 굉장히 폐쇄적인 면이 있다고…… 일전에 주워들었거든요."

표현을 고르려는 듯 잠시 눈을 굴리던 메리가 말을 이었다.

"그러니까 혹시나 이게 알려지면, 아가씨께 누가 될 수도 있는 거죠? 아실지 모르겠지만 마구간에 새로 들어온 다마레가 입이 무지막지하게 가볍거든요. 걔 친구인 주방의 다부리도 마찬가지고요. 만약 허락해 주시면 제가 걔들을 으슥한 곳에서 몇 대 패서라도 절대 입을 나불거리지 못하게……."

"괜찮아."

나는 입술 안쪽을 가볍게 깨물었다가 말했다. 다른 이유가 아니다.

웃음이 날 것 같았기 때문이다. 그리고 그건 나쁜 의미의 웃음이 아니었다. 나름의 각오로 단단해진 메리의 얼굴이 내 목구멍 안쪽을 간지럽게 만들었다.

"괜찮으니 애써 그러지 않아도 돼. 그리고 고마워."

"그것 보세요."

다베리 경이 끼어들었다. 기다렸다는 듯.

"말씀드렸지 않습니까. 다들 아가씨를 좋아한다고."

그러게나 말이다. 영락없이 나를 달래주려는 말인 줄만 알았는데.

나는 어리둥절한 눈치의 메리를 앞에 두고 결국 입매에 호선을 그렸다. 찬바람이 풀잎을 흔든 뒤 뺨을 스쳤지만, 추위는 느껴지지 않았다.

다음 날 나는 날이 밝자마자 황성을 찾았다. 드디어 벼르던 대로 매혹의 천에 대해 알리고 고발하기 위해서였다.

'겸사겸사 다른 이유도 있긴 하지만.'

귀족이 자신의 성을 버리기 위해서는 황실의 승인이 필요하다. 다시 말하면 서류 작업이 있어야 호적에서 팔 수 있다는 말이다.

나는 이제 정식으로 부모님의 호적에서 파여야 한다. 에시와 더는 법적으로 가족이 아니게 될 필요가 있으니까.

'승인이 떨어지면 앞으로는 리디아 위드그린이 아니라 그냥 리디아가 되겠지.'

어쩐지 허전한 느낌이다. ……뭐, 어차피 머잖아 다른 식으로 다시 붙게 되겠지만. 아, 나도 참. 벌써부터.

나는 참지 못하고 입을 틀어막은 채 의자를 쾅쾅 내려쳤다.

응접실에 사람이 들어선 것은 그때였다.

"폐하께서 공녀님의 알현 요청을 수락하셨습니다. 알현실로 모시겠으니 따라오시지요."

"……."

……못 봤나? 못 봤겠지? 그러니 저렇게 흔들림 없는 무표정이겠지. 나는 몸가짐을 싹 바꾸곤 얌전히 시녀를 따라나섰다.

알현실에 도착해서 앉은 지 얼마 안 되어 황제가 등장했다. 나는 벌떡 일어나 예를 올렸다.

"지고하신 제국의 태양을 뵙습니다."

"앉게."

중후한 목소리가 떨어졌다. 나는 황제의 허락에 자리에 앉아 고개를 들었다. 알현실 내부의 불빛이 황제의 금발을 화려하게 비췄다.

'오늘도 역시……'

역시 닮았다. 이 나라의 황제를 볼 때마다 나도 모르게 습관적으로 하게 되는 생각이 있다. 황태자랑 정말이지 판박이라는 것이다.

'황후 폐하의 유전자는 어디로 가버린 것일까.'

햇빛이 거의 들지 않는 실내라는 사실이 무색하게 화사한 황제의 금발과 녹안은 시선을 잡아끌었다. 눈부신 색채라는 느낌도 있었다. 황태자를 이 정도 거리에서 처음 봤을 때와 꼭 같은 감상이었다.

'비단 머리 색, 눈 색이 아니더라도 이목구비도 참 닮았지.'

감히 외모를 품평하자는 것은 아니지만 전에 보았던 황후께서는 수수한 편이셨는데. 이러면 황태자의 이기적인 유전자는 전부 황제의 공로라는 말이 된다. 문득 신기했다.

'보편적으로 잘생긴 아빠를 두면 잘생긴 아들이 나오는 건가?'

미녀 딸은 엄마를 닮고, 미남 아들은 아빠를 닮는다는 이 세계의 공식이 있다거나?

'그렇다면 나는 아들을 낳아야……'

아무래도 그편이 좋겠지? 내 외모가 못났다는 말이 아니라, 이대로 역사에 묻어버리기에는 에시의 얼굴이 여러모로 아까우니까……. 그런 상념에 골몰하다가 불쑥 내가 무슨 생각을 하고 있는 것인지 깨달았다.

헉! 미쳤어. 리디아, 너 뭐 해? 혼자 어디까지 앞서갈래? 혼자 생각하다가 혼자 민망해져서 급히 손 부채질이 하고 싶어졌을 때였다.

황제가 입을 열었다.

"그래, 위드그린 공녀. 무슨 용건으로 나를 보자고 했는가?"

고맙습니다. 타이밍이 무엇인지 아시는군요.

나는 기다렸다는 듯 그 말을 덥석 물었다.

"폐하께 긴히 드릴 말씀이 있어서 찾아뵈었습니다."

"흐음?"

"요청하온데 주변을 잠시 물려주실 수 있겠습니까?"

황제는 내 말에 잠깐 고민하는 것 같더니 이내 한 손을 들어 올려 까딱했다. 그러자 그 간단한 손짓에 알현실 내부에 있던 시녀와 기사들이 전부 바깥으로 물러났다. 황제가 손을 내렸다.

"이제 말해보게."

"감사합니다. 그럼……."

나는 주저하지 않고 가지고 온 매혹의 천을 꺼냈다. 천을 본 황제의 눈에 순간 짧은 이채가 스쳤다. 나는 그것을 목격하곤 멈칫했다.

"혹시 이걸 아십니까?"

"아니, 처음 보는 것이군. 겉으론 가지 특별해 보이지도 않고 말이네. 다만……."

황제는 고심하는 듯하더니 말을 이었다. 고개가 한쪽으로 가볍게 기울었다.

"어딘지 기묘한 느낌이 있군. 이질감이라고 해야 하나. 혹 마법이 걸린 것인가?"

나는 내심 놀랐다. 나나 아리는 이 천을 보면서 어떠한 특이함도 느끼지 못했다. 직접 효과를 체감하고 나서도 여전히 겉보기엔 일반 천과 전혀 다를 것이 없다고, 오히려 그 점을 신기해했다.

'그런데 보자마자 매혹의 천이 평범한 천이 아니라는 사실을 알다니.'

역시 그냥 황제가 아니라는 것일까? 호부 밑에 견자 없다고 했다. 이건 역으로도 성립이 되는 말일 테지. 나는 황태자의 비범한 능력치를 떠올리며 고개를 끄덕였다.

"마법은 아니지만 비슷한 능력이 있는 천입니다. 사실 이건……."

나는 천에 대해서 차분하게 설명했다. 굳이 매혹의 천이라는 이름까지 언급하지는 않았다. 이 천에 그런 이름이 붙어 있다는 건 책으로 미래를 미리 엿본 사람만이 아는 사실이었으니까.

내 이야기를 전부 들은 황제의 표정에는 큰 변화가 없었다.

나는 혹시나 해서 덧붙였다.

"확인이 필요하시다면, 당장 이곳에서는 어렵겠지만 시간을 내주시면 북쪽 숲에서……."

"아니, 아니야."

고개를 내저은 황제가 입을 벌렸다. 내 말을 무시하거나 허황하게 여기는 말투는 아니었다.

"얼마 전 북쪽 숲에서 몬스터가 대거로 출몰하는 일이 있었다는 건 들었네. 목격담이 들어왔거든. 확인할 길은 없었지만."

황제가 의미심장한 눈길로 천을 내려다보았다.

"사실이었던 모양이군."

"……."

"고맙군, 공녀. 내 이 건은 잊지 않도록 하지."

"어떻게 하실 생각이신지 여쭈어도 되겠습니까?"

매혹의 천을 어떤 식으로 처리하겠냐는 물음이다. 황제는 고민 없이 말했다.

"사랑의 신전을 뒤엎고, 내부 인물을 족쳐야지. 그들이 속내를 바른대로 실토할 때까지."

"예?"

그, 그래도 되는 거야? 아니, 절차상으로 문제는 없겠지. 이 세계는 일차적으로 황권이 절대 권력이고 매혹의 천은 심증도 아닌 물증이 되어줄 테니까.

그렇지만 내가 놀란 것은 황제가 너무도 쉽게 사랑의 신전을 배척하기로 결정했다는 것이다. 그것도 단지 내 말만 듣고서. 혹시 평소에 신전이 단단히 밉보였었나?

내 의문은 생각보다 금방 해소되었다.

"왜, 너무 과한가?"

"아뇨, 그것은 아니고……"

"한 가지 이야기해 주지. 제국에서는 본래 차원의 신을 모시는 신전이 성행했어. 알고 있는가?"

알고 있다. 아리 때문에 차원의 신에 대해 알아보다가 확인했던 내용이니까. 하지만 아는 내용인 것과는 별개로 갑자기 튀어나온 주제가 뜬금없었다. 나는 의아한 기색을 감추지 않으며 대답했다.

"알고는 있습니다."

"그래. 삼백 년 전이 최전성기였지. 그러나 지금은 전혀 찾아볼 수 없어. 그 이유도 알고 있나?"

모른다. 그리고 그건 전부터 내심 궁금해했던 부분이기도 했다.

나는 조심스럽게 되물었다.

"폐하께서는 혹 알고 계십니까?"

"그들이 신성 제국을 재건하려고 했지."

"예?"

신성 제국. 말 그대로 신을 모시는 신전이 권력과 지배의 중심이 되는 나라. 말하자면 교황이 군주로서 다스리는 나라다. 신성 제국은 몹시 과거에나 존재했다고 들었다. 그러니까 국가나 문명이라는 개념조차 희박하던 시기에.

"신이라는 절대자를 내세워 무소불위의 권력을 휘두르던 그때가 그들은 제법 그리웠던 모양이야. 뒤에서 몰래 제국을 찬탈할 계획을 세우고 힘을 모았으니."

"……."

"그 사실을 알게 된 당대 황제께서 즉시 손수 나서서 제국 내에 있던 차원의 신전을 하나도 남기지 않고 처단했지. 윗놈들은 잡아다가 목을 베고, 아무것도 모르는 아랫것들은 전부 개종시켰다."

나는 내가 읽었던 어떤 역사서에서도 찾아볼 수 없었던 이야기를 묵묵히 경청했다. 황제는 의자에 느긋하게 몸을 기대곤 뒷말을 이었다.

"신전이 위세를 가장 크게 떨쳤던 제국에서 그 지경이 되었으니 이후 쇠퇴는 정해진 수순이었지. 그렇게 된 것이라네."

"……."

"왜 내가 이 이야기를 들려주었는지 이해하는가?"

"네. 사랑의 신전도 같은 목적을 가지고 일을 꾸몄을 가능성이 있다는 것이겠죠."

듣고 나니 그럴 법했다. 그도 그럴 게 몬스터를 조종하는 힘이다. 몬스터로 대군을 만들어 저지를 만한 일은…….

"정답이네. 사실 난 가능성이라는 수준을 넘어 확신하고 있어. 낌새가 좋지 않았거든."

황제가 씨익 웃었다. 웃으니까 황태자를 더 닮았다. 내심 깜짝 놀랐다. 저 정도면 복제인데. 내가 속으로 뭐에 놀라는 중인지 알 길 없는 황제는 기분이 꽤 좋아 보였다. 마치 앓던 이를 빼낼 기회를 얻은 사람처럼.

"공녀에게는 정말로 고맙게 생각하네."

"아닙니다."

나는 황급히 고개를 저었다. 어쩌다 보니 내가 공을 세우게 된 마당이긴 하지만, 두 번이나 치하를 들을 일은 아니라고 생각한다. 더구나 매혹의 천을 이미 쓸 만큼 실컷 써먹은 후 뒤늦게 고발하는 점도 은근히 마음에 걸리고 말이지.

그러나 황제는 어지간히도 흡족했던 모양이다. 그는 내가 고개를 젓든 말든 무시하고 말했다.

"보답으로 공녀에게 도움이 될 만한 것을 주고 싶은데."

"괜찮……."

"차원의 신을 알아보고 다녔었다지?"

나는 사양하다 말고 멈칫했다. 어떻게 알지? 모르는 새 동네방네 소문이라도 났나?

"놀랄 것 없네. 전에 황실 도서관을 이용했던 것을 기억하고 있을 뿐이니까. 차원의 신에 관한 자료만 골라 대출했더군."

아…… 그때. 그랬지. 원칙적으로는 대출이 불가한 장서를 황태자의 권한으로 대출했던 날.

'다 보고받는구나.'

그런 사사로운 것까지 알 줄이야. 내가 나서서 월권을 부추겼던 건 아니지만 괜히 양심이 찔리는 그때, 황제의 목소리가 이어졌다.

"앞서 차원의 신전 이야기를 하다가 떠올랐어. 그래, 혹 공녀가 지금도 차원의 신을 조사하고 있다면 말이지. 내가 그에 관해서 도움을 좀 줄 수 있을 것 같은데."

"네?"

기대에 없던 전개가 등장했다. 나도 모르게 눈을 동그랗게 뜨자마자 다음 말이 뒤따랐다.

"신을 만났다고 주장하는 자가 있었지. 신의 실수로 자기가 이곳으로 오게 되었다고 말이야."

잠자코 황제의 말에 귀를 기울였다. 알현실에 들어온 후 최고로 집중되는 순간이었다. 황제의 눈에도 그것이 보였는지 그는 멈칫했다가 말을 이어갔다.

"그때 그자가 언급한 신이 차원의 신이었지. 그 입으로 자긴 원래 있던 곳으로 돌아갈 수 있었다고 말했어. 한데 그 전에 실수로 신의 심기를 거스르는 바람에 저주와 함께 이곳에 남게 되었다고 주장했지."

"……."

"물론 아무도 그의 말을 믿어주지 않았네. 입증할 길이 없었으니까. 증거랍시고 내민 것이 웬 백지뿐인 책이었으니 주변으로부터 미치광이 취급을 받더라도 할 말이 없는 일이었지."

백지뿐인 책. 나는 문득 내가 〈신녀 아그리타의 봄〉을 처음 발견하고 그걸 베시에게 보여주었을 때를 떠올렸다.

"베시, 혹시 이 책 무슨 내용인지 보여? 제목은?"
"글쎄요. 제 눈에는 온통 백지인데요. 뭔가 적혀 있나요?"

심장이 두근거렸나. 입이 근지러웠다. 그래서 그 사람은 어딜 가면 만날 수 있냐고 당장에라도 벌떡 일어서서 묻고 싶은 기분에 엉덩이가 들썩였다. 황제는 그런 내 심경을 읽기라도 했는지 그 이상 반가울 수 없는 말을 해주었다.

"그자를 황궁으로 불러주지. 며칠 걸릴 거야. 수도에 기거하는 자가 아니니까."

"……."

"도움이 되었는지 궁금하군."

"폐하의 은혜에 감읍합니다."

진심을 꾹꾹 뭉쳐 담아 말했더니 황제가 만족한 듯 웃었다. 이윽고 황제가 자리에서 몸을 일으켰다. 나는 예를 올리려고 곧장 따라 일어났다.

그때 황제가 문득 생각났다는 듯 입을 벌렸다.

"오늘 궁을 찾은 이유는 이것이 전부인가?"

뭔가 알고 있다는 투였다. 나는 긴가민가하다가 일단 대답했다.

"다른 볼일이 따로 있기는 합니다만……."

"그래?"

황제는 무슨 생각을 하는지 잠시 말이 없었다. 그러더니 뜻 모를 표정으로 내게 말했다.

"공녀의 지위를 벗겠다는 것이라면, 그건 이미 처리에 들어갔으니 헛걸음할 필요 없네."

"……네?"

"공작이 전날 왔다 갔거든."

알현실을 가볍게 부유한 목소리가 정확히 귀에 꽂혔다. 나는 저절로 '네에?' 하고 얼빠진 음성이 튀어나갈 뻔한 입을 가까스로 다물었다.

'대체 언제?'

분명하게 말할 수 있다. 에시는 어제 종일 바빴다. 별수 없는 일이었다. 왕구에 다녀오느라 치리하지 못했던 일을 한꺼번에 해치워야 했으니까. 그런데 그 와중에 황성에 방문했었다고?

'몸이 두 갠가…….'

그러지 않고서야 불가능한 상황에 말문이 막혔다. 황제는 내 표정을 보고 또다시 속을 알 수 없는 낯을 했다. 그러더니 대뜸 기습적으로 주제를 바꿔 말을 던졌다.

"비로즈 왕국이었나."

"예?"

"반란군이 국왕의 목을 베었다더군."

'벌써?'

나는 순간 눈이 커지는 것을 막지 못했다. 가문 기사 세 사람에게 뒷일을 맡겨두고 왕국을 빠져나왔던 게 며칠이나 되었더라?

어쨌든 그리 오래되지는 않았다. 생각보다 이른 결말에 나는 내심 놀랐다. 그리고 내가 놀란 이유는 그뿐만이 아니었다.

'이걸 황제의 입으로 듣게 될 줄은.'

비로즈 왕국은 제국과 인접해 있다. 가까운 거리가 무색하게도 그간 교류는 거의 없었다고 들었지만, 그래도 이웃 나라니만큼 동태 정도는 당연히 살피고 있었을 것이다.

하지만 그렇다고 해도 이건 너무 빠르잖아. 이 속도면 뭐, 거의 실시간으로 황제의 귀에 상황이 들어갔다고 봐야 할 수준인데. 인터넷도 없는 세계에서 놀랍기도 하지.

내가 속으로 그런 생각을 하는 사이 황제가 말을 덧댔다.

"공녀가 근래 다녀온 곳이 비로즈 왕국이었지?"

'모르는 게 뭐야?'

이쯤 되면 이 세계에 인터넷이 없다는 건 내 착각일지도 모른다. 아니면 마법으로 첨단 CCTV를 만들 수 있다거나. 진지하게 의심하고 있는데 황제의 입술이 재차 달싹였다.

"여기서 짐이 추측을 한 가지 해볼까 하는데. 왕국에 다녀온 공녀. 갑자기 반란군에 의해 목이 떨어진 국왕. 그 후 공녀를 가문에서 제적하겠다고 찾아온 공작."

"……"

"비록 만나본 적은 없지만, 비로즈 왕국의 국왕이 보기 드물 만큼 선명한 적발을 지녔다지?"

하고 싶은 말을 알겠다. 이 사람, 참 날카롭기도 하지. 나는 곧바로 시인했다.

"폐하께서 짐작하고 계시는 점이 맞습니다."

굳이 숨길 거 있나. 어차피 사용인들에게 알린 이상 머지않아 파다하게 퍼질 이야기였다.

"부인하는 시늉도 없군."

"사실이니까요."

"흐음. 궁금한 것이 있는데, 혹시 머물 곳은 정해진 건가?"

나는 질문의 의중을 파악하려 노력했다.

'아, 가문에서 쫓겨나냐고 묻는 건가.'

호적에서 파이게 되었으니 그렇게 보일 수도 있겠지. 나는 생각을 마치고 대답했다.

"거처는 지금과 바뀌지 않을 예정입니다."

그렇게 대답하고 잠시 멈칫했다. 답을 들은 황제의 얼굴에 곧이어 만족스러운 듯한 미소가 걸렸기 때문이다. 황태자를 떠올리게 하는 싱그러운 녹안에 후련함이 번졌다.

'후련함?'

"그랬군. 별것 아닌 질문에 어울려 주느라 수고했네. 아, 말했던 자가 황궁에 도착하는 즉시 전갈을 보내도록 하지."

"황송합니다."

그 말을 남기고서 황제는 알현실을 나가려는지 몸을 돌렸다. 나는 공손하게 상체를 숙였다.

혼잣말인 듯싶은 중얼거림이 귓가를 스친 것은 그때였다.

"그냥 까다로운 방해꾼 정도가 아니라 연적이었군. 이러니 그 녀석이 차인 게지."

뭐라고?

"그만한 수준의 연적이라면 어쩔 수 없지. 이제야 납득이 되는군. 납득이 돼."

당황해서 나도 모르게 고개를 번쩍 들었을 때는 이미 황제가 문밖으로 나가 버린 후였다. 나는 크고 화려하며 썰렁한 문을 보면서 입을 뻐끔거렸다. 귀가 의심스러웠다.

'설마 지금, 자기 아들이 왜 차였는지 내내 의문스러워하다가 마침내 답을 얻고 후련해진 건······.'

이윽고 귓불까지 화끈거리게 열이 올랐다. 나는 이번에는 지켜보는 눈이 없는 알현실 안에서 손을 얼굴에다 대고 마구 파닥거렸다.

황실에서 용무를 마친 후 곧바로 아리를 만날 생각이었다. 오늘 황제를 통해 얻게 된 이 우연하고도 기쁜 소식을 나만 알고 있을 수는 없었으니까.

그러나 나는 그레이스 자작저로 한달음에 달려갔음에도 아리와 대면할 수 없었다.

"열병이요?"

"네. 이런 적이 없으셨는데 유독 크게 앓으시네요."

자작저의 고용인은 근심 가득한 표정이었다. 나는 당황스럽게 그녀를 응시하다 물었다.

"언제부터죠?"

"엊그제부터 그러셨어요. 오늘까지 꼬박 사흘째예요."

"의사는요? 혹시……."

"수도에서 가장 저명하다는 의사까지 불러보았는데, 한결같이 원인을 모른다는 말만 반복하고 있어요. 갑갑한 노릇이지요."

괜찮다면 내 가문 주치의를 빌려주겠다고 말하려다가 도로 꿀꺽 삼켰다. 닥터가 그런대로 유능한 편이기는 하지만, 그렇다고 수도에서 가장 이름난 의사보다 뛰어날 것 같지는 않았다.

"……차도가 있으면 전갈 부탁해요."

"알겠습니다, 공녀님."

나는 어쩔 수 없이 침통한 낯으로 자작저를 돌아 나와야 했다. 다베리 경은 내 침울한 얼굴을 흘긋 보더니 입을 열었다.

"괜찮으실 겁니다."

"그럴까요?"

"그럼요. 독벌, 갑자기 떨어지는 액자, 쓰러지는 나무…… 기타 등등 온갖 액운에서도 살아남으신 분인데, 고작 열병 따위에 어떻게 되실 리가 없잖습니까."

"……."

"있을 수 없는 일입니다."

"그도 그렇네요."

다베리 경의 목소리가 워낙 확신에 차 있었던 터라 본의 아니게 나도 마음이 좀 편해졌다.

'그래, 괜찮겠지.'

누구나 한 번씩은 원인 모를 몸살을 앓기도 한다. 아리의 경우에는 아파서 누워 있는 동안 위험에 무방비해진다는 점이 좀 마음에 걸리지만, 딜런이 곁에서 잘 지켜주겠지.

나는 자작저를 떠나 저택으로 돌아왔다. 귀가한 이후에는 옷을 갈아입고 바로 에시를 보러 갔다. 정신없이 바쁜 걸 아니까 일부러 방해하지 않으려 했었는데, 황성까지 오갈 여유가 있었다면 이야기가 다르다.

"에시."

집무실 문 앞까지 도착했을 때 어쩐지 문득 장난기가 올라왔다.

나는 몹시 작은 목소리로 에시를 불렀다. 노크도 하지 않았으니, 이런 속삭임으로는 내 존재가 저 두꺼운 문을 뚫고 안에까지 알려질 리 없는데도.

문을 지키는 경비병은 의아한 낯으로 내가 하는 짓을 쳐다보았다.

"아가씨, 목이 좋지 않으십니까? 그렇게 작게 부르셔서는……."

"쉿."

아, 이 사람이 남의 속도 모르고. 나는 재빨리 검지를 세워 입술에 갖다 붙였다. 그러나 그러기 무섭게 집무실의 문이 열렸다.

"안 들어오고 뭐 해?"

"……"

나는 손가락을 떼어내고 대신 약간 불만스럽게 입술을 내밀었다. 에이, 산통 다 깨졌네.

'몰래 문을 확 열어버리려고 했는데.'

안 들릴 만큼 작은 목소리로 몇 번 부른 다음, '불렀으니 나 들어간다' 하고 천연덕스럽게 문을 벌컥 열어젖히는 거다. 놀라서 왜 말도 없이 들어왔냐고 물으면 난 불렀는데 네가 못 들은 거라고 뻔뻔하게 대꾸해 줄 생각이었는데…….

가만. 나는 분득 내 계획의 문제짐을 발견했다.

'놀라서'라는 부분. 에시가 과연 그런 걸로 순순히 놀라줄까? ……안 놀랄 것 같지? 깨닫고 나니 갑자기 아쉬움이 사라졌다. 애초부터 안 될 장난이었던 거야. 헛기대했네.

나는 실패한 장난에 미련을 버리고 집무실 안으로 들어섰다. 등 뒤로 문이 닫혔다.

"에시."

"왜?"

문을 닫고 돌아서는 에시의 담담한 얼굴을 보니 방금 내 판단에 대한 확신이 짙어졌다. 나는 가까워지는 에시를 응시하며 실없게 물었다.

"너는 언제 놀라?"

"뭐?"

이런 뜬금없는 질문에도 역시 안 놀라지. 나는 집무실 소파 팔걸이에 걸터앉아 입을 열었다.

"아니, 넌 잘 안 놀라잖아. 거의. 보통, 대부분. 너도 평소에 깜짝 놀랄 때가 있기는 해?"

나는 아침 식사 시간에 입에 넣은 수프가 생각보다 뜨겁기만 해도 흠칫 놀라는데, 아무리 상상력을 쥐어짜 봐도 수프 따위에 놀라는 에시는 상상하기가 어렵단 말이지.

에시는 내 질문에 잠시간 말이 없었다. 뭐야, 설마 대답을 고민해 주는 거야? 그럴 필요는 없는데. 무시해도 좋은 말이라고 덧붙일까 하는 순간, 에시가 소파 등받이를 짚고 내게 상체를 숙였다. 그리고 속삭였다.

"누님이 갑자기 내게 키스하면."

"……."

"그러면 깜짝 놀랄지도 모르지."

야, 야! 기가 찬다. 심장이 벌렁거렸다.

나는 애써 동요하지 않은 척 에시이 눈을 보며 대답했다.

"웃기지 마."

"왜? 거짓말 아닌데."

그렇다 이거지? 나는 잠시 시선을 돌려 삭막한 집무실을 구경하며 마음을 진정시켰다. 그러고는 다른 걸 쳐다보는 척하다가 재빠르게 에시의 입술에 입을 맞췄다. 볼이 아니라 입술을 훔친 건 내 대견스러운 용기다. 어, 어때?

"놀랐어?"

약간 이겼다는 기분으로 물었다. 그러자 잠시 반응이 없던 에시가 거짓말처럼 대꾸했다.

"키스였다면 놀랐을지도."

"뭐? 이게 키······."

······스가 아니면 뭐냐고 물으려다가 입을 꾹 다물었다. 그래, 이건 뽀뽀에 불과하다 이 말이지. 하지만 문자 그대로 제대로 된 기습 키스까지 할 용기는 내게 없었다. 더구나 그쯤이면 이미 기습이 아닐 테고 말이다.

"······됐어. 그나저나 왜 또 날 누님이라고 불러?"

뒤늦게 이 상황에 대해 부끄러움이 몰려와 나는 괜히 지나간 꼬투리를 잡았다. 에시는 어쩐지 내가 그걸 짚을 줄 알았다는 투로 대답했다.

"아쉬워서?"

"아쉽다고?"

"누님이라고 부를 수 있는 날도 얼마 안 남았으니까."

"······."

"그래서 그런 걸 수도 있지."

속삭이듯 대답하는 에시 덕분에 나는 에시를 만나 하려던 말이 뭐였는지 깨달았다.

"에시. 너, 어제 황궁에 다녀왔다며?"

"응."

"나를 호적에서 파려고."

"그렇지."

"바로 시인하네."

"굳이 아니라고 회피할 이유 없잖아."

에시가 소파를 짚지 않은 다른 손으로 내 머리카락을 건드렸다. 옆머리가 귀 뒤로 넘어갔다.

"한시라도 빨리 '진짜' 타인이 되고 싶어서 안달이 났는데."

"……."

가까이 선 에시의 몸에서 코를 자극하는 체향이 났다. 얘는 향수를 뿌리는 것도 아니면서 왜 매번 이렇게 좋은 냄새가 나는 거야. 설마 나만 맡는 냄새라거나 그런 건 아니겠지. 후각에 콩깍지가 꼈다거나.

나는 코를 쿵쿵거리지 않은 스스로를 칭찬하며 내 귓가에서 떨어지는 에시의 손을 잡아 매만졌다.

"……있잖아."

"응."

"국왕이 죽었대."

나는 황제로부터 전해 들은 이야기를 조용조용한 음성으로 입에 담았다.

"반란군이 목을 베었다더라."

에시는 묵묵히 나를 보았다.

"그래서 기분이 어떤데?"

"음……."

글쎄. 이걸 뭐라고 하면 좋을까. 나쁘지도 좋지도 않다. 후련하거나 통쾌한 느낌도 없고, 그렇다고 안 개끼운 것도 아니다.

"그냥…… 그렇구나, 하는 기분이야."

그리고 동시에 이유는 알 수 없지만 기분이 아주 약간 싱숭생숭했다. 에시는 내가 굳이 덧붙이지 않은 속내를 읽기라도 한 것처럼 내 눈을 물끄러미 들여다보았다.

이윽고 나직한 목소리가 흘러나왔다.

"그거면 된 거지."

"그래?"

"그래."

에시의 손등을 매만지던 내 손이 역으로 에시에게 잡혔다. 손을 온통 감싸는 온기가 따뜻했다. 안정적인 체온이 전해져 나도 모르게 웃음이 났다.

"그러게. 맞아. 이거면 된 거지."

국왕의 존재를 알게 되었고, 어떤 사람인지 궁금했고, 그래서 직접 만나보았고…… 그리고 지금은 그녀의 마지막을 들었다.

이거면 됐다. 그래, 앞으로 그녀를 더 생각하는 일은 없을 것이다. 죽은 사람에 대해서는.

나는 무슨 각오라도 다잡는 사람처럼 뺨을 찰싹 때렸다. 한 대 더 때릴까도 했지만 그 전에 에시에게 손목을 붙들렸다. 에시는 내 양손을 전부 붙잡고는 나를 가만 내려다보았다.

"키스할까."

그러더니 한다는 말이 그런 소리라, 나는 달아오르는 귓가를 느끼며 작게 입을 달싹였다.

"……그러든지."

다음 순간 곧바로 부드러운 감촉이 입술을 내리눌렀다. 가지런한 이가 내 아랫입술을 살짝 물더니 이내 열기가 안으로 침범했다. 평소와 같은 것 같으면서도 어딘지 더 깊고, 끈질긴 키스였다. 마치 내 정신을 다른 곳에 두지 못하게 하려는 듯.

"……하."

달뜬 숨이 흘러나왔다. 중간에 잠시 입술이 멀어졌을 때 나는 받은 호흡을 내쉬며 눈을 떴다. 궁금한 것이 있었다.

"손은 왜 계속 잡고……."

그러나 나는 말을 다 잇지 못했다. 내 손가락을 감싼 무언가를 무언가를 발견했기 때문이었다.

"어?"

왼손 약지. 좀 전까지는 없었던 웬 금색 테두리가 보였다. 나는 눈을 깜박거리다가 이내 휘둥그레 떴다.

"어어?"

"어때?"

여운을 회수하듯 다시 내 입술에 짧게 입 맞춘 에시가 눈매를 휘며 웃었다.

"마음에 들어?"

에시의 목소리가 허공을 부유하는 것처럼 현실감 없게, 아득하게 들렸다. 나는 입을 몇 번이고 닫았다 열었다. 그러다 겨우 말했다.

"이, 이게 뭔데?"

"글쎄. 약혼반지?"

다 알면서 묻는 내게 에시가 친절히 대답해 주었다. 에시는 고개를 숙여 내 왼손의 반지를 흘긋 보았다가 도로 나를 응시했다.

"뭐든 좋지. 이제 누님이 내 누이가 아니라는 증거."

금색 반지 한가운데에는 붉은색 보석이 박혀 있었다. 꼭 내 머리 색 같은. 홀린 듯 보고 있으려니 에시의 목소리가 이어 들렸다.

"다음 건 같이 고르러 가자. 가장 마음에 드는 것으로 끼워주고 싶으니까"

다음. 약혼반지 다음은……. 세상에.

나는 이상한 비명이 멋대로 튀어나갈 뻔한 입을 꾹 다물었다. 얼굴이 화끈했다.

'내 망상이 그렇게 앞서간 것도 아니었네.'

……라는 생각이 먼저 들었다. 정말로. 나는 그다지 급한 것도 아니었던 거다. 적어도 실천 면에서는 에시보다 느렸다. 상상은 모르겠지만.

나는 반지가 끼워진 손을 괜히 꼼지락거리다가 입을 열었다.

"……언제 샀어?"

"흠. 어서 누님을 호적에서 빼내고 싶어서 정신 못 차리고 몸이 달았을 때?"

"어제구나."

정말이지 하루 내내 바쁘기도 했다.

나는 말문이 막힌 입을 재차 다물었다. 그러자 에시의 손가락이 내 닫힌 입술을 건드렸다.

"말했잖아. 곧 공작 부인이 될 거라고."

에시는 내가 갑작스러운 전개에 깜짝 놀랐다고 생각하나 보다. 아니, 물론 놀란 건 맞지만. 하지만 그보다 기쁨이 더 컸다. 기뻐서 볼 안쪽이 가려웠다.

나는 말로 이 기쁨을 전하는 대신 에시의 목에 팔을 둘렀다. 그러고는 아까 그 정도의 용기는 없네 어쩌네 했던 것이 무색하게도 먼저 입을 맞췄다. 팔을 단단히 두르고 에시의 입술 안으로 온기를 밀어 넣었다.

에시는 찰나 움직임을 멈추는가 싶더니, 이내 손바닥을 넓게 펴 내 등을 받쳤다. 그리고 다른 손으로 내 엉덩이 아래쪽을 받치는 듯하더니 뒤이어 내 몸이 번쩍 들렸다. 잠시 허공을 부유하는 느낌이 들다가 곧 등 전체에 푹신한 감촉이 닿았다.

자세만 바뀐 채로 입술을 떼지 않고 에시의 목에서 팔을 풀었다. 아마 나만 이런 게 아닐 텐데, 키스하다 보면 문득 상대의 몸을 더듬고 싶어질 때가 있다. 마치 지금처럼.

나는 에시의 뒷머리부터 시작해 손을 천천히 내렸다. 욕심을 숨기지 않고 탄탄한 육체를 쓸었다. 에시가 맞물려 있던 입술을 떼어낸 것은 그쯤이었다.

"……왜?"

나는 내뱉고 나서야 내 목소리가 투정을 부리는 것처럼 들린다는 것을 눈치챘다. 하, 하지만 어쩔 수 없잖아. 난 아직 부족하다고. 설마 벌써 끝이야? 아니지?

가슴이 바쁘게 오르락내리락했다. 그때 에시가 미묘한 표정으로 중얼거렸다.

"지금 괴롭히는 건가?"

"응?"

괴롭히다니? 누가 누굴……. 알 수 없는 말에 의아해지는 순간 불쑥 내 손이 눈에 들어왔다. 한 손은 에시의 쇄골 밑을, 다른 손은 에시의 허리를 더듬고 있는 내 못된 손이.

"……"

너희 거기서 뭐 하니? 언제 거기까지 갔어? 나는 화들짝 놀라 얼른 손을 떼어냈다. 말해두는데 이건 절대 의도했던 게 아니다. 그냥 나도 모르는 새 손이 멋대로 움직인 거야.

구차한 변명을 속으로 삼키는데, 기분 탓인지 다소 갈라진 에시의 목소리가 들렸다.

"이건 불공평한데."

"으, 응?"

"누군 안간힘을 다해 참느라 인내의 끝을 보는 기분인데……."

"……"

"누군 그런 사람을 괴롭히기나 하고."

단정한 눈썹이 평소보다 약간 반항적으로 비뚜름했다. 괴롭히다니.

난 괴롭히려고 한 적 없는데. 하지만 그보다 그냥 넘어갈 수 없는 말은 따로 있었다.

"뭘 참아?"

"……."

"왜 참는데?"

에시의 속눈썹이 움찔했다. 나는 그 동요에 목울대를 움직였다. 가슴이 두근거렸다. 지레 놀라서 에시의 몸에서 떼어냈던 손을 다시 들었다. 그러곤 어쩌다 눈에 담을 적마다 괜히 시선이 가곤 했던 에시의 상체 근육을 조급하지 않게 천천히 쓸었다. 손마디가 지나갈 때마다 닿는 부위가 빠짐없이 팽팽하게 긴장하는 것이 느껴졌다.

에시도 긴장을 하는구나. 당연한 사실일 텐데 어쩐지 새삼스럽게 느껴졌다. 기분이 이상하게 달아오르기도 했다. 나는 마른침을 넘겼다. 에시의 미간이 깊게 파였다. 나는 그 주름을 보며 나직하게 말을 이었다.

"그게 뭐든, 난 참으라고 한 기억이 없는데."

"……리디아."

에시가 내 이름을 불렀다. 잔뜩 억눌린 그 목소리가 꼭 신음처럼 들렸다. 왜일까. 심장을 튀어 오르게 하는 음성이었다. 손끝이 간지러워지기도 하고.

"지금 자기가 하는 말이 무슨 말인지는 알아?"

음, 알걸. 아니, 안다. 너무 잘 알아서 탈이지. 모를 리가 있나. 나는 꿈 많고 순수한 십 대 소녀가 아니었다. 더구나 성인이었던 전생의 기억까지 있다. 그러니까 아무것도 모르는 얼굴로 '사랑의 결실이요? 그건 키스 아닌가요?' 하고 물을 나이는 예전에 지났다는 말이지. 물론 십 대 때도 조기교육 덕에 저런 말은 안 했던 것 같지만. 뭐 어쨌든.

중요한 것은 지금 내 행동이 어떻게 비칠 수 있는지 명확히 인지하고 있다는 점이다.

"응."

"……."

"알아."

손가락을 세웠다. 그리고 팽팽하게 긴장한 에시의 신체에 대고 미끄러뜨렸다. 긴장이 전염되기라도 했는지 내 몸에도 힘이 들어갔다.

"알고 이러는 거야."

그러고 보면 전에도 이와 조금 비슷한 상황이 있었다. 그때도 장소는 집무실이었고…… 위치와 자세는 약간 달랐지. 책상에 걸터앉은 채였나. 과거 어디선가 봤던 유혹이 떠올라 그걸 충동적으로 실천에 옮겼었더랬다.

그리고 덕분에 그날 키스하느라 집무실에서 못 나가는 줄 알았고. 그렇지만 지금은…… 음, 그때와는 달리 단순히 긴 키스로는 끝나지 않을 것 같다. 일단 내가 끝나게 둘 생각이 없기도 하고.

좋아. 기왕 이렇게 된 거 그냥 솔직하게 까발리자면, 나는 꽤 이전부터 이러고 싶었다. 말했잖아. 욕망의 화신이라고. 에시의 마음을 모르고 삽질하던 시기에 내가 혼자 벽에다 머리를 얼마나 박았는데.

다만…… 호적 정리도 하기 전이었고, 사용인들도 내가 에시와 다른 핏줄이라는 걸 모르는 상황이었으니 괜히 도덕심이 찔려 속으로만 상상하고 겉으로 드러내질 못했다.

하지만 지금은 아니지. 이젠 거리낄 게 없어졌다. 내 손가락은 몹시 과감하게도 에시의 명치를 지나서도 멈추지 않고 계속 내려갔다. 그러다 배꼽에 막 닿은 듯 말 듯하게 되었을 즈음에 에시에게 넙석 붙잡혔다.

"……."

에시는 눈도 깜박이지 않고 나를 응시했다. 나는 손을 붙잡힌 채

숨을 죽였다. 심장이 쿵쾅거렸다. 그때였다.

"이봐! 인간!"

쾅!

"······!"

집무실 문이 요란한 소리를 내며 열렸다. 나는 깜짝 놀라서 소파에서 급히 몸을 일으키려다가 팔꿈치가 미끄러져 하마터면 바닥으로 굴러떨어질 뻔했다. 다행히 에시가 잡아줘서 그런 불상사는 면할 수 있었다.

겨우 자세를 바로잡고 고개를 들었더니 난데없이 난입한 계르그가 보였다.

"계, 계르그?"

문을 지키던 경비병은 무단침입범을 힘으로는 당해낼 수 없었는지 복도 한쪽에 볼썽사납게 나동그라져 있었다.

나는 자세는 그런대로 가다듬었지만 표정은 그러지 못했다. 당황을 숨기지 못하며 쳐다보자 계르그가 당당하게 외쳤다.

"내 마력 회복에 도움이 되는 음식을 찾았어! 당장 준비해 준다면 고맙겠······."

"······."

"······는데."

계르그의 목소리는 금방 잦아들었다.

"······."

사람은 경험과 기억에 의해 학습을 한다. 그건 반마족이라고 다르지 않은 모양이다. 뒤이어 흘러나오는 계르그의 목소리가 위태롭게 흔들렸다.

"설마······ 또?"

지난 일을 떠올리는 듯한 회색 눈동자가 사정없이 떨렸다.

"······진짜?"

"……"

"아니, 있잖아. 음…… 저기 말이야. 이쯤 되면 이게 꼭 내 잘못이
라고 보기는 힘들지 않아?"

"……"

"그러니까 내 말은, 너희가 때와 장소를 가려주는 편이─ 미안! 잘못
했어! 잘못했습니다!"

계르그가 비명을 꽥꽥 지르고는 달아났다. 나는 에시가 무슨 표정
을 지었는지 보지 못했지만, 에시와 눈이 마주친 계르그가 저승사자
라도 대면한 것처럼 사색이 되어 자리에서 내빼는 건 봤다.

에시가 가까운 벽에 걸린 장식용 검을 집어 들었다. 아무리 봐도 도
망친 계르그를 잡아 죽이겠다는 의도가 분명해 보였다.

나는 그것을 멍하니 보다가 이내 에시의 옷깃을 잡아챘다. 계르그
를 살리고 싶어서는 아니었다. 솔직히 나도 방금 마음 깊은 곳에서 살
인…… 아니, 살생 욕구가 솟구쳤으니까.

하지만 지금은 계르그를 죽이는 것보다 더 중요한 일이 있었다. 옷
자락을 당기는 손길에 에시가 나를 돌아봤다. 나는 황금색 눈동자에
내가 비치는 순간 말했다.

"나 못 걷겠어."

"리디아?"

"다리에 힘이 안 들어가. 일어서기도 힘들어. 그러니까…… 안아서
데려다줘."

"……"

"……네 방으로."

아, 놀랐다. 지금 에시의 저 얼굴은 분명 놀란 표정이겠지. 하지만 마
침내 에시를 놀라게 했다고 뿌듯해할 여유 같은 건 지금 내겐 없었다.

나는 잠시 후 에시의 목에 팔을 둘렀다. 평소답지 않게 조급한 손

길이 내 몸을 안아 올리자 그러잖아도 부족하던 여유가 한결 바닥나는 기분이었다.

"마지막으로 확인하는 거야."

"……."

"여기서 나가면 이제 멈추는 일 없어. 상관없어?"

겨우겨우 무언가를 억누르는 음성이 내게 물었다. 답은 당연히 정해져 있었다.

"……멈추기만 해."

그랬다간 내가 가만히 안 놔둘 테니까.

나는 에시에게 안긴 채로 집무실에서 나왔다. 복도를 걷는 내내 쿵쾅대는 심장 소리가 정말이지 귓가를 잡아먹을 것만 같았다.

'얼마 만에 오는 거더라?'

에시에게 안긴 채로 침실에 들어서는데 그런 생각이 들었다. 그러니까, 내가 마지막으로 에시의 방에 들어와 본 것이 언제였지?

사실 별로 중요한 것은 아닌데 워낙 긴장하다 보니 머리가 한시도 생각을 쉬지 못하는 기분이었다. 나는 에시의 방에 들어서서부터 방구조를 샅샅이 살피기 시작했다.

저기에 업무를 볼 수 있는 책상이 있고, 음, 창문은 저 방향으로 나 있구나. 아, 저쪽엔 화병이 있네? 저번에도 있었나? 저 그림은 지난번에 왔을 때도 본 것 같긴 한데, 그리고…….

그때 에시가 나를 침대 위에 부드럽게 내려 눕혔다. 등 뒤로 닿는 푹신한 감촉에 애써 사방으로 분신시켰던 감각이 전부 한곳으로 모였다.

"헉."

나도 모르게 숨을 살짝 들이마셨더니 에시가 내 위에서 나를 두 팔

사이에 가둔 채 물끄러미 내려다보았다.

"……."

원래 이런 자세에서 받는 시선이 이렇게 민망하고, 어딘지 견디기 힘들고, 막 도망치고 싶고 그런 거였나. 차마 눈을 마주치지 못하는 내게 에시가 낮은 목소리로 말했다.

"……이젠 정말 못 물러."

무르다니? 뭘 물러? 나는 부끄러워 방황하던 시선을 되돌려 에시를 쳐다보았다. 눈이 마주치자 얼굴이 달아올랐지만 시선을 피하지는 않았다. 긴장하고 쑥스러워 허둥거리는 내 모습이 에시에게 다른 의미로 비칠 수도 있다는 생각이 들자 잠시 기죽었던 용기가 다시금 샘솟았다.

"누가 무르게 둔대?"

나는 바로 에시의 목을 당겨 내게로 끌어당겼다. 정작 입술이 닿자 나도 모르게 움찔하긴 했지만, 이어 갈라진 틈으로 혀를 밀어 넣었다. 에시는 내 돌발 행동이 의외였는지 놀란 듯 아주 잠깐 반응이 없다가, 이내 역으로 내 혀를 감아오며 적극적으로 나를 몰아붙였다.

서투른 입맞춤은 금세 녹진한 키스가 되었다. 언제 겪어도 등줄기로 소름이 타고 오르고 다리 힘이 풀리는 키스에 몸에서 긴장이 조금씩 빠져나갔다.

"……하아."

입술을 떼어내 내게 잠시 숨 돌릴 여유를 준 에시가 상체를 일으켜 옷을 벗기 시작했다. 나는 숨을 몰아쉬며 그 모습을 응시하다가 별안간 따라서 몸을 일으켰다.

"내가 할래."

참고로 머리를 거치지 않고 튀어나간 말이다. 평소라면 이성의 통제를 듣지 않은 이 과감한 발언에 침대 매트리스를 다섯 번은 내려치고도 남았겠으나, 지금의 나는 별로 제정신이 아니었다.

아마 그랬을 거라고 생각한다. 나는 에시에게 허락의 말도 구하지 않고 무작정 손을 뻗었다. 그러곤 에시의 셔츠 단추를 위에서부터 하나씩 풀어내기 시작했다. 손을 떨어 단추를 잘 못 풀면 어쩌나 했는데 내 손은 생각보다 맡은 일을 잘해냈다.

조금 굼뜨기는 했지만, 어쨌든 하나하나 실수 없이 단추를 풀어 내렸다. 단추가 풀리고 벌어지는 셔츠 틈으로 에시의 맨몸이 조금씩 드러날수록 목이 바짝 타는 기분이었다.

"……아."

갈증이 절정에 이르렀을 때 에시가 단추를 완전히 푼 셔츠를 벗어 침대 아래로 던졌다. 그러곤 다시 내게 입 맞추며 내 몸을 침대 위로 쓰러뜨렸다. 정신이 하나도 없었다. 이성이 조금 돌아왔을 때는 어느새 내 가슴과 배에 찬 공기가 닿고 있었다.

"……흣."

그 찬 공기를 밀어내고 에시의 입김이 몸에 닿았다. 뜨거운 입김과 부드러운 감촉이 배꼽 주변을 배회하다가 천천히 위로 올라와 민감한 정점을 물었다.

"아!"

나도 모르게 새된 소리를 내곤 깜짝 놀라 입을 다물었다. 이게, 이렇게, 그러니까 내 의지와는 상관없이 소리가 튀어나가는 거구나. 새로운 경험에 눈동자를 흔들고 있으려니 멈칫한 에시가 입술을 떼고 올라와 나와 눈을 맞췄다.

"……아파?"

아, 제발. 저 질문만은 안 나오기를 바랐는데. 나는 민망함에 양손으로 얼굴을 가렸다가 다시 손을 내렸다.

……안 되지. 괜히 부끄럽다고 답을 회피했다가 에시가 잘못된 오

해라도 했다간 곤란하다. 나는 터질 것 같은 내 얼굴이 커튼을 친 방의 어두침침한 조명에 갈 가려졌기를 깊이 소망하며 입을 열었다.

"안 아파. 만에 하나 아프면 아프다고…… 내 입으로 말할 거야. 그러니까 아프다고 말하기 전까지는 내가 무, 무슨 소리를 내든 멈추지 마."

"……."

"……알겠어?"

알겠다는 답은 입맞춤으로 돌아왔다. 입술에서 시작해 목, 어깨, 쇄골에 진한 낙인을 찍고 그 아래로 내려가 말캉한 둔덕을 깨물고 핥으며 괴롭혔다.

솔직히 말하면 정신이 하나도 없었다. 나는 에시의 단단한 어깨나 부드러운 머리카락을 손에 잡히는 대로 부여잡고 나오는 대로 솔직하게 신음을 흘렸다. 부끄러워서 신음을 참으려고도 해봤지만 그럴수록 오히려 감각만 예민해지고 괴로워져 차라리 소리를 내는 것이 낫겠다는 결론이 섰다.

"흐…… 아!"

집요하다는 생각이 들 만큼 가슴과 배에 머무르며 나를 괴롭히던 에시의 입술이 그보다 더 아래로 내려갔다. 거기서부터는 정말로 정신을 차리기 어려웠다. 낯선 감각에 몸은 좀처럼 가만히 있지 못했다. 발가락이 오므라들고 허리가 들썩이고, 몸 전체에 힘이 들어갔다.

"에시…… 에시."

아랫배에서 시작된 열기가 발끝까지, 그리고 정수리까지 번져 전신을 관통하는 것 같았다.

나는 다른 생각이라곤 조금도 할 수 없을 만큼 징릿한 쾌락과 몸을 데우는 열감 속에서 허우적거리며 에시를 불렀다. 달리기하거나 호흡을 참은 것도 아닌데 숨을 헐떡였다. 나를 한 차례 구름 위로 높이 띄웠다가 가라앉게 만든 에시가 다시 내 위로 올라와 나와 눈을 맞췄다.

"……."

그 시선이 내게 무언의 허락을 구하고 있다는 걸 알 수 있었다. 손으로 만지면 황금빛이 묻어 나올 것처럼 색이 진해진 에시의 눈동자에 가슴이 쿵쿵 뛰었다.

지금 내 머리를 어지러울 만큼 채운 이것이 기대감인지, 아니면 두려움인지, 그도 아니면 아예 내가 알지 못하는 새로운 영역의 것인지 알 수 없다. 다만 한 가지 확실하게 말할 수 있는 건 절대 여기서 멈추거나 그만두고 싶지 않다는 거다. 생각보다도 오랜 시간 이 순간을 기다려 왔다는 느낌이 들었다.

나는 눈을 질끈 감았다. 그러곤 에시의 목을 끌어당겨 입을 맞췄다. 뒤이어 나는 각오했던 것보다 덜한 아픔과 기대했던 것보다 강한 환희와 마주칠 수 있었다.

살다 보면 간혹 상상이 현실을 따라가지 못하는 경우를 겪게 되기도 한다. 나는 테이블에 턱을 괸 채 멍하니 넋을 놓고 있었다.

"아가씨."

"……."

"아가씨!"

"으, 응?"

가까이 다가온 목소리가 나를 깨웠다. 깜짝 놀라 돌아보자 베시가 고개를 기울였다.

"무슨 생각을 그렇게 하세요? 불러도 통 못 들으시고."

"아, 그게……."

"그렇게 좋으세요?"

순간 심장이 펄쩍 뛰었다가 제자리를 찾았다. 눈을 동그랗게 뜨고 베시를 보았지만, 그녀의 시선은 내 왼손을 향하고 있었다. 아.

"각하께서 선물하신 거라면서요? 어쩜, 예쁘기도 하지. 보석이 은근 아가씨를 닮았어요."

"마, 맞아."

"이런 걸 보면 확실히 보는 눈이 있으시다니까요. 그에 비해 알렉스는……."

베시의 말이 어쩐지 갑자기 알렉스 험담으로 흘러갔다. 나는 알렉스의 미적 감각이 얼마나 수준 미달인지 성토하는 베시의 성난 목소리를 한 귀로 흘리며 내심 가슴을 쓸어내렸다.

내가 무슨 생각을. 하긴, 베시가 알 리가 없지. ……어제 일을.

내가 어제 하루를 보내면서 깨달은 것이 있었다.

'역사는 낮에도 이루어진다.'

역사는 꼭 밤에만 이루어져야 하는 것은 아니었다. 대낮에도 얼마든지 가능했다. 그리고 놀랍게도 낮에 시작해서 밤에 끝날 수도 있었다.

나는 어제 역사를 이룬 뒤(?) 그대로 쓰러지듯 잠들어 아침까지 기절한 사람처럼 잤다. 무지막지한 숙면이었다. 아침에 눈을 뜨자마자 이게 잘 잤다는 거구나, 단번에 알았다.

'전에 어디서 듣기로 그게(?) 만족스러우면…… 지쳐서 바로 곯아떨어진다던데…….'

"……."

만족을 넘어서 뭔가 꽤, 굉장한 수준이기는 했지만. 나는 곧 몹시 강렬하게 테이블에 머리를 박고 싶어졌다. 무슨 생각을 하고 있는 거야. 부끄러워서 죽겠다.

얼굴이 붉어진 것은 아닐까 염려하는데, 베시가 돌연 손뼉을 짝 쳤다.

"참, 아가씨."

"……?"

"이렇게 반지도 사주신 걸 보면 말이에요. 각하께서 여전히 아가씨를 아끼신다고 봐도 되겠죠?"

나는 베시의 답지 않게 순진무구한 얼굴을 올려다보았다. 그녀는 에시가 선물해 줬다는 반지가 왜 하필 왼손 약지에 끼워져 있는가에 대해서는 그리 깊게 생각하지 않는 눈치였다. 비록 내 핏줄을 알고 있었지만, 그래도 그녀는 꽤 오랫동안 나와 에시를 남매로 키웠다. 그래서 그런 걸까.

나는 잠시 고민하다 대답했다.

"응…… 그렇지."

여기서 바로 이건 그냥 선물이 아니라 약혼 프러포즈 링이라고 정정할 수도 있었지만, 어째선지 입이 쉽게 떨어지지 않았다.

베시는 대답을 듣자마자 내 손을 덥석 잡았다.

"다행이에요."

갑자기 뭐가 다행이라는 건가 싶어 쳐다보자 베시가 눈을 마주치며 말을 이었다.

"전 주인님 내외께서 그렇게 돌아가시고, 제겐 정말로 줄곧 두 분뿐이었어요."

"……."

"너무 많이 들어서 지겨우시겠지만."

베시가 감싸 쥔 내 손등을 부드럽게 매만졌다.

"두 분만큼은 무슨 일이 있어도 끝까지 모시는 것이 제 소원이었는데, 소원을 이룰 수 있을 것 같아서 기뻐요."

"……."

"이제 와선 우스운 이야기지만, 사실 아주 조금은 걱정했거든요. 아가씨께서 지니고 계셨던 비밀 때문에요. 하지만 이제 걱정할 것 없어졌으니까…… 그게 진심으로 마음이 놓여요."

베시의 손은 따뜻했다. 나는 그래서 더 망설였다. 조금 전부터 입안에서 맴도는 말을 두고 고민했다. 베시를 너무 놀라게 하고 싶지 않지만, 그렇다고 속이고 싶지도 않았다.

결국 마음속에서 결심을 마친 내가 운을 띄웠다.

"베시. 나와 에시를 평생 모시는 게 소원이라고 했잖아."

"그럼요."

"하지만 에시야 그렇다 치고…… 나는 결혼하면 이 집을 떠나야 하는데? 그땐 어떡할 거야?"

"어머."

베시가 내 손을 놓지 않은 채로 눈을 크게 떴다.

"결혼하시게요?"

"해야 하지…… 않을까?"

난 결혼 적령기도 아슬아슬하고, 일반적으로는 내일 당장 시집가더라도 이상하지 않은 나이다. 하지만 베시는 눈썹을 단단하게 굳혔다.

"굳이 하지 않으셔도 되잖아요. 평생 놀고먹어도 부족하지 않을 재산이 집안에 넘치는데."

"꼭 그런 의미가 아니어도…… 사, 사랑하는 사람을 만나면 결혼이란 제도로 평생을 함께하고 싶어질 수 있잖아."

나도 모르게 말을 더듬었는데 베시가 이상하게 듣지 않았으려나 모르겠다. 베시는 눈을 재차 동그랗게 떴다가, 이윽고 가늘게 좁혔다.

"누구예요?"

"어?"

"누군데요? 어느 가문 영식이에요?"

내 손을 붙잡은 손아귀에 힘이 들어갔다. 베시의 가늘어진 눈이 날카롭게 빛났다. 나는 그녀의 오해를 눈치채곤 당황했다.

"뭐? 그게 아니라……."

"나이는요? 번듯한 사람인가요? 가문의 후계이고요? 성품은 어떻죠? 외모는요? 생김새는?"

아니, 왜 생긴 걸 두 번 묻는 거야? 갑자기 다베리 경이 떠오르는 이유는 무엇일까.

어쨌든 나는 베시의 오해를 풀어주려고 했다. 그러나 그 전에 베시가 먼저 질문을 이어 붙였다.

"각하보다 멋있나요?"

"……뭐?"

"공작 각하보다 키 커요? 공작 각하보다 잘생기셨어요? 공작 각하보다 잘해주시나요?"

자, 잠깐만. 대체 지금 무슨 질문을 하는 거야?

"베시? 그게 무슨……."

"그렇지 않다면 저는 절대 결혼 용납 못 해요!"

뭐라고? 베시의 결연하기까지 한 선언에 순간 말문이 막혔다. 지금 내 상황이 현재와 달랐다면, 베시의 저 발언은 내 혼삿길을 영영 막아버리겠다는 의미와 그리 다르지 않았다.

"베시…… 진심이야?"

"당연하죠!"

흔들림 없는 베시의 표정에 나는 재차 말을 잃었다.

저기, 어디로 들어도 그건 결혼하지 말라는 거잖아……. 평생…….

나는 헛기침했다. 베시의 기세가 너무 열렬해서 네가 지금 오해하고 있는 거라는 말은 그다지 소용이 없을 것 같았다. 대신 다른 방식을 택했다.

"에시보다 더 멋있는 건 아니야."

"그럴 줄 알았어요. 그럼 바로 탈락……."

"하지만 에시만큼 멋있어. 에시만큼 키 크고, 에시만큼 잘생겼고, 에시만큼 잘해줘."

베시의 눈이 이제까지 본 것 중에 제일 커졌다.

"어때?"

답은 즉각 돌아오지 않았다. 베시는 노골적인 경악과 불신으로 얼굴을 물들이고 있었다. 세상에 어떻게 그런 사람이 있을 수 있냐는 듯.

"말도 안 돼요."

"말이 안 되는 게 아니야. 왜냐하면……."

드디어 사실을 알릴 순간이 왔다. 내가 막 목구멍을 간지럽히던 말을 뱉어놓으려던 차였다. 갑자기 온실 테라스의 문이 벌컥 열렸다.

"베시!"

알렉스는 유리문을 열고 우당탕 뛰어 들어왔다가 멈칫했다.

"앗, 아가씨도 계셨네요."

"알렉스? 여긴 왜……."

베시가 어리둥절한 기색으로 내 손을 놓고 몸을 돌렸다. 알렉스는 이곳까지 뛰어오기라도 한 듯 자리에서 잠시 숨을 골랐다.

무슨 이런 타이밍이. 황당해하는데 알렉스의 입이 열렸다.

"마침 잘됐습니다. 아가씨께서도 함께 가시죠."

"가다니? 어딜?"

"연무장으로요!"

웬 연무장? 표정으로 설명을 요구하자 알렉스가 말을 이었다.

"연무장에서 각하께서 기사들과 대련 중이시거든요."

"응?"

"어머, 각하께서? 웬일로?"

"모르죠. 어쨌든 지금 다들 몰려가서 구경하고 난리예요. 우리도 어서 갑시다."

알렉스는 마음이 급해졌는지 제자리에서 발을 동동 굴렀다. 베시가 나를 돌아보았다.

"아가씨, 어쩌시겠어요? 가보실래요?"

"어, 글쎄……."

"가요!"

고민하는 사이 알렉스의 머리통이 나와 베시 사이로 불쑥 끼어들었다. 깜짝아.

"가실 거죠? 예? 쉽게 볼 수 없는 거잖아요. 날이면 날마다 오는 기회가 아니라고요."

동굴에서 나한테 동전 던져주던 계르그 같은 말을 하네.

어쨌든 그렇게 말하는 알렉스의 두 눈이 간절하게 초롱초롱 빛나고 있었다. 차마 거절의 응답을 꺼내기 어려울 만큼.

"……그래, 가자."

결국 나는 앉아 있던 의자에서 몸을 일으켰다. 알렉스가 기쁘다는 듯 선 자리에서 펄쩍펄쩍 뛰더니 앞장섰다. 저렇게 좋을까. 베시가 내 곁으로 따라붙으면서 말을 꺼냈다.

"그나저나 대련이라니, 정말 드문 일이기는 하네요. 갑자기 무슨 바람이 부신 걸까요?"

음, 하기는. 나는 베시의 말에 가볍게 동조했다.

"그러게."

알렉스가 지금 연무장에서 벌어지고 있다는 에시의 대련을 무슨 히든 이벤트 취급하는 데에는 다 이유가 있었다.

에시가 검을 다루는 솜씨는 저택 안으로나 밖으로나 이미 정평이 나 있다. 오죽하면 공작 가문의 기사들은 전부 에시의 실력에 반해 가문에 적을 두고 있다는 소문이 공공연하게 나돌 정도일까. 크게 틀린 말은 아니지만.

아무튼, 그렇게 안팎으로 인정받는 솜씨지만 에시는 필요할 때가 아니면 그 솜씨를 좀처럼 남에게 보여주는 법이 없었다. 여기서 필요할 때란 얼마 전처럼 나라에서 토벌을 맡길 때라든가, 잡아 죽여야 하는 놈이 눈앞에 있을 때라든가, 어쨌든 필수적으로 검을 뽑지 않고서는 안 되는 상황으로 한정된다.

당연하게도 대련은 그에 포함되지 않았다. 그건 굳이 안 해도 되는 일이었으니까. 아주 가끔 에시도 몸을 풀 때가 있기는 했지만 정말 가끔이었다. 그마저도 대개 공작 위에 올라 지금처럼 바빠지기 전이었고.

그러니 현재 에시가 난데없이 연무장에서 대련 중이라는 사실이 희귀 소식으로 취급받는 것도 무리는 아닌 셈이다.

'대련이라……'

기사들이 정말 신났겠는데. 전에 그들끼리 이야기하는 걸 우연히 듣기로 에시와 검 한번 섞어보는 게 평생소원이라는 이도 제법 있었으니 말이다.

소원을 이루고 있겠군. 가면 축하해 줄까.

그런 생각을 하며 걷는데 알렉스가 마음이 조급해졌는지 걷는 속도를 올렸다. 다른 건 몰라도 키 하나는 남들보다 큰 알렉스였다. 알렉스가 걸음을 재촉하자 순식간에 나와 거리가 벌어졌다.

아니, 이 녀석아. 네가 그렇게 경보하면 따라가는 우리는 뛰어야 한다고! 나는 잠시 그냥 뛰어줄까 하다가 바로 마음을 바꿨다. 뛰려고 하자마자 몸이 비명을 질렀으니까.

'허리 아파……'

깜박했다. 내가 어제 얼마나 꼴장한 낮(!)을 보냈는지. 걸음이 느려지자 베시가 날 돌아보았다.

"아가씨? 괜찮으세요?"

"어, 응. 괜찮아. 그냥 허리가 좀 아파서……."

"허리요?"

아차, 너무 곧이곧대로 말했나.

"그게 아니라―"

"어제 잠을 잘못 주무셨나 봐요. 아, 어쩐지 아침에 깨우러 가기도 전에 먼저 나와 계시더라니. 잠을 설쳐서 그러셨던 거죠?"

"……어, 응."

"이따가 방에 올라가서 허리에 좋은 마사지를 해드릴게요. 오일도 좀 발라 드리고요."

나머지는 몰라도 허리 마사지는 마음에 든다. 나는 양심이 찔리는 것을 무시하고 고개를 끄덕였다.

연무장에 도착했더니 과연 사람이 가득했다. 나는 대련하는 곳에서 멀찍이 떨어진 곳에 자리를 잡게 되었다. 가까이 가면 먼지를 뒤집어쓰게 될까 걱정이라나.

하지만 가까이서 구경하더라도 먼지 걱정을 할 일은 없었을 것 같다. 왜냐면 에시는 먼지가 일어날 정도로 기사들을 격하게 상대하고 있지 않았으니까.

'원 샷 원 킬이네.'

가끔 투 샷도 보였지만 그건 상대가 뛰어나서라기보다는 에시가 봐주느라 그런 것 같았다.

'하여간 신기해.'

나는 알렉스가 마련해 준 간이 의자에 앉아서 다리를 꼬고 편하게 턱을 괴었다. 에시가 검을 쓰는 모습은 종종 봤는데도 적응이 되지 않는 것 중 하나다.

사람이 어떻게 저렇게 움직이지? 저 긴 칼은 대체 무슨 수로 저렇게 휘두르는 거고. 정말이지, 저게 실은 다 저 옷 속에 숨겨진 근육이…….

"······."

나는 멍하니 생각하다가 고개를 숙였다. 얼굴이 새빨갛게 되었을 것이 너무 분명해서 남한테 보여줄 수 없었다.

'미쳤어? 상상하지 마. 멈춰. 적어도 여기서는 아니야.'

노출이라곤 찾아볼 수 없는 활동복을 갖춰 입고 대련하는 모습이 선정적으로 보이는 건 내 눈에 마귀가 끼었기 때문이 틀림없다. 마귀야, 물러가라. 썩 꺼지고 나중에 때와 장소를 봐서 다시 찾아오너라. 알겠느냐?

그때 고개를 떨어뜨린 내 귀에 작은 함성이 들렸다.

"다베리!"

"다베리 삭 경이다!"

이름을 연호하는 목소리 사이사이에는 수줍은 비명도 간간이 섞여 있었다. 나는 그 비명 때문에 어리둥절해서 고개를 들었다.

아, 그렇구나. 다베리 경 인기 있었지. 그리고 보면 전에도 몇 번 언급했지만 다베리 경이 드물게 키도 크고 얼굴도 잘생긴 편이긴 하다. 지지자가 있을 만도 하군.

고개를 들고 쳐다본 연무장 중앙에는 다베리 경이 한 손에 검을 들고 에시와 대치하고 있었다. 에시는 약간 의외라는 표정이었다.

"네가 나올 줄은 몰랐는데."

"저도 가끔은 깨질 때가 있어야 하지 않겠습니까?"

저 말은 마치 에시가 상대가 아니고선 깨질 일이 없다는 뜻처럼 들렸다. 건방졌다. 그렇게 들은 것은 나뿐만이 아닌지 주위에서 야유가 쏟아졌다.

"저 건방진!"

"이 녀석아, 그렇게 깨지고 싶었으면 나한테 부탁하지 그랬냐? 매일 매일 깨줄 수 있는데!"

"다베리 선배님, 오만한 발언이십니다."

푸짐한 야유에 다베리 경이 뭐라고 받아치는 것 같았지만 주변 소음에 묻혀서 들리지 않았다. 이윽고 에시가 검을 들어 올렸다. 대련이 시작되려나 보다. 이번에는 나 역시 자세를 고쳐 앉고 좀 집중했다. 다베리 경의 솜씨는 일전에 딜런과의 대련을 통해 확인한 바 있었다.

제법 인상적이었지. 에시와 붙으면 어떻게 될지 궁금하다. 그러니까 승패가 궁금하다는 건 아니고 얼마나 어떻게 버틸지 궁금했다.

집중한 건 나 혼자만이 아닌지 사위가 갑자기 조용해진 가운데, 다베리 경이 먼저 에시에게 달려들었다.

챙! 날카로운 소리가 울렸다. 보통은 여기서 에시의 상대측이 쥐고 있던 검이 날아갔다. 하지만 다베리 경은 멀쩡했다. 밀려나는 걸 보니 충격은 좀 있는 것 같았지만 말이다. 이어서 이번엔 에시가 다베리 경을 노렸다. 검이 내 눈에는 제대로 보이지도 않을 만큼 빠른 속도로 움직였다.

와, 아니, 잠깐 기다려 봐. 지금 저걸 어떻게 막았지? 저건 또 어떻게 피한 거야.

나는 대련에서 눈을 떼지 못했다. 그러기에는 너무 놀랍고 신기한 광경이었다. 조금 전 다베리 경에게 야유를 퍼부었던 사람들도 경이 저 정도까지 할 줄은 몰랐는지 말문을 잃은 기색이었다.

이쯤에서 한 가지 확실해진 것이 있다. 다베리 경은 적어도 오늘 에시와 검을 부딪친 기사 중에서는 가장 오래 버텼다. 그리고 지금도 버티고 있었다.

"큭!"

그 순간 에시의 검이 다베리 경의 허점을 매섭게 찌르고 들어갔다. 다베리 경이 몸을 굴리면서 검을 피하는 것이 보였다.

먼지 난다. 이 대련에서 처음으로 먼지 나겠어.

"더 할 건가?"

자세가 무너진 다베리 경을 향해 검을 겨눈 에시가 물었다. 경은 한쪽 무릎을 꿇은 채 숨을 몰아쉬고 있었다. 나 같으면 바로 그만하겠다 항복할 만큼 지쳐 보였다. 그러나 다베리 경은 그만둘 생각이 없는 모양이었다.

"더 하게 해주시는 겁니까?"

"원한다면."

"……그럼 실례하겠습니다."

다베리 경이 벌떡 일어나며 재차 검을 휘둘렀다. 에시가 한 걸음 뒤로 물러나며 검을 받았다. 쇳소리가 크게 울렸다.

놀랍게도 대련이 끝난 것은 그로부터 시간이 꽤 흐른 뒤였다. 다베리 경이 그야말로 녹초가 되어 손가락 하나 끼딱하지 못할 때까지 에시에게 계속 덤벼들었기 때문이다. 기어코 체력이 한계까지 바닥나 더는 검을 쥐지 못할 지경이 되어서야 다베리 경은 바닥에 완전히 드러누워 '졌습니다' 한마디로 대련의 끝을 알렸다. 그는 그렇게 말하고 나서도 일어나질 못했다.

나는 그쯤 에시의 숨도 다소 가빠졌다는 것을 눈치챘다. 아무리 낮이라 해가 쨍쨍하다지만 이 겨울에 땀이 좀 난 것 같기도 했다. 땅을 침대 삼아 누운 채 다베리 경이 중얼거렸다.

"……역시 안 되는구나."

작아서 잘 안 들렸다. 뭐라고 한 걸까. 그때 에시가 다베리 경을 내려다보며 말했다.

"많이 늘었군."

"그래 봤자, 후우, 여전히 각하의 옷깃도 못 스치는데요."

"눈만 좀 낮춘다면 완벽하겠어."

다베리 경이 누운 자세로 홀가분하게 웃음을 터뜨렸다.

둘 다 즐거워 보이기는 했지만 나로서는 의미를 알 수 없는 대화였다. 무슨 의미일까 궁금해하는데 에시가 검을 하인에게 넘기고 내 쪽으로 다가오는 것이 보였다. 대련은 이제 아예 마무리된 건가 보다. 다베리 경이 마지막이었나.

나는 가까워지는 에시를 보며 우물쭈물하다 몸을 일으켰다. 심장이 뛰는 게 빨라졌다.

"에시."

"리디아."

가까이서 에시의 목소리를 듣자마자 얼굴이 확 달아올랐다. 다정한 중저음이 귓가를 침범하는 순간 기억이 제멋대로 날뛰기 시작했다. 그러니까 어제의 기억이 말이다.

"리디아."

에시가 어제 내 이름을 몇 번이나 불렀더라? 열 손가락으론 꼽을 수 없을 정도였을 것이다. 그리고 그건 나도 그다지 다르지 않았다. 입만 열면 에시의 이름을 불렀던 것 같다. 더해서 이름을 부르는 사이사이 넘어갈 듯 가쁜 숨소리가 섞였던 것은 덤이다.

아, 안 돼! 그만 떠올려. 할 수만 있다면 이대로 바닥을 뚫고 사라지고 싶은 심정이다.

그때 에시가 물었다.

"몸은 좀 괜찮아?"

"……!"

'그, 그런 거 묻지 마!'

기껏 상상 안 하려고 노력 중이었는데 에시가 나서서 무용지물로 만들고 있었다. 나는 달아오른 얼굴로 겨우 고개를 끄덕였다. 이걸 원망스럽다고 해야 할지 고민하는데, 베시가 불쑥 끼어들었다.

"각하께서도 알고 계시네요? 아가씨가 몸이 안 좋으시다는 걸. 어제 잠을 잘못 주무셨나 봐요. 허리가 아프다고 하시더라고요."

꺄악! 베시!

"허리?"

에시의 시선이 내 허리께에 잠깐 머물렀다. 그 순간 나는 진심으로 쥐구멍이 필요해졌다. 착한 쥐가 하나만 나눠 줬으면 좋겠어. 부탁이야.

그렇게 생각하는데 다음 순간 내 몸이 번쩍 들렸다. 에시의 소행이었다. 나는 별안간 에시에게 안긴 채로 눈을 동그랗게 떴다.

"에, 에시?"

"그럼 원인 제공자가 책임져야지. 오늘은 걷지 마."

야, 야, 야! 나는 안긴 자세로 입만 뻐끔거렸다. 내 바로 옆에 있었던지라 에시의 말을 놓치지 않고 귀담은 들은 베시가 눈을 깜박거렸다.

"원인 제공……?"

"들어가자."

그러잖아도 사라지고 싶었는데 에시가 나를 안고서 그대로 걸음을 옮겼다. 나는 성큼성큼 걷는 에시에 의해 연무장에서 멀어지면서 차라리 잘됐다고 생각했다. 더 있었으면 내가 땅을 파서라도 없는 쥐구멍을 만들어내고 말았을 거야.

부끄러움과 민망함에 에시의 목덜미에 고개를 묻고 있다가 도중에 슬쩍 들었다. 그새 꽤 멀어진 저 먼 곳에서 베시의 얼굴이 점점 깨달음과 충격으로 물들어가는 것이 보였다.

……미안, 베시. 이따가 꼭 제대로 치근차근 실닝애 술게. 나는 속으로 다음을 기약하며 시선을 돌렸다. 그러자 익숙하게 나를 안아 들고 있는 에시의 반듯한 옆선이 보였다.

심장이 쿵쿵거렸다. 아까는 당황뿐인 박동이었지만, 지금은 온전히 긴장과 설렘이 가져다주는 진동이었다. 문득 내 몸을 받치고 있는 에시의 손이 의식되었다. 내가 기대고 있는 에시의 단단한 상체도 자꾸만 신경이 쓰였다.

나는 이제 이 옷 속의 근육이 어떤 모양을 그리는지 안다. 긴장했을 때, 여유가 없을 때 어떻게 움직이는지도 안다. 땀이 맺히면 어떻게 타고 흐르는지도 알고. 뭔가를 참는 것처럼 미간이 잔뜩 일그러지면 얼마나 선정적인지도…….

"……."

'신이시여. 제발 제 머릿속에서 마귀가 물러가게 해주옵소서.'

아니, 적어도 원할 때 부르게 해주소서.

에시는 나를 안고 한적한 복도를 걸었다. 어디까지 가려는 걸까. 나는 묵묵히 있다가 입을 열었다.

"갑자기 웬 대련이야? 무슨 변덕이 불어서."

"음……."

고민하는 것 같던 에시가 답을 꺼냈다.

"체력을 좀 낭비할 필요가 있을 것 같아서."

"체력?"

곧 내 방 앞에 도착했다. 에시는 문을 열고 나를 방 안의 침대 위에 내려놓았다.

"응."

나를 반듯하게 눕혀놓은 에시가 잠시 나와 눈을 맞췄다.

"누굴 낫기도 전에 다시 고생시키지 않으려면 말이지."

"……."

"그다지 소용은 없었던 것 같지만."

쪽. 에시가 내 이마에 짧게 입을 맞췄다.

"쉬어."

이내 에시가 방에서 나갔다. 문이 닫혔다. 나는 조용해진 방 안에서 잠시간 미동도 하지 않고 침대에 누워 있었다. 눈을 깜박이다가 곧이어 양손으로 얼굴을 감쌌다. 역시나 뜨거웠다.

……허리. 허리가 어서 나아야겠다. 나는 당장 베시에게 마사지를 부탁할 수 있을지 고민했다.

베시가 충격에 크게 빠져 헤어 나오지 못하면 어쩌나 걱정했는데, 다행히 기우였다. 다시 만나 내게 자세한 설명을 들은 베시는 한동안 입을 다물지 못하다가, 오히려 곧은 눈빛으로 기뻐했다.

"저는 어쨌든 두 분만 평생 모실 수 있으면 되니까요!"

아무래도 베시는 한 우물만 파는 성미인 모양이다. 나로서는 기쁜 뚝심이었다. 그리고 곧 덧붙이길.

"또 기왕 이렇게 된 것, 제가 아직 팔팔할 때 두 분이 아기씨를 돌봐 드릴 수 있다면 더욱 좋을 것 같기도 하고요!"

……라고 해서, 나는 그날 종일 베시에게 열성을 다한 허리 마사지를 받을 수 있었다. 마치 장인의 손길 같았지. 음, 완벽했어.

어쨌든 그게 어제였다. 내 허리는 이제 제법 괜찮아졌다. 아쉽게도 아직 완전히 멀쩡하지는 않았지만. 아니, 고작 멀쩡해지는 수준을 떠나 이전보다 튼튼해질 필요가 있었다. 이제부터를 생각한다면 말이지. 크흠. 나는 허리에 좋다는 자세를 하고 허리에 좋다는 운동법이 적힌 책을 들여다봤다.

그때 베시가 문을 똑똑 두드리더니 방으로 들어왔다.

"아가씨."

베시는 웬 편지를 들고 있었다. 나는 책을 내려놓았다.

최근, 정확히는 엊그제부터 내 앞으로 오는 편지는 내가 전부 직접 받아보고 있었다. 다른 이유가 아니었다. 아리의 열병에 차도가 보이면 일러달라고 그레이스 자작저에 기별을 부탁했었으니까. 그래서 혹시라도 놓치거나 하는 일이 없도록 오는 편지마다 일일이 확인하고 있는데…….

'덕분에 한 가지 알게 된 사실이 있지.'

수도 귀족 사교계에 내 출신이 알려졌다. 다소 쉬쉬하며 퍼진 모양인지 대놓고 소문이 돌진 않았지만, 분명했다. 내가 그것을 짐작을 넘어 확신하고 있는 이유는 간단했다.

'그도 그럴 게 우선 파티나 모임 초대는 확 줄었고…….'

그냥 줄어든 정도가 아니라 근 사흘 내내 거의 찾아볼 수 없을 정도가 되었다. 전에는 지겹도록 날아들던 게 사교 모임 초대장이었는데.

'그런 반면, 청혼서는 대폭 늘어났으니까.'

나는 나중에 한꺼번에 땔감으로 쓰려고 모아둔 책상 구석의 편지 더미를 흘긋 보았다.

청혼서는 이전에도 심심찮게 도착하긴 했다. 다만 문제가 있다면 이젠 어중이떠중이까지 죄다 청혼서를 보내댄다는 것이다. 약간 신랄하게 말하자면 웬 듣보잡 자식까지 나서서 결혼하자고 난리였다.

'심지어 재취 자리를 찾는 중늙은이도 있었지. 웩.'

달라진 점은 또 있다. 연서가 뚝 끊겼다. 그러니까 연모한다느니 한 번만 만나달라느니 하던 편지는 싹 자취를 감추고, 그 자리를 전부 다 짜고짜 결혼하자는 내용의 서간이 넘치도록 채웠다.

이게 무슨 뜻이겠어?

'내가 떨이가 되었다고 착각하는 중이라는 거겠지.'

하여간 투명한 작자들이다. 내 출신을 들은 후, 그들은 내가 이제 곧 공작가에서 내쳐질 끈 떨어진 연 신세가 되었다고 생각했을 거다. 혹은 아무 가문에나 서둘러 짐짝처럼 팔려 가는 처지가 되거나.

그래서 이놈의 남자들은 헐값이 된 나를 남이 채가기 전에 자기가 사겠다고 덤벼드는 것이고, 귀부인과 영애들은 나와 인연을 끊으려 드는 것이겠지. 뻔하다, 뻔해.

'아, 그래도.'

나는 산더미처럼 쌓아둔 땔감과 반대편에 따로 올려둔 편지를 응시했다. 레이스가 장식된 분홍색 편지 봉투가 한눈에 확 띄는 저 편지는 바로 에이린이 보낸 것이었다.

'흐음.'

나는 짧은 인연이었지만 그런 것치고 꽤 우여곡절이 많았던 앳된 얼굴을 떠올렸다.

에이린의 편지는 오늘 아침에 도착했다. 내용은 자기 생일 파티에 나를 초대한다는 거였다. 오늘 아침이라면 내 출신에 대해 몰랐을 시점이 아니다. 아니, 오히려 그 소식을 접하고서 부랴부랴 내게 편지를 보낸 것일 수도 있다. 편지에 적힌 생일 파티 날짜는 다다음 달이었으니까. 다다음 달에 있을 파티 초대장을 벌써 보낸다니. 문득 가벼운 미소가 감돌았다.

'잘 지내고 있으려나.'

사냥 대회 날을 기점으로 에시한테서 다베리 경으로 마음이 옮겨 갔었지. 아직도 다베리 경을 좋아하는지는 모르겠다. 흠, 만약 여전하다면 슬쩍 소개해 줄까.

그렇게 생각하는 그때, 베시가 편지를 내게 건네주면서 잠시 머뭇거렸다. 나는 의아하게 베시를 응시했다.

"베시, 왜?"

"이 편지 말이에요. 발신인이 없어요."

"응?"

나는 받아 든 편지를 뒤집어 살펴보았다. 베시의 말대로 정말로 보낸 사람의 이름이 없었다.

"그렇다고 가문의 문장이 찍혀 있는 것도 아니고……."

간혹 자기 가문의 문장으로 발신인을 대신하는 이들도 있다. 그건 자기네 가문 문장이 그만큼 유명하다는 자부심을 가진 고위 귀족이 주로 택하는 방식이다. 하지만 이 편지에는 그런 것도 없었다. 그야말로 깨끗했다.

"전해 준 사람은 뭐래?"

"모른대요. 자기도 돈을 받고 배달만 하는 거라고."

"흐음."

이것 참 여러모로 석연치 않은 편지가 도착했다. 나는 고민하다가 편지 겉면을 유심히 더듬었다. 음, 커터칼은 없는 듯하군. 가만, 이 세계에 커터칼이 있나? 뭐 어쨌든 수상한 감촉은 없다.

베시는 내가 편지를 더듬어서 확인하는 것을 보더니 조심스럽게 물었다.

"알렉스를 불러서 편지를 뜯어보라고 할까요?"

"괜찮아."

아무리 알렉스가 동네북이지만 그건 좀. 나는 사양한 뒤 편지 봉투의 입구를 열었다. 베시가 순간 긴장하는 것이 느껴졌다.

'이랬는데 행운의 편지인 거 아냐?'

그러나 그것은 행운의 편지는 아니었다. 대신…….

네 비밀을 알고 있다.

협박 편지였다.
"아, 아가씨!"
베시가 놀란 목소리로 나를 불렀다. 그럴 만했다. 내용은 둘째 치고 비주얼이 너무 나빴으니까. 기괴하게 말라붙은 편지의 검붉은 글자는 아마도 피를 이용해서 쓴 것 같았다.
'전생에 날 차에 치여 죽게 만든 스토커도 혈서는 안 보냈었는데.'
정말이지 새로운 경험이 아닐 수 없었다. 혈서라니, 이게 뭐람. 생애 처음 받아보는 혈서는 생각보다 찜찜했다. 무슨 피를 쓴 건지도 모르겠고. 나는 고작 한 줄만 달랑 적혀 있는 편지를 손에서 놓아 바닥으로 흘려보냈다.
편지는 한 장 더 있었다. 그리고 다행이랄지 이번에는 혈서가 아니었다. 추측해 보자면 이번 것은 비교적 내용이 길어서 혈서로 하자니 피가 모자랐던 것이 아닐까?
'그렇게 생각하니 되게 우습네.'

네 그릇된 피에 관한 비밀이 알려지는 걸 원하지 않는다면 지금 당장 하단에 적힌 장소로 나와라. 단, 반드시 혼자 나올 것.

뭐, 내용 자체는 대단하지 않았지만.
베시는 말문이 막힌 얼굴로 두 장의 편지를 번갈아 보더니 내게 물었다.
"아가씨, 괜찮으세요?"
"응."
고작해야 편지였다. 혈서는 조금 기분 나빴지만 내 피를 본 것도 아니니까. 하지만 베시는 분개해서 곧장 방에서 나가려고 했다.

"각하께 알려야겠어요."

"잠깐만."

나는 일단 베시를 붙잡았다. 그러곤 잠시 생각에 잠겼다.

'이놈, 대체 뭘까?'

이상한 협박 편지가 도착했다. 그릇된 피에 관한 비밀. 어떻게 봐도 내 출생의 비밀을 언급하는 문구다. 하지만 그건 알려져도 이미 진작에 알려졌단 말이지. 비밀이 더는 비밀이 아니게 된 지가 언젠데. 정말이지 놀라울 만큼 쓸모라곤 없는 협박 편지를 보냈다.

'웬 뒷북이지?'

뭐 하는 자식일까.

베시는 의아하게 나를 보았다.

"아가씨, 왜 그러세요?"

나는 생각을 정리하곤 입을 열었다.

"음…… 편지에는 혼자 나오라고 적혀 있잖아."

"네?"

"에시가 알면 내가 혼자 나가게 두겠어?"

"아가씨! 설마 나가시려고요? 그것도 혼자서?"

베시가 기겁했다. 나는 안심하라는 듯 미소를 지어 보였다.

"에이, 그럴 리가."

그러곤 편지를 접어 품에 넣으면서 덧붙였다.

"혹시 지금 나베리 경을 불러줄 수 있을까?"

위협이라곤 요만큼도 되지 않는 무용지물 협박 편지의 요구를 수용

한 건, 한 가지 걸리는 점이 있었기 때문이다.

편지를 보낸 이는 여러모로 이상했다. 정보에 밝다면 내 출신이 이미 밝혀졌다는 것을 알아야 했고, 어둡다면 내 출신에 대해 아예 몰라야 정상이다. 그런데 이 자식은 전자는 모르고 후자만 알았다.

'귀족들 사이엔 이미 퍼질 대로 퍼진 내용을 모른다는 건, 귀족은 아니라는 말인데…….'

귀족 가문에서 일하는 사용인도 아닐 거고. 그럼 남는 것은 자연히 귀족 사회 소식에 무지할 수밖에 없는 거리의 일반 평민뿐이다.

'그런 사람이 내 출신에 대해서 알고 있다고?'

뭔가가 있었다. 그게 뭔지는 지금으로선 모르겠지만, 묘하게 자꾸 마음에 걸렸다. 그래서 지금 에시에겐 비밀로 하고 편지에 적힌 장소로 이동하는 중인 것이다. 곁에서 내 보폭에 맞춰 걷던 다베리 경이 입을 열었다.

"왜 접니까?"

"뭐가요?"

"그냥 각하께 말씀드렸어도 되었을 텐데요."

고개를 들었다. 다베리 경의 단정한 얼굴선이 보였다. 나는 눈을 가늘게 떴다.

"지금 혹시 불만을 표출하는 거예요? 왜 귀찮게 본인을 데리고 나와서 부려먹느냐는?"

"그게 아니라, 그러시는 편이 아가씨께서 더 안심되고 편하시지 않았을까 하는 겁니다."

이 인간 좀 봐, 갑자기 새삼스러운 소리를 하네.

나는 경의 얼굴을 쳐다보는 시선을 내리지 않으며 대답했다.

"그야 에시와 있으면 내가 사실상 무적이 되기는 하죠. 그렇지만 경도 충분히 강한 기사잖아요?"

"그런 의미보다는……."

다베리 경이 입술을 달싹이다가 이내 아무것도 아니라는 듯 고개를 저었다.

"아닙니다. 잊어주십시오."

"싫은데요."

"그럼 기억하시되 못 들은 것으로 쳐주십시오."

자세히는 모르겠지만 경은 마치 자책하는 것처럼 보였다. 그러니까 홧김에 실없는 소리를 해놓고 '내가 왜 그랬지' 하고 뒤늦게 후회하는. 하지만 방금 다베리 경의 발언에 그럴 만한 게 있었나?

나는 의아해하다 어깨를 으쓱했다.

"에시를 방해하고 싶지 않아서 그래요. 바쁜 걸 훤히 알면서 시간을 뺏기가 좀 그래서."

나는 그렇게 말하곤 바로 덧붙였다.

"이렇게 말하면 다베리 경의 시간은 뺏어도 상관없다는 의미처럼 들릴까 봐 얘기하는데, 맞아요."

아니라고 할 줄 알았나 보지? 다베리 경이 순간 황당한 표정으로 나를 내려다보는 것이 보였다. 나는 웃음을 삼키곤 천연덕스럽게 말했다.

"오해는 말아요. 경의 시간이 하찮다는 뜻은 아니니까."

"그럼요?"

"경은 원래 이게 일이잖아요. 날 보필하는 거. 그래서 부담 없이 경의 시간을 뺏은 기죠. 내 시간이나 다름없으니."

뻔뻔한 주장에 대한 대꾸는 돌아오지 않았다. 흘끔 다시 고개를 들어 확인했더니 다베리 경은 그새 피식 웃고 있었다.

"왜 웃지?"

"아닙니다. 옳으신 말씀이란 생각에. 아가씨 말씀처럼 제 시간은 곧

아가씨의 시간이니, 마음껏 써주셔도 좋습니다."

조금 전에는 불평하는 것 같더니 지금은 또 저렇게 싱겁게 웃는다. 오늘따라 묘하게 종잡기 힘들었다. 뭐, 사람이 그러고 싶은 날도 있는 법이지. 나는 그러려니 했다.

"참, 어제 대련하느라 체력을 꽤 쓴 것 같던데. 지금은 괜찮아요?"

나는 전날 연무장에서 에시를 상대하느라 녹초가 되었던 다베리 경을 떠올렸다. 가만, 설마 이것 때문에 초반에 불평했던 건가? 가뜩이나 힘든데 데리고 나와서? 그거라면 나도 양심의 가책을 느낄 수밖에 없다.

그때 다베리 경이 대답했다.

"멀쩡합니다."

"그래요?"

"다친 것도 아닌데요."

회복이 빠르군. 손가락 하나도 못 움직일 정도였으면서. 하긴, 허리 좀 혹사했다고 종일 마사지나 받고 누워 있어야 했던 나와는 기본 체력이 다를 테지.

"부럽네요. 강골이라."

"칭찬 감사합니다."

"그런데 원래 대련을 그렇게 해요? 막 지쳐서 쓰러질 만큼?"

사실 다베리 경이 강골이니 하루 만에 이렇게 거뜬해진 거지, 보통 사람이었으면 실려 가지 않았을까. 솔직히 그런 생각이 안 들 수가 없는 대련이었다.

경은 무슨 생각을 하는지 잠시 침묵하다 답변했다.

"……보통은 아닙니다마, 어제는 특수했던 경우라."

"아, 에시와 하는 대련이라서?"

"뭐…… 그렇죠."

"하긴, 에시가 대련에 직접 나서는 경우는 거의 없죠. 그래서 다음에도 에시와 대련할 때 녹초가 될 지경까지 할 거예요?"

별로 의미 없이 던진 질문이었다. 내용도 그랬다고 생각한다. 그런데 다베리 경은 의외로 길게 고민했다. 그러더니 한참 후에야 답이 나왔다.

"아뇨."

"……."

"아닙니다. 그때는."

"그래요?"

뭐라고 더 해야 할지 모르겠다. 대체 왜 표정이 그렇게 진지한지 묻고 싶었지만 물으면 안 될 것 같기도 하고 기분이 좀 묘했다.

다행히 때마침 목적하던 장소가 보였다. 휴, 타이밍.

"다베리 경, 내가 말했던 거 잊지 않았죠?"

"예."

목적지는 웬 가게였다. 내가 먼저 들어서고, 다베리 경은 약간 시간을 두고 일행이 아닌 척 따라 들어오기로 했다.

"그럼 부탁해요."

가게 내부는 한산했다. 나는 안으로 입장하자마자 종업원에게 안내를 받고 창가 자리에 앉았다. 편지에는 여기로 오라는 것 말고 다른 지령은 없었다. 상대는 나를 아는 것 같으니 가만히 앉아 있으면 그쪽에서 알아서 나타나겠지, 뭐.

그리고 그 생각은 맞아떨어졌다. 잠시 후 허락하지도 않는데 내 맞은편에 사람이 털썩 앉았다.

"오랜만이야."

상대는 앉자마자 그렇게 입을 열었다. 나는 눈을 크게 떴다.

"너는……."

"이런 곳에서 다시 만나니 감회가 새롭지?"

"누구지?"

누구야, 얘. 처음 보는데 왜 자연스럽게 알은체를 하고 난리일까. 아는 사람인 줄 알았잖아.

목소리는 젊지만 고생을 많이 했는지 얼굴이 푹 삭아서 나이를 짐작하기 힘든 남자가 내 말에 인상을 확 찌푸렸다.

"뭐라고?"

와, 저러니까 더 삭아 보인다.

"지금, 나한테 누구냐고 한 건가?"

"응."

귀는 안 삭았나 보다.

"너 누구야?"

남자의 행색은 꾀죄죄했다. 정리되지 않은 머리, 지저분한 옷, 왠지 찌든 진창의 냄새. 저 몰골로 가게에 들어오는데 막지 않았다는 것이 신기할 정도였다. 아는 사람 가게인가?

어쨌든 다시 떠올려 봐도 저 얼굴은 내 기억 속에 없다.

내가 재차 묻자 남자가 나를 멍하게 보더니 이내 기가 막힌다는 듯 웃음을 터뜨렸다. 그러고는 다음 순간 탁자를 탕 내려쳤다.

"날 모른다고?"

다베리 경이 가게 안으로 들어왔을까? 위협하려는 것 같으면 일단 이 뜨거운 차를 뿌리고 소리쳐 경을 불러야겠다.

그러나 남자는 날 위협할 생각으로 탁자를 내려친 건 아닌 것 같았다. 그는 탁자 위에 오른손을 올려두고 이를 갈았다.

"나를 이 꼴로 만들어놓고. 지금, 날, 모른다고?"

나는 그제야 남자의 손이 남들과 다르다는 것을 눈치챘다. 그의 오른손은 한눈에도 확연히 손가락 개수가 부족했다.

"잘 봐. 똑바로 보라고. 이래도 날 몰라?"

"너……."

"어때? 이제야 좀 기억이 나시나?"

"내가 그렇게 너를 알아봐 주길 바란다면 그냥 이름을 이야기하는 건 어떨까?"

"이런, 빌어먹을! 리가아! 리가아 가미!"

남자는 목에 핏대까지 세워 소리치고는 씨근덕거렸다.

"이제 됐냐?"

"리가아 가미……."

나는 남자가 뱉어낸 이름을 중얼거렸다. 여기서 또 모른 체하면 남자를 화병으로 죽게 할 수 있을 것 같았다. 하지만 아쉽게도 이번에는 떠오르는 것이 있었다.

"가미는 이젠 붙여선 안 되는 성 아닌가?"

리가아 가미. 가미 백작가의 장남…… 이었지만, 지금은.

"부랑자가 다 됐네."

나는 혀를 끌끌 찼다. 상대가 리가아라는 걸 알았다면 보자마자 일단 비웃고 시작했을 텐데.

자업자득으로 가문의 성을 박탈당하고 거지꼴이 된 리가아가 내 반응에 울컥 성을 냈다.

"이게 다 누구 때문인데!"

"너 때문이지."

리가아 가미는 에시의 생일 연회 때—지금 생각하니 간도 크다—내게 약을 탄 음료를 먹이려다 걸려서 저 꼴이 됐다. 상황을 모면해 보겠다고 아리를 붙들고 인질극을 벌였던 것은 덤이고.

'뭐, 그건 아리를 죽이려는 이 세계의 강제력 때문이었다고도 볼 수 있겠지만…….'

어쨌든 지금 저런 몰골이 된 것은 어디까지나 리가아 본인이 자초한 일이었다.

'손가락까지 잘린 건 의외지만.'

나는 리가아의 허전한 손을 흘끗 보았다. 방금 얼핏 보니 왼손도 사정이 그다지 다르지 않던데. 대체 몇 개나 날아간 거야? 하여간, 쯧쯧. 그러게 자기 다리 사이에 달린 거 자기가 간수 좀 잘할 것이지.

리가아가 백작 영식이었을 때 가문을 믿고 건드렸던 여자가 한둘이 아니라고 들었다. 그녀들이 가문의 비호가 사라진 리가아를 찾아가 앙갚음한 것이 아닐까. 한 사람당 손가락 한 개. 깔끔하고 좋군.

"……하!"

"억울하면 다음 생에는 착하게 살아. 그냥 죄지을 일 없게 길가의 잡초로 태어나든가."

그리고 너 같은 놈 구둣발에 밟히는 거지. 좋은 최후다.

리가아가 나를 죽일 듯 노려보았다. 나는 마른 목을 축이려는 양 잠자코 찻잔을 쥐었다. 아직 김 나는 거 맞지? 달려들면 바로 뿌려야지.

그러나 리가아는 내게 덤벼들지 않았다. 대신 가슴 앞으로 팔짱을 끼고 의자에 기대며 이죽거렸다.

"네가 지금 내 앞에서 그렇게 뻣뻣하게 굴 때가 아닐 텐데."

"공녀님."

나는 담담하게 리가아의 호칭을 정정해 주었다. 아니, 가만. 서류가 처리되었으면 난 이제 더는 공녀가 아니지 않나? 뭐라고 부르게 하지. 그냥 조금 이르지만 공작, 크흠, 공작 부인으로 할까.

"……상황 파악을 못 하는군."

"그걸 못 하고 있는 쪽은 너 같은데."

"이익! 편지를 받았으니 이리로 나온 것일 텐데? 비밀이 까발려지더라도 아무 상관 없나?"

리가아가 나를 똑바로 보며 목소리를 낮췄다.

"응? 어디서 굴러먹던 핏줄인지도 모를 가, 짜, 공, 녀 양반."

"어휴."

이제 됐다. 이 정도면 어울려 줄 만큼 어울려 줬다. 나는 애꿎은 찻물을 리가아의 얼굴에 끼얹는 대신 테이블 아래로 정강이를 걷어찼다.

"악!"

리가아가 외마디 비명을 내뱉는 순간 다베리 경을 부르려고 했으나 그럴 필요 없었다. 이미 부르기도 전에 내 곁으로 온 다베리 경이 리가아의 목덜미에 검을 들이댔다. 나는 새파랗게 질린 리가아의 안색을 마주하며 입을 열었다.

"너 그거 어떻게 알았어?"

"여기라고?"

리가아는 우리를 웬 퀴퀴한 냄새가 나는 뒷골목으로 안내했다. 참고로 길을 안내하려고 앞장서 걸으면서 리가아는 발을 절었다. 한쪽 발목을 못 쓰게 되기라도 한 모양이었다. 정말이지 죗값 한번 톡톡히 받았다. 저러고도 복수하겠다고 내게 협박 편지를 보낼 생각을 했다는 건 놀랍지만.

리가아가 으득 이를 갈았다.

"……그래. 여기 사는 노인에게 들었— 악!"

"말투."

검집으로 리가아의 어깨를 내려친 다베리 경이 지적했다. 보이는 것보다 아픈 모양인지 리가아가 몸을 부들거리며 입을 열었다.

"드, 들었습니다."

"흐음."

나는 골목 안쪽으로 좀 더 돌아 들어갔다. 곧이어 웬 허름한 판잣

집 같은 것이 보였다. 안으로 들어서려고 하니 다베리 경이 나를 막아섰다. 그러곤 리가아가 무슨 짓을 할 수 없도록 명치를 쳐서 기절시킨 후 자기가 앞장섰다.

"제가 먼저 들어가 보겠습니다."

"같이 들어가요."

안은 짐작했던 것보다도 좁았다. 겨우 사람 하나 누울 법한 공간은 나와 다베리 경이 들어서자 비좁을 정도였다. 다베리 경은 어쩐지 나와 닿지 않으려고 노력하는 것 같았다. 굳이 그렇게까지 신경 써주지 않아도 되는데.

"끄응……."

나는 좁은 내부를 한결 비좁게 만들고 있는 술병들을 응시했다. 그 술병들 사이에 마치 죽은 것처럼 누워 있던 노인이 꿈지럭거리며 몸을 일으켰다.

"으…… 누구쇼?"

"재미있는 이야기를 안다던데."

다베리 경이 준비해 온 술병을 노인에게 넘겼다. 리가아가 이런 식으로 이야기를 들었다고 했다. 노인은 술을 받자마자 함박웃음을 지었다.

"아, 그럼, 그럼! 무지하게 많이 알지. 넘치도록 아는 게 재미있는 이야기야. 그래, 뭐가 듣고 싶어서 오셨소? 옆집 방앗간 여편네가 바람난 얘기? 저 아래 과일 가게 외아들이 남자와 붙어먹는다는 얘기? 그것도 아니면……."

"위드그린 공작가."

나는 그냥 두면 끝도 없이 이어질 것 같은 노인의 말을 자르며 무릎을 굽히고 앉았다. 눈높이가 얼추 비슷해진 후에야 말을 이었다.

"그 가문 공녀의 출신에 하자가 있다던데."

노인은 내 말에 '아, 그거, 그거' 하며 고개를 끄덕였다.

"그렇지, 맞아. 잘 알고 왔구먼. 하자도 보통 하자가 아니지. 그러니까 그것이 뭐냐면……."

신나서 입을 열던 노인의 목소리가 잦아들었다. 잠이 덜 깼던 것인지 술이 덜 깼던 것인지, 내내 흐릿하던 초점이 이제야 슬슬 자리를 잡았다. 이윽고 나와 다베리 경을 번갈아 쳐다본 노인이 벌벌 떨며 바닥에 엎드렸다.

"아, 아이고. 잘못했습니다! 죽을죄를 지었습니다. 한 번만 살려주십시오!"

나를 알아본 걸까, 아니면 상황으로 미루어 짐작한 걸까. 어느 쪽이든 지금 중요하지는 않았다. 나는 납작 엎드린 노인의 뒤통수를 보며 입을 열었다.

"일어나도 되네. 책임을 물으러 온 건 아니니까."

"부디 용서를……."

노인은 무척 겁에 질려 있었다. 말이 안 통할 만큼. 하긴, 일반적으로 지금 같은 상황이면 귀족에게 즉결 처분권이 생긴다. 내가 여기서 노인에게 죄를 물어 목을 베더라도 뭐라고 할 사람이 없다는 말이다. 물론 난 그럴 생각으로 온 게 아니었지만.

고민하다 입술을 뗐다.

"묻는 말에 바른대로 대답한다면 용서해 주지."

"네, 네! 여부가 있겠습니까!"

"내 출신에 대해서 어떻게 알았지?"

"그, 그건……."

"상세히 고할수록 지금 이 일은 없었던 것으로 해주겠네."

"그러니까 그건 약 이십여 년 전이었습니다."

그렇게 시작된 노인의 이야기는 생각보다 오래된 과거를 더듬고 있었다.

노인의 직업은 마부였다. 대체로 부유한 고객을 상대하긴 하였으나 그날은 유독 운이 좋게도 공작 부부를 손님으로 태우게 되었다.

그런데 부부를 태우고 돌아가던 길에 그만 사람을 치고 말았다. 남의 눈을 피해 둘러가던 길이라 목격자 없는 으슥한 골목이었다. 마차에 치인 중년 여인은 그 자리에서 즉사했다.

그러나 중년 여인이 품에 안고 있던 아이는 여인이 몸으로 감쌌기 때문인지 무사했다. 공작 부인은 기적인지, 여인의 희생 덕분인지 상처 하나 없는 갓난아기를 안아 들었다.

"이것 봐요, 여보."

"붉은 머리군."

"제 외조모께서 꼭 이런 붉은 머리를 지니고 계셨죠."

앙앙 울던 아기는 공작 부인의 품에 안기자 거짓말처럼 울음을 그쳤다. 그러곤 그녀의 품에서 떨어지지 않으려 했다.

"……이 아이, 우리가 키워요."

"당신."

"오늘 의사가 하는 말 들었잖아요? 나는 평생 아이를 가질 수 없대요. 불가능하다고요."

"부인……."

"어쩌면 이런 일이 있을 줄 알고 요러기 오늘 아무에게노 알리지 않고 나왔는지도 몰라요. 이 아이가 우리 앞에 나타난 게 정말 우연일까요? 키울래요, 나."

마부는 그날 공작 부인이 거룩한 결심을 하는 것을 그곳에서 전부 지켜보았다. 아내의 단호함에 어쩔 수 없다는 듯 한숨으로 동의한 공작은 뒤이어 마부에게 일렀다. 오늘 본 것은 평생 비밀로 하라고. 만일 이를 어기고 발설했다간 삼대가 무사하지 못할 거라고.

"……그, 그렇게 된 것입니다."

노인은 근 이십 년간 약조했던 대로 침묵을 지켰다. 입을 다무는 대가로 일반 사람은 평생 만져보지도 못할 액수의 금품을 챙겼으니 그로서도 전혀 손해는 아니었다.

그러나 흥청망청 써댄 돈이 기어이 다 떨어지고 다시 일하기에는 이미 너무 늙고 술독에 빠져, 자기가 아는 가십이나 팔아먹고 살다가 결국 그 내용까지 입 밖으로 내게 된 것이었다.

나는 노인의 이야기를 전부 들은 후 물었다.

"그 여인은?"

"네?"

"마차에 치여 죽었다는 중년 여인은 어떻게 됐지?"

무덤이 있냐는 질문이었다. 노인은 당황하더니 엎드린 채로 고개를 흔들었다.

"모, 모릅니다. 저는 그것까지는…… 나중에 다시 그 장소로 가보기는 했으나, 그땐 이미 그곳에 시신이 없었습니다."

어머니, 아버지께서 거두셨을까? 그렇다면 이건 노인을 더 닦달한다고 해서 들을 수 있는 것이 아니었다. 나는 몸을 일으켰다. 갑자기 일어섰더니 이야기를 듣는 동안 굽히고 있었던 다리가 저렸다.

"아가씨."

휘청이다가 일단 다베리 경을 붙잡고 몸을 지탱했다. 기분 탓인지 순간 다베리 경이 뻣뻣하게 굳는 것 같았다.

그때 노인의 목소리가 들렸다.

"아, 그렇지."

바닥에 엎드린 자세를 바꾸지 않은 채로 노인이 생각났다는 듯 말을 꺼냈다.

"그 중년 여인 말입니다. 나중에 생각해 보니…… 일부러 뛰어들었던 것 같습니다."

"일부러?"

다리 저림이 조금씩 괜찮아졌다. 경의 옷소매에서 손을 떼고 노인을 내려다보았다.

"예, 예. 마차 앞으로 갑자기 뛰어나왔었는데, 아무리 생각해도 고의가 아니었을까……. 왜 그랬었는지는 알 수 없지만."

노인의 말은 거기서 끝이었다. 나는 잠시 노인을 묵묵히 응시하다가 몸을 돌려 나왔다. 비좁은 공간을 벗어나니 한순간이지만 숨이 트이는 것 같았다.

"어떻게 할까요?"

다베리 경이 나를 따라 나오면서 물었다.

"뭘 어떻게 해요?"

"저 노인 말입니다."

"음…… 그냥 둬요."

내가 묻는 말에만 대답하면 용서해 주겠다고 했으니까.

"하지만―"

"괜찮아요."

리가아는 나에게 어디서 굴러먹던 핏줄인지도 모른다는 표현을 썼다. 노인이 과연 내 출신에 대해 어떤 식으로 떠벌렸을지 눈에 훤했다.

'마차에 치여 죽었다는 중년 여인이 내 생모라고 생각했을까.'

상상은 추잡한 사연을 쉽게 만들어낸다. 그 여인은 왜 아이를 안고 마차에 뛰어들어 치였을까. 혹시 입에 담을 수 없는 수치의 결과물이라 모녀가 나란히 동반 자살을 하려던 것은 아닐까.

……뭐, 이딴 상상을 할 수도 있었겠지. 누구나 그런다는 게 아니라 노인의 수준이라면 그럴 법하다는 이야기다. 그렇지만 나는 노인을 그냥 놔두기로 했다.

"어차피 저대로 둬도 오래 살지는 못할 것 같으니까."

이 겨울에 방한도 제대로 되지 않는 곳에서 늙은 몸으로 술독에 빠져 있다. 아직 살아 있는 게 신기할 정도였다. 아마 올해 겨울을 넘기기 전에 목숨이 끝나지 않을까.

나는 그렇게 말한 후 잰걸음으로 앞장섰다. 어쩐지 이 골목을 빨리 벗어나고 싶었다.

"아가씨."

"왜요?"

"괜찮으십니까?"

"그럼요. 내가 안 괜찮을 이유가 뭐가 있어요?"

예상 밖의 이야기를 들어서 조금 놀랍기는 했다. 뭔가 있을 거라고 짐작해서 나온 것이기는 했지만, 그게 설마 부모님이 나를 입양하게 된 계기와 관련이 있는 줄은 몰랐으니까. 의외고, 그래서 약간 놀랐고, 그리고…….

'에시 보고 싶다.'

……왜인지 에시가 보고 싶어졌지만, 그걸 지금 여기서 입 밖으로 내느니 서둘러서 저택으로 돌아가는 편이 나을 테다. 나는 그처럼 생각하며 골목을 빠져나왔다. 그러곤 즉시 발을 멈췄다.

"리디아."

여기 있으면 안 되는 얼굴이 보였다. 환상인가. 눈을 비벼봤지만 그대로였다.

"……에시?"

"나한테 말도 안 하고 협박 편지 따위에 응하러 나왔다니, 서운한데."

'베시가 말했구나!'

맙소사, 베시. 내가 그렇게 비밀이라고 당부했는데.

"그래서, 비밀로 하고 나온 외출은 마음에 들었어?"

"음……."

나는 답을 고민하는 대신 그냥 가까이 온 에시를 껴안았다. 멈칫하는 에시의 가슴에 얼굴을 묻고 숨을 크게 들이마셨다.

"……왜?"

"아니, 그냥. 좋아서."

말을 내뱉는 순간 여기가 바깥이라는 자각이 들었지만 뒤이어 알게 뭐냐는 심정이 따라붙었다. 보고 싶었다. 그런데 봤다. 어쨌든 지금은 그것이 그저 좋았다.

나는 에시를 꼭 껴안은 채 눈을 감았다. 익숙한 체취가 다른 것은 잠시 잊게 해주었다.

"이, 빌어먹을……! 제기랄!"

리가아는 분노로 눈이 뒤집히는 것 같았다. 저를 가문도 손가락도 없는 병신으로 만들어 버린 연놈에게 복수하고 싶었다. 그러나 방법이 없었다. 그래서 하루하루 악몽으로 속만 태우던 와중, 우연히 웬 노인을 만났다.

"그렇다니까? 이게 사실이 아니라면 내 목을 쳐도 좋다고."

술에 취한 상태였어도 마부의 이야기는 묘하게 구체적이었다. 더군다나 사실이 아니라면 당장 목을 내놓아도 좋다면서 호언장담까지 곁들였다.

"옳거니."

리가아는 눈이 번쩍 뜨였다. 마부가 들려준 내용은 그럴듯했다. 마침 그는 아는 것이 있었다. 현 공작인 에시 위드그린에 대해서는 전 공작 부인이 만삭의 몸으로 바깥 활동을 했던지라 출신을 의심할 바없다.

그러나 그의 누이 리디아 위드그린 공녀는 달랐다. 그녀가 태어나기 전 임신한 공작 부인의 모습을 본 사람은 어디에도 없었다. 아주 잠깐 그것 때문에 사교계가 술렁였지만, 공작이 나서서 명예를 걸고 일축했기에 소문은 곧바로 잦아들었다.

리가아는 그것을 예전에 부친에게 들어서 알고 있었다. 퍼즐이 딱딱 맞아떨어졌다. 리가아는 희희낙락했다. 기회가 왔다. 드디어 원한을 갚아줄 수 있다.

그는 즐거운 계획을 세웠다. 일단 출생의 비밀을 빌미로 공녀를 혼자 불러낸 다음, 그 뻣뻣하고 반반한 여자를 제 마음대로…….

……까지가 리가아의 행복한 상상이었으나, 안타깝게도 현실은 상상과는 몹시 달랐다.

차디찬 뒷골목 바닥에 한참이나 기절해 있다가 깨어난 리가아가 핏발이 선 눈으로 절뚝거리는 걸음을 옮겼다.

'애비, 애미도 제대로 모를 더럽고 천한 핏줄 주제에 감히 나를 이따위로 모욕해?'

두고 보자. 후회하게 해줄 것이다. 비밀을 퍼뜨리겠다는 제 협박이 어디 우스갯소리로 들렸나 보지.

리가아는 무작정 전에 알던 귀족 가문을 찾아갔다. 제샤날 자작은 처음에는 리가아의 몰골을 보곤 기겁하며 쫓아내려 했으나, 좋은 소식을 가져왔다는 말에 일단 유보했다.

"좋은 소식?"

"예. 고고한 척하는 위드그린 공작가의 위신을 바닥까지 떨어뜨릴 수 있는 소식입니다."

"……오호."

잘나가는 권력자의 주변에는 그에게 아첨하는 인물도, 그를 시기하는 인물도 있게 마련이다. 자작은 후자였다. 그는 기대하는 기색을 숨기지 못해 코를 벌름거리며 말했다.

"그래, 어서 말해보게나."

"그게…… 실은 위드그린 공녀가 그 집안의 핏줄이 아닙니다."

리가아는 음산하게 목소리를 깔며 눈을 빛냈다.

"갓난아기 때 입양된 겁니다. 더 놀라운 사실은 뭔지 아십니까?"

"……거잖아."

"그녀의 생모가…… 예?"

"다 아는 내용이잖아! 이 망할 자식아!"

쉽게 분노로 이성을 잃는 다혈질 제샤날 자작이 테이블을 엎었다. 우당탕 소리를 내며 리가아가 볼썽사납게 나가떨어졌다.

"우억!"

"이 빌어먹을 놈이, 거지꼴에 웬 병신이 된 걸 집 안까지 들였더니 이미 다 아는 내용을 좋은 소식이랍시고 지껄여? 지금 누굴 놀리는 것도 아니고!"

"아, 아니, 그게 무슨……."

"열 받아서 안 되겠다. 그냥은 못 보내지. 여봐라! 이 자식을 흠씬 두들겨 패서 내쫓아라!"

"자, 자작님! 잠깐, 커헉!"

이윽고 몰려온 사용인이 리가아를 밟기 시작했다. 다수의 발길질에는 자비가 없었다. 정신없이 맞던 리가아는 이러다간 죽을 수도 있겠단 생각이 들어 벌컥 소리쳤다.

"내, 내 아버지는 가미 백작이다! 비록 가문의 연은 끊었을지언정 부자의 피는 그대로인데, 날 이대로 패 죽이고도 자작이 무사할 수 있을 것 같소?!"

진심으로 외쳤다. 제아무리 가문에서 내쳤어도 아들의 목숨까지 방관할 아비는 없다. 그러나 돌아온 반응은 냉담했다.

"웃기고 있네. 네 아비? 똑똑히 들어라. 가미 백작은 다신 수도로 올라오지 않겠다는 각서를 쓰고 일가족과 영지로 내려간 지 오래다. 그 변두리에서 네놈이 여기서 맞아 뒈지든 말든 무슨 수로 알 수 있단 말이냐?"

"뭐, 뭐라고?"

리가아는 믿을 수 없었다. 충격에 온몸이 굳는 사이 잠깐 끊겼던 발길질이 다시 이어졌다.

그때 누군가가 응접실 문을 열고 들어섰다.

"뭐가 이렇게 시끄러워요? 대체 응접실에서 뭘 하기에……."

"여, 영애!"

아는 얼굴이 나타났다. 리가아는 필사적으로 소리쳤다.

"도와주시오! 제발 살려주시오! 부, 부탁이오!"

"너……."

응접실로 들어온 어린 영애가 리가아를 알아보고는 눈을 크게 떴다. 이내 그녀의 입에서 제 아비보다 더 분노한 외침이 튀어나왔다.

"저 개자식!"

"무, 뭐?"

"누군가 했더니, 찢어 죽여도 시원찮을 발정 난 개자식 리가아잖아! 이 쓰레기 놈아, 네가 건드린 여자애 중에 내 친구도 있었다는 걸 내가 모를 줄 알아?"

"그, 그건……."

"이 집 하녀 중 하나는 너 때문에 목을 맸다. 인간 말종 자식! 아버지, 저 녀석 절대 살려 보내지 말아요. 그냥 죽여 버려요! 오늘을 그냥 저놈의 제삿날로 하죠!"

"내, 내가 잘못…… 끄아악!"

이날 제삿날 자작저의 응접실에는 처절한 비명이 한참이나 끊이지 않고 울렸다. 그리고 같은 날 저녁, 싸늘한 주검 한 구가 뒷골목에 버려졌다.

까마귀가 몰려들었다.

"그건 아마도 노인의 말이 맞을 겁니다."

그날의 일을 자세히 알고 있는 사람은 바로 집사였다. 집사는 먼 과거를 회상하는 눈빛으로 말을 이었다.

"전 주인님과 주인마님께는 굳이 말씀드리지 않았지만, 여인의 품에서 편지가 나왔거든요."

"편지?"

"귀한 아이니 부디 잘 부탁한다는 내용이었습니다."

중년 여인의 시신은 내 예상대로 부모님께서 수습하셨다. 그때 책임자로서 그 일을 맡았던 사람이 다름 아닌 집사였다고 했다.

"……왜."

왜 그랬을까. 그녀가 나를 내 부모님께 맡기고 싶어 했다는 건 알겠다. 아니, 정확히는 부유한 '아무나'였겠지. 노인이 몰았던 마차는 돈깨나 있는 고객만 상대한다는 고급 마차였다니까.

하지만 왜 꼭 그런 방식이어야만 했을까?

"어째서 자신의 목숨을 희생해 가면서까지……."

"그에 대해선 여러 가지로 짐작해 볼 수 있겠죠. 우선은 아무래도 마차에 뛰어드는 것이 다른 것보다 가장 확실한 방법이라고 생각했거나."

집사는 진작 고민해 본 적 있다는 목소리로 차분하게 말했다.

"아니면 이미 살 날이 얼마 남지 않은 상태였거나."

"……."

"전에는 긴가민가했습니다만, 아가씨의 출신을 안 지금은 후자가 확실하지 않은가 싶습니다."

"왜?"

"왕국에서 아가씨를 빼돌릴 수 있을 사람이라면 국왕의 가까이서 일하던 인물이겠죠. 오랫동안 국왕의 수발을 들었다면, 천성이 아주 선한 사람은 아니었을 겁니다."

"……."

"그런 사람이 어느 날 갑자기 목숨을 내놓고 인의를 지키려고 마음먹게 될 만한 계기는 생각보다 많지 않은 법이죠."

집사는 그렇게 말하곤 묵묵히 자기 이야기를 경청하고 있는 나를 쳐다봤다. 그가 물었다.

"무덤에 가보시겠습니까?"

"어디 있는데?"

"먼 곳입니다. 오늘은 무리고, 의향이 있으시다면 다음에 노부와 함께 가시죠."

고개를 끄덕거렸다. 집사가 덧붙였다.

"참, 꽃은 준비하지 않으셔도 됩니다."

"그건 왜?"

"이미 제가 매년 한 아름씩 가져다 두는 중이라서요. 아가씨를 모시게 해주어서 고맙다고."

나는 피식 웃고 말았다.

그날 밤, 나는 간만에 부모님의 초상화를 꺼내 머리맡에 두었다. 그러고는 잠들기 전 누워서 기억에 없는 중년 여인의 얼굴을 상상해 보았다. 만일 꿈에 나온다면 고맙다는 인사 정도는 해야겠다고 생각하면서.

그러나 이날 꿈에는 중년 여인도, 부모님도 나타나지 않았다. 대신에시가 등장했다.

그리고 나는 제법 단잠을 잤다.

며칠 후, 저택에 손님이 도착했다. 나는 방문객의 얼굴을 보고는 깜짝 놀랐다.

"아리?"

병에 차도가 있으면 기별을 보내달라곤 했지만, 설마 본인이 직접 찾아올 줄은 몰랐다. 나는 아리를 응접실이 아닌 내 방으로 끌고 와 앉히곤 이리저리 살폈다.

"이제 괜찮은 거야?"

"멀쩡해요."

그렇게 말하는 아리의 안색은 확실히 아픈 사람처럼 보이지는 않았다.

"언제 열이 내린 거야?"

"어제요."

그렇다면 날짜가…… 맙소사. 아리는 무려 꼬박 일주일이나 열병을 앓았다.

"정말 괜찮은 거 맞지?"

괜찮다는 말을 들었음에도 나도 모르게 아리의 이마에 손을 가져 갔다. 체온은 적당했다.

아리가 양팔을 들어 마치 근육 대회에서 알통을 자랑하는 듯한 자 세를 했다.

"그럼요. 완전 튼튼. 흡사 무쇠가 된 듯한 느낌."

"뭐야."

아리의 과장에 실소가 흘러나왔다.

"의사는 여전히 원인을 모른대? 설마 몸살이었던 건가?"

"언니."

"응?"

"나 오늘 혹시 뭐 달라진 거 없어요?"

"달라진 거?"

아리의 물음을 듣고 재차 그녀를 샅샅이 뜯어보았다. 이미 자세히 살펴보기는 했는데 내가 뭐 놓친 것이 있나?

하지만 눈에 보이는 아리의 모습은 그대로였다. 사슴 같은 눈, 입만 다물면 차분한 분위기, 머리카락이나 눈동자 색도…….

나는 그렇게 아리의 외양에만 초점을 맞추다가 문득 내가 뭘 놓치 고 있었는지 발견했다.

"딜런은?"

그러고 보니 아리는 오늘 혼자 저택을 방문했다. 곁에 당연히 있어 야 할 사람이 없었다.

"정답."

"정답이고 뭐고! 아리, 너 딜런 어쨌어?"

딜런에게 무슨 일이라도 생겼나? 아니, 그렇다고 해서 혼자 움직이면 어떡해?

시계를 확인했다. 바늘이 정오에 가까워지고 있었다. 맙소사. 일단 다베리 경이라도 불러와야지.

그때 아리가 벌떡 일어선 내 옷소매를 잡아챘다.

"언니, 금발 기사님 데려오려는 거면 안 그래도 돼요."

"뭐?"

"기사님 없어도 된다고요."

"애가 지금 무슨 소릴 하는 거야? 없어도 되긴 뭐가 돼? 너 그러다 여기서 죽기라도 하면 난 이제 너 살려줄 구슬도 없......."

나는 말을 속사포처럼 쏟아내다 입을 다물었다. 아리의 태도가 이상할 만큼 침착했다. 나는 동요라곤 없는 의연한 얼굴을 쳐다보다가 순간 눈을 크게 떴다.

"너 설마......."

머릿속에 어떤 가정이 스쳐 지나갔다.

수도에서 가장 유명하다는 의사도 고개를 젓게 만든 원인 모를 갑작스러운 열병. 열병을 앓고 난 후 별안간 더는 자길 지켜줄 사람이 없어도 된다고 말하는 아리.

"맞아요."

아리가 내 옷자락을 잡은 손을 놓으며 고개를 끄덕였다.

"나 이제 안 위험해요. 아무 일도 안 일어나거든요."

"말두 안 돼."

나는 튕기듯 일어섰던 그 속도 그대로 도로 침대에 앉았다. 아리를 붙잡고 다시 이리저리 살폈다.

"정말이야?"

"정말이죠. 거짓말이면 왜 혼자 왔겠어요?"

"진짜 하루 내내 아무 일도 안 일어나? 아침, 점심, 저녁 전부? 종일 평화로워?"

"그렇다니까요."

"세상에."

나는 아리를 와락 껴안았다.

"잘됐다."

안도의 한숨이 새어 나왔다. 아무리 믿음직한 솜씨로 딜런이 곁에서 지켜준다지만, 매일같이 죽을 위기를 넘긴다는 건 결코 쉽게 볼 일이 아니었다. 솔직히 살얼음판을 걷는 기분이었을 거다. 지금까지는 별다른 수가 없으니까 대안으로 만족하고 말았던 거지만.

"다행이야."

이렇게 갑자기 아리를 위협하는 힘이 사라지다니. 하다 하다 안 되니 세상도 슬슬 단념한 건가? 열병은 아리를 결국 이 세계의 일원으로 받아들이는 과정에서 발생한 면역 반응 같은 거였고?

나는 아리가 숨 막혀할 정도로 부둥켜안고 있다가 벅찬 기분이 좀 진정되어서야 팔을 풀었다. 그런데 마주한 아리의 표정이 생각보다 좋지 않았다.

"……아리?"

나는 멈칫했다. 아리의 입이 열렸다.

"있잖아요, 언니. 그래서 말인데요."

"……."

"나 그냥 집에 돌아가는 거 포기할까요?"

"뭐?"

"차원의 신에 대해서 아무리 찾아봐도 원하는 실마리는 나오지 않고, 그리고 사실 돌아간다고 해도 내가 정말 살아 있을지도 모르겠고.

그러니까 내 육신이."

"……."

"그런 와중에 내 영혼은 아무래도 이 세계에 완전히 적응해 버린 것 같으니까."

"……."

"나, 그냥 여기서 살까요? 포기하고 정착할까요? 신아리가 아니라, 아그리타 그레이스로서."

그렇게 말하는 아리의 표정이나 목소리가 밝았다면 나는 어쩌면 갈등했을지도 모른다. 잘 생각했다고, 좋은 결정이라고. 이제 위험도 없으니 이곳에서 앞으로도 잘 지내보자고. 아리의 손을 붙잡고 아무것도 모른 척 그 결정을 지지할 충동이 들었을지도 모른다.

그러나 아리는 지금 울 것 같은 얼굴을 하고 있었다. 툭 건드리면 방울진 눈물이 금방이라도 우수수 쏟아질 것 같았다.

나는 그 어느 때보다, 심지어 자기가 죽었다 되살아났다는 걸 들었을 때보다도 불행한 얼굴을 한 아리를 보며 문득 깨달았다.

아리에게 정말 소중한 사람들은 이곳에 없다. 그들은 모두 여기가 아닌 다른 곳에 있었다. 그게 누구든, 이곳에서 만나 친해진 사람들과는 그 소중함의 무게 자체가 다른 것이다.

나는 아리의 손등에 내 손을 포개듯 올려놓았다. 그리고 절망이 가득한 낯으로 용케 눈물은 참고 있는 아리에게 말했다.

"내일 나랑 황궁에 가자."

"……네?"

"만날 사람이 있어."

울지 않는데도 오히려 눈물로 얼룩진 것보다 슬퍼 보이는 아리의 얼굴을 보며 나는 오래간만에 신을 찾았다. 간곡히 기도했다.

부디 황제의 부름을 받은 그가 단순한 미치광이가 아니게 해달라고.

"만날 사람이라는 게 누구예요?"

"가보면 알아."

나는 이튿날 아리를 데리고 황성으로 출발할 때까지 자세한 이야기를 아꼈다. 미리 기대하게 했다가 만에 하나 아닐 경우 지나치게 실망하는 것을 보고 싶지 않았기 때문이다.

아리는 내가 답을 피하는 것이 수상한지 눈을 가늘게 떴다.

"흐음? 이거 낌새가 설마…… 혹시 소개팅?"

"……."

"맞아요? 정말이에요? 나 여기에 정착한다고 하자마자 바로 남편감을 소개해 주려는 건가?"

나는 황당한 표정으로 아리를 응시했다. 아리는 아랑곳하지 않고 조잘거렸다.

"하지만 언니, 알다시피 내 취향은 동양인이라고요. 컬러풀은 안 돼요. 과연 이곳에 동양적인 미남이 존재할까?"

"그런 거 아니야."

"정말 아니에요? 아, 혹시나 해서 말해두는데 나이 차도 중요해요. 위로 세 살 이상은 사양이에요."

"위? 그럼 아래는?"

"아래는…… 뭐, 초등학생만 아니면?"

나는 장소도 잊고 기겁하려다가 순간 아리의 나이가 열일곱 살이라는 것을 떠올렸다. 아, 그렇군. 연하 남자 친구를 사귀면 중학생일 수도 있겠네.

나는 문득 중학생 남자 친구의 손을 잡고 걷는 아리를 상상해 보았다. 귀엽기도 했다.

'교복 입고 방과 후 데이트 같은 걸 하려나.'

진짜 아리를 본 적은 없지만, 정말 잘 어울렸다. 주책맞게 코끝이 찡해졌다. 혼자 뭐 하는 거람. 최대한 자연스럽게 창밖으로 고개를 돌렸다.

그러는 사이 마차가 어느새 황성에 도착했다. 나는 다베리 경의 에스코트를 받아 마차에서 내렸다.

다베리 경은 출발할 때부터 딜런이 없는 것을 눈여겨보는 것 같더니 불쑥 말했다.

"잘렸습니까?"

"네?"

"잘릴 사람이 드디어 잘렸군요."

남이 실업자가 된 것을 고소하게 여기는 느낌이 든다면 착각인가. 나는 경의 말을 듣고 잊고 있던 사람을 상기했다. 막 마차에서 내리는 아리에게 물었다.

"아리, 그러고 보니 딜런은 어떻게 된 거야? 정말 잘랐어?"

"딜런이요? 휴가 줬어요. 그동안 나 때문에 고생했으니까 이참에 실컷 놀다 오라고."

"저런."

다베리 경의 얼굴이 급격히 실망으로 물들었다. 나는 그 얼굴을 보다가 경에게 희망을 좀 줘야겠다고 생각했다.

"경, 딜런이 잘리지 않은 걸 기뻐해요."

"제가 왜요?"

"딜런이 자유의 몸이 되었다면 내가 데려오고 싶어졌을 수도 있으니까? 어쨌든 인재는 많을수록 좋은 거잖아요."

"……!"

그건 미처 생각 못 했다는 듯 경의 몸이 굳은 사이 황성에서 사람이 나왔다.

"위드그린 공작가에서 오셨지요? 기다렸습니다. 이쪽으로."

출발 전에 미리 기별을 보내두었다. 정확히는 전에 말했던 자가 도착했으니 속히 황성에 방문하라는 황제의 서신에 답장한 것뿐이지만.

시종이 우리를 안내한 곳은 별궁 안쪽에 있는 응접실이었다.

"만나기로 하신 분은 이미 안에 계십니다."

가슴이 두근거렸다. 나는 되도록 긴장한 티를 내지 않으려 노력하며 다베리 경을 돌아보았다.

"경은 여기서 잠시만 기다려 줘요."

"저는 저 안에 어떤 사람이 있는지 모릅니다."

"괜찮아요. 여차하면 소리 지를 테니까. 부탁할게요."

"……알겠습니다."

나는 다베리 경을 문 앞에 남겨두고 아리와 함께 응접실 안으로 들어섰다. 등 뒤로 크고 화려한 문이 끼익 소리를 내며 닫혔다.

"아."

의자에 앉아 있던 한 사람이 벌떡 일어섰다. 그는 분주한 걸음으로 곧장 다가왔다.

아리가 내게 뜨악한 얼굴로 속삭였다.

"언니, 내가 위로 세 살 이상은 무리라고 했잖아요!"

비교적 작은 체구를 지닌 남자는 겉보기론 나이가 족히 마흔은 되어 보였다.

쉿. 그거 아니랬지.

내가 아리의 입을 막는 사이 지척까지 다가온 남자가 발을 멈췄다. 그는 어딘지 우리를 반기는 것 같았다. 분명 처음 보는 얼굴이었는데, 묘하게도 상대는 우리를 알고 있다는 분위기를 풍겼다.

"저를 찾으셨다고요."

마치 기다렸다는 듯한 어조였다. 기분 탓일까?

남자는 웃으면서 손을 내밀었다.

"반갑습니다. 〈신녀 아그리타의 봄〉의 작가입니다."

Chapter 11
리디아
위드그린의 봄(1)

"그러니까……."

나는 아리와 함께 남자를 마주 보고 앉아 테이블 위에 놓인 책을 응시했다.

〈신녀 아그리타의 봄〉. 남자가 꺼내놓은 책이었다. 그리고 나와 아리에겐 더없이 익숙한 책이기도 했다.

아리가 놀란 기색을 숨기지 않은 목소리로 물었다.

"아저씨가 이걸 썼다고요?"

아저씨. 기습적으로 훅 들어온 단어에 남자는 잠시 당황하는 것 같았으나 곧 침착하게 대답했다.

"네. 제가 쓴 책입니다."

"그, 그럼 아저씨가 이 세계의 신이에요?"

〈신녀 아그리타의 봄〉을 썼다. 즉 이 세계의 근간이 되는 이야기를 창조했다. 그건 다시 말해 그가 이 세계의 신이라는 뜻과 다르지 않았다. 그러나 남자는 고개를 저었다.

"아닙니다. 이걸 어디서부터 말씀드리면 좋을지."

"······?"

"저는 이 책을 썼지만, 이야기를 창조한 것은 아닙니다. 그러니까, 정확히 말하면 보고 썼지요."

"보고 써요?"

'표절?'

표절 작가라고? 남자는 내 표정을 보고는 설명을 고민하듯 눈을 굴렸다. 그러다가 결정을 내린 듯 입을 열었다.

"그냥 처음부터 전부 말씀드리겠습니다. 그건 지금부터 대략 이십오 년 전이었습니다."

그의 이름은 김고동. 대한민국 서울 하늘 아래에서 태어난 그는 특별할 것 없는 그저 평범한 여학생이었다.

"잠깐만요."

어디서부터 지적해야 할지 모르겠다. 나는 당황한 얼굴로 남자의 말을 끊었다.

"대한민국 서울이라고요?"

"그렇습니다."

"······여학생?"

"네."

"······."

"계속하겠습니다."

김고동은 고등학생이었다. 그리고 보통의 고등학생이 으레 그렇듯 세상에서 등교가 제일 싫었다.

김고동이 다니는 고등학교 인근에는 산이 있었다. 그날따라 유독 학교에 가고 싶지 않던 김고동은 충동적으로 학교 대신 산에 올랐다.

"드문 일은 아니었습니다. 전에도 종종 그랬거든요. 하지만 그날은 최악의 선택이었습니다."

그렇게 오른 산에서 김고동은 발을 헛디뎌 그만 가파른 낭떠러지로 굴러떨어졌다.

"헉."
아리가 옆에서 숨을 들이켰다. 이쪽도 나름 계단에서 발을 헛디딘 업적(?)이 있지만 산 낭떠러지와는 비교가 안 됐다.
"영락없이 이대로 죽는구나 했습니다. 그런데……."

벼랑 아래로 몸이 추락하는 것까지가 김고동의 마지막 기억이었다. 인생의 끝을 예감했다. 그러나 그렇게 종친 줄만 알았던 그의 삶은 아직 끝이 아니었다. 눈을 뜨니 김고동은 다른 세계에 와 있었다.

"바로 이곳이었죠. 깜짝 놀랐습니다. 말로만 듣던 판타지 세계였으니까. 과학 대신 마법이 있고, 아직도 신분제도와 노예가 있는."
과거를 회상하며 미간을 좁힌 그가 말을 이었다.
"그리고 이게 과연 꿈인가 생신가 헷갈려 하는 제 앞에 신이 나타났습니다. 그는 자길 차원의 신이라고 소개했어요."
아리가 움찔했다. 나는 테이블 아래로 아리의 손을 잡았다.
"차원의 신이라고요?"
"네. 그는 내게 미안하다고 했습니다. 자기가 능력을 시험하려다 실수로 연 차원의 틈을 통해 제가 이 세계로 떨어지게 된 거라고요. 다시 돌려보내 주겠다고도 했습니다."

아리의 호흡이 조금 거칠어졌다. 나는 그녀의 손을 더욱 힘주어 움켜잡았다.

"그래서요? 그런데 왜 돌아가지 못했죠?"

"그걸 지금부터 말씀해 드리겠습니다."

남자…… 아니, 여학생…… 아니, 김고동의 눈빛이 아련해졌다.

"그런 미친 짓은 하지 말았어야 했는데."

아무리 신이라고 해도 차원의 문은 냉장고 문처럼 내키는 대로 벌컥벌컥 열 수 있는 게 아니었다.

최소 반년. 문을 한 번 열 때마다 그 정도의 시간이 필요했다. 달리 방법이 없었으니 김고동은 이곳에서 먹고 자면서 반년을 기다리기로 했다.

문제는 그때부터 생겼다. 이 세계에서 김고동이 할 게 없었던 것이다.

마차, 말, 옛 건축과 복식, 그에 맞는 생활 방식. 처음에야 신기했지 갈수록 불편하고 지겨워졌다. 마법은 그나마 볼 때마다 새롭고 놀라웠지만 그건 보고 싶다고 늘 볼 수 있는 것이 아니었다.

지루하다. 따분하다. 심심해서 돌아가시겠다.

"책이나 읽어볼까?"

차원의 신의 배려로 이 세계에 대한 대략적인 지식을 주입받아 글을 읽고 쓸 수 있었다. 김고동은 곧장 도서관에서 가서 책을 빌려…… 오려고 했으나, 신분이 확실하지 않아 실패했다.

"그러고 보니 난 돈도 없잖아."

차원의 신의 권능으로 의식주는 해결되었지만 그게 다였다. 생필품은 마련되었고 쓸 때마다 새로 채워졌지만, 그 외 사치품을 따로 구매할 수는 없었다.

"인생…… 이렇게나 무료할 수가…… 아, 나 어려운 말 썼다."

김고동은 안전과 생존만 보장되는 집 안에서 하루하루 의욕 없이 죽은 생선 눈으로 살아갔다.

그러던 어느 날이었다. 반년 중 고작 두 달을 그렇게 꾸역꾸역 버텼을 무렵 김고동은 불현듯 깨달았다. 제게 특이한 능력이 생겼다. 그건 다른 차원의 인간이 사고로 이 세계로 넘어오면서 생긴 예기치 못한 초능력 같은 거였다.

"미래가 보여."

김고동은 이 세계의 미래를 볼 수 있었다. 앞으로 일어날 크고 작은 사건들과 사람의 운명과 인연이 보였다. 마치 거대한 전능자가 세계의 운명을 현미경으로 들여다보듯 그것들이 한눈에 들어왔다.

처음에는 혼란스럽기만 했던 능력에 김고동은 금방 적응했다. 김고동은 머잖아 영화나 드라마의 장면처럼 자기가 원하는 미래만 골라 볼 수 있게 되었다.

"와, 이 남자 뭐야? 황태자? 엄청 잘생겼네. 연예인 뺨 백 대는 치겠다. 헐, 얘는 또 뭐야? 공작? 어머어머……."

김고동이 엿본 약 이십여 년 후의 미래에는 눈이 튀어나올 만한 어마어마한 미남이 둘이나 있었다. 그때부터 그 두 사람의 운명을 훔쳐보는 것은 김고동에게 유일한 하루의 낙이 되었다.

"햐, 이거야말로 걸어 다니는 조각상이다. 보기만 해도 행복해서 웃음이 저절로 나네. 저런 남자랑 결혼하는 여자는 전생에 덕을 얼마나…… 헉! 미친! 저 둘이 한 여자를 두고 다툰다고?"

김고동은 두 사람, 정확히는 세 사람의 인연을 훔쳐보곤 자기 눈을 비볐다. 제국에서 제일 잘나가는 완벽한 두 남자. 그런 두 남자의 사랑을 한몸에 받는, 그 둘과 비교하면 다소 부족한 조건의 여자.

"이거 완전 로맨스 소설 아냐?"

옳거니. 바로 이거다.

김고동은 깨달음을 얻은 얼굴로 손가락을 튕겼다.

"이걸 소설로 써서 돈 많은 갑부한테 팔아먹자!"

미래를 알 수 있는 로맨스 소설. 거부라면 억만금을 주고서라도 사려고 할 것이다. 김고동은 이럴 때만 잔머리가 잘 돌아갔다. 보통 학생들이 학교 보충수업을 빼먹을 때만 일시적으로 천재가 되는 것과 비슷했다.

"주인공은 당연히 아그리타 그레이스로 해서······."

종이와 펜은 생필품에 속해서 신의 권능으로 얼마든지 넘치도록 구할 수 있었다. 김고동은 희희낙락 글을 써 내려갔다.

"시간순으로 미래의 사건들도 몇 개 넣어주고······."

비록 미래를 엿보는 것이 완벽하지는 않아서 중간중간 추측이나 창작으로 메꿔야 하는 부분도 있었지만, 그 정도는 일부분에 불과했다. 게다가 한때 인터넷에 수많은 연예인 팬픽을 연재해 단련된 솜씨다. 글은 술술 나왔다.

그렇게 한 달.

"다 썼다!"

소설이 완성되었다.

"제목은······ 〈신녀 아그리타의 봄〉."

그럴듯했다. 크으, 내가 지었지만 잘 지었다. 김고동은 완성된 글을 품에 안고 꿈에 부풀었다.

"이제 이 세계에서 가장 부자를 찾아가 이걸 팔기만 하면! 나는 그 돈으로 남은 기간을 흥청망청 즐겁고 신나게 보내야지!"

그러나 인생이란 본디 생각처럼 만만하지 않은 법이다. 김고동은

〈신녀 아그리타의 봄〉을 완성하고 얼마 안 되어 차원의 신에게 들켰다.

-네 이놈!

신의 노성이 벼락처럼 머릿속에 내려쳤다. 김고동은 비명과 함께 바닥으로 쓰러졌다.

-뭐? 〈신녀 아그리타의 봄〉? 감히 이런 짓을 해!

머리가 너무 아파서 일어설 수도 없었다. 김고동은 바닥에 엎어져 본능적으로 빌었다.

"자, 잘못…… 잘못했……."

-이미 늦었다! 운명의 신이 화가 머리끝까지 났어. 당장에라도 신을 능멸한 너를 소멸시키겠다는 걸 겨우 말리고 오는 길이다!

"으으……."

-내 실수도 있으니 소멸은 막았다만 그렇다고 이를 그냥 넘어갈 수는 없는 노릇. 너를 원래 세계로 돌려보내는 것은 없던 일로 하겠다.

"네?! 그건…… 윽!"

-그간의 물질적 지원도 당연히 거둘 것이며, 덧붙여 네게 저주를 내리마. 그 모습으로 살며 평생 네 죄를 뉘우쳐라!

"으아악!"

"……그렇게 된 겁니다."

다음 날 깨어보니 이 모습이 되어 있었지요. 김고동은 슬픈 목소리로 결과를 이어 붙였다. 아리는 충격적인 결말에 침을 꿀꺽 삼켰다.

"아저씨가 되는 저주에 걸리고 만 건가요?"

"……남자가 되는 저주였습니다. 지금 이 얼굴은 그냥 세월의 흔적이고요."

김고동이 자기 얼굴의 주름을 더듬으며 처연하게 말했다. 그가 그러는 동안 나는 속으로 놀람을 다스리느라 바빴다.

'〈신녀 아그리타의 봄〉이 그렇게 탄생한 거였다니.'

이 세계는 소설 속이 아니었다. 단지 김고동이 이 세계를 바탕으로 소설을 쓴 것뿐. 선후가 완전히 반대였다.

'하지만 궁금한 건······.'

몇 가지 궁금증은 풀렸다. 이를테면 왜 매혹의 천이나 계르그에 대한 설명이 부족했던 것인지. 그렇지만 정작 결정적인 의문은 강해졌다.

김고동은 미래를 '보고' 그것으로 이야기를 썼다고 했다. 그렇다면 현실은 오히려 더욱 소설과 오차 없이 흘러갔어야 옳다. 엄밀히 말하자면 〈신녀 아그리타의 봄〉은 소설이 아니라 미래를 미리 내다본 자가 글로 옮긴 예언서나 다름없었으니까.

그런데 왜 이렇게 현실과 소설의 내용이 달라졌을까? 아그리타와 관련된 것은 아리의 영향이라고 이해해 볼 수 있다.

'하지만 난?'

김고동이 엿본 미래대로라면 나는 에시의 손에 죽는 것이 본래 신이 정해둔 운명이었단 소리다. 그건 왜 바뀌었지?

'내가 전생을 기억해서······?'

에시가 이제 와 나를 죽인다는 것은 상상조차 할 수 없다. 대체 뭐가 미래를 이 정도로 바꾸었을까. 정말 내가 전생을 기억해 낸 것 때문에? 그 사실이 내 운명에 나비효과처럼 작용해서?

머리가 복잡해졌을 무렵 김고동의 목소리가 들렸다.

"아무튼, 그렇게 되고 나서도 저는 한동안 정신을 차리지 못했습니다. 그래서 이걸 기어이 책으로 찍어냈죠. 어떻게든. 무려 여러 권 만들었어요."

김고동은 테이블 위에 놓인 〈신녀 아그리타의 봄〉을 가볍게 들었다

놓았다.

"그리고 책을 팔아먹겠다는 불굴의 의지로 근방에서 가장 부자라는 귀족을 찾아갔어요. 수소문 끝에. 결과는? 뻔했습니다."

황제에게 들었던 이야기가 떠올라 응수했다.

"미치광이 취급을 받았다고⋯⋯."

"그렇습니다. 거짓말처럼 하나같이 이 책을 보며 백지라고 입을 모으더군요. 덕분에 저는 영락없이 사기꾼이 되었다가, 종내에는 미치광이로 전락했지요."

김고동이 그때를 회상하는 듯 헛웃음을 흘렸다.

"그때 맞은 허리가 아직도 비만 오면 쑤셔요."

"저런."

허리는 소중한 건데. 나도 모르게 안타까운 탄식을 내뱉고 나자 김고동의 말이 이어졌다.

"뭐, 어쨌든. 그렇지만 보아하니 당신들은 이 책의 내용이 보이는 모양입니다. 맞나요?"

"맞아요!"

아리가 냉큼 나섰다. 고개를 크게 끄덕이며 대답했다.

"다 읽었어요. 처음부터 끝까지. 재미는 없었지만."

"네⋯⋯ 조금 전부터 느꼈지만 참 솔직하시군요."

"고마워요. 그런데 왜 이 책의 내용이 우리한테만 보이는 걸까요?"

"제 개인적인 생각일 뿐이지만, 답은 간단합니다."

김고동이 고민하는 기색도 없이 아리의 의문에 답을 내놓았다.

"여러분이 저처럼 이방인이기 때문이겠고."

이방인. 나는 정확히 말하면 이 세계에서 태어났고 전생을 기억하는 것뿐이지만, 어쨌든 남들에게 없는 기억이 있다는 점은 사실이었다. 난 아리가 흥분해서 뭐라고 대꾸하기 전에 먼저 입을 열었다.

"그걸 어떻게 알죠? 우리가 이방인인지, 아닌지."

나와 아리는 오늘 이 자리에서 김고동을 처음 본다. 그리고 아직 우리에 대해서는 아무런 소개도 안 했다. 김고동은 내 말에 가볍게 웃음을 터뜨렸다.

"아, 이거 죄송합니다. 설명이 부족했군요. 단순한 이야기입니다."

"……."

"책을 읽었으면 아시겠지만, 미래가 변했습니다. 저는 그날 이후로 미래를 보는 능력을 잃었지만, 책으로 써두었던 내용 정도는 당연히 기억합니다."

기억이 흐릿해지면 다시 읽어보면 그만이기도 하고. 그렇게 덧붙인 김고동이 말을 이었다.

"그런데 제가 봤던 미래와 실제 미래가 달라졌고…… 그 변화의 중심에 두 분이 계시더란 말입니다."

김고동이 나와 아리를 번갈아 직시했다.

"이 상황에 제가 할 수 있는 추론이 얼마나 있었을까요? 별거 없겠죠. 혹시 이 사람들도 나와 같은 처지인 게 아닐까. 몸은 아닐지라도 영혼이 나처럼 다른 세계에서 넘어온 거라면. 그래서 이 세계의 미래에 영향을 끼친 거라면."

"……."

"혹시 이 책을 읽지는 않았을까? 어쩌면 읽었을지도 몰라. 그들이 나와 같은 곳에서 왔다면 말이지. 나랑 비슷한 기운이 이 책을 끌어들였을지 모르니."

"……."

"……그렇게 생각하던 찰나, 제 추측에 신빙성을 더해주듯 마침 이쪽 분께서 저를 찾아주신 겁니다."

김고동이 나를 가리켰다. 시선이 마주쳤다.

"충분한 설명이었을까요?"

"네."

대답은 아리가 했다. 아리는 여차하면 자리에서 일어서기라도 할 기세였다.

"다 맞아요! 저도 한국에서 왔거든요. 한국 사람이에요. 이름은 아리고요. 신아리. 어느 날 실수로 계단에서 굴렀는데 눈떠보니 여기더라고요. 지금 이 몸은 남의 몸인데 어쩌다 보니……."

활기차게 이어지던 아리의 목소리가 어느 순간 잦아들었다.

"……들어와 있는 건데, 있잖아요. 왜 내 앞엔 차원의 신이 나타나지 않는 걸까요?"

아리의 음성이 급격히 흔들렸다.

"왜……? 나도, 나도 실수로 이곳에 온 건데."

나는 급히 다시금 아리의 손을 꼭 쥐었다. 그러곤 김고동을 보며 말했다.

"김고동 씨, 부탁이 있어요. 혹시 차원의 신을 만나는 방법을 알고 있나요? 실은 그것 때문에 당신을 보려고 한 거예요."

김고동이 차원의 신을 불러낸 게 아니라 차원의 신이 김고동 앞에 알아서 나타났던 것이라곤 하지만, 지푸라기라도 붙잡는 심정이었다.

'제발…….'

"네."

"……네?"

그런데 김고동이 생각보다 너무 선뜻 긍정했다. 덕분에 잘못 들은 줄 알았다.

"방금 뭐라고……."

"차원의 신을 만나는 방법을 아느냐고 했잖아요. 압니다. 정확히는 불러내는 법을 알죠."

"어, 어떻게요?"

"누구에게나 알려줄 수 있는 건 아닙니다. 말하자면 이것도 제 능력인 셈이라. 대신 불러줄 수는 있는데, 부를까요?"

차원의 신을 불러준다고? 지금, 여기서?

아리를 돌아보았다. 아리는 느리게 눈을 깜박였다. 그러더니 갑자기 눈물을 쏟아내기 시작했다.

"아리!"

"나…… 갈, 수 있어요? 집에, 집에 갈 수 있어요?"

울음 때문에 발음이 뭉개져 엉망이었다. 하지만 그래도 알아들을 수 있었다.

"나, 집에 돌아갈 수 있어요?"

황궁으로 오는 마차에서 밝은 얼굴로 조잘거리던 아리의 모습이 순간 떠올랐다. 소개팅을 시켜주려는 거냐고, 자긴 동양인 미남이 아니면 안 된다고 농담까지 하며 웃었지.

하지만 아리는 지금 울고 있었다. 눈물이 하염없이 뺨을 타고 흘러 아래로 떨어졌다. 저 얼굴이 진짜일 테지. 억지로 웃고 태연한 척하던 그 모습이 아니라, 지금 이 얼굴이 아리의 진심이겠지.

나까지 눈물이 날 것만 같았다. 입술을 깨물고는 김고동에게 시선을 주었다.

"부탁해요. 가능하다면 당장."

"알겠습니다. 잠시만 기다려 주세요."

김고동은 사리에서 몸을 일으켰다. 그러고는 다소 한적한 공간으로 이동하더니 그곳에서 말없이 눈을 감았다. 뭔가 평범한 사람은 생각하기 힘든 대단한 의식이 벌어지는 것이 아닐까 혼자 상상해 보았다.

그러나 김고동은 잠시 후 눈을 번쩍 떴다.

"됐습니다."

"뭐가 됐다는……."

ㅡ나를 불렀느냐.

"……!"

깜짝 놀랐다. 머릿속에서 목소리가 울렸다. 마치 천둥처럼. 김고동이 천장을 향해 고개를 빼고 외쳤다.

"모습을 드러내 주십시오. 전능하신 차원의 신이시여."

ㅡ건방진 것. 또 네놈이더냐? 누구 마음대로 신을 이렇게 불러대라고 했지?

"제가 보고 싶어서 그런 게 아닙니다. 신께서 보셔야 할 중생들이 있습니다. 지치지도 않는 당신의 실수로 이 세계에 떨어진."

ㅡ뭐야?

마지막에 비꼰 것 같다면 내 기분 탓인가. 신의 목소리는 순간 노하는 것 같았으나 김고동의 말은 제대로 전해진 모양이었다. 곧이어 아무것도 없던 공간에 사람의 형상이 생겨났으니까.

나는 갑자기 나타난 인물을 당황스럽게 응시했다.

'이게 신?'

내 생각을 읽기라도 했는지 신의 눈이 내게 향했다. 머릿속으로 목소리가 울렸다.

ㅡ너희의 눈에 익숙한 모습으로 나타난 것이다. 내 실체를 볼 수 있는 인간은 없으니까.

"아……."

ㅡ그나저나…….

신의 눈길이 아리에게 옮겨 갔다. 이윽고 그의 입에서 낮은 탄식이 흘러나왔다.

ㅡ정말이구나. 이런, 네놈의 말이 맞았어.

"나한테는 맨날 놈이래."

―심지어 육신을 두고 영혼만 이 세계에 떨어지다니. 이곳 세계와 마찰이 상당했을 것인데…….

김고동의 투정을 무시한 신은 아리에게서 눈을 떼지 않았다. 아리가 물었다.

"다, 당신이 차원의 신인가요?"

―그렇다. 미안하구나, 다른 세계의 아이여. 나 때문에 이곳에서 고생이 많았겠어.

차원의 신은 아리가 이곳에서 깨어나 거듭 죽을 뻔했던 것도 알고 있는 듯했다. 아리는 고개를 저었다. 그러곤 울먹거리는 음성으로 신에게 재차 물었다.

"됐어요. 그래서 저, 이제 다시 집에 돌아갈 수 있어요?"

―물론이다. 너를 원래의 세계로 돌려보내 주마.

확답이 떨어지는 순간 아리가 내게 안겼다. 눈물로 어깨가 축축해졌다. 엉엉 우는 소리에 결국 내 눈시울도 붉게 물들었다. 그때 김고동이 끼어들었다.

"차원의 신이시여, 외람된 질문입니다만…….

―외람된 걸 알면 하지 말아라.

"아, 이십오 년이나 지났는데, 진짜! 그냥 묻겠습니다. 둘 다 이방인인 것 같은데 왜 한 명에게만 돌려보내 줄 것처럼 말합니까?"

나는 김고동이 어떤 오해를 하고 있는지 눈치챘다. 어쩐지 좀 전에 신을 부르면서 중생이 아니라 중생'들'이라고 하더라니.

"넌…….

―둘이라고?

내가 김고동에게 뭐라고 해명하려는 찰나 신의 목소리가 울렸다. 이내 신은 다시 나를 보더니 가볍게 웃었다.

―이방인이라. 왜 그렇게 생각했는지 알 만하구나. 미래가 바뀌어서

그랬더냐?

"아닙니까?"

―흐음……

신은 무언가를 잠시 고민하는 듯했다. 그러다 나를 보며 물었다.

―아이야. 혹시 어디까지 알고 있더냐? 이 머저리가 저지른 짓은 전부 들었느냐?

머저리. 보나 마나 김고동을 가리키는 표현이었다. 나는 얼결에 고개를 끄덕였다.

―좋다. 그렇다면 설명해 주마. 저놈 때문에 운명의 신은 그 당시 대단히 화가 났어. 그리고 인간의 손에 의해 한낱 소설로 전락해 버린 미래가 그대로 실현되기를 바라지 않았단다.

이해했다. 확실히 나라도 자존심이 상할 것 같기는 하다.

―하지만 이미 정해놓은 운명을 바꾸는 건 아무리 신이라 할지라도 녹록지 않은 일이었지.

'한번 설정하고 나면 수정이 어렵다는 건가?'

어쩐지 영 비효율적인 시스템이라고 생각할 때 차원의 신이 말을 이었다.

―그래서 운명의 신은 고민 끝에 기존의 정해진 운명 자체는 그대로 두고, 대신 그보다 더 강력한 운명을 가지고 와서 끼워 넣자는 결론을 내렸단다.

"더 강력한 운명이요?"

―그래.

착각일까? 나를 응시하는 신의 눈매가 부드럽게 휘어지는 느낌이 들었다.

―이곳에서 에시 위드그린이라는 인간과 연을 맺었겠지? 네 영혼은 그와 운명이란다.

"······네?"

눈을 깜박였다. 머릿속의 목소리가 이어졌다.

—천 번의 운명을 지니고 태어났지. 너는 탄생과 죽음을 반복하며 그와 천 번을 연인이자 부부로 살아가게 될 운명이다.

"······!"

—본래는 다음 생부터 시작될 인연이었지만, 운명의 신에 의해 이번 생으로 앞당겨진 것이지.

순간 머리가 멍해진 듯 아무런 생각도 나지 않았다. 말없이 눈만 깜박이는 나를 대신해 김고동이 펄쩍 뛰었다.

"아니, 그러니까 신의 말씀은, 운명의 신이 미래를 바꾸기 위해 저 사람의 영혼을 데리고 왔단 말입니까? 그리고 원래 예정된 영혼 대신 저 몸에 집어넣었고?"

—그래. 제대로 이해했구나.

"와······ 그럼 원래 저 몸에 있어야 했던 영혼은요?"

—다른 세계에서 다른 생을 사는 중이지.

"그래도 되는 겁니까?"

—이 염치도 죄의식도 없는 뻔뻔한 자식아. 이게 누구 때문인데!

"끄악."

벼락같이 울린 노성에 김고동이 머리를 감싸 쥐고 비틀거렸다. 내겐 살짝 놀란 것 외엔 아무런 영향이 없는 걸 보니 사람마다 충격이 미치는 정도를 조절할 수 있는 모양이었다. 어쨌든 덕분에 정신을 좀 차렸다.

나는 신에게 물었다.

"저와 에시가······ 원래 다음 생부터 이어져야 했을 운명인데, 이번 생부터 만나게 하신 거라고요."

—그렇다.

"궁금한 점이 있어요. 그런 방식으로 미래를 바꿀 수 있다면 다른 영혼끼리 서로 바꾸었어도 되는 게 아닌가요?"

가령 황태자와 에시의 영혼만 서로 바뀌었더라도 미래의 흐름은 제법 달라졌을 것 같은데.

그러나 차원의 신은 고개를 가로저었다.

—영혼에 운명이 귀속되는 경우는 흔치 않단다. 보통은 육신과 함께 가지. 그래서 네 영혼이 필요했던 거야. 네 영혼에 새겨진 강력하고 선명한 운명이.

"……아."

—정확히는 너와 그의 영혼에 서로 새겨진 운명이지만. 궁금증이 풀렸느냐?

"네."

가슴이 조금 뛰었다. 아니, 꽤 세차게 두근거렸다. 영혼에 새겨진 운명. 그건 다르게 말하면 무슨 짓을 해도 바꿀 수 없는 운명이란 말처럼 들렸다. 실제로도 바뀌지 않았고. 차라리 기존에 정해진 육신의 운명을 바꿔놓았을망정.

'나와 에시가 운명이라니.'

이게 원래 이렇게 듣기 좋은 단어였나? 구태여 억누르지 않은 설렘과 기쁨을 만끽하는 그때, 차원의 신이 말했다.

—바라는 것이 있느냐?

"네?"

—어쨌든 넌 우리 신들에 의해 멋대로 운명의 순서가 바뀐 셈이다. 보답의 뜻으로 원하는 것이 있다면 들어주마.

"글쎄요……,"

바라는 거라. 나는 이제야 겨우 울음을 그친 아리를 바라보았다. 코끝이 붉고 눈이 살짝 부어 있었다.

"……아리를 잘 데려다주세요. 무사히. 그거면 됐어요."

—그건 이미 약속한 것이 아니더냐.

"그래도요."

사실 달리 바라는 것이 없다. 그도 그럴 게 부족한 것이 없었으니까. 지금 내게는.

—흐음…… 그래. 그럼 이건 어떠냐? 네가 이번 생은 이미 만족스러울지 몰라도, 다음 생은 모르지.

"다음 생이요?"

천 번이라고 했으니 어차피 다음 생에도 에시를 만나서 연애하고 결혼하게 되는 게 아닌가?

차원의 신은 내 표정을 보고는 인자하게 웃었다.

—천 번을 만나 맺어질 운명이라고 했지, 그 천 번이 연달아 있을 거라고는 말하지 않았다.

"그런……."

—다음 생을 이번 생으로 옮겨 왔으니 본래 다음 생의 인연은 건너뛰어야 맞다. 그러나…… 만나게 해주마. 네가 원한다면.

"정말이요?"

—그래. 원하느냐?

"그럼요."

당연한 질문이었다. 답은 정해져 있었다. 신은 알겠다는 듯 내게 웃어 보이고는 시선을 돌렸다.

그가 쳐다본 것은 아리였다.

—그렇다면 다른 세계의 아이야. 이만 출발하자꾸나. 네 세계로 돌아가야지.

"지, 지금 바로 갈 수 있어요?"

—그래. 육신과 함께라면 모를까 영혼만 돌려보내는 거라면 어렵지 않으니까.

아리가 나를 돌아보았다. 아리의 얼굴은 마치 갈등하는 것 같았다. 나는 아리와 눈을 마주하며 조용하게 물었다.

"왜?"

"그냥……."

"왜 망설여. 가고 싶잖아. 지금 당장에라도 가서 얼굴을 보고 싶은 사람들이 있지?"

아리가 멈칫했다. 그러더니 고개를 끄덕거렸다.

"……응."

아리의 팔이 나를 힘차게 끌어안았다. 아리가 코끝을 훌쩍이더니 작은 목소리로 중얼거렸다.

"고마워요."

"응."

"안 잊을 거예요."

"그래. 나도 진짜 아그리타한테는 너한테 한 것처럼 잘해줄 수 있을지 모르겠다."

아리가 피식 웃었다. 곧 가느다란 몸이 내게서 떨어졌다.

"잘 지내요."

"걱정하지 마. 너도 방금 들었지? 난 영혼에 운명이 새겨진 사람이라잖아. 잘 못 지내고 싶어도 그럴 수가 없어."

아리가 재차 웃음을 터뜨렸다. 차원의 신이 마치 순간 이동처럼 다가와 아리를 데리고 섰다. 나는 그 순간 문득 김고동이 떠올랐다. 곁을 보니 그는 이제야 두통에서 해방된 듯 겨우 살았다는 얼굴을 하고 있었다.

"저기, 김고동 씨."

"……예에?"

이걸 알면 운명의 신이 과연 뭐라고 할지 모르겠지만, 나는 사실 내심 김고동에게 고마운 마음도 품고 있었다. 어찌 됐든 김고동이 〈신녀 아그리타의 봄〉을 써준 덕분에 내가 이번 생에 에시를 만날 수 있었던 거니까.

그래서 말을 꺼냈다. 혹시나 해서.

"김고동 씨는 원래 있던 곳으로 돌아가고 싶지 않아요? 그러니까 대한민국으로."

"어……."

김고동이 눈꺼풀을 여닫았다. 설마 내가 그런 걸 물을 줄은 몰랐다는 표정으로.

그는 뒷머리를 긁적거렸다.

"가고 싶다고 갈 수 있나요? 전 이미 벌을 받은 처지인데."

"저나 아리가 간곡히 나서서 부탁한다면 또 모르잖아요. 음, 그리고 김고동 씨는 오늘 차원의 신에게 아리에 대해 알리는 공을 세우기도 했고요."

김고동이 아니었다면 차원의 신은 아리의 존재를 영영 몰랐을지도 모른다. 지금까지 몰랐으니 가능성이 있다. 좋은 방향으로 해석하면 차원의 신은 오늘 김고동 덕분에 자기 실수를 되돌릴 기회를 얻은 거다.

─흐음.

차원의 신은 내 말을 부정하거나 도중에 막지 않았다. 나는 김고동을 응시했다.

"어때요?"

아무리 오랜 시간이 지났다지만 나라면 집이 그리울 것 같다. 왜 이산가족 상봉이 매번 감격적으로 그려지겠어.

그러나 김고동은 대뜸 난데없는 말을 했다.

"그거 알아요? 여자들은 키 작은 남자를 싫어해요."

"……네?"

"물론 이해하죠. 나도 싫으니까. 남자다운 매력이 없잖아요. 그렇다고 얼굴이 잘생겼냐? 아니지. 돈이 많나? 그것도 아니지. 성격은……
뭐, 나쁘지 않지만 어디 사람이 성격만 보고 살 수 있냔 말이에요. 뜯
어 먹을 수 있는 것도 아니고."

"김고동 씨?"

나는 당황스럽게 그를 불렀다. 왜 갑자기 하소연이 시작된 거지? 김
고동이 키가 작기는 했다. 좀…… 제법 작지. 아무래도 여학생에서 성
별만 남자가 된 거니까.

하지만 그게 지금 이 순간에 중요하냐 하면 잘 모르겠다. 이걸 위
로해야 하나. 한다면 대체 뭐라고 해주는 게 좋을까 진지하게 고민하
는데 김고동이 말을 이었다.

"그런데 그렇게 키도 작고 가진 것 하나 없는 인간을 좋다고 해주
는 사람이 있더란 말이에요."

"……?"

"오래 걸렸어요. 나도 원래는 여자였으니까. 이성으로 보기가 힘들
더라고요. 그런데 십 년을 기다려 준 거예요. 이렇게 아무것도 내세울
것 없는 인간 곁에서."

아. 나는 이제야 김고동이 하려는 말을 이해했다.

김고동은 나를 보면서 멋쩍게 웃었다.

"나는 그 사람 못 버려요. 원래 가족에게도 미안하지만…… 이 사
람에겐 더 미안하고 고마워서."

─구구절절 말이 길기도 하구나. 그래서 안 가겠단 말이더냐?

차원의 신이 냉정하게 김고동의 말을 자르며 압축했다. 김고동이 고
개를 끄덕거렸다.

"네. 전 늙어 죽을 때까지 여기서 살겠습니다. 뼈를 묻을게요."

─쯧. 차라리 치워 버리는 것도 괜찮겠다 싶었거늘. 그럼 그래라.

아까부터 느꼈지만 차원의 신은 김고동에게는 참 인정사정없었다.

이내 차원의 신이 아리의 몸에 손을 대고 빛을 일으켰다.

─출발하지.

"아, 잠깐만요!"

그때 아리가 갑자기 뭔가가 생각났다는 듯 후다닥 내게 다가왔다. 그러고는 귓가에 속닥였다.

나는 그 말을 듣고는 눈을 휘둥그레 떴다가 뒤이어 황당하게 웃고 말았다.

"마지막으로 남긴다는 말이 그거야?"

"중요하잖아요."

이어서 다시 아리가 차원의 신의 곁에 가서 섰다. 빛이 아리의 신체를 감쌌다.

"그럼 정말 잘 있어요, 언니."

빛이 강해지며 시야를 온통 잠식했다. 그러나 나는 이번에는 눈을 감지 않았다. 깜박이지도 않고 시야가 빛으로 물드는 걸 응시했다. 그래도 왠지 전혀 눈이 부시지 않았다. 국왕이 마법을 써서 빛무리가 번쩍였을 때와는 전혀 다른 느낌이었다.

잠시 후 빛이 잦아들었다. 그리고 아리의 몸이 실이 끊어진 인형처럼 바닥으로 쓰러졌다. 나는 아리, 아니, 정확히는 아그리타의 몸을 일으켜 주려고 했다. 그런데 그 순간 갑자기 머리가 깨질 것처럼 아팠다.

─저런. 역시 신을 오래 대면하는 것은 평범한 인간에겐 쉽지 않은 일이구나. 쉬도록 해라.

머릿속이 신의 목소리로 웅웅 울렸다. 그리고 그것이 응접실에서의 마지막 기억이었다.

등이 푹신했다. 등뿐 아니라 몸을 받치는 감촉이 전체적으로 푹신하고 부드러웠다. 침대에 누워 있는 것 같았다.

'……침대?'

나는 눈을 떴다. 창밖으로 들어오는 빛은 밝았다. 덕분에 나는 실내를 한눈에 살필 수 있었다. 낯선 풍경이었다. 넓고 화려한 방이었지만 내부는 온통 눈에 익지 않은 것으로 가득했다. 생소한 가구, 익숙하지 않은 방의 구조, 그리고…….

"……에시."

에시가 있었다. 목소리가 푹 잠겨 나왔다. 이게 내 목소리가 맞나. 나는 눈을 여러 번 잘게 깜박거렸다. 에시의 얼굴은 흐려지거나 지워지지 않았다.

여긴 어디냐고, 그리고 언제부터 그렇게 내 곁을 지킨 거냐고 묻고 싶었지만 그전에 에시가 내 이마에 입을 맞췄다. 잠자는 숲속의 공주가 받았을까 싶게 다정하고 상냥한 키스였다.

그 키스에 나도 모르게 웃음을 흘렸다가 다시 눈을 감았다.

나는 꼬박 이틀 만에 눈을 떴다. 정신을 차려 보니 내가 응접실에서 김고동을 만났던 것은 엊그제 일이 되어 있었다.

나는 그 사실을 깨어난 후 다른 사람에게 듣고서야 알았는데, 처음에는 내게 장난을 치는 줄만 알았다. 그도 그럴 게 마치 두세 시간쯤 개운하게 낮잠을 자고 일어난 기분이었으니까.

"아가씨, 정말 괜찮으신 거죠?"

"괜찮아. 궁익도 내게 아무런 이상이 없다고 했잖아."

나는 울상을 지은 베시를 달랬다. 중간에 잠시 깼을 때는 곁에 에시만 있었던 것 같은데, 다시 눈을 뜨니 달랐다. 베시부터 집사까지 모두 총출동이었다. 덕분에 나는 사람들을 달래느라 진땀을 빼야 했다.

내가 이틀이나 누워서 잔 곳은 황궁의 객용 침실이었다.

'어쩐지 가구며 장식이 호화롭더라니.'

응접실 안에 쓰러져 있던 나를 가장 먼저 발견한 사람은 다베리 경이었다. 뭐라는지 모를 소음이 간간이 들리다가 갑자기 정적이 이어지는 것이 이상해서 무작정 문을 열고 들어왔었다고 한다. 그렇게 들이닥쳤더니 나는 바닥에 엎어져 있었고…….

"그자도 마찬가지로 정신을 잃은 상태가 아니었다면 즉시 벨 뻔했습니다."

그게 다베리 경이 의식을 차린 내게 해준 말이었다. 저기서 '그자'란 보나 마나 김고동을 의미하는 거겠지. 안 베이고 무사해서 다행이다.

김고동은 나보다 먼저 정신을 차렸다고 했다. 그는 황궁을 떠나면서 내 앞으로 편지를 남겼다.

짧지만 인상적인 만남이었습니다. 혹시 다음에도 제가 필요해지시거든 언제든 불러주세요. 그땐 제 아내도 소개해 드리겠습니다.

—브라운

맥락상 누가 남긴 편지인지는 듣지 않아도 명백했다. 그러나 브라운이라는 이름이 낯설어서 편지를 받고 잠시 고개를 갸웃했는데, 알고 보니 브라운은 김고동의 이 세계 이름이었다. 덕분에 나는 김고동에 관한 불필요한 정보를 한 가지 알게 되었다.

'고동이 그 고동이었다니.'

고동…… 브라운……. 그럼 만약 귀족 지위를 갖게 되면 뒤에 성은 다크로 붙게 되는 걸까? 브라운 다크.

뭐, 어쨌든. 푹 자고 일어났더니 차원의 신을 만났던 일이 마치 꿈

처럼 느껴지던 참이었다. 그 와중에 김고동…… 아니, 브라운의 편지
는 내게 현실감을 안겨주는 역할을 했다.

'아리.'

차원의 신 생각을 했더니 자연히 아리가 따라서 떠올랐다.

나는 몸을 추스르고 베시 및 다른 사람들과 함께 황궁에서 나오다
가 입을 열었다.

"혹시 아리…… 그레이스 영애는 어떻게 됐는지 알아?"

"그레이스 영애요?"

"아가씨와 함께 쓰러져 계셨었지요. 그 영애께선 아직 깨어나지 않
으셨다고 들었습니다."

"그렇구나."

답은 집사에게서 나왔다. 나는 고개를 끄덕였다.

'잘 갔을까?'

그야 잘 갔겠지. 다른 사람도 아니고 차원의 신이 직접 보내줬는데.
실수를 두 번이나 하겠어.

'계단에서 굴렀다는 아리의 원래 몸이 신경 쓰이긴 하지만……'

그것도 신이 알아서 하지 않을까. 어쨌든 신이니까.

나는 초월적인 존재를 믿기로 했다.

'그럼 이제 진짜 아그리타가 돌아오는 건가.'

정확히는 아리의 영혼에 밀려 육신 어딘가 잠들어 있던 본래 영혼
이 깨어나는 거겠지?

차원의 신은 이에 대해선 별말을 하지 않았지만, 나는 어쩐지 그럴
거라고 보고 있었다. 나름대로 근거도 있었다. 만약 아그리타의 영혼
이 그녀의 몸에 남아 있지 않은 상태라면, 아리의 영혼이 빠져나간 시
점에서 그 몸은 빈껍데기가 된다. 영혼이 사라진 빈 육신이 어떻게 되
는지 본 적은 없지만, 아마 시체나 다름없지 않을까?

하지만 집사의 말에서는 크게 걱정을 찾아볼 수 없었다. 아마도 나처럼 그녀 또한 곧 깨어나리라고 전망하고 있는 듯했다. 나와 같은 경우라면 정말 곧 깨어나겠지. 이번에는 확실히 아그리타 그레이스로서.

'그러고 나면 앞으로 어떻게 되는 거지?'

이미 달라진 것을 제외하면, 나머지는 원래 정해져 있던 운명대로 흘러가게 될까?

나는 문득 생각해 보았다. 김고동이 철없는 시기에 로맨스 소설로 옮길 발상을 하게 만들었던, 아그리타 한 사람을 중심으로 흘러가는 미래를.

'……뭐, 나와는 상관없지.'

그녀가 정말로 소설 속 주인공처럼 세계의 주인공이 되어 무엇을 가지든, 나는 이미 내가 가장 원하는 것을 얻었으니까.

나는 저택으로 돌아가는 마차에서 나와 가장 가까이 앉은 사람의 손을 쥐었다. 유독 따뜻했다.

내가 황궁에서 눈을 뜬 것은 오전이었다.

곧장 공작저로 돌아간 나는 펄펄 날았다. 차원의 신이 무슨 짓을 했는지 모르지만, 어쩐지 몸에 활력이 넘쳤다. 간단히 점심을 먹은 후 남아도는 체력을 주체하지 못해 가뿐해진 몸으로 산책도 하고, 오래간만에 나가서 승마도 했다. 그 덕분에 베시와 다른 사람들도 슬슬 내 몸 상태에 대한 걱정을 거두는 것 같았다.

잔뜩 활동하며 바쁘게 보내서 그런지 날은 금방 저물었다. 나는 하루를 마무리할 겸 불을 적당히 밝힌 방 안 침대에 앉아 책을 읽었다. 그런데 문제가 있었다.

"……에시?"

"응."

태연한 목소리로 답이 돌아왔다. 나는 책을 덮어두고 옆으로 고개를 돌렸다. 에시가 침대 가까이 앉아 아무것도 하지 않고 그저 나를 물끄러미 보고 있었다.

"언제까지 거기서 그러고 있을 거야?"

얼굴이 홧홧했다. 에시는 오늘 종일 이런 식으로 나를 지켜봤다. 식사 때도, 산책할 때도, 심지어 승마까지 함께 어울리면서 내내 내게서 눈을 떼지 않았다. 중간에 괜히 민망해져서 업무가 바쁘지 않느냐는 핑계로 집무실로 밀어 넣으려고도 해봤지만 소용없었다. 에시는 요지부동이었다. 그리고 그건 지금도 마찬가지였다.

차라리 아까 낮에는 활동이라도 같이했지, 지금은 그냥 말없이 쳐다보기만 해서 신경 쓰여 죽겠다. 책이 눈에 안 들어와, 책이!

나는 〈허리에 좋은 자세와 운동법〉이라는 제목의 책을 흘긋 내려다본 후 헛기침했다. 에시는 태평스러운 태도로 대꾸했다.

"글쎄. 누님이 잠들 때까지?"

나는 이제 누님 소리를 지적하지 않는다. 저렇게 들으니 꼭 애칭처럼 느껴져서. 하지만 지금 그게 중요한 게 아니지. 나는 책을 제목이 보이지 않도록 꼼꼼하게 뒤집어놓은 뒤 아예 에시를 향해 몸을 돌렸다. 그러곤 가슴 앞으로 단단히 팔짱을 꼈다.

"그때까지 다른 일은 안 하고 나를 구경하겠다고?"

이미 일을 하기엔 좀 늦은 시각이기는 했지만. 에시는 눈도 깜짝하지 않고 긍정했다.

"보고 싶으니까."

"……꼭 그렇게 종일 나만 쳐다봐야 할 이유라도 있어?"

싫은 건 아니었지만 약간 부끄러웠다. 표정이나 행동거지도 괜히 신경 쓰이고. 그런데 에시에게서 뜻밖의 대답이 나왔다.

"잠든 모습만 이틀을 봤으니까."

"응?"

"잠에서 깬 얼굴도 하루 정도는 봐둘까 싶어서."

"……."

말문이 턱 막혔다. 그러고 보면 에시는 황궁에서 내가 도중에 잠깐 깨어났을 때부터 곁에 있었다. 언제부터 그처럼 곁을 지켰는지 미처 묻지 못했는데, 지금 들으니 내가 잠들었던 내내 자리를 비우지 않았던 모양이다.

그런 이유라니. 갑자기 할 말이 없어졌다. 타박하거나 투정 부릴 의지도 자취를 감췄다.

"너 설마 그동안 계속 깨어 있었던 건 아니지."

"잠깐 잤어."

그 잠깐이 얼마큼이야? 설마 삼십 분 이런 건 아니겠지?

안 되겠다. 나는 엉덩이를 움직여 약간 비켜 앉아 빈자리를 만들고 침대를 팡팡 쳤다.

"이리 와."

좀 재워야겠다. 에시를 자게 하고 난 책을 읽어야지.

"여기서 눈 좀 붙여."

"안 돼."

거절당했다. 어째서. 나는 에시와 눈을 맞췄다.

"왜? 잠깐만 자."

"리디아."

"응?"

"내가 과연 거기까지 가서 얌전히 잘 수 있을까?"

무슨 소리야? 왜 못 자? 침대가 이렇게 넓은데…….

나는 멍청한 생각을 하다가 곧 정신을 차렸다. 아.

"잠드는 건 무리야."

"……."

"그래도 가?"

에시가 짓궂게 물었다. 딱히 '그런' 어투는 아니었지만 내겐 그렇게 들렸다. 얼굴이 확 달아올랐다. 그러고 보니 조금 전까지 내가 펼치고 있었던 책이 허리에 좋은 어쩌고…… 인데. 그런 주제에 본의 아니게 순진한 척을 한 셈이 되고 말았다.

아, 바보 같은 나. 왜 미리 이 생각(?)을 못 한 거야? 이럴 줄 알았으면 낮에 그렇게 쓸데없이 힘 안 빼는 건데. 후회가 밀려들었지만 이미 늦은 일이었다.

나는 지나간 걸 아쉬워하는 대신 양팔을 벌렸다.

"그래. 이리 와."

"……."

"……뭐 해? 빨리 안 오고. 나 팔 아파."

팔은 둘째 치고 사실 얼굴이 터질 것 같다.

그때 에시가 움직였다. 탄탄한 몸이 침대 위로 올라오면서 매트리스가 부드럽게 출렁였다. 나는 가까워지는 에시에게 시선을 고정한 채 마른침을 꿀꺽 삼켰다.

쳐다보지 않으려고 해도 자꾸만 에시의 몸에 절로 시선이 갔다. 나는 이제 저 옷 안에 감춰진 근육이 어떤 형태를 하고 있는지, 만지면 어떤 느낌이고 얼마나 단단한지, 그런 것을 전부 알고 있다. 이미 알고 있는 사실에서 전해지는 기대감에 가슴이 두근거렸다.

그런데 여유 없이 성급하게 행동할 줄 알았던 에시의 움직임이 생각보다 조심스러웠다. 평소보다 체온이 살짝 낮은 손이 상의를 들추며 옷 안으로 들어왔다. 여기까진 참 좋았다. 한데 이후로 나를 만지는 손길이 너무, 너무 신중했다. 잠을 못 자서 그런 걸까.

좋게 말해서 신중하고 나쁘게 말해서 답답하고 감질났다. 그래, 그냥 솔직해지겠다. 감질난다!

'이건 오히려 처음보다도 조심스럽잖아.'

나는 에시와 나의 첫 잠자리를 떠올렸다. 그때도 에시는 나를 깨지기 쉬운 도자기 다루듯 했다. 하지만 지금이 더 심하다. 이건 잘 깨지는 도자기 정도가 아니라…… 그래, 이미 금이 간 도자기 취급쯤 되는 것 같은데?

'설마 안 내키는 건……'

……아니군. 그것만은 절대 아니다. 나는 조마조마해서 에시의 얼굴을 살폈다가 빠르게 안도했다. 눈빛만 보면 누가 며칠은 굶긴 줄 알겠다. 배고파 보인다는 게 아니라, 어, 그만큼 갈증과 욕망으로 가득해 보인다는 거지.

아니, 근데 눈빛은 저 지경이면서 손은 왜 이런 거야. 눈만 보면 맹수인데 행동은 왜 초식동물이야?

불만과 의아함을 동시에 품을 무렵 에시가 입을 열었다.

"그날 생각한 건데."

'그날……'

그날이라. 좋아. 안 들어도 그날이 언제를 가리키는지 알 것 같군.

에시의 입으로 들으니 느낌이 또 남달랐다. 귓가가 살짝 달아올랐다. 그때 어루만지던 허리를 놓아준 에시의 손길이 내 귓가를 쓰다듬듯 매만졌다가 조금씩 이레로 내려갔다. 귓가, 귓불, 뺨, 턱선, 목, 쇄골…… 그보다 더 아래로 내려가 둔덕에서 조심스럽게 멈췄다. 옷 위로 그러쥐는 손힘은 분명 굉장히 약했지만, 그 미약한 자극만으로도 아랫배에 절로 힘이 들어가며 어깨가 움츠러들었다.

나는 조금씩 가빠지는 숨을 느끼며 에시를 쳐다보았다. 언제 봐도 색이나 모양이 완벽하다는 감상이 드는 에시의 입술이 초조할 만큼 천천히 움직였다.

"너무 가늘고 약해."

"……."

"부서질 것 같아."

지금 이거, 내 몸을 두고 하는 이야기 맞지?

'사람 몸이 그렇게 쉽게 부서지지는 않을 텐데.'

……라는 반박이 목 끝까지 올라왔지만 참았다. 생각해 보니 에시의 관점에서는 부서지기 쉬워 보일 수도 있겠다는 합리적인 판단이 들었기 때문이다. 하긴, 에시 입장에서는 이미 여럿 부숴봤으니(?) 저런 감상이 드는지도 모르지.

나는 가타부타 말하는 대신 에시의 옷깃을 붙잡고 확 끌어당겼다. 에시가 보기엔 내가 가늘고 여려서 손만 대도 부서질 것 같겠지만, 난 잘 모르겠고. 지금 중요한 것은 어쨌든 감질난다는 거다. 성에 안 찬다고. 전혀!

다소 어두운 침실은 사람의 용기를 한계까지 끌어내 주는 놀라운 효과가 있는 모양이었다. 나는 바짝 다가온 에시의 아랫입술을 약간 아프겠다 싶을 정도로 깨물었다. 그러곤 깨문 부위를 혀로 은근하게 쓸고 떨어졌다. 마치 도발하는 것처럼.

"그래서 뭐."

그치지 않고 혀를 내밀어 내 입술도 살짝 핥았다.

"안 부서지게 하면 되잖아."

"……."

"그럴 자신 없어?"

……너무 셌나? 아니, 난 최선을 다했다. 여기서 끝이다. 더는 못한다. 나는 여기까지야!

에시는 내 돌발 행동에 잠시 움직임을 멈추는가 싶더니 이윽고 낮은 웃음을 흘렸다. 이어 나는 앙갚음을 당하듯 귓불이 깨물렸다.

"앗."

갑작스러운 행위에 깜짝 놀라 입술이 벌어졌다. 에시는 멈추지 않았다. 다음은 목덜미였다. 맨살에 이가 닿는 감각이 선명하고 강렬했다. 깨물리는 느낌은 말할 것도 없었다.

"잠깐…… 아."

정신없는 와중, 에시가 내 옷을 벗겨냈다. 상체가 금세 썰렁해졌다. 이 잠옷, 정말 쉽게도 벗겨지는구나.

"훗."

에시가 이리저리 깨물고 빨아들이며 내 몸에 남기는 열꽃이 감당할 수 없을 만큼 곳곳에 자취를 늘려갔다. 따라가기 힘든 속도였다. 나는 속절없이 에시에게 내 몸의 절반을 내주고 있다가 뒤늦게 정신을 차리곤 에시의 어깨를 밀어냈다. 에시는 내 미약한 힘에도 순순히 움직임을 멈췄다. 비록 눈빛은 불만과 반항으로 가득했지만.

"왜?"

"아니……."

말문이 턱 막혔다. 이 인간, 분명 조금 전까지만 해도 내 몸을 두고 부서질 것 같니 뭐니 하면서 소극적으로 행동하지 않았나? 이 변화는 뭐지?

비록 내가 의도한 것이기는 하지만 효과가 좋아도 너무 좋으니 당황스러울 지경이었다. 내 황당한 심경이 표정으로 전해졌는지 에시가 내 입술에 쪽, 소리 나게 입을 맞추곤 씩 웃었다.

"안 부서지게 하면 된다며."

"……."

"맞는 말이야. 생각해 보니 정답인 것 같아서. 그래, 그 말대로 안 부서지게……."

"아!"

날카로운 신음이 터졌다. 참을 수가 없었다. 지, 지금 어딜 깨무는 거야? 안 그래도 기대감에 달아올라 잔뜩 예민해진 몸이 지나친 자극에 소스라쳤다. 낮은 웃음소리와 함께 더운 김이 가슴을 스쳤다.

"……잘하면 되지."

뭘 잘한다는 걸까. 답을 알지만 물으면 안 될 것 같은 기분이다. 더 황당해할 틈도 없이 에시가 몸을 움직였다. 입술은 여전히 내 상체에 열꽃을 남기는 데 집중하고, 한쪽 손은 미끄러지듯 아래로 내려와 내 다리 사이로 파고들었다.

"……!"

나는 움찔하며 몸에 힘을 주었지만 에시의 손길을 거부하지는 않았다. 거부하기에는 몸이 이미 지난번의 감각을 너무 잘 기억하고 있었다. 내 몸은 처음과 비교하면 훨씬 손쉽게 에시를 받아들일 준비를 했다.

에시도 알았을 거다. 내 몸이 저번보다 훨씬 빠르게 반응한다는 걸. 아, 잠깐만. 좀 전에 내 쪽에서 도발까지 해놓고 할 말은 아니지만 부끄러워 죽겠다. 갑자기 에시의 얼굴을 보는 것이 민망해져 양손으로 눈을 가리는 그때, 에시가 내 손목을 붙잡고 시야를 가린 내 손을 치웠다.

"가리지 마."

"……."

"보여줘, 다."

"……있잖아. 지금 그 말 엄청 의미심장하게 들리는 거 혹시 알아?"

눈을 접어 웃은 에시가 내 눈가에 가볍게 입을 맞췄다. 그리고 긴장이 풀려 틈에 에시가 길을 열고 내 안으로 침입했다.

"앗……!"

침입은 처음보다 훨씬 수월했고, 그에 비례해 통증도 줄어들었다. 사실 지난번에도 그렇게 아프지는 않았다. 아픔보다는 다른 감각이 몇 배는 더 강했다. 이번에도 그 점은 크게 다르지 않았다. 머리가 온통 어지러워지며 가쁘게 내쉬는 더운 숨이 공기를 데웠다.

나는 에시의 등을 있는 힘껏 끌어안았다.

"베시."

기지개를 켜며 일 층으로 내려가다 베시를 발견했다. 집사가 아니어서 다행이다. 집사였다면 내 옷차림을 보자마자 한 소리 꺼냈을 테니. 나는 잠옷으로 입는 흰 원피스에 숄을 걸치고 있었다. 노출은 없었지만 집사의 기준은 깐깐하니까.

"어머, 일찍 일어나셨네요."

"응. 식당에 에시 있어?"

없으면 불러달라고도 할 생각이었다. 오늘 아침은 에시와 함께 먹을까 싶었으니까. 그런데 베시가 난처한 듯 대답했다.

"어쩌죠. 각하께선 좀 전에 외출하셨는데."

"응? 나갔다고?"

이렇게 이른 시간에?

베시가 고개를 끄덕거렸다.

"황궁에서 사람이 와서요. 황제 폐하께서 직접 보내셨다고 하더라고요. 그래서……."

"그래?"

정리하자면 황제한테 불려 갔다는 거잖아. 황제가 에시를 무슨 일로 불렀지? 고개를 갸웃했지만 짐작되는 것이 없었다. 으음, 아침 식사는 혼자 먹어야겠네.

"아가씨."

"응?"

혼자라도 식당으로 향하려는데 베시가 나를 불렀다. 그리고 이어진 기습적인 질문에 내 발은 그 자리에 그대로 묶이고 말았다.

"목은 이제 괜찮으세요?"

"……"

나는 잠시 멈칫했다가 아무렇지도 않게 대답했다.

"으, 으응. 뭐, 그, 그렇지."

……면 좋았겠지만, 안타깝게도 희망 사항이었다. 미처 어색함을 숨기지 못하고 말을 더듬은데다 뺨도 홧홧하게 달아올랐다. 아, 부끄러워 죽겠네.

차원의 신이 주고 간 선물인지 뭔지 그날따라 유독 지치지도 않고 몸에 활기가 넘쳤던 날. 나는 에시와 꽤 대단한 밤을 보냈다. 얼마나 대단했냐면…… 그러니까…… 다음 날 목이 온통 쉬어버렸을 정도로.

다른 사람에게는 감기라고 둘러댔지만 진실을 아는 베시에게는 먹히지 않았다. 베시는 그날 종일 나를 의미심장하게 응시했다. 매우 의미심장하게. 그뿐일까. 목에 좋다는 차를 가져다주며 하루빨리 식을 준비하지 않으면 이러다 다른 경사를 먼저 챙기게 생겼다는 말을 덧붙이기도 했다.

심지어 지금도 베시의 눈초리가 심상치 않았다. 마치 왜 아침부터 에시를 찾고 있느냐는 눈빛이랄까.

아, 그런 거 아니야! 베시! 아무리 그래도 이렇게 이른 아침부터 그러지는 않는다고! 나는 민망함에 내적으로 몸부림치다가 화제를 바꿨다.

"……참, 그레이스 기 작저에서는 소식 들이온 거 있어?"

주의를 돌릴 의도가 다분한 질문이었지만 막상 묻고 나니 정말로 궁금해졌다. 베시는 고개를 저었다.

"전혀요. 여전해요."

"으음……."

아그리타 그레이스는 아직 깨어나지 못했다. 그날, 황궁에서 차원의 신을 만났던 날로부터 벌써 며칠이나 지났는데도 말이다.

'생각보다 오래 걸리네.'

깨어날 거라는 내 생각에는 변함이 없지만, 예상보다 시일이 제법 걸렸다.

"소식이 전해지거든 나한테 바로 알려줘."

"그럴게요, 아가씨."

베시는 안타까움과 걱정의 기색을 감추지 않았다. 나와 아그리타가 몹시 친하다고 알고 있는데 아그리타가 갑자기 쓰러져 일어나지 못하고 있으니 그럴 만도 했다. 나는 베시의 걱정을 풀어주지 못하고 그대로 두었다. 어차피 설명해 줄 수 있는 게 아니니까.

그때였다.

"누가 왔나 봐요."

손님의 방문을 알리는 현관문의 벨이 울렸다. 베시가 문가를 돌아보더니 직접 움직였다.

"안녕하십니까."

문이 열리고 나타난 것은 멀끔한 차림새의 웬 젊은 남자였다. 그는 베시의 뒤에 선 나를 발견하자마자 허리를 넙죽 숙이고는 뭔가를 내밀었다.

"초대장입니다."

"조대상?"

나는 다가가 일단 그것을 받아 들었다.

"본인이 직접 온 건가요?"

일반적으로 초대장이나 편지를 보낼 때는 배달부나 집안의 하인을 쓴다. 그러나 배달부나 하인으로 추측하기에는 남자의 차림새가 지나치게 번듯했다. 그는 귀족처럼 보였다.

남자가 내 물음에 멋쩍은 듯 웃었다.

"아뇨, 아닙니다. 다만 제가 개인적으로 존경하며 모시는 분께서 특별히 부탁하신 초대장이라…… 사람을 쓰지 않고 제가 온 겁니다."

"경은 이름이?"

"라임 엑스트입니다."

귀족 맞네. 체격이나 손을 보니 기사는 아닌 것 같고.

나는 우선 고개를 끄덕였다. 반듯한 초대장에는 어디서 많이 본 문장이 찍혀 있었다. 엑스트는 처음 들어보는 이름이지만 이 문장은 이상하게 낯설지가 않다. 이걸 언제 봤더라?

고민하고 있을 때 베시가 곁에서 손뼉을 쳤다.

"어머나, 시커머트 후작가의 문장이네요!"

"시커머트 후작가?"

"네. 파란색 장미 문장이 인상적이어서 기억해요."

베시는 그렇게 말하더니 초대장에 찍힌 문장을 자세히 살피곤 옅은 웃음을 터뜨렸다.

"기존의 파란 장미 옆에 붉은색 장미를 아주 작게 덧그려서 보냈네요. 아가씨께 보내는 초대장이라 그런 걸까요?"

발상이 기특하다는 듯 베시가 웃으며 말했다. 자세히 살펴보니 정말 그랬다. 나는 발견하고 나니 눈에 띄는 깜찍한 붉은 장미를 확인하고는 피식 웃음을 흘렸다.

'시커머트 후작가라.'

왜 문장이 눈에 익었는지 알겠다. 후작가는 고위 귀문이었다. 평소에 특별히 교류가 없어도 이름이나 가문 문장이 기억에 남기에 부족하지 않았다.

"들어와요."

나는 잠시 고민하다 라임 엑스트에게 말했다.

"예?"

"아침 식사 전이죠?"

보통은 이런 경우 편지를 받은 쪽이 내키면 답례로 간단히 차를 대접하거나 한다. 하지만 나는 기왕 이렇게 된 거 그냥 라임 엑스트를 조찬에 초대하기로 했다. 즉흥적인 결정이었지만 거리낄 것은 없었다. 어차피 혼자 먹으려던 아침이고.

"주방장에게 두 사람 몫을 준비하라고 해야겠네요."

베시도 그다지 반대하는 기색이 없었다. 어쩌면 알고 있었기 때문인지도 모른다. 그녀는 한동안 내 앞으로 오는 편지를 관리했다. 어떤 편지들이 날아오는지 눈으로 직접 봤겠지.

에이린의 편지 이후로 이런 제대로 된 초대장은 오랜만이었다. 그것도 초대장 겉면에 나름대로 귀여운 성의를 보이기까지. 예전이었다면 몰라도 요즘 상황이 상황이니만큼 기특하게 느껴질 정도였다. 그래서 나도 성의를 보여주려는 거다. 비록 라임 엑스트는 배달을 맡았을 뿐이지만, 하인을 시키지 않고 직접 와서 초대장을 전달한 것은 그의 선택이니까.

라임 엑스트는 내 제안을 거절하지 않았다. 그는 재차 고개 숙여 인사하고는 안으로 들어섰다. 베시는 주방장에게 말을 전하러 먼저 자리를 비웠다.

나는 라임 엑스트를 데리고 느긋하게 식당으로 향하다가 문득 내 차림을 깨달았다.

'아차.'

이거 잠옷이었지. 물론 말이 잠옷이지 겉으로 보기엔 원피스라 남에게 못 보여줄 것까지는 아니었지만, 손님을 초대하는 식사 자리에는 아무래도 가벼웠다.

"엑스트 영식, 잠시……."

나는 상대방에게 양해를 구하고 옷을 갈아입고 올 요량으로 몸을 돌렸다. 그런데 라임 엑스트가 나를 뚫어지게 응시하고 있었다. 정확히는 내 목 부근을. 나는 그제야 꼼꼼히 여미고 있던 숄이 약간 흘러내렸다는 것을 눈치챘다. 얼른 추슬렀으나 그보다 라임 엑스트가 한발 빨랐다.

"꽤 격정적인 밤을 보내셨나 봅니다."

나는 잠시 생각했다. 며칠이나 지나서 이젠 희미하게 붉은 기만 남아 있는 걸 잘도 봤구나. 눈이 좋네. 그리고 이어서 생각했다. 건실한 배달부인 줄 알았더니 범죄자였군.

나는 가까운 장식장으로 손을 뻗어 촛대를 들곤 성희롱범의 입을 후려쳤다. 뻐억!

"킥!"

소리 괜찮고. 앞니 나갔나? 나갔으면 좋겠는데. 옥수수를 털어버릴 작정으로 힘껏 휘둘렀지만 힘이 충분했는지는 모르겠다.

"끄윽……."

라임 엑스트가 비틀거리며 입을 가렸다. 옥수수의 안녕은 모르겠지만 어쨌든 아파 보였다. 나는 제 역할을 다한 촛대를 내던졌다. 그러곤 라임 엑스트가 내게 전달했던 초대장을 꺼내 그의 눈앞에서 반으로 찢어버렸다. 마지막으로 찢은 카드를 그를 향해 던지듯 뿌리며 말했다.

"가지고 꺼져."

"고, 공녀님."

앗, 발음 멀쩡하잖아. 앞니가 무사한가 보군.

나는 라임 엑스트의 튼튼한 치아에 아쉬워하며 맘을 이었다.

"안 나가? 사람을 불러서 네가 방금 나한테 뭐라고 했는지 고스란히 읊어줘야 나갈까?"

"……!"

라임 엑스트는 그제야 허둥지둥 바닥의 편지 조각을 챙겼다. 그러고는 몸을 돌려 급히 내뺐다. 나는 그 자리에서 길게 한숨을 내쉬었다.

"아가씨! 무슨 일이십니까?"

소란을 듣고 몰려온 듯 사용인들이 다가와 물었다. 촛대를 던질 때 소리가 좀 크게 울리긴 했지. 나는 아무것도 아니라고 고개를 저으려 했다. 그때 사용인들을 제치고 다베리 경이 굳은 얼굴로 나타났다.

"경."

"……손님이 왔었나 보군요."

다베리 경은 바닥에 굴러다니는 촛대만으로도 대강 상황을 짐작한 것 같았다. 아니, 무슨 관심법을 쓰나? 물론 촛대의 위치가 실수로 떨어뜨렸다기에는 너무 멀긴 했지만. 내가 갑자기 혼자 미쳐서 저걸 던졌을 리가 없기도 하고.

"잠시 다녀오겠습니다."

"아니, 잠깐만요!"

나는 다베리 경이 현관으로 향하려는 걸 눈치채고 얼른 경의 소매를 붙들었다. 굳은 눈매가 나를 향했다.

"누군 줄 알고 잡아 오려고요?"

지금 잡으러 나가겠다는 거 맞지?

다베리 경이 망설이지도 않고 대답했다.

"바깥으로 나간 지 얼마 되지 않았을 텐데요."

"그래도 지금쯤이면 사람들 사이에 섞였을 거라고요."

비록 아직은 아니겠지만 다베리 경이 잡으러 갈 때쯤이면 이미 멀리까지 도망친 후겠지.

"촛대로 어디를 치셨습니까?"

"네?"

"확인하고 끌고 오겠습니다."

"......."

진심일까? 진심인 듯했다. 나는 행여 놓칠세라 경의 옷소매를 단단히 쥐고 고개를 저었다. 그럴 필요는 없었다.

"됐어요. 경도 방금 말했잖아요. 그냥 보내준 거 아니에요. 충분히 응징해 줬어요."

"부족합니다."

"그 사람이 나한테 무슨 짓을 한 줄 알고?"

성희롱이란 건 아직 이야기를 안 했다. 그냥 사소한 실수를 저질렀을 수도 있잖아. 실수 좀 했다고 촛대로 얻어맞았으면 오히려 그쪽이 억울하다. 하지만 다베리 경은 단호했다.

"무슨 짓을 했든 간에, 모자랍니다."

"......."

"정 그러시면 목숨은 살려서 데려오겠습니다."

죽일 생각이었어? 아무래도 농담을 하는 것 같지는 않은 다베리 경의 눈빛을 보니 심란해졌다. 부하는 주인을 닮는다 이건가? 왜 에시가 겹쳐 보이는 것 같지?

아니, 가만 생각해 보면 다베리 경은 일전에도 이와 비슷한 면모를 보여준 적이 있었다. 예를 들면 왕국에서 수이나 백작이 죽을 때 자기가 죽이지 못했다고 진심으로 아쉬워하거나.

'음......'

내가 생각하는 다베리 경은 서글서글하고 붙임성이 좋아 저택 사람들에게 인기가 많은 뛰어난 기사인데, 아무래도 내가 모르는 부분도 있는 모양이다.

나는 문득 다베리 경이 이전에 내게 했던 말을 떠올렸다. 성격은 얼마든지 변할 수 있다고 했지. 환경에 따라서. 그때는 그러려니 했는데 어쩌면 그건 다베리 경 본인을 염두에 두고 했던 말이 아닐까?

저택으로 오기 전, 그러니까 에시를 만나기 전 다베리 경이 어떤 사람이었을까 불쑥 궁금해졌지만, 나는 내색하지 않고 입을 열었다.

"정말 됐어요."

"……."

"고작 그런 사람 때문에 다베리 경을 살인자로 만들고 싶지는 않거든요. 뭐, 목숨은 살려서 데려오겠다고 했지만, 어쨌든."

나는 다베리 경의 옷소매를 놓았다. 그리고 구겨진 자국을 툭툭 털어 펴주었다. 내가 그러는 동안 다베리 경은 자리에서 조금도 움직이지 않았다. 키 차이 때문에 가까이서 올려다보기엔 조금 고개가 아픈 상대를 응시하며 마저 말했다.

"귀중한 내 사람의 시간을 그런 작자한테 함부로 쓰고 싶지 않다는 말이에요. 알아들었어요?"

"……예."

다베리 경의 대답은 조금 느리게 흘러나왔다. 우연인지 내가 경의 소매에서 완전히 손을 떼는 것과 거의 동시에.

"알겠습니다."

좋아, 바로 그 답이야. 나는 흡족하게 고개를 끄덕이며 미소했다.

그나저나 저 촛대는 이제 못 쓰겠지? 비싼 것 같은데. 엑스트 가문에 청구서를 보내야 하나.

나는 그런 생각에 몰두하느라 미처 발견하지 못했다. 조금 뒤늦게 자리에 도착한 베시가 나와 다베리 경을 보며 다소 묘한 표정을 짓는 것을.

3권에 계속…